AF624935

पंचतंत्र

पंचतंत्र

पं. विष्णु शर्मा

MANJUL
मंजुल पब्लिशिंग हाउस

MANJUL
मंजुल पब्लिशिंग हाउस
कॉरपोरेट एवं संपादकीय कार्यालय
• द्वितीय तल, उषा प्रीत कॉम्प्लेक्स, 42 मालवीय नगर, भोपाल-462 003
विक्रय एवं विपणन कार्यालय
• सी-16, सेक्टर 3, नोएडा, उत्तर प्रदेश, 201301
वेबसाइट : www.manjulindia.com
वितरण केन्द्र
अहमदाबाद, बेंगलुरू, भोपाल, कोलकाता, चेन्नई,
हैदराबाद, मुम्बई, नई दिल्ली, पुणे

पंचतंत्र
पं. विष्णु शर्मा

कॉपीराइट © 2020, मंजुल पब्लिशिंग हाउस प्रा. लिमिटेड
सर्वाधिकार सुरक्षित

यह संस्करण 2020 में पहली बार प्रकाशित
5वीं आवृत्ति 2024

ISBN 978-93-90085-43-9

मुद्रण व जिल्दसाज़ी : रेप्रो इंडिया लिमिटेड

कवर डिज़ाइन : छाया प्रभात
चित्रांकन : अबीरा बंद्योपाध्याय

यह पुस्तक इस शर्त पर विक्रय की जा रही है कि प्रकाशक की लिखित पूर्वानुमति के बिना इसे या इसके किसी भी हिस्से को न तो पुनः प्रकाशित किया जा सकता है और न ही किसी भी अन्य तरीक़े से, किसी भी रूप में इसका व्यावसायिक उपयोग किया जा सकता है। यदि कोई व्यक्ति ऐसा करता है तो उसके विरुद्ध कानूनी कार्रवाई की जाएगी।

सत्य तो यह है कि जिस प्रकार भोजन से शरीर के सभी अंगों को कार्य करने की क्षमता प्राप्त होती है, ठीक उसी प्रकार धन से संसार के सभी कार्यों को सम्पन्न करना भी सम्भव हो जाता है।

धन प्राप्त करने के लिए व्यक्ति वह कार्य भी करने को तैयार हो जाता है, जिसमें प्राण जाने तक की आशंका होती है। यहाँ तक कि पुत्र भी अपने धनहीन पिता को छोड़ने में देर नहीं लगाता।

अनुक्रम

भूमिका

'पंचतंत्र' संस्कृत भाषा का वह ग्रन्थ-रत्न है, जिसे पिछले लगभग दो हज़ार वर्षों से समूचे विश्व के असंख्य लोगों ने अपनी-अपनी भाषा में पढ़ा है और इससे लाभ उठाया है। केवल यही एक तथ्य इस ग्रन्थ की प्रामाणिकता, लोकप्रियता एवं विश्वसनीयता के महत्त्व को सिद्ध करने के लिए पर्याप्त है।

इस ग्रन्थ की रचना पाँच तंत्रों (अध्यायों) के रूप में हुई है, इसीलिए इसका नाम 'पंचतंत्र' रखा गया है। इस ग्रन्थ के रचनाकार रोचक कथाओं के माध्यम से अबोध बालकों को राजनीति और लोक-व्यवहार की शिक्षा देकर उन्हें इस विषय का पण्डित बनाना चाहते थे। वह भली प्रकार जानते थे कि मनुष्य को क़िस्से-कहानियों से अधिक रोचक और कुछ भी नहीं लगता। इसका कारण यह है कि बाल्यावस्था में जिज्ञासा अपनी चरमावस्था पर होती है और जिस कथा अथवा कहानी में जिज्ञासा अधिक होती है, उसमें रोचकता भी उतनी ही अधिक होती है। इन कहानियों की लोकप्रियता उन्हें वह सब सिखा देती है, जिसका प्रभाव उनके संपूर्ण जीवन पर अपनी अमिट छाप छोड़ जाता है।

'पंचतंत्र' की कहानियाँ इतनी रोचक और प्रभावशाली हैं कि इन्हें सुनने और पढ़ने के लिए बड़े-बूढ़े भी लालायित रहते हैं। यह ग्रन्थ पूरे विश्व में अपना उदाहरण आप ही है, क्योंकि केवल इसी ग्रन्थ में कहानी में से कहानी और फिर उस कहानी में से अन्य कहानी और फिर अन्य कहानी निकलती जाती है। आश्चर्य की बात तो यह है कि पूरे विश्व में बड़े-से-बड़े लेखक भी इसकी कहानियों का मुक़ाबला नहीं कर सके हैं।

ज्ञान का जो भण्डार महाभारत, रामायण, मनुस्मृति अथवा चाणक्य के अर्थशास्त्र-जैसे ग्रन्थों में मिलता है, उससे भी कहीं अधिक ज्ञान अत्यन्त सरल, सहज एवं बोधगम्य भाषा में 'पंचतंत्र' में मिल जाता है। उन महाग्रन्थों को पढ़ने-सुनने-समझने के लिए दीर्घकाल की अपेक्षा होती है, जबकि 'पंचतंत्र'

की कहानियाँ सब कुछ चुटकी बजाते ही स्पष्ट कर देती हैं। समस्या कोई भी और कैसी भी क्यों ना हो, 'पंचतंत्र' में उसका समाधान अवश्य मिल जाता है।

भारत सरकार ने भी 'पंचतंत्र' का अध्ययन करने की सलाह अपने बड़े-बड़े अधिकारियों को दी है, ताकि वे भी किसी कठिन समस्या को हल करने के लिए 'पंचतंत्र' से सहायता ले सकें।

क्या कोई आधुनिक शिक्षक यह प्रतिज्ञा कर सकता है कि मैं मात्र छह महीनों की अवधि में ही मूर्ख बालकों को राजनीति-जैसे विषय का कुशल वेत्ता और व्यावहारिक ज्ञान में निपुण बना दूँगा और यदि ना बना सका, तो अपना कलंकित मुख दिखाने के लिए जीवित नहीं रहूँगा?

यह उद्घोष इस ग्रन्थ के रचयिता आचार्य विष्णु शर्मा ने राजा अमरसिंह की राजसभा में किया था और इसे सत्य सिद्ध करके दिखाया था।

'पंचतंत्र' राजनीति शास्त्र के अनेक लब्धप्रतिष्ठ विद्वानों की ज्ञात-अज्ञात रचनाओं के सार-तत्त्व का अनमोल संग्रह है, जिसकी विषय-सामग्री पूर्णतः प्रामाणिक एवं व्यावहारिक है। इससे ग्रन्थ की महत्ता एवं उपयोगिता स्वतः सिद्ध हो जाती है।

संस्कृत भाषा के इस गौरव-ग्रन्थ 'पंचतंत्र' को हिन्दीभाषी पाठकों तक पहुँचाने के लिए इसे अत्यन्त सरल एवं सुबोध भाषा में प्रस्तुत किया जा रहा है। हमें आशा है कि हमारे पाठक इसे पढ़कर लाभ उठाएँगे।

—आचार्य विजितामित्र

प्रस्तावना

'पंचतंत्र' राजनीति शास्त्र के अनेक लब्धप्रतिष्ठ विद्वानों की रचनाओं का सार-संग्रह है, जिसका आधार एवं सामग्री अत्यन्त प्रामाणिक एवं व्यावहारिक है, जिसके कारण ग्रन्थ की उपयोगिता स्वतः सिद्ध हो जाती है।

कहा जाता है कि भारत के दक्षिण में स्थित महिलारोप्य नामक एक प्रसिद्ध नगर का राजा अमरसिंह सभी कलाओं का मर्मज्ञ, विनम्र एवं उदार था। राजा अमरसिंह के बहुशक्ति, उग्रशक्ति और अनन्तशक्ति नामक तीनों पुत्र राज्य का उत्तराधिकारी बनने के योग्य नहीं थे। इस कारण राजा अमरसिंह सदा चिन्तित रहा करता था। एक दिन राजा अमरसिंह ने अपने मंत्रियों को बुलाकर उन्हें अपनी चिन्ता से अवगत कराते हुए उनसे कहा आपको पता है कि मेरे तीनों पुत्र बुद्धिहीन हैं। इसीलिए मेरी रातों की नींद और दिन का चैन उड़ गया है। पुत्र का पैदा ना होना, होकर मर जाना और अत्यन्त मूर्ख होना इन तीनों स्थितियों में पुत्र का अत्यन्त मूर्ख होना सर्वाधिक दुःखद होता है। यही दुःख मुझे भी तड़पा रहा है।

गर्भ का ना ठहरना अथवा समय से पूर्व नष्ट हो जाना, पत्नी के गर्भधारण योग्य होने पर भी पुरुष द्वारा उसमें गर्भ-स्थापन ना करना, बालक का गर्भ में ही मर जाना अथवा मृत बालक का जन्म लेना, पुत्र की अपेक्षा पुत्री का जन्म लेना, पत्नी का बाँझ होना तथा उपयुक्त समय पर भी बालक का गर्भ से बाहर ना आ पाना अथवा उसके स्थान पर मांस के लोथड़े का बाहर आना आदि ये सभी स्थितियाँ गहन दुःखदायक हैं, परन्तु हृष्ट-पुष्ट बालक के उत्पन्न होने पर भी उसका मूर्ख निकलना सर्वाधिक दुःखदायक होता है, क्योंकि ऐसा व्यक्ति सदा उपेक्षा का पात्र बना रहता है।

जिस प्रकार दूध ना देने वाली गाय सर्वथा उपेक्षित हो जाती है, उसी प्रकार अशिक्षित सन्तान के जन्म लेने का भी कोई लाभ नहीं होता। ऐसे पुत्र का होना, उसके ना होने से कहीं अधिक कष्टदायक होता है। इसीलिए मूर्ख पुत्र के जीवन की अपेक्षा उसकी मृत्यु की कामना की जाती है।

कुछ देर के उपरान्त राजा अमरसिंह ने अपने मंत्रियों से पूछा, क्या मेरे तीनों अयोग्य पुत्र गुणवान नहीं बन सकते? क्या मेरे राज्य में कोई भी

ऐसा समर्थ व्यक्ति नहीं, जो मेरे बेटों को शिक्षित बना सके?

राजा को उदास एवं व्यथित देखकर सुमति नामक मंत्री ने कहा, महाराज! हमारे राज्य में विष्णु शर्मा नामक एक विद्वान ब्राह्मण हैं, जो संपूर्ण विद्याओं एवं शास्त्रों के ज्ञाता हैं। यदि आप अपने पुत्र उन्हें सौंप दें, तो वह निश्चित ही आपके पुत्रों को विद्वान बना सकते हैं।

राजा अमरसिंह ने आचार्य विष्णु शर्मा को ससम्मान बुला लाने का आदेश दिया। आचार्य विष्णु शर्मा के आने पर राजा ने उनका स्वागत-सत्कार किया और उनसे निवेदन किया, आदरणीय महोदय! यदि आप मेरे इन तीन अल्पज्ञानी पुत्रों को शिक्षित बनाने की कृपा करें, तो मैं पुरस्कार के रूप में आपको सौ ग्रामों का अधिकार सौंप दूँगा।

प्रत्युत्तर में आचार्य विष्णु शर्मा ने कहा, राजन! मेरे जीवन में भोग-विलास के लिए कोई स्थान नहीं है और मैं अपनी विद्या को बेचने के लिए यहाँ नहीं आया हूँ। हाँ, आपकी प्रार्थना को स्वीकार करता हूँ। मैं आपके तीनों बेटों को छह महीनों में ही कुशल राजनीतिज्ञ और व्यावहारिक ज्ञान में सिद्धहस्त बनाने की घोषणा करता हूँ और यह प्रतिज्ञा करता हूँ कि यदि मैं छह महीनों में अपने उद्देश्य में सफल ना हुआ, तो अपना मुँह दिखाने के लिए जीवित नहीं रहूँगा।

राजा ने आचार्य विष्णु शर्मा के प्रति आभार प्रकट करते हुए उनका यथोचित अभिनन्दन किया और अपने तीनों पुत्र उन्हें सौंप दिए। आचार्य विष्णु शर्मा राजकुमारों को अपने साथ अपने आवास पर ले आए और उन्हें सुशिक्षित बनाने के लिए पाँच तंत्रों वाले ग्रन्थ 'पंचतंत्र' की रचना की और राजकुमारों को पढ़ाना प्रारम्भ कर दिया। आचार्य के अध्यापन की शैली के कारण राजकुमार भी मन लगाकर अध्ययन करने लगे, जिसके परिणामस्वरूप आचार्य विष्णु शर्मा की प्रतिज्ञा सत्य सिद्ध हुई और तीनों राजकुमार छह महीनों में ही नीति-निपुण एवं बुद्धिमान बन गए।

इसीलिए 'पंचतंत्र' को लोक-व्यवहार में प्रशिक्षित करने का आदर्श ग्रन्थ मान लिया गया और कहा गया कि 'पंचतंत्र' का अध्ययन करने वाला अथवा सुनने वाला व्यक्ति इतना व्यवहार कुशल हो जाता है कि वह इन्द्र-जैसे प्रबल शत्रु से भी पराजित नहीं हो सकता तथा धूर्त लोगों को भी पराजित कर देने में समर्थ हो जाता है।

—ओम प्रकाश शर्मा

प्रथम तंत्र

मित्रभेद

(मित्रों में फूट डालने के उपाय)

किसी वन में एक सिंह और एक बैल साथ-साथ रहा करते थे और उनमें बड़ी गहरी दोस्ती थी, लेकिन एक धूर्त और चुग़लख़ोर गीदड़ ने उन दोनों की दोस्ती को दुश्मनी में बदल डाला। इससे यह सिद्ध होता है कि व्यक्ति को धूर्त लोगों की बातों में आकर अपने मित्रों पर अविश्वास नहीं करना चाहिए, क्योंकि इसका परिणाम निःसन्देह बड़ा भयंकर होता है।

इस तथ्य के समर्थन में आचार्य विष्णु शर्मा ने राजकुमारों को यह कथा सुनाई,

महिलारोप्य नामक नगर में वर्धमान नाम का एक बनिया रहा करता था, जो धन कमाने में बड़ा निपुण था। एक रात सोते समय उसे विचार आया कि व्यापारी को कभी सन्तुष्ट नहीं होना चाहिए। उसे तो सदैव महत्त्वाकांक्षी और असन्तुष्ट ही रहना चाहिए।

इस संसार में ऐसी कोई वस्तु नहीं, जिसे धन से प्राप्त ना किया जा सके। धन ही संसार में सर्वोत्तम साधन माना जाता है। अतः बुद्धिमान व्यक्ति को अधिकाधिक धन प्राप्त करना चाहिए।

सभी लोग धनवान व्यक्ति के साथ मित्रता करना चाहते हैं, लेकिन धनहीन व्यक्ति से इस प्रकार दूर भागते हैं, मानो उसे कोई छूत की बीमारी हो। धनी व्यक्ति को ही बुद्धिमान समझा जाता है, जबकि धनहीन व्यक्ति विद्वान होने पर भी हर जगह उपेक्षित किया जाता है। इससे सिद्ध होता है कि संसार में धन की महत्ता अपरम्पार है।

धन की महत्ता पर मुग्ध होकर वर्धमान अपने मन में कहने लगा कि धन के बिना ना कोई विद्या प्राप्त की जा सकती है, ना कोई कला सीखी जा

सकती है और ना ही किसी प्रकार की साधना की जा सकती है। भले ही सेवा आदि करके यदि कुछ सीख भी ले, तो भी व्यक्ति अधूरा ही कहलाता है। इसीलिए धनी लोगों का गुणगान करने वाले उन्हें धर्म और संस्कृति का रक्षक बताकर उनकी प्रशंसा करते थकते नहीं।

प्रायः यह भी देखने को मिलता है कि धनिकों से पराये लोग भी सम्बन्ध जोड़ने के लिए प्रयत्न करते रहते हैं, लेकिन ग़रीबों के सगे-सम्बन्धी भी उन्हें अपनाने में संकोच करते हैं।

जिस प्रकार पर्वत से निकलने वाली नदी लोगों का कल्याण करने के साथ-साथ उनके धन में भी वृद्धि करती है, उसी प्रकार धन से ही संसार में सभी कार्य सम्पन्न होते हैं।

धन की महिमा का वर्णन नहीं किया जा सकता। धन आ जाने पर धनहीन व्यक्ति भी कुलीन बन जाता है। इस प्रकार धन के महत्त्व को नकारने की मूर्खता कोई नहीं कर सकता।

सत्य तो यह है कि जिस प्रकार भोजन से शरीर के सभी अंगों को कार्य करने की क्षमता प्राप्त होती है, उसी प्रकार धन से संसार के सभी कार्यों को सम्पन्न करना भी सम्भव हो जाता है।

धन प्राप्त करने के लिए व्यक्ति वह कार्य भी करने को तैयार हो जाता है, जिनमें प्राणों की आशंका होती है। यहाँ तक की पुत्र भी अपने धनहीन पिता को छोड़ने में देर नहीं लगाता।

धनहीन व्यक्ति अनेक प्रकार के रोग, अभाव एवं चिन्ताओं के कारण भरी जवानी में बूढ़ा हो जाता है, लेकिन धनी व्यक्ति कभी वृद्ध नहीं होता। बुढ़ापा भी उससे दूर भागता है। इस प्रकार सोचते-सोचते वर्धमान बनिया इस निष्कर्ष पर पहुँचा कि धन-प्राप्ति के प्रमुख साधन हैं 1. भिक्षा, 2. नौकरी, 3. खेती-बाड़ी, 4. कोई शिल्प अथवा अध्यापन अथवा ज्योतिष आदि, 5. साहूकारी, 6. व्यापार। इन साधनों में धन-प्राप्ति के लिए व्यापार ही सर्वोत्तम साधन है।

भिक्षावृत्ति को अपनाने वालों का इससे पेट भरना भी सम्भव नहीं होता।

नौकरी, अर्थात दूसरों के आदेश पालन करना और उनके अधीन रहना है। भले ही इसमें एक निश्चित समय पर बँधा हुआ वेतन मिल जाए, लेकिन अधिक कमाने के लिए कोई अवसर सुलभ नहीं होता।

खेती-बाड़ी में अत्यधिक परिश्रम भी करना होता है तथा वर्षा के रूप में प्रकृति पर निर्भर होना पड़ता है।

शिल्प, अध्यापन अथवा ज्योतिष आदि किसी कार्य में सफलता प्राप्त करके धन प्राप्त करने के लिए गुरु को प्रसन्न करना होता है।

साहूकारी में कई बार ब्याज के साथ मूलधन भी गँवाना पड़ जाता है।

मैं तो व्यापार को ही सर्वोत्तम साधन मानता हूँ।

व्यापार में असीम लाभ की आशा रहती है। इसमें ना किसी की नौकरी करनी होती है और ना अधिक परिश्रम की आवश्यकता होती है। यदि अधिक श्रम और धन का निवेश किया जाए, तो लाभ भी अधिक होता है। इस प्रकार व्यापार ही धन-प्राप्ति का सर्वोत्तम साधन है।

वर्धमान ने निश्चय किया कि सात प्रकार के पदार्थों का व्यापार किया जा सकता है,

1. सौंदर्य प्रसाधन सामग्री, चेहरे पर लगाए जाने वाले सफ़ेद चूर्ण और इत्र आदि का क्रय-विक्रय करना।
2. आभूषण आदि गिरवी रखकर ब्याज पर ऋण देना।
   यह एक प्रकार की साहूकारी ही है, परन्तु इसमें धन डूबने की कोई आशंका नहीं रहती।
3. पालतू पशुओं का क्रय-विक्रय करना।
4. ग्राहकों का विश्वास जीतकर उन्हें घटिया माल देना।
5. कम दाम में ख़रीदकर वस्तुओं को ऊँचे दाम पर बेचना।
6. नाप-तौल में हेराफेरी करना।
7. सीधे उत्पादकों से सस्ते दाम पर ख़रीदे पदार्थों को अधिक दाम पर बेचना।

सभी प्रकार के व्यापारों पर विचार करते हुए वर्धमान ने सोचा कि सौंदर्य प्रसाधन सामग्री का व्यापार अच्छा तो है, लेकिन इन पदार्थों के पुराना होकर नष्ट होने की आशंका होती है।

साहूकारी के धन्धे में मूल्यवान वस्तु हाथ में आ जाने पर व्यक्ति भगवान से ऋणी के मर जाने अथवा उसके अस्वस्थ हो जाने की कामना करने लगता है, ताकि वह ऋण ना चुका सके और उस वस्तु पर उसका अधिकार हो जाए।

पशुओं आदि का व्यापारी अपने आपको सारे संसार का स्वामी समझकर झूठे अहंकार में फँस जाता है।

नाप-तौल में हेरा-फेरी करके ग्राहक को मूर्ख बनाना एक बार तो अच्छा लगता है, लेकिन ऐसी बेईमानी सदा-सर्वथा नहीं चल सकती।

सीधे उत्पादक से ख़रीदकर लाए पदार्थों को माँग के समय अधिक दाम पर बेचने से अवश्य ही अधिक लाभ मिलता है।

वर्धमान को सब प्रकार के व्यवसायों में से कम दाम पर पदार्थ ख़रीदकर महँगे दाम पर बेचने का व्यवसाय ही अच्छा लगा। उसने तुरन्त शुभ मुहूर्त निकलवाकर बैलगाड़ी पर अपना सामान लादा और उत्तर भारत के प्रमुख व्यापारिक केन्द्र मथुरा की ओर चल पड़ा। उसकी बैलगाड़ी में संजीवक और नन्दक नामक दोनों ही बैल स्वस्थ एवं भली प्रकार बोझा ढो सकने वाले थे, लेकिन यमुना के कछार पर पहुँचकर दोनों बैल दलदल में धँस गए और संजीवक तो लंगड़ा होकर वहीं बैठ गया।

वर्धमान तीन दिन तक वहाँ रुका रहा, किन्तु बैल स्वस्थ ना हो सका। इस पर बनिये के साथियों ने उसे समझाते हुए कहा, सेठजी! एक बैल के लिए आपको इतना मोह नहीं करना चाहिए। इस जंगल में अनेक जंगली जानवर रहते हैं और यह भी कौन जाने कि कल क्या होगा? क्या पता कहीं चोर-डाकू ही हमें लूट लें या मारकर परलोक पहुँचा दें। शास्त्रों में कहा गया है कि थोड़े लाभ के लिए बड़े लाभ को छोड़कर ख़तरा मोल लेना समझदारी की बात नहीं है। आप यहाँ से आगे चलिए।

वर्धमान को यह बात उचित लगी और उसने पास के गाँव से एक नया बैल ख़रीदकर गाड़ी में जोता और अपनी राह पर चल दिया। हाँ, अपने बैल की देख-रेख के लिए उसने अपने दो नौकरों को संजीवक के पास छोड़ दिया।

नौकरों ने दो-एक दिन संजीवक की देखभाल की, किन्तु उसके ना उठने पर, वे भी उसे छोड़कर वहाँ से चल दिए।

यमुनातट की स्वच्छ वायु से संजीवक के प्राण जाग उठे। वह बल लगाकर उठा तथा हरी व कोमल घास खाकर और स्वच्छ जल पीकर कुछ ही दिनों में स्वस्थ हो गया तथा अपने सींगों से रेत के टीलों को उखाड़ने तथा गर्जन-तर्जन करने लगा।

शास्त्रकारों ने उचित ही कहा है, जिसका कोई रक्षक नहीं होता, उसकी रक्षा भगवान करते हैं और जिसकी रक्षा लोग किया करते हैं, भाग्य को

स्वीकार ना होने पर भी वह बच नहीं पाता। भाग्य अच्छा हो, तो जंगल में छोड़ा प्राणी भी जीवित बच रहता है।

संजीवक का भाग्य अच्छा था, इसलिए वह मौत के मुँह में जाकर भी लौट आया।

एक दिन अपने परिवार के साथ वन में घूमता-फिरता पिंगलक नामक एक सिंह वहीं आ पहुँचा, जहाँ संजीवक बैल गर्जन करता-फिरता था। सिंह ने आज तक जंगल में संजीवक बैल के समान विशालकाय पशु नहीं देखा था। संजीवक को देखकर पिंगलक की प्यास जाती रही और वह लौट चला।

पिंगलक ने अपने मंत्री शृगाल के दो पुत्रों करटक और दमनक को उनके पिता के ना रहने पर मंत्री पद नहीं दिया था। वे दोनों उससे रुष्ट थे, किन्तु फिर भी पिंगलक के आगे-पीछे चलते रहते थे। दोनों ने बिना प्यास बुझाए सिंह को लौटते देखा, तो दमनक ने करटक से कहा, अरे! हमारा स्वामी जल पीने के लिए यहाँ आया था, किन्तु जल पिए बिना ही उदास क्यों बैठा है?

दमनक की बात सुनकर करटक बोला, मित्र! हमें इन व्यर्थ की बातों से क्या लेना-देना? नीतिकारों का कथन है कि दूसरों के काम में व्यर्थ हस्तक्षेप करने वाला व्यक्ति दो लकड़ियों के बीच में फँसाई गई कील को उखाड़ने के चक्कर में अपने प्राण गँवाने वाले बन्दर के समान अपने ही विनाश को बुलावा देता है।

दमनक द्वारा पूरा विवरण सुनाने की कहने पर करटक कहने लगा।

कथा–1

किसी सेठ ने नगर के समीप एक मन्दिर के निर्माण का निश्चय किया। लकड़ी चीरने वाले कारीगरों ने आधे चिरे वृक्ष के दो हिस्सों को आपस में मिल जाने से रोकने के लिए उन दोनों के बीच में एक खूँटी लगा रखी थी।

कारीगरों के चले जाने पर वहाँ पहुँचा बन्दरों का एक झुण्ड उछल-कूद करने लगा और एक बन्दर अधचिरे वृक्ष के बीच लगाई गई खूँटी को निकालने लगा। जैसे ही बन्दर ने खींचकर खूँटी निकाली, वैसे ही उसका अण्डकोष वृक्ष के हिस्सों के बीच में फँस गया और बन्दर की मृत्यु हो गई।

इस कहानी को सुनाकर करटक बोला, मित्र! जिस काम से हमें कुछ लेना-देना नहीं, हम उस काम में अपनी टाँग क्यों अड़ाएँ? हमें अपने स्वामी से भोजन मिल जाता है और उससे हमारी भूख मिट जाती है।

दमनक बोला, मित्र! क्या तुम अपने जीवन का उद्देश्य केवल 'पेट भरना' ही मानते हो? मैं इस विचार से सहमत नहीं। शास्त्रों में कहा गया है कि अपना पेट तो किसी-ना-किसी प्रकार सभी भर लेते हैं, यह कोई बहुत बड़ी बात नहीं है। जीवन का उद्देश्य तो मित्रों का उपकार करना और शत्रुओं का अपकार करना है।

मित्र! तनिक सोचो, तुम्हें पता चलेगा कि दूसरों के लिए उपयोगी व्यक्ति का जीवन कितना महत्त्वपूर्ण होता है।

मित्र! कौवे के समान फेंका हुआ अन्न खाकर किसी प्रकार जीने को जीना नहीं कहा जाता, अपितु दूसरों का हित साधन करते हुए जीना कहीं अधिक महत्त्वपूर्ण होता है। विद्वानों का मत है कि अपनी, दूसरों की और दीन-दुखियों के हित की चिन्ता ना करने वाले व्यक्ति का जीवन कौवे के जीवन से भिन्न नहीं होता। ऐसा व्यक्ति तो पृथ्वी पर भाररूप होता है।

जिस प्रकार छिछली नदी थोड़े पानी और चूहे की हथेली अन्न के थोड़े-से दानों से भर जाती है, उसी प्रकार ओछे व्यक्ति भी थोड़े-से लाभ से सन्तुष्ट हो जाते हैं।

उत्पन्न हुए व्यक्ति की मृत्यु और मृत व्यक्ति के जन्म का चक्र निरन्तर चलता ही रहता है। अतः जन्म लेना महत्त्वपूर्ण नहीं है। महत्त्वपूर्ण तो अधिकाधिक धन अर्जित करना है।

जो व्यक्ति किसी के काम ना आ सके, उसकी अपेक्षा नदी-किनारे उगे घास का तिनका कहीं अधिक महत्त्वपूर्ण होता है, जो नदी में डूब रहे व्यक्ति को बचाने का साधन बन जाता है।

तत्त्वदर्शी विद्वान लोक-कल्याण में अपने जीवन का बलिदान करने वाले बालक की माँ को ही 'रत्नप्रसू' मानकर उसे गौरव प्रदान करते हैं।

शक्ति होने पर भी उसका उपयोग या प्रदर्शन ना करने वाले व्यक्ति को कभी आदर नहीं मिल पाता। क्या कोई जलती हुई लकड़ी को हाथ लगाने का साहस कर सकता है?

दमनक की बातें सुनकर करटक बोला, मित्र! तुम्हारा कहना उचित है, परन्तु क्या तुमने इस तथ्य पर भी विचार किया है कि हम राजा के नौकर नहीं हैं, केवल अपने स्वार्थ के कारण उसके आगे-पीछे चल रहे हैं। क्या उसने कभी हमारी आवश्यकता समझी है? क्या वह हमारी सलाह को कभी मानेगा? हमें इस झंझट में पड़ने की आवश्यकता नहीं है? नीतिकारों का कहना है कि जो व्यक्ति बिना पूछे सलाह देने का प्रयास करता है, उसे निश्चित ही उपहास का पात्र बनना पड़ता है।

जिस प्रकार सफ़ेद कपड़े पर ही रंग अपना उचित प्रभाव दिखा सकता है, उसी प्रकार उचित व्यक्ति को ही सलाह देने का लाभ हो सकता है।

दमनक बोला, मित्र! मैं तुम्हारे विचार से सहमत नहीं। राजा की सेवा करने वाला साधारण व्यक्ति भी मुखिया बन सकता है, जबकि सेवा ना करने वाला मुखिया भी साधारण बन जाता है।

जीवन का अनुभव यह है कि राजा, स्त्रियाँ और बेलें अपने पास रहने वाले को ही अपना लेते हैं। इसी प्रकार सदा पास रहने वाला व्यक्ति भी राजाओं और स्त्रियों का प्रिय बन जाता है।

एक विचारणीय बात यह भी है कि स्वामी का कृपापात्र बनने के लिए सेवक को यह जान लेना चाहिए कि स्वामी को किस बात से क्रोध आता है और किस बात से वह प्रसन्न होता है। स्वामी के हृदय को जीतने का यही उपयुक्त अवसर होता है।

महत्त्वाकांक्षी विद्वानों, शिल्पकारों, कलाकारों तथा सेवावृत्ति के इच्छुक व्यक्ति को अपनी आकांक्षा की पूर्ति के लिए राजाश्रय ही उपयुक्त साधन होता है।

अपनी जाति, विद्या अथवा किसी गुण के कारण राजाश्रय की उपेक्षा करने वाले व्यक्ति अपने ही पैरों पर अपने आप कुल्हाड़ी मार लेते हैं। ऐसे व्यक्ति जीवन-भर अभाव में रहते हैं और प्रायश्चित्त की आग में जलते रहते हैं।

जब प्रयत्न करने पर पत्थर को भी पिघलाया जा सकता है, तो राजा को प्रसन्न क्यों नहीं किया जा सकता?

यदि साँप, बाघ, हाथी और सिंह आदि हिंसक पशुओं को वश में किया जा सकता है, तो राजा को क्यों नहीं प्रसन्न किया जा सकता?

जिस प्रकार चन्दन का वृक्ष मलय पर्वत पर ही होता है, उसी प्रकार राजाश्रय मिलने पर ही विद्वान व्यक्ति के गुणों का सम्मान होता है।

राजा के प्रसन्न होने पर उसके आश्रित व्यक्ति को अनेक बहुमूल्य पदार्थ, जैसे श्वेत छत्र, मनोरम अश्व, सदा मस्त रहने वाले हाथी तथा अनेक प्रकार के वस्त्राभूषण और खाद्य-पदार्थ आदि सुलभ हो जाते हैं।

राजा के प्रति दमनक के आग्रह को देखकर करटक ने उससे पूछा, मित्र! तुम क्या करना चाहते हो?

इस पर दमनक बोला, मित्र! इस समय हमारा स्वामी पिंगलक किसी अज्ञात आशंका से ग्रस्त प्रतीत होता है। हमें उसके पास चलकर कारण का पता लगाना चाहिए और फिर नीति का आश्रय लेकर उसकी सेवा करनी चाहिए। इस प्रकार हम उसका हृदय जीतने में सफल हो जाएँगे।

करटक ने कहा, मित्र! तुम यह कैसे कह सकते हो कि हमारा स्वामी किसी आशंका से ग्रस्त है?

दमनक ने उत्तर दिया, यह भी कोई पूछने की बात है? यह तो स्पष्ट है कि कहने पर तो मूढ़ व्यक्ति को भी पता चल जाता है, समझदारी तो बिना कुछ कहे ही दूसरे के चेहरे से उसके मनोभावों को जान लेने में है। हाथी-घोड़े आदि पशु भी अपने स्वामी के संकेत को समझते हैं और भार उठाने को तैयार हो जाते हैं, लेकिन ज्ञानी तो वही है, जो बिना कहे ही दूसरों के मन के रहस्य को जान ले। यदि पढ़ा-लिखा व्यक्ति भी इतना योग्य ना हो, तो उसका पढ़ना-लिखना व्यर्थ ही कहलाएगा।

मनु ने भी कहा है कि किसी व्यक्ति के मन के भावों का पता उसके चेहरे के हाव-भाव तथा उसकी विभिन्न चेष्टाओं, बातचीत करने के ढंग, उसके नेत्रों की स्थिति व उसके चेहरे के भावों से हो जाता है। लाख चेष्टा करने पर भी वास्तविकता छिप नहीं सकती।

यदि मैं भयग्रस्त स्वामी के भय का कारण जानकर उसे भयमुक्त कर सका, तो मुझे पूरा विश्वास है कि वह मुझे सचिव पद सौंपने में देर नहीं लगाएँगे। मुझे तो लगता है कि उन्हें वश में करने का यह सबसे उत्तम अवसर है।

करटक बोला, लगता है कि तुम्हें इस स्वामी के स्वभाव की कोई जानकारी नहीं है।

दमनक ने कहा, तुम ऐसा कैसे कह सकते हो? यह तो मैंने पिताजी से ज्ञान प्राप्त करते समय ही सीख लिया था। सबसे पहले तो यह मानकर चलना होगा कि इस संसार में तीन प्रकार के व्यक्ति सफल होते हैं 1. पराक्रमी, 2. विद्वान तथा 3. सेवाकार्य में निपुण।

वास्तव में सेवा वही कहलाती है, जिससे परमात्मा का हित हो और स्वामी को प्रसन्नता प्राप्त हो। सेवक की समझदारी इसी में है कि वह इस बात को समझे और उसी के अनुरूप आचरण भी करे।

जिस प्रकार बंजर धरती में बढ़िया बीज डालने और कठोर परिश्रम करने पर भी अपेक्षित फल नहीं मिलता, उसी प्रकार सेवक के गुणों का उचित सम्मान ना करने वाले स्वामी की सेवा करने से भी कोई लाभ नहीं होता। ऐसे स्वामी को छोड़ देने में ही भलाई होती है।

यदि धनहीन स्वामी गुणों को परखने वाला हो, तो उसकी सेवा अवश्य करनी चाहिए, क्योंकि साधन-सम्पन्न होने पर ऐसा स्वामी अपने सेवकों का उपकार कर देता है।

कृतघ्न स्वामी की सेवा करके सुखमय जीवन जीने की अपेक्षा भूखा मरना तथा मूर्ख के समान जीवन व्यतीत करना अच्छा है।

अपने स्वामी की कंजूसी के लिए उसकी निन्दा करने वाला सेवक मूर्ख होता है। उसे तो अपनी निन्दा करनी चाहिए कि उसने योग्य स्वामी को क्यों नहीं चुना? स्वामी की सही परख ना कर पाने के लिए सेवक को अपनी ही निन्दा करनी चाहिए।

सेवकों के लिए वस्त्र, भोजन व आवास आदि की पूर्ति ना करने वाला स्वामी समस्त पृथ्वी का स्वामी होने पर भी आक के वृक्ष के समान त्यागने योग्य होता है। उसे छोड़ने में एक पल की भी देरी करना उचित नहीं होता।

जीवन में सफलता प्राप्त करने के लिए सेवक को स्वामी के साथ-साथ राजमाता, पटरानी, राजकुमार, प्रधानमंत्री, पुरोहित और द्वारपाल के साथ भी स्वामी के समान ही व्यवहार करना चाहिए।

उचित और अनुचित तथा करणीय एवं अकरणीय की जानकारी होने पर भी बिना विचार किए स्वामी की आज्ञा का पालन करने वाला सेवक अपने स्वामी का कृपापात्र बन जाता है।

स्वामी द्वारा पुरस्कार के रूप में दिए पदार्थों पर प्रसन्न होने वाला तथा स्वामी द्वारा दिए गए वस्त्राभूषणों आदि को मुख्य अवसरों पर धारण करने वाला सेवक स्वामी के हृदय को जीत लेता है।

अन्तःपुर के कर्मचारियों और राजमहिषियों से दूर रहने वाला तथा उनके प्रति आसक्ति ना रखने वाला सेवक स्वामी का प्रिय बन जाता है।

जुए को यमदूत के समान, शराब को विष के समान और सुन्दर स्त्रियों को श्मशान की मटकियों के समान मानते हुए उनसे दूर रहने वाला सेवक ही राजा को प्रिय होता है।

शान्ति के समय सदा राजा के पीछे-पीछे चलने वाला, महल के द्वार पर सदा उपस्थित रहने वाला तथा संकट के समय सदा आगे रहने वाला सेवक ही स्वामी को प्रिय होता है।

राजा का कृपापात्र बनकर कठिन परिस्थितियों में भी अपने कर्तव्य का पालन करने वाला और अपनी मर्यादा का त्याग ना करने वाला सेवक ही स्वामी को प्रिय होता है।

स्वामी के शत्रुओं से दूर रहने वाला तथा उसके इष्टजनों की सेवा करने वाला सेवक ही स्वामी को प्रिय लगता है।

स्वामी के विरुद्ध कभी अपना मुँह ना खोलने वाला तथा उसके सामने ना हँसने वाला सेवक ही स्वामी को प्रिय लगता है।

युद्धभूमि को अपना घर तथा परदेस को अपना देश समझने वाला और स्वामी के हित को प्राथमिकता देने वाला सेवक भी स्वामी को प्रिय लगता है।

किसी भी व्यक्ति के सामने राजा की निन्दा ना करने वाला, राजा से कभी विवाद ना करने वाला तथा राजा की प्रेमिकाओं से लगाव ना रखने वाला सेवक ही स्वामी का प्रिय हो सकता है।

दमनक के यह कहने पर करटक को विश्वास हो गया कि दमनक राजनीति में निपुण है। उसने पूछा, तुम राजा से किस प्रकार सम्पर्क बनाओगे? मुझे बताओ।

दमनक ने कहा, इस बारे में सोच-विचार करने की आवश्यकता नहीं है। जिस प्रकार धरती में पड़ा बीज वर्षा हो जाने पर फलने लगता है, उसी प्रकार मिलने पर बातचीत भी होने लगती है।

मैं तुम्हें बता चुका हूँ कि मैं बचपन में ही राजनीति की शिक्षा प्राप्त कर चुका हूँ, अतः मैं अवसर देखकर ही बात छेड़ूँगा। मैं जानता हूँ कि बिना उपयुक्त अवसर के तो बृहस्पति द्वारा कही गई बात को भी कोई गौरव नहीं देता। तभी तो उन्हें भी अपमान सहना पड़ता है।

करटक बोला, बन्धु! मैं मानता हूँ कि जिस प्रकार ऊबड़-खाबड़ तथा सर्प एवं व्याघ्र आदि भयंकर जीवों से भरे पर्वत कठोर होते हैं, उसी प्रकार राजा लोग भी कठोर-हृदय होते हैं और सदैव दुष्ट लोगों से घिरे रहते हैं। उन्हें प्रसन्न करना सरल काम नहीं होता।

जिस प्रकार साँप की दो जीभें होती हैं, वे दूसरों को डसने का ही काम करते हैं, सदा बिल की खोज करते रहते हैं और दूर रखे जाते हैं, उसी प्रकार राजा भी दो जीभों वाले होते हैं। उनके कथन पर विश्वास नहीं किया जा सकता। वे दूसरों को दण्डित करने के आदी होते हैं, अतः उनसे भी साँपों की तरह दूर रहना ही उचित होता है।

राजा का कृपापात्र बनना सरल काम नहीं होता। जिस प्रकार साधारण-सा पापकर्म करने से भी ब्राह्मण का ब्राह्मणत्व नष्ट हो जाता है, उसी प्रकार राजा के प्रति साधारण-से अपराध का भी बड़ा भारी दण्ड भुगतना पड़ता है।

राजा की चित्तवृत्ति का अनुसरण करना ही सदाचार कहलाता है और इसका पालन करने वाला व्यक्ति राक्षस स्वभाव वाले राजा को भी अपने वश में कर सकने में सफल हो जाता है।

राजा को वश में करने के लिए कुछ आवश्यक नियम इस प्रकार हैं,

1. राजा का कोपभाजन बने व्यक्ति से कोई भी सम्बन्ध ना रखना तथा उसे अपने पास भी ना फटकने देना।
2. राजा के सम्मुख अथवा उसकी पीठ पीछे भी सदैव उसकी प्रशंसा करना तथा उसके क्रुद्ध होने पर भी उसका स्तुतिगान करना।
3. सदा ही राजा को प्रिय लगने वाले विषय की प्रशंसा करना और उसे अप्रिय लगने वाले विषय की निन्दा करना।
4. राजा की उदारता एवं उसकी दानशीलता का इस प्रकार गुणगान करना कि राजा को हर ओर से वही सुनाई दे।

करटक बोला, बन्धु! यदि तुम स्वामी के पास जाना ही चाहते हो, तो जाओ। मैं तुम्हारी सफलता के लिए ईश्वर से प्रार्थना करूँगा। इस पर दमनक अपने मित्र करटक का अभिवादन करके पिंगलक की ओर चल दिया।

दमनक को अपनी ओर आता देख पिंगलक ने अपने द्वारपाल से कहा, वेत्रपाल! दमनक हमारे पूर्व मंत्री का बेटा है, इसे हमारे पास आने का अधिकार है।

द्वारपाल ने 'जो आज्ञा महाराज' कहते हुए सिंह की आज्ञा का पालन किया। दमनक ने भी पिंगलक को देखते ही उसे प्रणाम किया और फिर उसके द्वारा निर्दिष्ट आसन पर चुपचाप जा बैठा। पिंगलक ने दमनक को आशीर्वाद दिया और उससे पूछा, दमनक! तुम तो बहुत दिनों बाद दिखाई दिए हो, सब कुशल तो है?

दमनक ने अत्यन्त विनीत स्वर में कहा, स्वामी! आपकी दया से मैं कुशल से हूँ। यद्यपि अब मुझे आपसे कुछ भी कहने का अधिकार नहीं है, तथापि आपसे कुछ कहना आवश्यक समझकर ही मैं आपकी सेवा में उपस्थित हुआ हूँ। आप तो जानते ही हैं कि राजाओं को सभी प्रकार के लोगों से समय-समय पर काम पड़ता रहता है। यह कोई अनोखी बात नहीं है।

हम तो वंश-परम्परा से आपके शुभचिन्तक और सुख-दुःख में साथ देने वाले रहे हैं।

यदि सेवक और आभूषण नियत स्थान पर रहें, तब ही उनकी शोभा होती है। यदि मुकुट को पैरों में बाँध दिया जाए, तो इससे मुकुट का अपमान तो होता ही है, उसे धारण करने वाले की अज्ञानता का भी पता चल जाता है।

यह तो आप भी जानते होंगे कि धनी, कुलीन और वंश-परम्परा से राजा के गुणी सेवक भी अपने गुणों को महत्त्व ना देने वाले स्वामी को छोड़कर चले जाते हैं।

महाराज! आप मुझे बहुत दिनों के बाद दिखाई देने का उलाहना दे रहे हैं, तो इसका कारण भी जान लीजिए।

जहाँ दाएँ व बाएँ हाथ में अन्तर नहीं किया जाता, गुणी सेवक तथा गुणरहित सेवक में अन्तर नहीं किया जाता, दोनों के साथ एक-जैसा ही व्यवहार किया जाता है, वहाँ स्वाभिमानी सेवक कब तक टिक सकता है?

काँच को मणि और मणि को काँच समझने वाले बुद्धिहीन स्वामी के पास गुणी सेवक कब तक टिक सकता है।

जाँच-परख ना कर सकने वाले लोगों के हाथ में आए सच्चे मोतियों का कुछ भी मूल्य नहीं होता। तभी तो आभीर देश में ग्वाले दुर्लभ मणि को दो-दो, तीन-तीन कौड़ियों में बेच देते हैं।

छोटे-बड़े सभी प्रकार के सेवकों के साथ एक-जैसा व्यवहार करने वाले राजा के कर्मचारियों की आकांक्षाएँ नष्ट हो जाती हैं और उनकी मौलिक प्रवृत्ति समाप्त हो जाती है।

यह एक निर्विवाद सत्य है कि राजा के बिना सेवकों और सेवकों के बिना राजा का काम नहीं चल सकता। एक के बिना दूसरे का कोई अस्तित्व ही नहीं होता।

जिस प्रकार किरणों के बिना सूर्य की कोई शोभा नहीं होती, उसी प्रकार सेवकों के बिना स्वामी की भी शोभा नहीं होती।

जिस प्रकार सिर के केश नित्य साफ़ ना किए जाने पर रूखे और कठोर हो जाते हैं, क्या उसी प्रकार पुरस्कार आदि ना मिलने के कारण सेवक दुःखी नहीं होंगे?

सेवकों के किसी कार्य पर प्रसन्न होकर राजा उन्हें धन-मान आदि देकर पुरस्कृत करता है, लेकिन सच्चा सेवक तो अपने स्वामी के लिए अपने प्राणों की आहुति देने के लिए भी सदा तैयार रहता है।

इन सब बातों को देखते हुए बुद्धिमान राजा को शूरवीर, चतुर, निष्ठावान एवं समर्पित व्यक्तियों को ही महत्त्वपूर्ण पदों पर नियुक्त करना चाहिए।

राजा के लिए अपने प्राणों को जोख़िम में डालकर भी अपना विज्ञापन ना करने वाले सेवकों का सम्मान करने वाला राजा ही उन्नति करता है।

वास्तव में, सच्चा एवं विश्वस्त सेवक वही है, जिसे कोई भी कार्य सौंपकर स्वामी निश्चिन्त हो जाए। ऐसे सेवकों के अतिरिक्त सेवक तो स्त्रियों के समान भाररूप होते हैं।

अपने राजा के विरुद्ध चल रही किसी विरोधी गतिविधि को नष्ट करने के लिए अपनी संपूर्ण शक्ति लगा देने वाला सेवक ही वास्तव में सेवक कहलाने योग्य होता है।

स्वामी के काम के लिए अपनी भूख-प्यास, निद्रा तथा सुख-सुविधा को भूलकर अपने कर्तव्य का पालन करने वाला व्यक्ति ही सच्चा सेवक होता है।

सीमा पर सतर्क रहकर अपने स्वामी की सुरक्षा करने वाला और शुक्लपक्ष के चन्द्रमा की भाँति सीमा को बढ़ाने वाला सैनिक ही सच्चा सेवक कहलाता है।

यह कहने के उपरान्त दमनक बोला, स्वामी! मुझे साधारण गीदड़ समझकर आपको मेरी उपेक्षा नहीं करनी चाहिए थी। जन्म अथवा जाति से गुणों का कोई सम्बन्ध नहीं होता। रेशम का जन्म कीड़े से होता है, सोना पत्थर से निकाला जाता है, दूर्वा की उत्पत्ति गाय के रोमों से होती है, कमल का जन्म कीचड़ से होता है और चन्द्रमा की उत्पत्ति सागर से होती है। कमल गोबर से, अग्नि लकड़ी से, मणि साँप के फन से और गोरोचन गाय के पित्त से उत्पन्न होता है। इन सबकी उत्पत्ति के स्थानों के तुच्छ होने पर भी अपने गुणों के कारण ही इनकी प्रतिष्ठा है।

जिस प्रकार कुछ भी करने में असमर्थ सेवक की कोई उपयोगिता नहीं होती, उसी प्रकार समर्थ सेवक के समर्पित ना होने पर उसकी भी कोई उपयोगिता नहीं होती। उपयोगिता तो केवल समर्थ और समर्पित सेवक की ही होती है।

आचार्य बृहस्पति का कथन है कि राजा को अपने किसी छोटे-से कार्य की चर्चा भी किसी सभा में नहीं करनी चाहिए।

दमनक पिंगलक से एकान्त में कुछ बात करना चाहता था। सबके सामने कुछ ना कहने का कारण यह था कि कोई भी बात दो व्यक्तियों के बीच होने पर ही गुप्त रहती है, तीसरे व्यक्ति के कानों में पड़ते ही उसकी गोपनीयता नष्ट हो जाती है। अतः बुद्धिमान व्यक्ति को अपना रहस्य दो व्यक्तियों तक ही सीमित रखना चाहिए। इसलिए उसने पिंगलक से कहा, मैं आपसे एकान्त में बात करना आवश्यक समझता हूँ।

पिंगलक का कथन सुनकर पास बैठे व्याघ्र, गैंडा और बगुला आदि सब उठकर चल दिए।

एकान्त होने पर दमनक ने उससे पूछा, आप तो अपनी प्यास बुझाने के लिए गए थे, फिर बिना जल पिए क्यों लौट आए?

पिंगलक ने हँसते हुए उत्तर दिया, कोई विशेष बात नहीं थी, मन नहीं किया, तो लौट आया।

दमनक ने कहा, स्वामी! आप नहीं बताना चाहते, तो मैं आपसे कुछ भी नहीं पूछूँगा। नीतिकारों ने कहा है कि बुद्धिमान व्यक्ति को कुछ बातें स्त्रियों, कुछ बातें अपने सम्बन्धियों और कुछ बातें मित्रों से भी छिपाकर रखनी चाहिए।

इसके साथ ही उन्होंने यह भी कहा है कि कहने योग्य और ना कहने योग्य का विचार करके विश्वस्त व्यक्ति को गुप्त बात भी बता देनी चाहिए, क्योंकि किसी समस्या के समाधान के लिए ऐसा करना आवश्यक होता है।

पिंगलक को लगा कि दमनक समझदार है, अतः मुझे इसके सामने सब कुछ स्पष्ट कर देना चाहिए, क्योंकि विश्वस्त मित्र, निष्ठावान सेवक, आज्ञाकारिणी पत्नी तथा शुभचिन्तक स्वामी से अपना दुःख-सुख कहने में संकोच नहीं करना चाहिए। ये लोग ही, मतलब मित्र, सेवक, पत्नी और स्वामी कुछ उपाय कर सकते हैं।

यही सोचकर पिंगलक ने दमनक से कहा, दमनक! दूर से आती यह गर्जन ध्वनि तुम्हें भी सुनाई दे रही होगी।

दमनक बोला, हाँ स्वामी! सुन रहा हूँ, परन्तु इसमें चिन्ता करने की क्या बात है?

पिंगलक ने कहा, मैं इस जंगल को छोड़कर किसी दूसरे जंगल में जाने की सोच रहा हूँ।

दमनक चौंककर बोला, इस जंगल में कौन-सा आकाश गिरने वाला है?

पिंगलक ने कहा, मुझे लगता है कि यहाँ कोई नया जीव आ गया है, यह हृदयविदारक गर्जन उसी का लगता है। मुझे तो लगता है कि वह अत्यन्त बलशाली भी होगा।

दमनक बोला, क्षमा करें देव! केवल गर्जन सुनकर ऐसी कल्पना कर लेना तो उचित नहीं।

जिस प्रकार जल के प्रबल प्रवाह से पुल टूट जाता है, गुप्त ना रखे जाने पर रहस्य की जानकारी दूसरों को हो जाती है, चुग़ली सुनकर प्रिय व्यक्ति के प्रति स्नेह घट जाता है, उसी प्रकार व्याकुल होकर प्राणी किसी की आवाज़ से भी घबरा जाता है।

मेरे विचार से तो गर्जन के भय से आपका इस जंगल को छोड़ देना उचित नहीं। यह आवश्यक तो नहीं कि यह गर्जन किसी जीवित प्राणी का

ही हो। बाँस, वीणा, ढोल, नगाड़ा तथा दो वृक्षों की टकराहट से भी आवाज़ निकल सकती है। केवल आवाज़ को सुनकर डर जाना तो बुद्धिमत्ता की बात नहीं।

किसी भयंकर अथवा शूरवीर शत्रु के आ जाने पर भी धैर्य बनाए रखने वाला राजा कभी पराजित नहीं हो सकता।

विपत्ति के समय विषादग्रस्त ना होने वाले,धन-सम्पत्ति पाकर हर्षोन्मत्त ना होने वाले तथा युद्ध में भयभीत ना होने वाले जीव विरले ही होते हैं। ऐसे ही जीव अपनी माता के नाम को उज्ज्वल कर तीनों लोकों की शोभा बढ़ाते हैं।

शक्ति से घबराकर झुक जाने वालों और अपने को छोटा समझने वाले कायरों को कहीं भी सम्मान नहीं मिलता। उनकी स्थिति तो किसी तिनके के समान होती है।

अतः आपको ये सब बातें सोचकर अधीर नहीं होना चाहिए। मात्र एक गर्जन सुनकर घबरा जाना तो समझदारी नहीं।

किसी नायक ने आवाज़ सुनकर यह समझा कि आवाज़ करने वाला कोई जीवित प्राणी है, परन्तु पास पहुँचकर उसने देखा कि वह तो केवल चमड़ा और लकड़ी था।

पिंगलक के मन को शान्त करने के लिए दमनक ने उसे यह कथा सुनाई।

कथा–2

भूख से बेचैन गोभायु नामक एक गीदड़ घूमते-घूमते अचानक उस जंगल में जा पहुँचा, जहाँ दो सेनाओं में युद्ध हो चुका था। वहाँ उसने हवा के वेग से काँप रही वृक्ष की शाखाओं की आवाज़ सुनी। गीदड़ ने सोचा कि यह आवाज़ मेरे पास पहुँचे, इससे पहले ही यहाँ से निकल भागना चाहिए। उसे यह विचार आया कि क्या बाप-दादा के ज़माने से चले आ रहे अपने इस निवासस्थान को इस प्रकार अचानक छोड़ जाना उचित होगा? शास्त्रकारों का कथन है हर्ष अथवा भय का अवसर आ जाने पर सदा सोच-विचार कर काम करने वाले व्यक्ति को कभी पछताना नहीं पड़ता।

उसने निश्चय किया कि पहले मुझे यह पता लगाना चाहिए कि यह आवाज़ कैसी है? भयभीत होते हुए भी उसने अपना साहस बटोरा और धीरे-धीरे उस ओर बढ़ना आरम्भ किया, जिधर से आवाज़ आ रही थी। पास पहुँचने पर उसे एक नगाड़ा दिखाई दिया, तो वह उसे बजाने लगा, फिर उसने सोचा कि बहुत दिनों के बाद आज मुझे इतना सुस्वाद भोजन मिला है। इस नगाड़े में तो गोश्त, चर्बी आदि बहुत कुछ भरा होगा। यह सोचकर उन्मत्त हुए गीदड़ ने नगाड़े में छेद किया और उसके भीतर घुसकर बैठ गया, लेकिन वहाँ उसे काठ के सिवाय कुछ भी नहीं मिला। सूखे चमड़े को फाड़ते हुए उसकी दाढ़ें भी टूट चुकी थीं, फिर वह यह कहते हुए बाहर निकला कि मैंने तो सोचा था कि इसमें मांस, चर्बी आदि बहुत कुछ होगा, परन्तु यहाँ तो सूखे चमड़े और लकड़ी के सिवया कुछ भी नहीं है।

पिंगलक ने कहा, मेरा पूरा परिवार इसी आवाज़ से भयभीत होकर यहाँ से भागने का निश्चय कर चुका है, फिर मैं अकेला यहाँ कैसे रह सकता हूँ?

इस पर दमनक ने कहा, स्वामी! आप अपने परिजनों को दोष मत दीजिए। वे सब तो आपको भयभीत देखकर घबरा गए हैं।

सत्य तो यह है कि निम्न सातों की मानसिकता अपने स्वामी के व्यवहार पर ही निर्भर करती है। स्वामी इन्हें जिस रूप में ढालना चाहता है, ये वैसा ही आचरण करने लगते हैं,

घोड़ा, शस्त्र, शास्त्र, वीणा, वाणी, नर और नारी आदि ये सब जिस प्रकार के स्वामी के साथ रहते हैं, उसी के अनुसार अपने आप को ढाल लेते हैं।

कहने का अभिप्राय यह है कि आपके परिजनों का डर उनका अपना नहीं है, वे तो आपको भयभीत देखकर ही डर रहे हैं।

आप मुझे थोड़ा-सा समय दीजिए। मैं इस 'भयंकर' शब्द की जानकारी लेकर आता हूँ, तब तक आप मेरी प्रतीक्षा करें। उसके बाद ही आप जो उचित समझें, वह करें।

पिंगलक ने पूछा, क्या तुम हमारे लिए स्वयं को ख़तरे में डालोगे?

दमनक ने उत्तर दिया, महाराज! स्वामी के लिए कुछ भी करना सेवक का धर्म है। यही कहा गया है कि स्वामी का कार्य करते समय सेवक को

सुरक्षा-असुरक्षा का विचार नहीं करना चाहिए। स्वामी के लाभ के लिए तो उसे अजगर व साँप के मुँह में हाथ डालने अथवा अथाह सागर में डूबने के लिए भी सदा तैयार रहना चाहिए।

अपनी समृद्धि में वृद्धि के इच्छुक राजा को अपनी आज्ञा की चिन्ता करने वाले सेवक को तुरन्त अपनी सेवा से निकाल देना चाहिए।

इस पर पिंगलक बोला, तब ठीक है, तुम जाओ, ईश्वर तुम्हारी सहायता करे।

इस पर पिंगलक को प्रणाम कर दमनक आवाज़ का पीछा करता हुआ संजोवक की ओर चल दिया।

अब पिंगलक यह सोचने लगा कि दमनक को अपने मन का रहस्य बताकर मैंने कोई ग़लती तो नहीं की, कहीं यह मुझसे अपने को पद से हटाए जाने का बदला तो नहीं लेगा? पद से हटाए गए व्यक्ति कुलीन होने पर भी राजा के विनाश का अवसर पाकर बदला लेने से नहीं चूकते।

पिंगलक सोच में पड़ गया कि यदि दमनक उसे मारने के लिए उस भयंकर प्राणी को अपने साथ लेकर यहाँ आ गया, तो उसे तुरन्त ही किसी सुरक्षित स्थान पर चले जाना चाहिए? नीतिकारों ने भी कहा है कि दूसरों पर विश्वास ना करने वाले दुर्बल व्यक्ति भी बलवान शत्रु का शिकार होने से बच जाते हैं, जबकि दूसरों पर विश्वास करने वाले बलवान व्यक्ति भी सहज ही अपने शत्रु के शिकार बन जाते हैं।

अपने को सुरक्षित एवं सुखी बनाने के लिए व्यक्ति को किसी व्यक्ति पर कभी विश्वास नहीं करना चाहिए।

इसी प्रकार शपथ लेकर सन्धि करने वाले शत्रु पर भी विश्वास नहीं करना चाहिए। इन्द्र ने भी शपथ लेकर और वृत्र का विश्वास जीतकर उसे मार डाला था।

यह सोचकर पिंगलक किसी सुरक्षित स्थान में छिप गया और दमनक की राह देखने लगा।

दमनक ने संजीवक को ढूँढ लिया और वह उसे देखकर बोला, अरे, हमारे स्वामी के डर का कारण तो यह बैल है। इसके साथ स्वामी की मित्रता अथवा युद्ध करा देने से पिंगलक को अपनी मुट्ठी में करना मेरे लिए बहुत आसान हो जाएगा।

संकट के समय राजा को अपने अनुकूल बनाना मंत्री के लिए बड़ा आसान होता है। इसीलिए समझदार मंत्री राजा के सिर पर सदा ही किसी-ना-किसी संकट की तलवार लटकाए रखते हैं।

जिस प्रकार स्वस्थ व्यक्ति को चिकित्सक की कोई आवश्यकता नहीं होती, उसी प्रकार संकट में ना पड़े हुए राजा भी अपने मंत्रियों की चिन्ता नहीं करते।

यह सोचकर दमनक पिंगलक की ओर चल पड़ा। पिंगलक ने दमनक को पास आते देखा, तो वह तनकर बैठ गया और दमनक के पास आने पर उससे पूछा, कहो, क्या कुछ पता चला कि वह प्राणी कौन है?

उत्तर में दमनक के 'हाँ' कहने पर पिंगलक बोला, कहीं तुम झूठ तो नहीं बोल रहे हो?

दमनक बोला, महाराज! क्या मैं आपके सामने झूठ बोल सकता हूँ?

राजा और देवता के सामने झूठ बोलने वाले को अपने पद से हाथ धोना पड़ता है।

मनु के अनुसार राजा में सभी देवता निवास करते हैं और वह सभी देवताओं का प्रतिनिधि होता है। उसे इससे भिन्न किसी अन्य रूप में देखना भी पाप है।

जहाँ अन्य देवी-देवताओं की सेवा का फल कुछ समय बाद मिलता है, वहाँ राजा की सेवा का फल तुरन्त मिल जाता है।

पिंगलक बोला, जब तुम उससे मिलकर ही आ रहे हो, तो तुम सच ही कहते होगे, किन्तु शायद तुम दीनों पर दया करने को धर्म समझते हो, इसीलिए तुमने उसे छोड़ दिया होगा। नीतिकारों ने भी कहा है कि बड़े-बड़े और सिर तानकर खड़े वृक्षों को वायु भले ही गिरा दे, किन्तु सिर झुकाकर खड़े तिनकों और छोटी-छोटी बेलों को वह कभी नहीं उखाड़ सकती। बलवान अपने पौरुष का प्रदर्शन बलवानों के सम्मुख ही करना चाहते हैं। दमनक बोला, क्षमा करें महाराज! उसके सामने हम दुर्बल भी तो सिद्ध हो सकते हैं। अब यदि आपकी आज्ञा हो, तो मैं उसे आपका सेवक बना सकता हूँ।

इस पर पिंगलक ने अविश्वास के स्वर में पूछा, क्या ऐसा सम्भव है?

दमनक ने विश्वासपूर्वक कहा, बुद्धिमत्तापूर्वक काम करने पर सब कुछ सम्भव हो सकता है।

अश्व-सेना, गज-सेना, रथ-सेना तथा शस्त्रास्त्रों से सुसज्जित कुशल सेना के होते बुद्धिमत्तापूर्वक किए गए सभी कार्य पूरे किए जा सकते हैं।

पिंगलक ने कहा, यदि तुम ऐसा कर सको, तो मैं तुम्हें पुनः मंत्रीपद सौंप दूँगा। आज के बाद अपनी प्रजा और अपने कर्मचारियों पर कृपा करने और उन्हें दण्ड देने का अधिकार भी तुम्हें ही होगा।

पिंगलक से यह आश्वासन पाकर ही दमनक तुरन्त संजीवक के पास पहुँचा और उसे धमकाकर बोला, अरे दुष्ट बैल! तू किसलिए इस प्रकार गर्जन-तर्जन करके जंगल की शान्ति को भंग कर रहा है? क्या तुझे पता नहीं कि महाराज पिंगलक इस जंगल के स्वामी हैं? क्या तूने उनसे इस वन में घूमने-फिरने की अनुमति ली है? चल, वह तुझे बुला रहे हैं।

दमनक की धौंस सुनकर संजीवक घबरा गया और बोला, यह पिंगलक कौन है?

दमनक ने उत्तर दिया, क्या तू हमारे स्वामी को नहीं जानता? क्या तू उनका शिकार बनना चाहता है, जो इस प्रकार बोल रहा है? वहाँ वटवृक्ष के नीचे हमारे स्वामी अपने सचिवों और अधिकारियों के साथ बैठे हैं।

दमनक के इस कठोर व्यवहार से मौत को अपने सिर पर मँडराता जानकर संजीवक निराश होकर बोला, भाई! तुम मुझे दयालु होने के साथ ही व्यवहार-कुशल भी लगते हो। क्या तुम अपने स्वामी से मेरी रक्षा करने की कृपा नहीं करोगे?

दमनक ने उत्तर दिया, भाई! मैं तुम्हारी स्थिति को समझ रहा हूँ और स्वामी से तुम्हारी सिफ़ारिश भी करूँगा, किन्तु पूर्ण रूप से तुम्हें विश्वास नहीं दिला सकता, क्योंकि समुद्र की गहराई और पर्वत की ऊँचाई तो नापी जा सकती है, किन्तु राजाओं के मन की गहराई को कोई नहीं जान सकता।

तुम यहाँ ठहरकर प्रतीक्षा करो, मैं स्वामी के मन की स्थिति देखकर आता हूँ, फिर तुम्हें उनके पास ले चलूँगा।

इस प्रकार संजीवक को दिलासा देकर दमनक ने पिंगलक के पास जाकर कहा महाराज! वह कोई साधारण जानवर नहीं है, वह तो शंकर भगवान का वाहन नन्दी है। मेरे पूछने पर वह कहने लगा कि वह किसी पिंगलक को नहीं जानता। उसे तो स्वयं महादेवजी ने यहाँ यमुना-किनारे घास चरने की आज्ञा देकर भेजा है।

यह सुनकर पिंगलक घबरा उठा और बोला, हाँ, बिना किसी देवता की कृपा के इस घने जंगल में इस प्रकार गर्जन करने का साहस कोई कैसे कर सकता है? तुमने क्या कहा?

दमनक बोला, महाराज! मैंने उससे कहा कि इस जंगल पर हमारे स्वामी भगवती के वाहन महाराज पिंगलक का अधिकार है। यदि आप अतिथि बनकर यहाँ रहना चाहते हैं, तो उनके पास चलकर उनसे मित्रता कर लीजिए और फिर आनन्दपूर्वक मौज-मस्ती कीजिए।

इस पर उस बैल ने कहा, ठीक है, तुम अपने स्वामी से मेरा परिचय कराओ।

दमनक की प्रशंसा करते हुए पिंगलक बोला, तुम्हारी बुद्धि की प्रशंसा करनी ही होगी। मैं उससे मित्रता करने के लिए तैयार हूँ। तुम उसे शीघ्र ही यहाँ ले आओ और हमारी मित्रता करा दो।

जिस प्रकार मन्दिर दृढ़ स्तम्भों पर ही टिका रहता है, उसी प्रकार निष्ठावान, निश्छल और निर्दोष मंत्रियों पर ही किसी राजा का राज्य भी टिका रहता है।

वैसे तो सभी अपने को बृहस्पति मानते हैं, परन्तु जिस प्रकार सन्निपात रोग में वैद्य और असाध्य स्थिति में राजनेता की बुद्धि की परीक्षा होती है, उसी प्रकार दो व्यक्तियों में फूट डलवाने तथा उनमें मैत्री कराने में मंत्री की बुद्धि की परीक्षा होती है।

पिंगलक को प्रणाम करके संजीवक को बुलाने के लिए जाते हुए दमनक सोचने लगा कि इस समय पिंगलक की जैसी मनःस्थिति है, उससे तो लगता है कि मुझे मेरा खोया हुआ मंत्री पद पुनः प्राप्त हो जाएगा। नीतिकारों ने ठीक ही कहा है कि जिस प्रकार सर्दियों में अग्नि जीवनदायिनी होती है तथा दूध से बने पदार्थों का सेवन अच्छा लगता है, उसी प्रकार राजा द्वारा मान-सम्मान का मिलना भी किसी सौभाग्य का सूचक है।

इसके पश्चात संजीवक के पास पहुँचकर दमनक ने उससे कहा, स्वामी ने तुम्हें यहाँ पर रहने के लिए अपनी स्वीकृति दे दी है। तुम चाहो, तो उनसे भेंट करने के लिए चल सकते हो, पर यह मत भूलना कि मेरे कारण ही राजा से तुम्हारी मित्रता हो रही है। मेरे इस उपकार को भुला मत देना। स्वामी से तुम्हारी मित्रता कराने के बदले मुझे मंत्रीपद मिलेगा और तब राज्य

का सारा भार मेरे ही कन्धों पर होगा। हम दोनों की मित्रता बनी रहेगी, तो दोनों मौज करेंगे।

शिकारी के धर्म का पालन करने से ही शिकार हाथ लगता है। एक व्यक्ति शिकार को हाँक लगाता है, तो दूसरा उसे अपना लक्ष्य बनाता है।

गर्वोन्मत्त होकर उत्तम, मध्यम तथा अधम राज्याधिकारियों की उपेक्षा करने वाला व्यक्ति राजा का कृपापात्र होने पर भी दन्तिल की भाँति अपने पद को खो देता है।

कथा–3

संजीवक के पूछने पर उसे दन्तिल की कथा सुनाते हुए दमनक ने कहा,

वर्धमान नामक नगर में दन्तिल नामक एक सेठ नगर के प्रजाजनों व राजपुरुषों में समान रूप से लोकप्रिय था। लोगों की यह धारणा बन चुकी थी कि उसके समान कुशल और श्रेष्ठ व्यक्ति ना कोई हुआ है और ना होगा।

प्रायः राजा का शुभचिन्तक व्यक्ति प्रजाजनों को फूटी आँख नहीं सुहाता। इसीलिए प्रजाजनों का हित चाहने वाला व्यक्ति राजा के लिए भी अवांछनीय बन जाता है और तब किसी भी व्यक्ति के लिए राजा और प्रजा दोनों से समान रूप से सम्मान प्राप्त करना बड़ा कठिन हो जाता है।

दन्तिल ने अपने विवाह के अवसर पर सभी राज्याधिकारियों को ना केवल सादर आमन्त्रित किया, अपितु उन्हें अनेक प्रकार के बहुमूल्य उपहार देकर सम्मानित भी किया, किन्तु राजा के सफ़ाई कर्मचारी की उसने उपेक्षा की और राजपुरुषों के स्थान पर बैठ जाने के लिए उसका अपमान भी किया। इस पर गोरम्भ नामक उस सफ़ाई कर्मचारी को इतना दुःख हुआ कि वह रात-भर सो नहीं सका और प्रतिशोध ले पाने में असमर्थ होने के लिए अपने आपको कोसता रहा। यहाँ तक कि वह इस अपमान को ना सह पाने के लिए आत्महत्या की भी सोचने लगा।

जिस प्रकार अकेला चना भाड़ को नहीं फोड़ सकता, उसी प्रकार असमर्थ व्यक्ति, जब किसी का कुछ बिगाड़ नहीं सकता, तो उसे किसी पर क्रोध करने का अधिकार भी समाप्त हो जाता है?

एक दिन प्रातःकाल जाग गए, परन्तु यूँ ही लेटे पड़े राजा के कमरे की सफ़ाई करते-करते गोरम्भ बड़बड़ाते हुए कहने लगा, दन्तिल नगरसेठ है, तो क्या उसकी इतनी हिम्मत कि वह रानी माँ को हाथ भी लगा सके!

भले ही राजा ने यूँ ही सुना होगा, तो भी वह एकदम उठ खड़ा हुआ और गोरम्भ से पूछने लगा, अरे गोरम्भ! क्या तूने दन्तिल सेठ को रानी को छूते देखा है?

गोरम्भ बोला, महाराज! मैंने तो ऐसा कुछ नहीं कहा। रात-भर जुआ खेलते रहने के कारण मैं कुछ उनींदा हो रहा हूँ। हो सकता है कि मेरे मुँह से कुछ अनाप-शनाप निकल गया हो! मुझे क्षमा करें महाराज! यह कहता हुआ गोरम्भ तुरन्त ही कमरे से बाहर चला गया।

इधर, राजा का सन्देह विश्वास में बदलने लगा था। उसने सोचा कि अवश्य ही दाल में कुछ काला है। गोरम्भ ने अवश्य ही कुछ देखा है, किन्तु डर के कारण बता नहीं रहा है। दन्तिल सेठ को रनिवास में आने-जाने की खुली छूट है। किसी के मन का क्या विश्वास? आग के पास रखा घी पिघल सकता है। यह स्वाभाविक है। नीतिकारों ने भी तो यही कहा है कि जो व्यक्ति दिन में अपने मन का गुबार निकाल नहीं पाता, वह स्वप्न या अचेतन अवस्था में उसके मुँह से निकल आता है।

जागते रहने पर व्यक्ति अपने मन की किसी भी अच्छी या बुरी बात को गुप्त रखने में भले सफल हो जाए, लेकिन स्वप्न अथवा नशे की हालत में वह गुप्त रहस्य प्रकट हो ही जाता है। इसके अतिरिक्त स्त्रियों के चरित्र पर विश्वास भी नहीं किया जा सकता।

स्त्रियों के लिए पुरुषों को मूर्ख बनाना तो उनके बाएँ हाथ का खेल होता है। वे बात किसी और से कर रही होती हैं, किन्तु देख किसी अन्य की ओर रही होती हैं तथा चिन्तन अपने मित्र का कर रही होती हैं। ऐसे में यह कौन जान सकता है कि उनका प्रेमपात्र कौन है?

स्त्रियाँ अपने अधरों से मुस्कराती हुई किसी से भी बातें करके उसके मन में अपनी चाहत का सन्देह उत्पन्न कर देती हैं। कुमुदिनी की भाँति वे अपनी खिली हुई आँखों से किसी की ओर देखकर ही उसे अपनी ओर आकर्षित कर लेती हैं तथा किसी भी पुरुष के ध्यान में अपनी सुध-बुध खो बैठती हैं। कौन कह सकता है कि वे वास्तव में किससे प्रेम करती हैं?

ब्रह्माजी ने भी नारदजी से कहा था कि स्त्रियाँ तब तक ही सती बनी रहती हैं, जब तक उन्हें एकान्त, अवसर तथा आमंत्रण देने वाला पुरुष नहीं मिल जाता। इन्हें पाते ही स्त्रियाँ अपने वास्तविक रूप को प्रकट कर देती हैं।

मोह के कारण किसी स्त्री को अपने ऊपर मर-मिटी समझने वाले व्यक्ति को यह समझ लेना चाहिए कि वह उस स्त्री के हाथ का खिलौना बन गया है।

अपने किसी चाहने वाले के ना मिलने तक अथवा परिजनों के डर से ही स्त्रियाँ अपनी मर्यादा में रहती हैं, अन्यथा उनकी उच्छृंखलता को तो सारा विश्व जानता है।

स्त्रियों को बूढ़े-जवान, कुरूप-सुरूप और कुलीन-अकुलीन का कोई विचार नहीं रहता। उन्हें तो केवल शारीरिक सुख देने वाला व्यक्ति चाहिए।

इस प्रकार के विचारों में पड़ा राजा उदास हो उठा और उसने उसी दिन से दन्तिल सेठ के अपने महल में आने-जाने पर प्रतिबन्ध लगा दिया। राजा के व्यवहार में आए इस परिवर्तन से दन्तिल सेठ व्याकुल हो उठा और राजा के इस व्यवहार का कारण जानने का प्रयत्न करने लगा। वह सोचने लगा कि ये सातों बातें अवश्य ही सत्य हैं,

1. धन पाकर किसी का भी अहंकारग्रस्त होना।
2. विषयों से ग्रस्त व्यक्ति का संकट में पड़ना।
3. स्त्रियों के सम्मोहन से अपने को ना बचा पाना।
4. राजाओं का सदा ही प्रिय ना बना रहना।
5. काल का ग्रास बनना।
6. भिखारी होकर भी सम्मानित बने रहना।
7. दुर्जनों का संग करने के कारण दुर्गति का शिकार होना।

जिस प्रकार आगे दिए जा रहे छह प्रकार के प्राणियों में निम्न गुणों की अपेक्षा नहीं की जा सकती, उसी प्रकार राजा का कृपापात्र बने रहने की आशा भी किसी को नहीं करनी चाहिए।

कौए से पवित्रता, जुआरी से सच्चे व्यवहार, साँप से क्षमा, स्त्रियों से कामवासना-पूर्ति, नपुंसक व्यक्ति से धीरज और शराबी से तत्त्वचिन्ता की आशा करना व्यर्थ होता है। इसी प्रकार राजपुरुष भी सदैव किसी पर भी अपनी कृपादृष्टि नहीं बनाए रखते।

दन्तिल सेठ ने सोचा कि बिना कारण तो कुछ भी घटित नहीं होता, अतः राजा के मुझसे विमुख होने का कोई-ना-कोई कारण अवश्य होना चाहिए।

एक दिन दन्तिल सेठ राजा से मिलने गया, तो द्वारपाल ने दन्तिल को प्रवेश की अनुमति नहीं दी। अन्य सेवकों को चुप देखकर गोरम्भ कहने लगा अरे, सेठजी को इस प्रकार द्वार पर रोके रखोगे, तो तुम्हारी नौकरी जाती रहेगी। तुम जानते नहीं कि यह सेठजी तो यहाँ के भी मालिक हैं।

गोरम्भ के इस प्रकार उलाहना देने से दन्तिल समझ गया कि राजा के क्रोध का कारण यही व्यक्ति है। सत्य तो यह है कि राजा की सेवा करने वाला व्यक्ति अकुलीन और मूर्ख होने पर भी सब कहीं सम्मान पाता है।

दन्तिल सेठ को अपने विवाह के समय किया गोरम्भ का अपमान याद आ गया। वह चुपचाप अपने घर लौट आया और उसी रात उसने गोरम्भ को अपने घर बुलाया और उसे भोजन, वस्त्र एवं आभूषण आदि देकर सम्मान सहित विदा किया। सेठ ने गोरम्भ से कहा, तुम्हारा उस दिन ब्राह्मणों के स्थान पर बैठ जाना अनुचित था, लेकिन मेरा तुम पर क्रोध करना भी उचित नहीं था।

दन्तिल ने अपने व्यवहार और उपहारों से गोरम्भ को अपनी ओर मिला लिया। इस पर गोरम्भ ने भी दन्तिल सेठ को विश्वास दिलाया कि वह शीघ्र ही राजा के साथ उसके सम्बन्ध पुनः स्थापित करा देगा। जिस प्रकार तराज़ू के एक पलड़े में थोड़ा बोझ डाल देने से उसकी डण्डी नीचे को झुक जाती है और थोड़ा बोझ निकाल देने पर ऊपर को उठ जाती है, उसी प्रकार ओछा व्यक्ति भी कुछ मिल जाने से अनुकूल हो जाता है और ना मिलने से प्रतिकूल हो जाता है।

अगले ही दिन राजा के कमरे में झाड़ू लगाते समय गोरम्भ कुछ इस प्रकार बड़बड़ाने लगा, हमारे महाराज की शौच जाते समय ककड़ी चबाने की आदत कब छूटेगी?

राजा ने सुना, तो वह क्रुद्ध होकर बोला, अरे गोरम्भ! तू यह क्या कह रहा है? क्या तूने कभी मुझे शौच जाते समय ककड़ी चबाते देखा है? तू क्या कह रहा है? ऐसी बकवास करने के लिए तुझे कठोर दण्ड दिया जाएगा।

गोरम्भ राजा के चरणों में गिर पड़ा और कहने लगा, महाराज! रात को जागते रहने के कारण यदि मेरे मुँह से यूँ ही कुछ निकल गया हो, तो मुझे क्षमा करें।

राजा ने सोचा कि इस प्रकार व्यर्थ बकवास करने की इसकी आदत ही है। जब यह मुझ पर इस प्रकार का झूठा आरोप लगा सकता है, तो दन्तिल सेठ और रानी के सम्बन्ध में भी बकवास कर सकता है। इस मूर्ख की बकवास को सुनकर मैंने उस भले आदमी का बहिष्कार करके अपनी कितनी हानि कर ली? मेरे कितने काम अधूरे रह गए? यह सोचकर उसने तुरन्त दन्तिल को बुलवाया और उसे पुनः प्रसन्न कर दिया।

यह कथा सुनाकर दमनक ने संजीवक से कहा, अहंकारवश किसी छोटे व्यक्ति की उपेक्षा करने के कारण कई बार बड़े लोगों को भी अपने किए पर पछताना पड़ता है।

संजीवक बोला, दमनक! मैं तुम्हारे इस उपकार को कभी नहीं भूलूँगा।

संजीवक के यह कहने पर दमनक उसे अपने साथ पिंगलक के पास ले गया, तो दमनक ने पिंगलक को सादर प्रणाम किया और बोला, महाराज! मैं संजीवक को आपके पास ले आया हूँ, अब आप जो भी उचित समझें, वह करें।

संजीवक भी पिंगलक को प्रणाम करके एक ओर बैठ गया। पिंगलक ने आशीर्वाद देने के लिए संजीवक के कन्धे पर अपना हाथ रखा और पूछा, इस सूने जंगल में आप कहाँ से और कैसे आए हैं?

संजीवक ने सारी आप बीती सुना दी, तो पिंगलक ने संजीवक को आश्वासन देते हुए उसे उस जंगल में रहने की अनुमति दे दी। पिंगलक ने कहा, यूँ तो इस जंगल में ऐसे अनेक भयंकर जीव हैं कि कोई नया पशु एक क्षण भी यहाँ नहीं टिक सकता, जो आपके समान किसी शाकाहारी पशु के लिए बहुत कठिन है, किन्तु आप हमारे मित्र बन गए हैं, अतः आप कोई चिन्ता ना करें।

संजीवक को इस प्रकार दिलासा देकर पिंगलक ने यमुनातट पर जाकर अपनी प्यास बुझाई और अपने निवास की ओर चल दिया।

उसी दिन से दमनक को राज्य-भार सौंपकर पिंगलक अपने मित्र संजीवक के साथ ही अपना समय व्यतीत करने लगा। महापुरुषों ने ठीक ही कहा है कि यदि अचानक ही किसी सज्जन का संग हो जाए, तो वह अक्षय

फल देने वाला होता है, लेकिन ऐसा अवसर सभी को सुलभ नहीं होता और ना अभ्यास से ही प्राप्त किया जा सकता है।

संजीवक अनेक शास्त्रों का ज्ञाता और विवेकशील था। उसने अपने ज्ञान से पिंगलक को भी प्रबुद्ध बना दिया। अब पिंगलक भी सदाचारी बन गया था और दोनों साथ-साथ बैठकर शास्त्र-चर्चा भी किया करते थे, किन्तु अब वे दोनों दमनक और करटक से नहीं मिलते थे।

अतः पिंगलक द्वारा पशुओं का वध ना करने से उसके शिकार का बचा-खुचा ना मिलने के कारण दोनों करटक और दमनक भी धीरे-धीरे उनसे दूर हो गए।

जिस प्रकार एक वृक्ष के सूख जाने पर पक्षी उसे छोड़कर दूसरे फलों से लदे वृक्ष पर चले जाते हैं, उसी प्रकार पेट ना भरने पर नौकर-चाकर भी स्वामी को छोड़कर चले जाते हैं।

यदि आजीविका ही ना मिले, तो सेवक कुलीन और मर्यादा का निर्वाह करने वाले राजा को भी छोड़ने में देर नहीं लगाते, किन्तु सेवकों को समय पर वेतन और पुरस्कार आदि देने वाले राजा के कठोर होने पर भी सेवक उसे छोड़कर कहीं अन्यत्र जाने की सोच भी नहीं सकते।

यह नियम केवल सेवकों पर ही नहीं, अपितु सभी लोगों पर लागू होता है। जहाँ लोगों का पेट भी नहीं भरता, वहाँ कोई किस प्रकार टिक सकता है? पेट की आग ही सबसे बड़ी समस्या है।

पेट की आग के कारण ही शिवजी के गले में पड़ा साँप और कार्तिकेय के वाहन मोर गणेशजी के वाहन चूहे को अपना आहार बनाना चाहते हैं तथा मोर को पार्वती का वाहन शेर खाना चाहता है।

जब शिवजी के परिवार की यह स्थिति है, तो साधारण लोगों के विषय में भी कल्पना की जा सकती है। अभिप्राय यह है कि पेट की आग को शान्त करने के लिए ही सब कुछ किया जा रहा है।

अपने पेट की आग को बुझाने की चिन्ता से व्यथित तथा पिंगलक द्वारा पदच्युत करटक और दमनक आपस में सलाह करने लगे। तब दमनक ने कहा, करटक! पिंगलक तो संजीवक की संगति में पड़कर अपने काम की भी उपेक्षा करने लगा है और हमारे अन्य बन्धु भी यहाँ से चल गए हैं। अब हम क्या करें?

करटक बोला, मित्र! तुम्हारा स्वामी तुम्हारी बात को सुनता नहीं है। फिर भी, मेरे विचार में उसे सही मार्ग पर लाने के लिए तुम्हें प्रयत्न करना चाहिए। नीतिकारों ने कहा है कि राजा द्वारा सलाह को ना सुनने पर मंत्रियों को चाहिए कि वे राजा को सचेत करें। धृतराष्ट्र द्वारा उपेक्षित किए जाने पर भी विदुर ने उन्हें समझाने का प्रयास करना छोड़ नहीं दिया था।

जिस प्रकार हाथी के मदोन्मत्त हो जाने पर महावत को कोसा जाता है, उसी प्रकार राजा के कर्तव्यविमुख हो जाने पर मंत्रियों को दोष दिया जाता है। तुमने इस घास खाने वाले संजीवक की पिंगलक से मित्रता कराकर स्वयं ही अपने पाँवों में कुल्हाड़ी मारी है।

दमनक ने भी मान लिया कि उससे सचमुच ग़लती हो गई है। कहा भी गया है कि जिस प्रकार भेड़ों के झुण्ड में आ जाने से गीदड़, आषाढ़भूति के झाँसे में आ जाने से देवदत्त और अन्य स्त्री के स्थान पर बँध जाने से दूती अपने ही दोष के कारण संकट में पड़ गए थे, उसी प्रकार मैं भी अपने विनाश के लिए स्वयं ही उत्तरदायी हूँ।

करटक ने पूछा, इन तीनों की क्या कथा है?

दमनक बोला, सुनो, सुनाता हूँ।

कथा–4

किसी निर्जन स्थान पर बने एक मठ के स्वामी देवदत्त शर्मा ने मठ में आने वाले लोगों को रेशमी कपड़े बेचकर पर्याप्त धन एकत्र कर लिया था और उसे उस धन से बड़ा मोह था। वह किसी भी व्यक्ति पर विश्वास नहीं करता था और अपने धन की अत्यन्त सावधानीपूर्वक रक्षा किया करता था। वह जानता था कि धन का संग्रह और संग्रह किए गए धन की रक्षा करना बड़ा कठिन काम है। जहाँ धन का आना अपने साथ दुःख भी लाता है, वहीं उसका टिकना और उसका जाना भी दुःखदायक है।

कुछ समय पश्चात दूसरों के धन को हड़पने वाले आषाढ़भूति नामक व्यक्ति को यह पता चल गया कि देवदत्त शर्मा के पास पर्याप्त जमा-पूँजी है। आषाढ़भूति सोचने लगा कि मैं इस धन पर किस प्रकार अपना अधिकार करूँ? इस मठ में ना सेंध लगाई जा सकती है और ना इसकी दीवार ही

फाँदी जा सकती है। पर्याप्त सोच-विचार के बाद आषाढ़भूति ने देवदत्त शर्मा का शिष्य बनकर उसे ठगने की योजना बना ली।

आषाढ़भूति ने देवदत्त शर्मा के पास पहुँचकर उसे प्रणाम किया और संसार को असार बताते हुए बोला, महात्मा जी! मेरा अनुभव तो यह कहता है कि यौवन किसी पहाड़ी नदी के वेग के समान चंचल होता है, जीवन फूस की आग के समान क्षणिक होता है, भोग शरद ऋतु के मेघ के समान नाशवान है और स्त्री, पुत्र व मित्र आदि का संग स्वप्न के समान क्षण-भंगुर है।

आषाढ़भूति से प्रभावित होकर देवदत्त शर्मा ने कहा, तू इस छोटी-सी अवस्था में संसार से विरक्त हो गया है, तू धन्य है।

मेरी समझ में पहली अवस्था में वैराग्य को अपना लेने वाला व्यक्ति ही सच्चा महात्मा होता है। हाथ में ना आए अंगूरों को खट्टा बताने वाली लोमड़ी के समान शक्ति के क्षीण हो जाने पर वैरागी हो जाना तो केवल विवशता है।

बुढ़ापा सन्तों के चित्त में पहले आता है, उनके शरीर में बाद में आता है, लेकिन दुष्टों के शरीर तो बिलकुल अशक्त हो जाने पर भी उनके मन में चंचलता बनी रहती है।

शिवमंत्र द्वारा दीक्षित होकर और समस्त शरीर पर भस्म का लेप करने वाला, अर्थात वस्त्राभूषण आदि का परित्याग कर देने वाला व्यक्ति शूद्र, चाण्डाल, जटाधारी अथवा अन्य किसी भी जाति का क्यों ना हो, वह शिवरूप हो जाता है।

'ॐ नमः शिवाय' इस छह अक्षरों वाले मंत्र का उच्चारण करते हुए शिवजी पर पुष्प चढ़ाने वाला व्यक्ति जन्म-मरण के बन्धन से छूट जाता है।

आषाढ़भूति ने देवदत्त शर्मा के इन वचनों को सुनकर उसके चरण पकड़ लिए और उनसे दीक्षा देने की प्रार्थना करने लगा। आषाढ़भूति की विनम्रता को देखकर देवदत्त शर्मा बोला, मैं तुम्हें दीक्षा तो दे दूँगा, परन्तु रात्रि में मठ में रहने की अनुमति नहीं दूँगा, क्योंकि संन्यासियों को एकान्तवास ही करना चाहिए। शास्त्रों में लिखा है कि ग़लत मंत्रणा से राजा, संग-दोष से संन्यासी, विद्याध्ययन ना करने से ब्राह्मण, अधिक लाड़-प्यार से पुत्र, दुष्टों की संगति से चरित्र, कठोर व्यवहार से मित्रता, अन्याय से समृद्धि, परदेस में रहने से स्नेह, रूप पर गर्व करने से स्त्री, समुचित देखभाल ना करने से खेती और बिना सोच-विचार के ख़र्च करने से धन नष्ट हो जाता है। अतः दीक्षा लेने के बाद भी तुम्हें मठ के बाहर ही निवास करना होगा।

आषाढ़भूति बोला, मैं तो अपना परलोक सुधारने आया हूँ, मुझे आपकी आज्ञा शिरोधार्य है।

देवदत्त शर्मा ने आषाढ़भूति को दीक्षा देकर अपना शिष्य बना लिया। आषाढ़भूति उसके हाथ-पैर दबाने तथा अन्य अनेक प्रकार से सेवा करके गुरु को वश में करने और उनका विश्वास जीतने में लग गया, किन्तु देवदत्त शर्मा अपने धन को अपने से दूर नहीं करता था।

आषाढ़भूति सोचने लगा कि इतनी सेवा करने पर भी जब गुरु मेरा विश्वास नहीं करता, तो क्यों ना इसे विष देकर अथवा शस्त्रप्रहार से मार दिया जाए? एक बार देवदत्त शर्मा को अपने किसी शिष्य के घर भोजन करने का निमंत्रण मिला, तो देवदत्त शर्मा आषाढ़भूति को अपने साथ लेकर चल दिया। रास्ते में एक गहरी नदी थी, जिसे पार करते हुए देवदत्त शर्मा ने अपने धन की गठरी को भीगने ने बचाने के लिए उसे एक थैले में डालकर अपने सिर पर रख लिया। नदी को पार करने के पश्चात देवदत्त शौच के लिए जाने लगा, तो थैले को आषाढ़भूति को सौंप दिया और बोला, इसे सँभालकर रखना, मैं शीघ्र ही लौटता हूँ।

आषाढ़भूति तो इसी प्रतीक्षा में था। देवदत्त के जाते ही वह थैला उठाकर भाग खड़ा हुआ। देवदत्त शौच के पश्चात दो मेमनों का युद्ध देखने लगा। जब मेमनों के आपस में टकराने से उनके सिर से ख़ून बह निकलता, तो एक गीदड़ उस टपकते ख़ून को चाटने के लिए बार-बार उन मेमनों के बीच में आ जाता था। देवदत्त को लगा कि मेमनों के सिर से बहते ख़ून को पीने के लिए गीदड़ बार-बार उनके बीच में आ जाता है, अतः यह बच नहीं पाएगा। देवदत्त यह सोच ही रहा था कि उसने दोनों मेमनों के बीच में पड़कर पिसते जा रहे गीदड़ को देखा।

यह सब देखने में देवदत्त इतना तल्लीन हो गया कि उसे समय का ध्यान ही ना रहा। जब वह नदी तट पर लौटा, तो अपनी गठरी समेत आषाढ़भूति को ना पाकर चक्कर खाकर गिर पड़ा।

सचेत होने पर देवदत्त आषाढ़भूति की खोज में चल दिया। सन्ध्या के समय वह एक गाँव में पहुँचा, तो वहाँ अपनी स्त्री के साथ मदिरापान करने के लिए नगर की ओर जा रहे एक जुलाहे को देखकर बोला, बन्धु! मैं एक संन्यासी हूँ और इस गाँव में किसी को नहीं जानता। क्या आप मुझे एक रात के लिए अपने यहाँ ठहराने की कृपा करेंगे? शास्त्र का वचन है कि

सन्ध्या-समय अपने घर आए किसी अतिथि का स्वागत करने वाले गृहस्थ को देवत्व की प्राप्ति होती है।

गृहस्थों के घर में अतिथि के लिए भले ही कुछ भी ना हो, किन्तु बैठने के लिए आसन, धरती, पीने के लिए जल और मीठी वाणी का अभाव नहीं होता।

यह सुनकर जुलाहा अपनी पत्नी से बोला, देवी! तुम इस अतिथि को लेकर घर जाओ और इसके लिए खाने-पीने का प्रबन्ध करो। मैं मदिरा लेकर अभी लौटता हूँ। जुलाहे की स्त्री को तो मानो अपने मन की मुराद मिल गई। अपने प्रेमी से मिलने का अवसर पाकर वह प्रसन्नमुख देवदत्त के साथ चल दी।

प्रायः कुलटा स्त्रियाँ मेघों से घिरे दिन, घने अन्धकार, वर्जित स्थान, सूनी गलियों और अपने पति के प्रवास से बड़ी प्रसन्न होती हैं, क्योंकि इस प्रकार उन्हें अपने प्रेमी से मिलने में आसानी हो जाती है।

चोरी-चोरी प्रेमी से मिलने वाली स्त्रियों के लिए सुन्दर पलंग, उस पर गुदगुदा बिछौना और पति का होना तिनके के समान तुच्छ होता है।

पर-पुरुषों में अनुरक्त कुलटाएँ कुल के कलंकित होने, लोक में निन्दित होने, दण्ड मिलने अथवा बन्धन में पड़ने के कष्टों की भी कोई परवाह नहीं करतीं। उन्हें तो अपने यौन-सुख के सामने सब कुछ तुच्छ जान पड़ता है।

इसीलिए जुलाहे की स्त्री घर पहुँचने पर देवदत्त से बोली, आप इस चारपाई पर विश्राम कीजिए। मैं दूसरे गाँव से आई अपनी सखी से उसका कुशल समाचार पूछकर लौटती हूँ और आपके लिए भोजन की तैयारी करती हूँ।

यह कहकर वह कुलटा सज-धजकर अपने प्रेमी के पास जा पहुँची। इस बीच, अधिक मदिरा पी जाने के कारण लड़खड़ाता हुआ जुलाहा भी अपने घर आ गया। जुलाहे की स्त्री ने अपने पति को देख लिया और वह चुपचाप घर लौट आई।

जुलाहे ने उसे जाते देख लिया था। उसने लोगों से अपनी पत्नी की दुश्चरित्रता के विषय में सुन रखा था, किन्तु आज तो उसने अपनी आँखों से देख लिया था। उसने क्रोधित होते हुए अपनी पत्नी से पूछा, कमीनी! अब तू सच-सच बता, किसके पास जा रही थी?

कुलटा बोली, मैं तो तुम्हारी प्रतीक्षा में घर में ही बैठी हूँ। लगता है कि तुम अधिक शराब पी जाने के कारण बहक गए हो, इसीलिए इस प्रकार की बातें कर रहे हो। शास्त्रों में भी कहा गया है कि अधिक मदिरापान करने से हाथों में कम्पन, वस्त्रों का त्याग, तेज की हानि तथा क्रोध आदि लक्षण डूबते सूर्य में भी देखे जा सकते हैं, फिर तुम मनुष्यों का तो कहना ही क्या!

जुलाहा अपनी पत्नी की उलटी-सीधी बातों और उसकी वेशभूषा को देखकर क्रोधित होते हुए बोला, कुलटा! मैं तेरे विषय में कितने दिनों से ना जाने क्या-क्या सुनता आ रहा हूँ, आज मैंने तुझे अपनी आँखों से देख लिया है। तेरे इस चरित्र को देखकर मैं समझता हूँ कि तुझे दण्ड देना आवश्यक है। यह कहकर जुलाहा अपनी पत्नी को डण्डे से पीटने लगा और उसे तब तक पीटता रहा, जब तक कि वह धरती पर गिर नहीं गई। इसके बाद उसने अपनी पत्नी को एक रस्सी से जकड़कर खम्भे के साथ बाँध दिया और फिर जाकर सो गया।

इस बीच, अपनी प्रेमिका की प्रतीक्षा करते जुलाहे की स्त्री के प्रेमी ने नाइन को दूती बनाकर अपनी प्रेमिका को बुलाने के लिए भेजा। नाइन ने जाकर उसे उसके प्रेमी का सन्देश दिया, तो वह बोली, मेरा यह हाल तो तुम देख ही रही हो। आज की रात तुम ही उसके साथ काट लो। इस पर नाइन बोली, यदि तेरे प्रेमी को मेरे साथ ही रात बितानी होती, तो वह मुझे तुम्हारे पास क्यों भेजता? वह तो केवल तुम्हें चाहता है, इसीलिए मैं कहती हूँ कि तुम बड़भागी हो। मैं तो ऊँटों की तरह कठिनाई की परवाह ना करते हुए स्वादिष्ट फल खाने को उत्सुक प्रेमियों की हृदय से प्रशंसा करती हूँ।

दूसरे पुरुष के साथ रमण करने का सुख सामने उपस्थित है। मरने के पश्चात नरक-यातना तो कल्पना की बात है। लोगों द्वारा निन्दा की परवाह कौन करता है? लोगों की आदत ही होती है, वे तो कुछ-ना-कुछ कहते ही रहते हैं। क्या उनकी बातों से जवानी के आनन्द को मिट्टी में मिला देना सही है?

जुलाहे की पत्नी बोली, पर मैं तो यहाँ बन्धन में पड़ी हूँ, मैं कैसे जा सकती हूँ?

यह सुनकर नाइन ने तुरन्त ही जुलाहे की पत्नी के बन्धन खोल दिए। इस पर जुलाहे की पत्नी नाइन से कहने लगी, यदि जुलाहे ने जागकर मुझे यहाँ ना देखा, तो वह मुझे मार डालेगा। यह सुनकर नाइन बोली, तुम अपनी

जगह पर मुझे बाँधकर चली जाओ। अंधेरे में वह शराबी मुझे पहचान कैसे सकेगा?

जुलाहे की पत्नी को यह उपाय उचित लगा और वह अपनी जगह नाइन को बाँधकर अपने प्रेमी के पास जा पहुँची।

कुछ ही देर बाद जुलाहे की आँख खुल गई और वह अपनी पत्नी की पिटाई करने के लिए पछताते हुए बोला, अरी! यदि तू भविष्य में ग़लत मार्ग पर ना चलने का मुझे विश्वास दिलाए, तो मैं तुझे आज़ाद कर सकता हूँ।

नाइन ने जब यह सुना, तो उसने सोचा कि अगर मैं अपना मुँह खोलती हूँ, तो मेरी आवाज़ से जुलाहे को पता चल जाएगा, इसलिए वह चुप ही रही। पत्नी की चुप्पी को उसका क्रोध समझकर जुलाहा अपनी बात को दोहराता रहा, पर उत्तर ना मिलने पर उसने हाथ में छुरी लेकर नाइन की नाक पर वार कर दिया और फिर बोला, अब मैं तुझे कभी नहीं मनाऊँगा। यह कहकर वह चारपाई पर जा पड़ा और पड़ते ही सो गया।

धन के नष्ट हो जाने से चिन्तित तथा भूख से व्याकुल देवदत्त सो नहीं सका। वह इन दोनों स्त्रियों के चरित्र को देखता रहा। उसने देखा कि अपने प्रेमी के साथ रति-भोग करके जुलाहे की पत्नी लौट आई और उसने नाइन से पूछा, कहो, सब कुछ ठीक तो है? जुलहा जागा तो नहीं?

नाइन ने रोते हुए अपनी नाक दिखाकर उसे सारी बात बताई और बोली, अब तू मुझे फ़ौरन इस बन्धन से मुक्त कर दे, ताकि किसी को मेरी असलियत का पता ना चल सके। जुलाहे की पत्नी ने नाइन के बन्धन खोलकर उसे रिहा कर दिया और नाइन अपने घर चली गई।

इसी बीच, जुलाहा भी जाग उठा और क्रोधित स्वर में बोला, नीच! अब क्या कहती है? क्या इस बार अपने कान भी कटवाने हैं?

इस पर जुलाहे की पत्नी ने अपने पति को धमकाते हुए कहा, मुझ सती पर झूठा आरोप लगाते हुए क्या तुझे शर्म नहीं आती? अरे मुझ-जैसी पतिव्रता का अंग-भंग कर सके, इतना दम किसमें है? क्या तू नहीं जानता कि सती स्त्रियों की रक्षा स्वयं दिग्पाल किया करते हैं।

सूर्य, चन्द्र, वायु, अग्नि, जल, पृथ्वी, स्वर्ग, हृदय, यम, धर्म, दिन-रात और प्रातः-सायं के सन्धिकाल मनुष्य द्वारा किए जाने वाले सभी अच्छे-बुरे कामों के साक्षी होते हैं। यदि मैं अपने मन, वचन और कर्म से सती हूँ और

मैंने स्वप्न में भी पर-पुरुष का चिन्तन नहीं किया हो, तो मेरी नाक पर तुम्हारे वार का निशान तक भी नहीं मिलेगा।

पत्नी के यह कहते ही जुलाहे ने मशाल की रोशनी में पत्नी की नाक को साबुत और रक्तविहीन देखा, तो उस पर मिथ्या सन्देह करने के लिए अपने आपको कोसने लगा और उसे बन्धनमुक्त करके उसकी मनुहार करने लगा।

इस सारे खेल को देखकर विस्मित हुआ देवदत्त अपने आप से कहने लगा कि स्त्रियाँ तो सचमुच विचित्र होती हैं। वे शम्बर, नमुचि, बलि और कुम्भीनस जैसे मायावी दैत्यों की माया से परिचित ही नहीं, अपितु उनकी गुरु हैं। इसलिए स्त्रियों को माया को आरम्भ करने वाली ही समझना चाहिए।

स्त्रियाँ हँसते पुरुष के साथ हँसती हैं और रोते के साथ रोती हैं और इस प्रकार ये पुरुष को अपने प्रेमजाल में फाँस लेती हैं।

शास्त्रकारों ने ठीक ही कहा है कि स्त्रियों से ना अधिक लगाव रखना चाहिए और ना इनकी शक्ति को अधिक बढ़ने देना चाहिए, क्योंकि शक्ति प्राप्त कर ये अपने ऊपर आसक्त पुरुष को उड़ने में असमर्थ पक्षी-जैसा बनाकर रख लेती हैं।

मधुर वचन बोलती हुई स्त्रियाँ चित्त से तीखा प्रहार करती हैं, लेकिन इनके वचनों में मधु और हृदय में हालाहल विष भरा रहता है।

इसीलिए स्त्रियों के अधरों का चुम्बन और इनके माँसल अंगों का मर्दन किया जाता है। जिस प्रकार शहद के लोभी भँवरे कमल के चारों ओर मँडराते रहते हैं, उसी प्रकार विषय-भोग के इच्छुक व्यक्ति सुन्दरियों के चारों ओर चक्कर काटते रहते हैं।

समझ में नहीं आता कि स्त्रियों के दोषों को पुरुष गुण कैसे मान लेता है? इनके स्तनों में कठोरता है, नेत्र चंचल हैं, मुख में असत्य वचन हैं, केशों में घुँघरालापन है, वचनों में मधुरता है, नितम्बों में स्थूलता है, हृदय में भय है और अपने स्वामी के साथ व्यवहार में कपट भरा है।

क्या किसी भी व्यक्ति को ऐसी स्त्रियों को अपनी प्रेमिका बनाना चाहिए?

पुरुषों से अपना काम निकालने के लिए स्त्रियाँ कभी हँसती हैं, तो कभी रोती हैं, लेकिन पुरुषों को अपने प्रति विश्वास दिलाकर भी वे स्वयं उन पर विश्वास नहीं करतीं। अतः कुलीनता को महत्त्व देने वाले व्यक्ति को श्मशान

में खड़े वटवृक्ष की भाँति कभी स्त्रियों का संग नहीं करना चाहिए, अपितु उनसे दूर ही रहना चाहिए।

स्त्रियाँ पुरुषों के साथ तभी तक प्रिय व्यवहार करती हैं, जब तक उन्हें अपने प्रति आसक्त नहीं बना लेतीं। पुरुषों के आसक्त होते ही स्त्रियाँ उन्हें बंसी में फँसी मछली के समान जल से बाहर निकालकर धरती पर तड़पने के लिए छोड़ देती हैं।

असत्यभाषण, दुस्साहस, माया, मूर्खता, अतिलोभ, अपवित्रता और क्रूरता ये सात दोष सामान्य रूप से सभी स्त्रियों में पाए जाते हैं।

स्त्रियाँ अपनी प्रसन्नता के लिए पुरुषों को सम्मोहित, मस्त, प्रसन्न, वंचित व प्रताड़ित कर उनसे रमण भी करती हैं और उन्हें विषादग्रस्त भी करती रहती हैं। पुरुषों के हृदय में प्रवेश कर कुटिल नयनों वाली स्त्रियाँ पुरुषों को मनमाने ढंग से नचाती रहती हैं।

इस प्रकार सोचते-सोचते देवदत्त ने जागकर ही सारी रात काट दी।

इधर, नाक पर लगे घाव के साथ घर गई नाइन घाव को छिपाने का उपाय सोचने लगी। उसका पति रात-भर राजपरिवार में रहने के बाद प्रातःकाल जब घर लौटा, तो उससे बोला, मेरी हजामत के सामान की सन्दूकची यहाँ ले आ, ताकि मैं ग्राहकों की हजामत बनाने जा सकूँ। नाइन ने सन्दूकची की अपेक्षा केवल उस्तरा उसकी ओर फेंक दिया। इस पर नाई बोला, मैंने सन्दूकची माँगी है, उस्तरा नहीं। इस पर नाइन ने कोई उत्तर नहीं दिया। तब क्रोध में आकर नाई ने उस्तरा भीतर फेंक दिया। बस, नाइन नाक कट जाने का शोर मचाती हुई घर से बाहर निकल आई। उसका चिल्लाना सुनकर किसी पड़ोसी ने आरक्षकों को सूचित कर दिया। नाइन ने आरक्षकों के आगे अपने को अपने पति से बचाने की गुहार लगाई और बिना अपराध के पति पर अपनी नाक काटने का आरोप लगा दिया।

आरक्षकों ने नाई से इसका कारण पूछा। क्या इसका किसी अन्य पुरुष से सम्बन्ध है? क्या इसने तुम्हारे साथ विश्वासघात किया था? क्या इसने कोई धोखा किया था? इसके किस अपराध के लिए तुमने इसकी नाक काटी है?

नाई बेचारा कुछ भी उत्तर ना दे सका और उसकी चुप्पी को उसका अपराध मानकर आरक्षकों ने उसे बन्दी बना लिया। कहा भी है कि किसी पाप अथवा कोई ग़लत काम हो जाने पर दुःखी व्यक्ति की आवाज़ और

उसका चेहरा बदल जाता है, उसके नेत्रों में डर समा जाता है और उसका तेज नष्ट हो जाता है। अपराधी व्यक्ति के पैर लड़खड़ाने लगते हैं, उसका चेहरा उतर जाता है, उसके माथे पर पसीना आ जाता है और उसके मुँह से अनाप-शनाप कुछ भी निकलने लगता है। अपराधी व्यक्ति किसी से आँख भी नहीं मिला पाता। इन्हीं लक्षणों से अपराधी की पहचान हो जाती है।

आरक्षकों ने उसकी चुप्पी और उसके चेहरे के भाव देखकर उसे अपराधी मान लिया और उसे दण्ड देने का निश्चय कर लिया। इसी बीच, देवदत्त भी वहाँ पहुँच गया। निर्दोष नाई को संकट में पड़ा देख देवदत्त ने वहाँ खड़े सभी लोगों और आरक्षकों को बीती रात आँखों देखी सारी घटना कह सुनाई, तो लोग कहने लगे कि ब्राह्मण, बालक, स्त्री, तपस्वी तथा रोगी व्यक्ति द्वारा भारी अपराध किए जाने पर भी इनका वध नहीं करना चाहिए, किन्तु कुकर्म के दण्डस्वरूप इनके किसी अंग को भंग कर देना चाहिए।

भगवान ने इसके नकटा हो जाने के रूप में इसे दण्ड दे दिया है, किन्तु इसके अपराध की गम्भीरता को देखते हुए इसके कान भी काट देने चाहिए।

परमेश्वर की इस लीला को देखकर देवदत्त अपने दुःख को भूल गया और अपने मठ में लौट गया।

यह कथा सुनाकर दमनक बोला, बन्धु! मेमनों के युद्ध में पड़ने से गीदड़ की मौत हो गई, आषाढ़भूति पर विश्वास करने से देवदत्त लुट गया तथा दूती का कार्य करने पर नाइन को अपने नाक-कान कटवाने पड़े।

करटक ने पूछा, अब तुम क्या करना चाहते हो?

दमनक ने उत्तर दिया, अब मैं संजीवक और पिंगलक के मध्य फूट डालकर दोनों को एक-दूसरे से अलग कर दूँगा। शास्त्रकारों का कथन है कि धनुर्धारी व्यक्ति के धनुष से छूटा बाण भले ही ख़ाली चला जाए, किन्तु बुद्धिमान व्यक्ति द्वारा विचार कर किया गया कार्य कभी विफल नहीं होता। बुद्धिमत्तापूर्वक बनाई गई योजना तो राजा के साथ-साथ उसके समूचे राज्य को भी नष्ट कर देती है।

अब मैं भी ऐसी ही एक योजना बनाता हूँ, जिससे इन दोनों में फूट पड़ जाए।

करटक ने दमनक से कहा, यदि इन दोनों को तुम्हारी योजना की जानकारी हो गई, तो तुम्हारे प्राणों पर संकट आ जाएगा।

दमनक बोला, मित्र! तुम चिन्ता मत करो। बुद्धिमान व्यक्ति को भाग्य के भरोसे ना रहकर अपनी स्थिति में सुधार करने के लिए प्रयत्न करते रहना चाहिए। उद्यम करते रहने पर व्यक्ति को कभी-ना-कभी साम्राज्य तक भी प्राप्त हो जाता है। भाग्य के विपरीत होने पर भी व्यक्ति को अपना धैर्य कभी नहीं छोड़ना चाहिए, क्योंकि धैर्य बनाए रखने पर ही स्थिति में परिवर्तन हो जाता है। समुद्र में जहाज़ को डूबता देखकर नाविक हाथ-पर-हाथ रखकर नहीं बैठ जाते, अपितु जहाज़ को बचाने के उपाय करने लगते हैं और डूबते जहाज़ को बचाने में सफल भी हो जाते हैं।

जहाँ कामचोर व्यक्ति 'भाग्य में लिखा होगा, तो मिल ही जाएगा' की रट लगाते रहने पर दरिद्र बने रहते हैं, वहीं उद्यमी व्यक्ति लक्ष्मी को प्राप्त कर सफल हो जाते हैं। इसलिए नीतिकारों का निर्देश है कि भाग्य के भरोसे ना बैठकर अपने सामर्थ्यानुसार प्रयत्न करते रहना चाहिए। नीतिकार कहते हैं कि यदि उद्यम करने पर भी आपको सफलता नहीं मिलती, तो भी घुटने नहीं टेक देने चाहिए, अपितु अपने उद्यम का निरीक्षण करके अपनी भूल को सुधार लेना चाहिए। मैं भी अपनी योजना को इस प्रकार काम में लाऊँगा कि दोनों को इसकी भनक तक नहीं पड़ेगी। शास्त्रों में तो कहा गया है कि भली प्रकार से गुप्त रखे गए मंत्र की जानकारी तो ब्रह्मा को भी नहीं मिल सकती। विष्णु बने एक जुलाहे द्वारा राजपुत्री से किए गए कामोपभोग का पता किसी को भी नहीं चला।

करटक ने पूछा, यह कैसी कथा है?

दमनक ने कहा, सुनना चाहते हो, तो सुनो।

कथा–5

किसी गाँव में एक जुलाहा और एक बढ़ई रहते थे। दोनों अपना-अपना समय साथ-साथ ही बिताने लगे। एक बार किसी मन्दिर में एक समारोह का आयोजन हुआ, जिसमें अनेक नटों और नर्तकों आदि ने अपनी-अपनी कला के अपूर्व चमत्कार दिखाए। उस समारोह को देखने के लिए वे दोनों मित्र भी पहुँचे। कुछ ही देर बाद वस्त्राभूषणों से सजी, वृद्ध ब्राह्मणों और सखियों से घिरी तथा हथिनी पर सवार होकर अत्यन्त रूपवती राजकुमारी भी वहाँ पधारी, जिसे देखते ही जुलाहा उस पर आसक्त हो गया और उसे राजकुमारी

के बिना अपना जीवन व्यर्थ लगने लगा। राजकुमारी के वियोग में जुलाहा किसी पागल की भाँति आचरण करने लगा।

अपने मित्र की इस दशा से चिन्तित होकर बढ़ई ने उससे पूछा, तुम्हें यह क्या हो गया है? कुछ तो बताओ, तभी तो पता चलेगा और कोई उपाय सोचा जा सकेगा।

जुलाहा बोला, मित्र! तुम ही मेरे सुख-दुःख के साथी हो। मैं तुम्हें अपना दुःख नहीं बताऊँगा, तो किसे बताऊँगा? शायद मेरी बात सुनकर तुम मेरा उपहास करो, मेरी चाहत पर हँसो और उसे असम्भव बताकर मुझे उपदेश देने लगो। इसलिए मैं चाहता हूँ कि तुम मेरे लिए एक चिता तैयार कर दो, ताकि मैं अपने प्राणों का त्याग कर सकूँ।

जुलाहे के दुःख से दुःखी बढ़ई ने कहा, मित्र! मुझे अपना दुःख बताओ। शास्त्रों में कहा गया है कि पूरे ब्रह्माण्ड में ऐसा कुछ भी नहीं, जिसे औषधि, धन, मंत्र तथा महात्माओं की बुद्धि के बल पर सिद्ध ना किया जा सके।

यदि औषधि, धन, मंत्र और बुद्धि में से किसी एक के माध्यम से भी तुम्हारा कार्य सिद्ध किया जा सकेगा, तो उसे सिद्ध किया जाएगा।

जुलाहा बोला, मित्र! मेरा दुःख किसी भी प्रकार से दूर नहीं किया जा सकता। अतः मुझे मरने दो।

बढ़ई बोला, तुम्हारा वियोग मैं नहीं सह सकूँगा, अतः तुम्हारे साथ मैं भी आत्महत्या कर लूँगा।

जुलाहा बोला, मेरे दुःख का कारण वह राजकुमारी है। मैंने जब से उसे देखा है, मेरा मन वश में नहीं रहा। मैं उसके वियोग में जल के बिना मछली की भाँति तड़प रहा हूँ।

मैं जब तक उसके कोमल अंगों का मर्दन नहीं कर लेता, उसे अपनी भुजाओं में बाँधकर उसका आलिंगन नहीं कर लेता, तब तक मुझे एक पल के लिए भी चैन नहीं मिल सकता।

राजकुमारी के मोहक रूप, स्वर्ण कलशों के समान उन्नत कोमल अंग, खिले पुष्पों के समान उसके यौवन, केशों तथा उसकी पतली कमर को देखकर काम मुझे क्षण-भर के लिए भी चैन नहीं लेने देता। उसके कपोलों का चुम्बन किए बिना मैं अपने जीवन को व्यर्थ मानता हूँ और इसीलिए अपने प्राणों को त्यागना चाहता हूँ।

अपने मित्र जुलाहे को इस प्रकार तड़पता देखकर बढ़ई उसके प्रति द्रवित हो उठा और उसे आश्वस्त करते हुए बोला, मित्र! इसमें चिन्ता की कोई बात नहीं है? यदि तुम सचमुच राजकुमारी को चाहते हो, तो अपना मनोरथ पूरा हुआ जानो।

जुलाहा बोला, मित्र! कहीं तुमने भाँग का सेवन तो नहीं कर लिया? राजकुमारी के अन्तःपुर की रक्षा प्रहरी दिन-रात करते रहते हैं, जहाँ बिना अनुमति के वायु भी प्रवेश नहीं कर सकती। मैं ऐसे महल में किस प्रकार प्रवेश पा सकूँगा और किस प्रकार मेरा उसके साथ समागम हो सकेगा?

बढ़ई बोला, मैं झूठ नहीं कहता। मैं अपने बुद्धि-बल से इस असम्भव को सम्भव करके ही रहूँगा। यह कहकर उसने आकाश में उड़ने वाला लकड़ी का एक गरुड़ बनाया और उस गरुड़ में पंखों के रूप वाली दो सूखी लकड़ियाँ लगा दीं। उसने लकड़ी के ही शंख, चक्र, गदा, पद्म, मुकुट और कौस्तुभमणि भी बना लीं और अपने मित्र जुलाहे को विष्णु बनाकर और गरुड़ को उड़ाने-उतारने की विद्या सिखाकर कहा, बन्धु! इस विष्णुरूप में आज तुम आधी रात में अपनी प्रेमिका के शयनकक्ष में पहुँचकर उससे मिलो और राजकुमारी को मुग्ध करके उसके साथ रति-भोग करो।

बढ़ई की इस योजना से प्रसन्न होकर जुलाहे ने वही किया। अपने कक्ष में विष्णु नारायण को देखकर राजकुमारी आँखें फाड़े जुलाहे को देखने लगी। जुलाहे ने भी राजकुमारी को अभयदान देते हुए कहा, सुन्दरी! तुम्हारे लिए मैं अपनी पत्नी लक्ष्मी को छोड़कर आया हूँ। मेरे साथ रति-भोग करके तुम अपने जीवन को सफल बनाओ।

शंख, चक्र, पद्म और गदा से युक्त तथा गरुड़ पर आरूढ़ जुलाहे को राजकुमारी सचमुच विष्णु समझकर उसे प्रणाम करती हुई बोली, क्या आप मनुष्य-जाति की स्त्री से रति-भोग करेंगे?

जुलाहे ने कहा, देवी! तुम नहीं जानतीं कि तुम ही पूर्वजन्म की मेरी पत्नी राधा हो। उस जन्म में तुम गोकुल में प्रकट हुई थीं और इस जन्म में राजकुमारी बनी हो। तुम्हें इस रहस्य की कोई जानकारी नहीं, किन्तु मैं सब जानता हूँ और तभी तुमसे मिलने आया हूँ।

राजकुमारी बोली, प्रभु! यदि आप सत्य कह रहे हैं, तो आपको मुझे मेरे पिता से माँग लेना चाहिए। उत्तर में जुलाहे ने कहा, मैं सभी मनुष्यों को दर्शन के लिए सुलभ नहीं होता। तुम्हारे पिता ऐसी पुण्यात्मा नहीं हैं कि

मैं उन्हें दर्शन दे सकूँ। तुम्हें मुझसे गन्धर्व-विवाह करना होगा। यदि तुमने स्वयं को मुझे समर्पित नहीं किया, तो मेरा शाप तुम्हारे परिजनों का सर्वनाश कर देगा।

इतना कहकर जुलाहे ने भय और लज्जा के कारण सिमटती जा रही राजकुमारी का हाथ पकड़ लिया और उसे अपनी छाती से सटा लिया। राजकुमारी का आलिंगन-चुम्बन करते हुए जुलाहे ने उसके साथ काम सुख का आनन्द लिया। इसके पश्चात कुछ समय तक जुलाहा राजकुमारी से बातें करता रहा और फिर अगली रात को पुनः आने की कहकर लौट गया। अब वह प्रति अर्धरात्रि के समय राजकुमारी के पास पहुँच जाता और रति-भोग का सुख लेकर प्रभात होने से पहले ही लौट आता।

कुछ समय बीतने पर राजकुमारी के अधरों और चेहरे को देखकर उसकी सखियों को उस पर सन्देह हुआ। पहरेदारों को भी लगा कि राजा को समय पर सूचित नहीं किया गया, तो षड्यन्त्र रचने के आरोप में हमें प्राणदण्ड भी मिल सकता है। प्रहरी ने राजा के पास पहुँचकर उनसे कहा, महाराज! अपराध क्षमा करें। हम चिड़िया तक को भी राजकुमारी के महल में नहीं घुसने देते, किन्तु हमें सन्देह है कि राजकुमारी का किसी पुरुष से सम्बन्ध है। अब आप जो भी उचित समझें, वह करें।

यह सब सुनकर राजा सोचने लगा कि पुत्री का जन्म लेना ही चिन्ता का विषय होता है। कन्या के युवती होने पर उसके लिए योग्य वर ढूँढना दूसरी चिन्ता होती है तथा यह चिन्ता लगी रहती है कि विवाह के पश्चात वह ससुराल में सुखी रहेगी या नहीं। इसीलिए कहा जाता है कि कन्या का पिता होना बड़े कष्ट की बात होती है।

पुत्रियाँ नदी के समान होती हैं। जैसे नदी के दो किनारे होते हैं, वैसे ही लड़कियों के भी दो परिवार होते हैं। जिस प्रकार नदियाँ अपने प्रवाह से अपने किनारों को बहा ले जाती हैं, उसी प्रकार लड़कियाँ भी अपने दुराचरण से दोनों परिवारों को कलंकित कर देती हैं।

जन्म लेते ही कन्या अपनी माता की छाती पर चट्टान जितना भार रख देती है तथा उसके बड़ा होने पर उसके परिजन भी चिन्तित रहने लगते हैं। उसका विवाह हो जाने पर भी माता-पिता चैन की साँस नहीं ले पाते। इस प्रकार कन्या का जन्म ऐसी विपत्ति होता है, जिससे कभी छुटकारा नहीं पाया जा सकता।

इस प्रकार देर तक विलाप करने के पश्चात राजा ने रानी से सत्य का पता लगाने का अनुरोध किया। पति की बात सुनकर चिन्तित हुई रानी उसी समय पुत्री के कक्ष में जा पहुँची। पुत्री के अधरों और नखों से चिन्हित छाती को देखकर रानी ने लड़की से पूछा, अरी कुलटा! तुम किस दुराचारी के साथ यह निकृष्ट कर्म करती हो? लज्जित होते हुए राजकुमारी ने बताया माँ! अर्धरात्रि के समय स्वयं भगवान विष्णुनारायण मेरे साथ रति-भोग करने आते हैं। यदि तुम्हें विश्वास ना हो, तो आज ही अर्धरात्रि के समय यहाँ आकर स्वयं देख लेना।

कन्या की बात सुनकर रानी राजा के पास जा पहुँची और राजा से बोली, महाराज! हम बड़े भाग्यशाली हैं। स्वयं भगवान विष्णु अर्धरात्रि के समय हमारी पुत्री के पास आते हैं। उन्होंने हमारी कन्या से गन्धर्व-विवाह भी कर लिया है। आज अर्धरात्रि के समय हम दोनों खिड़की से भगवान के दर्शन करेंगे।

राजा और रानी ने बड़ी कठिनाई से दिन व्यतीत किया। रात्रि के समय राजा और रानी खिड़की के पास जाकर बैठ गए। आधी रात के बाद उन दोनों ने सचमुच शंख, चक्र, गदा, पद्मधारी विष्णुनारायण को आकाश मार्ग से महल की छत पर अपने वाहन गरुड़ से उतरते हुए देखा। प्रसन्न होकर राजा रानी से बोला, प्रिये! हम तो विष्णुजी को दामाद के रूप में पाकर सचमुच धन्य हो गए हैं। अब तो मैं अपने दामाद के बल पर सारी पृथ्वी को अपने वश में कर लूँगा, फिर तो अहंकारग्रस्त होकर राजा ने अपने पड़ोसी राजाओं से भी अकारण छेड़छाड़ करना आरम्भ कर दिया।

इस छेड़छाड़ से क्रुद्ध होकर पड़ोसी राजाओं ने उसे सब ओर से घेर लिया। तब राजा ने रानी के माध्यम से अपनी पुत्री को यह सन्देश भेजा कि वह विष्णुनारायण से राज्य की रक्षा तथा शत्रुओं के विनाश के लिए कहे। राजकुमारी ने विष्णुनारायण बने जुलाहे से सहायता की याचना की, तो वह बोला, सुमुखे! तुम चिन्तित ना हो। तुम्हारे पिता के शत्रुओं के तो मैं पल-भर में ही अपने सुदर्शन चक्र से टुकड़े-टुकड़े कर डालूँगा।

जुलाहे ने कह तो दिया, परन्तु युद्ध करना उसके वश में नहीं था। इधर, राजा विष्णुजी की सहायता के भरोसे बैठा था। स्थिति यहाँ तक आ पहुँची कि राजा का राज्य उसके महल तक ही रह गया। राजकुमारी ने रात्रि में विष्णु बने जुलाहे से कहा, यदि आपने कोई सहायता ना की, तो हम सब

बन्दी बना लिए जाएँगे और फिर मेरा आपसे मिलना सम्भव नहीं हो सकेगा।

जुलाहा सोच में पड़ गया कि राजकुमारी ने मेरे आगे समर्पण कर दिया है और उसके पिता ने भी मुझे साक्षात विष्णुनारायण समझकर अपने पड़ोसियों से संघर्ष मोल ले लिया है। अब इनकी सहायता करना मेरा धर्म ही नहीं, कर्तव्य भी है। मैं गरुड़ पर सवार होकर इसी रूप में शत्रु पर अपना क्रोध प्रदर्शित करूँगा? शायद भयभीत होकर शत्रु यहाँ से भाग ही जाए। शास्त्रों में भी कहा गया है कि विषरहित सर्प को भी बचाव के लिए अपने फन को दिखाना चाहिए। फन की भयंकरता से ही काम बन जाता है।

जुलाहे ने यह भी सोचा कि यदि शत्रुओं को डराने में मेरी मृत्यु भी हो जाए, तो यह भी मेरे लिए अच्छा ही होगा। शास्त्रों का कथन है कि गाय, ब्राह्मण, स्वामी, स्त्री और स्थान की रक्षा के लिए युद्ध में प्राण गँवाने वालों को दिव्यलोक की प्राप्ति होती है।

जब मैंने अपने को उनके सामने विष्णुरूप में प्रकट किया है, तो उन्हें इस प्रकार संकट में छोड़कर भाग जाना मुझे शोभा नहीं देता।

यह सोचकर जुलाहे ने राजकुमारी से कहा, प्रिये! आज मैं तुम्हारे पिता के शत्रुओं का वध करने के पश्चात ही अन्न-जल ग्रहण करूँगा। तुम अपने पिता से शेष बची सेना के साथ व्यूह-रचना के लिए कह दो। मैं सारे शत्रुओं को निस्तेज कर दूँगा।

राजकुमारी ने पिता को यह सब बताया, तो राजा ने सब कुछ वैसा ही कर दिया। इधर, विष्णुरूपधारी जुलाहा भी युद्धक्षेत्र की ओर चल दिया।

इसी बीच, भगवान विष्णुनारायण ने गरुड़ का स्मरण किया और गरुड़ के उपस्थित होने पर श्रीनारायण ने उससे कहा, गरुड़! तुम्हें मेरा रूप धारण करके और काठ के गरुड़ पर सवार होकर जुलाहे के राजकुमारी के साथ रति-भोग करने की जानकारी तो अवश्य होगी।

गरुड़ बोला, प्रभो! मैं उसकी धृष्टता से भली प्रकार परिचित हूँ। आप आज्ञा कीजिए।

नारायण बोले, वत्स! आज अपनी मृत्यु को निश्चित समझकर भी वह जुलाहा राजकुमारी के प्रति मोह के कारण ही मेरा वेश धारण करके युद्धक्षेत्र में जाने वाला है। उसके पतन पर लोग विष्णु और गरुड़ को ही मारा गया समझेंगे। इस प्रकार हमारा वर्चस्व भी समाप्त हो जाएगा और हमारी पूजा

का विधान भी मिट जाएगा। अतः तुम उस काठ के गरुड़ में प्रवेश करो और मैं जुलाहे के शरीर में प्रवेश कर लूँगा। शत्रुओं का मान-मर्दन करने से ही हमारी प्रतिष्ठा बढ़ेगी।

विष्णुजी के ऐसा करने पर शत्रुओं को तो क्षीण होना ही था, राजा द्वारा अपने शत्रुओं पर विजय पाना भी सम्भव हो गया। तत्पश्चात विस्मित जुलाहा जब धरती पर उतरा, तो लोगों ने चारों ओर से उसे घेर लिया। तब जुलाहे ने लोगों को सारी कहानी सुना दी, लेकिन राजा ने शत्रुओं पर विजय का श्रेय उसे ही देते हुए अपनी कन्या का विवाह उससे कर दिया। इसके पश्चात जुलाहा पत्नी बनी राजकुमारी के साथ सुर्खपूर्वक अपना जीवन व्यतीत करने लगा।

यह कथा सुनाकर दमनक ने करकट से कहा, अनेक बार उचित प्रकार से प्रयोग किए गए दम्भ से भी अभीष्ट की सिद्धि की जा सकती है।

इस पर दमनक को सावधान करते हुए करटक कहने लगा, बन्धु! तुम्हारी सोच और तुम्हारा कहना ठीक हो सकता है, परन्तु मुझे भय लगता है। संजीवक बुद्धिमान है, किन्तु पिंगलक उग्र और क्रोधी है। इसलिए मैं तुम्हारी बुद्धिमानी से प्रभावित होकर भी संजीवक और पिंगलक के मध्य फूट डालने में तुम्हें समर्थ नहीं मानता।

दमनक बोला, मैं सीमित साधनों के होते हुए भी अपना उद्देश्य सिद्ध करने में अवश्य सफल होऊँगा। मैं जानता हूँ कि पराक्रम से जो काम ना किया जा सके, समुचित उपाय करके उसे भी किया जा सकता है। एक साधारण कौवी ने अपने उपाय से ही काले अजगर का विनाश कर डाला था।

करटक के आग्रह पर दमनक उसे कौवी की कथा सुनाने लगा।

कथा–6

किसी वन में स्थित एक वटवृक्ष पर कौआ-कौवी का जोड़ा रहता था। कौवी जब भी अण्डे देती, वटवृक्ष के नीचे रहने वाला काला अजगर उन अण्डों को खा लेता। सन्तानों की हर बार मृत्यु होने से कौआ-कौवी दुःखी और चिन्तित रहते थे।

एक दिन कौए ने पास में ही दूसरे वृक्ष पर रहने वाले गीदड़ के आगे अपना दुखड़ा रोया और कहने लगा, क्या इस संकट से उद्धार का कोई उपाय नहीं है? क्या इस अजगर के कारण हमें सन्तान का सुख कभी प्राप्त नहीं होगा? आप हमें कोई उपाय बताने की कृपा करें। मैं जानता हूँ कि नदी-किनारे स्थित खेत का स्वामी, पर-पुरुषगामिनी स्त्री का पति तथा जिस घर में साँप का निवास हो, वह परिवार कभी सुखी और निश्चिन्त नहीं रह सकता।

साँप के कारण ही हमारे प्राणों पर भी सदा संकट बना रहता है।

गीदड़ बोला, मित्र! तुम निश्चिन्त हो जाओ। इस अजगर को किसी उपाय से ही मारना होगा।

शस्त्रों से जिस शत्रु का विनाश नहीं किया जा सके, उसे उपाय से नष्ट करना सम्भव हो जाता है। उपाय जानने वाला व्यक्ति दुर्बल होने पर भी बड़े-बड़े सूरमाओं को पराजित कर देता है।

अपने कथन के समर्थन में प्रमाण देते हुए गीदड़ ने कहा, उत्तम, मध्यम और अधम स्तर की छोटी-बड़ी सभी प्रकार की मछलियों को निगलने वाला एक बगुला अत्यधिक चंचलता दिखाने के कारण केकड़े द्वारा मारा गया था।

कौआ-कौवी दोनों ने एक साथ पूछा, यह कैसी कथा है?

गीदड़ ने उत्तर दिया, सुनिए।

कथा–7

किसी जंगल के एक तालाब में अनेक जलचर जीव भरे पड़े थे। वृद्ध हो जाने के कारण भूख से व्याकुल एक बगुला उस तालाब के किनारे पर बैठा बिलख रहा था। उसकी दीन-दशा पर सहानुभूति दिखाते हुए एक केकड़े ने उससे उसके दुःख का कारण पूछा, तो वह और भी ज़ोर से रोते हुए कहने लगा, मुझे जीवों की हिंसा से वैराग्य हो गया है। इसलिए अब मैं भूखा रहकर ही अपने प्राण त्यागना चाहता हूँ। इसीलिए मैं किनारे पर आई मछलियों को देखता भी नहीं हूँ।

केकड़े ने पूछा, क्या तुम मुझे अपने इस वैराग्य का कारण बता सकते हो? बगुले ने उत्तर दिया, मैं इसी सरोवर में पैदा हुआ और यहीं रहकर

बड़ा भी हुआ हूँ। इसलिए मुझे इस सरोवर से कुछ मोह हो गया है। आज एक ज्योतिषी कह रहा था कि शनि नक्षत्र मंगल व शुक्र ग्रहों के निकट आने वाला है, जिसके कारण अगले बारह वर्षों तक वर्षा नहीं होगी।

रोहिणी नक्षत्र में चन्द्रमा के आ जाने का अर्थ होता है जीवों का पानी की एक-एक बूँद के लिए तरस जाना और आपस में ही लड़ मरना।

बगुला बोला, तब तो इस योग में इस तालाब का पानी भी सूख जाएगा। सभी स्थल जल ना होने के कारण सूख जाएँगे और तपने लगेंगे। मुझसे तो अपनी जन्मभूमि की ऐसी दुर्दशा नहीं देखी जाएगी, अतः मैंने मौत को गले लगा लेने का निश्चय किया है। मुझे पता लगा है कि थोड़े जल वाले तालाबों में रहने वाले सभी जलचर प्राणियों को गहरे और बड़े तालाबों में ले जा रहे हैं। साथ ही मगर, घड़ियाल आदि बड़े जीव भी बड़े तालाबों की ओर जा रहे हैं। शायद इस तालाब में रहने वाले जीवों को इस तथ्य की जानकारी नहीं है, इसीलिए वे निश्चिन्त बैठे हैं, जबकि शीघ्र ही उनका सर्वनाश होने वाला है। इसीलिए मैं रो रहा हूँ।

केकड़े ने सभी जलचर प्राणियों को इकट्ठा करके उन्हें बगुले द्वारा बताई गई विपत्ति से परिचित कराया। सभी जलचर जीव चिन्तित हो उठे। वे बगुले के पास पहुँचकर उससे पूछने लगे, हे महात्मा! क्या हमारे बचने का कोई उपाय नहीं है?

बगुला बोला, घबराने की कोई आवश्यकता नहीं है। पास में ही गहरे जल वाला एक विशाल तालाब है, जो चौबीस वर्षों तक भी वर्षा ना होने से सूखेगा नहीं। यदि तुम लोग मेरी पीठ पर बैठना स्वीकार करो, तो मैं तुम्हें उस तालाब तक ले जा सकता हूँ। वहाँ तुम सब निश्चिन्त होकर रह सकोगे।

बगुले की बात पर विश्वास करके सभी जलचर उसकी पीठ पर बैठने को आतुर हो उठे। बगुला प्रतिदिन कुछ मछलियों को अपनी पीठ पर लाद कर ले जाता और थोड़ी दूर पर उन्हें एक शिला पर पटककर अपनी क्षुधा-पूर्ति कर लेता।

बगुले का यह खेल बहुत दिनों तक चलता रहा। एक दिन केकड़े ने भी सोचा कि वह भी बगुले की पीठ पर बैठकर नए तालाब तक जाएगा और वहाँ पहुँचकर मछलियों का समाचार प्राप्त करेगा।

इधर, बगुले ने सोचा कि आज मछलियों के बदले इसे खाकर इसका स्वाद लूँगा। यह सोचकर बगुला केकड़े को अपनी पीठ पर बैठाकर चल

दिया। केकड़े ने जैसे ही शिला के पास पड़ी हड्डियों को देखा, तो वह सावधान हो गया और पूछने लगा कि यह नया तालाब कितनी दूर है? बगुला प्रसन्न होकर बोला, अरे मूर्ख! दूसरा तालाब यही है। मैंने तो अपनी भूख मिटाने के लिए यह उपाय सोचा था, आज मैं तुझे अपना आहार बनाऊँगा। बगुले का अभिप्राय जानकर केकड़े ने अपने दाँतों से बगुले की गर्दन को इस प्रकार जकड़कर पकड़ लिया कि बगुला तुरन्त मर गया। केकड़े ने लौटकर सभी जलचर प्राणियों को बगुले की चालाकी और उसकी मौत की जानकारी देते हुए कहा, वर्षा ना होने की बात तो बगुले की चालाकी थी, इसीलिए वह सबको मूर्ख बनाता रहा।

यह कथा सुनाकर गीदड़ ने कहा, यदि बगुला केकड़े को कुछ भी ना बताता, तो वह भी उसका आहार बन जाता। बगुला अपनी ही ग़लती से अपने प्राण गँवा बैठा।

कौआ बोला, यह तो आपने उचित ही कहा है। अब इस अजगर से भी तो उद्धार का कोई उपाय बताओ।

गीदड़ बोला, तुम तो घूमते रहते हो। कहीं किसी महल के पास किसी धनी व्यक्ति के मूल्यवान हार को उठा लाओ और इस अजगर के बिल के पास डाल दो। हार की खोज करते हुए लोग जब यहाँ आकर इस अजगर को देखेंगे, तो वे इसे मार डालेंगे।

गीदड़ की सलाह पर कौए ने ऐसा ही किया और अजगर मारा गया।

यह कथा सुनाकर दमनक कहने लगा, मैं शारीरिक बल से ना हो सकने वाले कार्य को भी बुद्धि-बल से हो सकने वाला मानता हूँ। शास्त्र का वचन है कि बुद्धिमान प्राणी ही शारीरिक बल का सही उपयोग कर सकता है। एक छोटे-से खरगोश ने अपने बुद्धि-बल से सिंह-जैसे भयंकर प्राणी को मारकर यह सिद्ध कर दिखाया था कि बुद्धि के सामने शक्ति का महत्त्व कुछ भी नहीं होता।

करटक की जिज्ञासा पर दमनक ने उसे यह कथा सुनाई।

कथा-8

जंगल में रहने वाला भासुरक नामक सिंह प्रतिदिन अनेक पशुओं को मार डालता था। एक दिन सब पशुओं ने मिलकर विचार किया और वे सिंह के

पास आकर उससे बोले, आपको अपनी भूख मिटाने के लिए प्रतिदिन केवल एक ही पशु की आवश्यकता होती है, आप अनेक पशुओं को क्यों मार डालते हैं? हम आपके पास प्रतिदिन एक पशु भेज दिया करेंगे, जिससे आपकी भूख भी मिट जाया करेगी और आप किसी अन्य पशु का वध भी नहीं करेंगे। राजधर्म भी यही कहता है और आपको राजधर्म का पालन करना ही चाहिए। शास्त्र का कथन है कि अपनी शक्ति के अनुसार राज्य का धीरे-धीरे उपभोग करने वाला राजा ही बुद्धिमान कहलाता है।

जिस प्रकार ठीक ढंग से रगड़ने पर यज्ञ की समिधा से अग्नि प्रकट होती है तथा ठीक ढंग से जोती गई धरती पर्याप्त उपज देती है, उसी प्रकार उचित ढंग से खाने वाला राजा भी अधिक कीर्ति प्राप्त करता है।

राजारूपी ग्वाले को चाहिए कि वह प्रजारूपी गाय का दोहन धीरे-धीरे ही करे, जिससे प्रजापालन के साथ-साथ राजा के न्याय की भी प्रशंसा हो।

अपनी प्रजा का अनिष्ट निवारण करने वाला राजा जहाँ निरन्तर समृद्ध होता जाता है, वहीं प्रजा का शोषण करने वाला राजा नष्ट हो जाता है।

सिंह ने पशुओं के प्रस्ताव को मान लिया और वह प्रतिदिन अपने पास आए पशु को मारकर अपना पेट भरने लगा। एक दिन एक खरगोश की बारी आई, तो उसने सोचा कि जब मरना ही है, तो सिंह के पास जाने में ज़ल्दी क्यों की जाए? वह धीरे-धीरे चलने लगा, लेकिन समय पर आहार ना मिलने के कारण सिंह परेशान हो उठा।

देर से और वह भी एक मरियल खरगोश को आया देखकर सिंह क्रोध से भर उठा और खरगोश से बोला, क्या तेरे आने का समय यह है?

खरगोश ने उत्तर दिया, महाराज! मैं तो अपने घर से समय पर ही निकला था, लेकिन रास्ते में एक अन्य सिंह ने मुझे पकड़ लिया। मैं आपको सूचित करके उसे फिर उसके पास लौटने का वचन देकर यहाँ आया हूँ।

भासुरक बोला,कहाँ है वह दुष्ट? मेरे साथ चलकर मुझे दिखा,ताकि मैं उसका काम तमाम करके निश्चिन्त हो जाऊँ। कहा भी तो गया है कि भूमि, मित्र और सुवर्ण की प्राप्ति के लिए युद्ध करना न्यायसंगत होता है।

शत्रु और रोग की उपेक्षा करने तथा उन्हें तुरन्त ही नष्ट ना करने का परिणाम यह होता है कि शत्रु अपने बल की वृद्धि करके अपने से बलवान व्यक्ति को भी नष्ट कर डालता है।

अतः अपना हित चाहने वाले राजा को चाहिए कि शत्रु को उभरने का अवसर ही ना दे। नीतिकारों ने भी शत्रु और रोग को समान रूप से दुःखदायी माना है।

अपनी शक्ति पर विश्वास करके मन में उत्साह धारण करने वाला राजा अल्पशक्तिशाली होने पर भी अनेक को मारने में समर्थ हो जाता है। परशुराम ने अकेले ही अनेक क्षत्रियों का वध करके इस तथ्य को प्रमाणित कर दिखाया था।

जंगल में दूसरा सिंह है, खरगोश के मुख से यह सुनकर भासुरक बोला, अरे, वह दूसरा सिंह कहाँ है? तू एक बार मुझे उससे मिला दो, बस।

खरगोश ने कहा, आप मेरे साथ चलिए।

यह कहकर खरगोश सिंह को कुएँ के पास ले गया और बोला, अभी तो वह यहीं था। लगता है किले के भीतर चला गया है।

भासुरक ने किले को देखने की इच्छा प्रकट की, तो खरगोश ने उसे कुआँ दिखा दिया। भासुरक ने कुएँ में झाँका, तो उसे कुएँ के जल में अपनी परछाईं दिखाई दी, जिसे दूसरा सिंह समझकर वह ज़ोर-से दहाड़ा, तो उसे अपनी ही प्रतिध्वनि सुनाई दी, जिसे उसने शत्रु सिंह की आवाज़ समझा और क्रोध में आकर उसका वध करने के लिए उस पर झपट पड़ा और कुएँ में डूबकर मर गया।

खरगोश ने अपने सभी साथी पशुओं को भासुरक के मारे जाने की सूचना देकर आनन्दित कर दिया।

यह कथा सुनाकर दमनक बोला, मैं बुद्धि को ही शक्ति मानता हूँ। यदि तुम मुझसे सहमत हो, तो मैं पिंगलक सिंह और संजीवक बैल में फूट डाल दूँ।

करटक ने कहा, मित्र! यदि तुम्हें अपने ऊपर विश्वास है, तो मेरी शुभकामनाएँ स्वीकार करो। मैं ईश्वर से तुम्हारी सफलता के लिए प्रार्थना करूँगा।

यह सुनकर दमनक चल दिया। उसने पिंगलक को अकेला देखा, तो उसे प्रणाम निवेदन करके चुपचाप जा बैठा।

जब पिंगलक ने उससे पूछा, तुम तो बहुत दिनों के बाद इधर आए, तो दमनक ने उत्तर दिया, महाराज! आपने मुझे कोई काम तो सौंप नहीं रखा,

जिसके लिए मिलना आवश्यक हो, किन्तु आपके अहित को देखकर मुझसे रहा नहीं गया, इसलिए आया हूँ। शास्त्रों में भी कहा है कि अपने प्रियजन के अशुभ को ना चाहने वाले व्यक्ति को उससे बिना पूछे भी उसके लिए प्रिय अथवा अप्रिय तथा शुभ अथवा अशुभ बात कह देनी चाहिए।

पिंगलक ने कहा, तुम्हें जो कुछ कहना हो, निर्भय होकर कहो।

दमनक बोला, महाराज! आप विश्वास नहीं करेंगे, लेकिन यह सच है कि संजीवक ने मुझे बताया है कि वह आपकी शक्ति को देख चुका है और अब आपको मार डालने के लिए उचित अवसर की बाट जोह रहा है। उसने मुझे भी मंत्री पद देने का लालच दिया है।

दमनक के मुख से यह सुनकर पिंगलक की बोलती बन्द हो गई। दमनक समझ गया कि पिंगलक सोच रहा होगा कि मैं संजीवक का भरोसेमन्द हूँ, अतः संजीवक ने अवश्य ही मेरे वध के लिए इससे बात की होगी। जब राजा किसी एक ही व्यक्ति को सारे अधिकार सौंप देता है, तो वह अधिकारी मदोन्मत्त हो जाता है, दासता से मुक्ति की कामना करने लगता है और अपनी इस कामना की पूर्ति के लिए राजा के विरुद्ध द्रोह करने अथवा उसके प्राण लेने में भी देर नहीं लगाता।

दमनक इस विषय पर सोच ही रहा था कि मुझे किस प्रकार बात को आगे बढ़ाना चाहिए कि पिंगलक बोला संजीवक तो मेरा प्रिय सेवक है। वह मेरे साथ विश्वासघात नहीं कर सकता।

दमनक बोला, महाराज! किसी का मन बदलते कितनी देर लगती है? राजा के समीप रहने वाला ऐसा कौन व्यक्ति है, जो राज्यलक्ष्मी को भोगने की इच्छा नहीं रखता? सच तो यह है कि शक्ति के अभाव के कारण ही लोग राजा की सेवा किया करते हैं।

पिंगलक बोला, मुझे तो उसके मनोभावों में ऐसा कोई विकार दिखाई नहीं दिया।

दमनक बोला, महाराज! आप बुरा ना मानें, किन्तु आपने संजीवक में ऐसा क्या देख लिया कि इसे अपने मुँह लगा रखा है? यदि आप इसकी भारी-भरकम काया को देखकर इसे शक्तिशाली समझते हैं, तो यह केवल आपका विचार है। इससे आपका कोई मतलब सिद्ध होने वाला नहीं है। यह घास खाने वाला जीव मांसाहारियों का सामना कैसे कर सकता है? मैं तो कहता हूँ कि आप इसका वध कर डालिए।

उसका वध करने से आप पर वचन-भंग करने का दोष नहीं लग सकता, क्योंकि दुष्ट प्राणी वध के ही योग्य होता है। आप इस बात की भी चिन्ता ना करें कि आपने मेरे कहने पर जिसे जीवनदान दिया है, उसका वध कैसे करें अथवा मित्र बने संजीवक पर क्रोध कैसे किया जाए? आपके लिए यह कोई नयी बात नहीं है।

तारकासुर के उत्पातों से दुःखी होकर जब देवों ने ब्रह्माजी से उसकी शिकायत की थी, तो ब्रह्माजी ने भी यही कहा था, मैंने इसे वर दिया है, अब मैं इसका वध कैसे करूँ? अपने हाथ से लगाए विषैले पौधे को उखाड़ फेंकने में व्यक्ति को दुःख होता ही है।

कहा भी गया है कि व्यक्ति को किसी से प्रेम ही नहीं करना चाहिए, लेकिन यदि प्रेम कर ले, तो उसे निभाना चाहिए। ऐसा ना करना लज्जाजनक होता है। देखा जाए, तो ऊपर खड़े व्यक्ति के ही नीचे गिरने की आशंका होती है। नीचे खड़े प्राणी को गिरने का क्या डर हो सकता है?

यदि आप यह सोचते हैं कि इसके द्वारा द्रोह किए जाने पर भी आपका इसे दण्ड देना उचित नहीं, तो यह आपकी भूल है। राजधर्म द्रोही व्यक्ति को क्षमा करने की अनुमति नहीं देता। जब से आपने इस बैल से मित्रता की है, आप राजधर्म को भूल गए हैं। इसलिए आपके सभी साथी आपसे बिछुड़ गए हैं। यह घास-फूस खाने वाला है, जबकि आप मांसाहारी हैं। आपके सभी आश्रित भी मांसाहारी हैं। जब आप हमारे लिए ही उद्यम नहीं करेंगे, तो हम कहाँ से खाएँगे और कैसे जीवित रहेंगे? संजीवक के साथ रहने से आपकी शिकार करने की प्रवृत्ति ही नहीं होगी और इस प्रकार राजधर्म का पालन नहीं हो सकेगा।

राजा जिस प्रकार के सेवकों के साथ रहता है, धीरे-धीरे उसका स्वभाव भी वैसा ही हो जाता है। दुष्टों के संग रहकर सज्जन भी दुर्जन बन जाते हैं। दुर्योधन के संग रहने से ही भीष्म पितामह गोहरण करने के लिए चले गए थे। इसीलिए सज्जन व्यक्ति नीच पुरुषों के संग से सदा बचने की चेष्टा करते हैं।

जिसके स्वभाव और चरित्र की भली प्रकार जानकारी ना हो, उसे कभी आश्रय नहीं देना चाहिए। खटमल को आश्रय देने पर धीमी गति से चलने वाली जूँ को भी अपने प्राण गँवाने पड़ गए थे।

पिंगलक ने इस कथा को सुनने की जिज्ञासा प्रकट की, तो दमनक ने कहा, आप सुनना चाहते हैं, तो सुनता हूँ।

कथा–9

किसी राजा के शयनकक्ष में सफ़ेद कपड़ों में लिपटी मन्दविसर्पिणी नामक एक जूँ रहती थी, जो राजा के सो जाने पर उसका रक्त पीकर स्वस्थ होती जा रही थी। एक दिन अचानक ही अग्निमुख नामक एक खटमल वहाँ आ गया। जूँ ने खटमल को सावधान करते हुए कहा, तुम ग़लत स्थान पर आ गए हो। किसी ने देख लिया, तो मारे जाओगे। तुम्हारा भला इसी में है कि यहाँ से तुरन्त चलते बनो।

खटमल बोला, घर में आए दुर्जन से भी कोई ऐसा व्यवहार नहीं करता। अतिथि से तो कहा जाता है, आइए, पधारिए, बड़े सौभाग्य से आपके दर्शन हुए हैं। आप कुशल से तो हैं, हम तो आपके दर्शनों से कृतकृत्य अनुभव कर रहे हैं।

नीतिकारों ने नीच अतिथि के प्रति भी शिष्टता दिखाने वाले गृहस्थों को पुण्यात्मा और स्वर्ग-लाभ करने वाला बताया है।

मैंने अनेक पुरुषों के रक्त पिए हैं और उनके खान-पान के कारण उनके रक्त से कड़वा, खट्टा, तीखा और कसैला आदि स्वाद भी चखे हैं, परन्तु मुझे किसी के भी रक्तपान से मीठे स्वाद का अनुभव नहीं हुआ। उत्तम अन्न तथा रसों आदि का सेवन करने वाले राजा के रक्त का स्वाद अवश्य ही मीठा होगा। केवल एक बार मुझे इसका स्वाद भी लेने दो।

राजा और रंक दोनों में जीभ की लोलुपता एक-जैसी ही होती है। वास्तव में, प्राणी के जीवन का सार भी यही है। अतः मैं तुमसे प्रार्थना करता हूँ कि मुझे केवल एक बार यह सुख प्राप्त कर लेने दो।

इस जीभ की लोलुपता के कारण ही व्यक्ति एक-दूसरे का पराधीन बना हुआ है, अन्यथा कोई किसी की दासता क्यों स्वीकार करता?

इन बातों पर विचार करते हुए आपको घर आए भूखे अतिथि को निराश नहीं करना चाहिए। अकेला खाने वाले को तो शास्त्र भी पापी मानते हैं। यदि मैं राजा का थोड़ा-सा रक्त पी लूँगा, तो आपका कुछ भी नहीं बिगडेगा? मन्दविसर्पिणी ने कहा, ठीक है, लेकिन मैं राजा के सो जाने पर ही उसका रक्त पिया करती हूँ। यदि तुम राजा के निद्रा में मग्न हो जाने तक प्रतीक्षा करने को तैयार हो, तो तुम यहाँ रुक सकते हो। जब मैं रक्तपान करूँगी, तब तुम भी उसका स्वाद ले लेना।

खटमल बोला, आपके द्वारा रक्तपान करने के पश्चात ही मैं आगे आऊँगा।

इस प्रकार खटमल वहाँ ठहर गया। कुछ देर बाद, जब राजा अपने शयनकक्ष में आकर लेटा, तो अधीर बने खटमल ने राजा को काट खाया। शास्त्रकारों ने ठीक ही कहा है कि जिस प्रकार ख़ूब गर्म किए जाने पर भी पानी ठण्डा हो जाता है, उसी प्रकार यह भी सिद्ध होता है कि समझाने-बुझाने पर भी किसी के स्वभाव को बदला नहीं जा सकता।

खटमल के काटने से राजा को पीड़ा हुई और वह शय्या छोड़कर उठ खड़ा हुआ। उसने सेवक को बुलाकर कहा, बिस्तर में छिपे खटमल अथवा जूँ को निकाला जाए। नौकर ने जाँच-पड़ताल की, तो खटमल पलंग के किसी छेद में छिप गया और चादर में छिपी जूँ को मार दिया गया।

यह कथा सुनाकर दमनक पिंगलक से बोला, महाराज! इसीलिए नीतिकारों ने अपरिचित व्यक्ति के साथ मैत्री करने की मनाही की है। मैं तो आपको उसे मार डालने का ही सुझाव दूँगा। यदि आपने ऐसा ना किया, तो अवसर मिलते ही वह आपको मार डालेगा, क्योंकि अपरिचित लोगों को गौरव देने वाला व्यक्ति ककुद्द्रुम राजा की भाँति नष्ट हो जाता है।

पिंगलक को ककुद्द्रुम राजा की कथा सुनाने के लिए दमनक बोला।

कथा-10

जंगल में रहने वाला चण्डरव नामक गीदड़ अपनी भूख मिटाने के लिए किसी गाँव में घुसा, तो कुत्तों ने उसे काट खाया। अपने बचाव के लिए गीदड़ पास में बने धोबी के घर में घुस गया, तो वहाँ खुले पड़े नील के कड़ाह में जा गिरा। अपने शरीर पर चढ़े नीले रंग को देखकर गीदड़ ने उससे लाभ उठाने की सोची। नीला रंग कभी नहीं छूटता। मूर्ख व्यक्ति, नारी, केकड़ा, मछली, शराबी और नील की अवस्था एक-जैसी ही होती है। केकड़े, मछली के दाँतों और नीले रंग से कभी मुक्ति नहीं मिलती।

चण्डरव गीदड़ के जंगल में आने पर उसके विचित्र रंग और आकृति से डरे सिंह आदि प्राणी इधर-उधर भागने लगे। गीदड़ ने भागते हुए प्राणियों को अभयदान देते हुए कहा, ब्रह्माजी ने मुझे तुम सब पर शासन करने के

लिए यहाँ भेजा है। तुम्हें मुझसे डरना नहीं चाहिए। मैं ऐसी न्याय-व्यवस्था करूँगा कि किसी को कोई कष्ट नहीं होगा।

चण्डरव गीदड़ ने सिंह को मंत्री पद, व्याघ्र को शय्यापाल, गैंडे को ताम्बूल नायक तथा भेड़िये को सुरक्षाधिकारी नियुक्त कर दिया। इस प्रकार उस मूर्ख ने सारे बड़े-बड़े पद अन्य अनेक प्राणियों को दे दिए, किन्तु अपने जाति-बन्धुओं को अनदेखा कर उनसे दूर-दूर रहने लगा।

गीदड़ इस बात से तो प्रसन्न थे कि उनका जाति-बन्धु जंगल का शासक था, परन्तु उसका व्यवहार उन्हें एकदम अप्रिय लगता था। समझाने-बुझाने का कोई अनुकूल परिणाम ना निकलते देख गीदड़ों ने योजनाबद्ध होकर सामूहिक रूप से 'हुआ-हुआ' की ध्वनि करनी आरम्भ कर दी, जिसे सुनकर चण्डरव स्वयं को रोक ना सका। वह भी उनके साथ मिलकर 'हुआ-हुआ' की ध्वनि करने लगा।

चण्डरव के इस आचरण से सिंह आदि पशुओं पर उसकी असलियत उजागर हो गई और सभी पशुओं ने उस दुष्ट के वध का निर्णय ले लिया। भनक पड़ते ही चण्डरव ने भागकर अपने प्राण बचाने का प्रयास किया, किन्तु वह सिंह के हाथों मारा गया।

यह कथा सुनाकर दमनक बोला, इसीलिए मैं कहता हूँ कि किसी भी अपरिचित से मैत्री का परिणाम दुःखदायी ही होता है।

पिंगलक ने पूछा, संजीवक का मेरे प्रति दुर्भाव रखने का तुम्हारे पास क्या प्रमाण है?

दमनक बोला, उसने आज प्रातःकाल ही आपका वध करने के अपने निर्णय की जानकारी मुझे दी है। इससे बड़ा प्रमाण और क्या हो सकता है?

आज जब वह आपके पास आएगा, तो उसका चेहरा क्रोध से तमतमा रहा होगा, आँखें लाल होंगी, होंठ काँप रहे होंगे और वह आपको घूर रहा होगा। क्या ये संकेत मेरे कथन के समर्थन के लिए पर्याप्त नहीं होंगे?

इस प्रकार पिंगलक को संजीवक के विरुद्ध भड़काकर दमनक चुपके से संजीवक के पास जा पहुँचा। संजीवक ने भी दमनक के आने पर अपने मन की बेचैनी को छिपा लिया और दमनक के बैठ जाने पर उससे पूछा, सब कुशल तो है? इस बार बहुत दिनों बाद दिखाई दिए हो।

दमनक धीमे स्वर में बोला, महाराज! सेवकों को कहाँ चैन? सेवकों की नौकरी तो अपने स्वामी की प्रसन्नता पर ही निर्भर रहती है। उन्हें तो अपने जीवन के भी सुरक्षित रहने का विश्वास नहीं रहता। इसलिए सेवक कैसे कुशल हो सकते हैं? दरिद्र, रोगी, मूर्ख, प्रवासी और सेवा-कर्म से अपना निर्वाह करने वाला इन पाँचों के जीवित रहने पर भी सेवक मृत ही समझे जाते हैं। जब सेवक ना तो अपनी इच्छा से खा-पी सके, ना अपनी इच्छा से सो अथवा जाग सके और ना ही कुछ बोल सके, तो सेवक को जीवित कैसे कहा जा सकता है?

सेवा-कर्म को कुत्ते के आचरण के समान निकृष्ट बताने वाले यह भूल जाते हैं कि कुत्ता अपनी इच्छा से घूम-फिर सकता है, किन्तु सेवक तो अपनी इच्छा से घूम-फिर भी नहीं सकते। उन्हें तो प्रत्येक कार्य के लिए स्वामी की आज्ञा लेनी पड़ती है।

संजीवक ने पूछा, तुम कहना क्या चाहते हो?

दमनक ने कहा, सचिवों को स्वामी की किसी भी गुप्त योजना को प्रकाशित नहीं करना चाहिए, क्योंकि ऐसा व्यक्ति स्वामी के गुप्त रहस्यों को प्रकट करके उसके कार्य को तो बिगाड़ता ही है, स्वयं भी नरकगामी होता है।

लेकिन आपके प्रति अपने स्नेह के कारण मैं आपको स्वामी की गुप्त योजना से परिचित करा देना उचित समझता हूँ। इसका कारण यह है कि मेरे भरोसे ही आपने महाराज से सम्बन्ध जोड़ा है।

पिंगलक ने मुझे गुप्त रूप से बताया है कि वह आपको ठिकाने लगाना चाहता है और आपका वध करके अपने परिवार को स्वादिष्ट भोज देना चाहता है। मैंने उन्हें समझाने की चेष्टा की है, क्योंकि मित्र से विश्वासघात करना अनुचित है। नीतिशास्त्र भी कहते हैं कि ब्राह्मण के वध का प्रायश्चित्त तो है, उसकी निवृत्ति का उपाय भी है, किन्तु मित्र के साथ विश्वासघात से निवृत्ति का कोई उपाय नहीं है।

मेरे इस सुझाव पर ही क्रुद्ध होकर पिंगलक ने कहा, अरे मूर्ख! हम मांसाहारी प्राणी हैं और संजीवक शाकाहारी है। हम दोनों में मित्रता कैसी? वह तो हमारा आहार है और प्राप्त आहार की उपेक्षा करना मूर्खता है। हम जानते हैं कि उसके वध से हमें कोई दोष नहीं लगेगा। शास्त्रों का कहना है कि यदि शत्रु की किसी अन्य उपाय से हत्या करना सम्भव ना हो, तो उसे अपनी लड़की देकर भी मार डालना चाहिए।

युद्ध के लिए तैयार क्षत्रिय को शत्रु का वध करने में उचित-अनुचित का विचार नहीं करना चाहिए। अश्वत्थामा ने भी सोते हुए धृष्टद्युम्न का वध करके इस तथ्य की पुष्टि ही की थी।

मैं पिंगलक के इस विचार को जानकर ही आपके पास आया हूँ। मैंने आपको बता दिया है। अब यदि आपका अहित होता है, तो मुझ पर मित्र से विश्वासघात का दोष नहीं लगेगा। अब आप जो उचित समझें, वह करें।

यह सुनकर संजीवक मूर्छित हो गया और कुछ देर के पश्चात सचेत होकर बोला, विद्वानों ने ठीक ही कहा है कि स्त्रियाँ प्रायः दुर्जनों के चंगुल में फँस जाती हैं, स्वामी प्रायः कठोर होते हैं, धन प्रायः कंजूस के पास ही होता है और बादल प्रायः पर्वतों पर ही बरसते हैं।

अपने को स्वामी का प्रिय समझने वाले सेवक को सींग रहित बैल ही समझना चाहिए। मुझे पिंगलक से मैत्री करनी ही नहीं चाहिए थी। यह मुझसे बड़ी भारी ग़लती हो गई है।

मित्रता और विवाह-सम्बन्ध समान धन तथा समान परिवार वाले लोगों के साथ ही शोभा देता है। ऊँच-नीच का भेद होने पर मित्रता और विवाह-सम्बन्ध सफल नहीं रहते।

मृग मृगों का, गायें गायों का, अश्व अश्वों का, मूर्ख मूर्खों का और बुद्धिमान बुद्धिमानों का साथ पाकर ही शोभायमान होते हैं, क्योंकि समान गुण, स्वभाव और स्थिति वाले प्राणियों में ही मित्रता निभ सकती है।

अब यदि मैं उसकी खुशामद भी करूँ, तो भी लगता है कि हम दोनों की मित्रता निभ नहीं सकेगी। लगता है कि कुछ ईर्ष्यालुओं ने मेरे विरुद्ध पिंगलक के कान भर दिए हैं, इसीलिए वह मुझ पर क्रुद्ध हो रहा है।

दमनक बोला, यदि आप ऐसा समझते हैं, तो आपको किसी चिन्ता की आवश्यकता नहीं। आप महाराज से मिलकर उन्हें अपने अनुकूल बना सकते हैं।

संजीवक बोला, मैं तुम्हारे इस विचार से सहमत नहीं। दुर्जन अपने एक उपाय के विफल हो जाने पर अन्य उपायों का सहारा लेकर अपने मनोरथ को पूरा कर लेते हैं। वे छल-कपट में विश्वास करने लगते हैं और प्रायः एक-दूसरे के साथ मिलकर अपने कार्य की सिद्धि के लिए सही-ग़लत करने लगते हैं। कौए और गीदड़ द्वारा ऊँट के साथ किया गया उनका व्यवहार इसी तथ्य का साक्षी है।

दमनक ने संजीवक से यह कथा सुननी चाही, तो संजीवक ने उसे यह कथा सुनाई।

कथा–11

किसी जंगल में मदोत्कट नामक सिंह ने अपने अनुचरों के साथ अपने झुण्ड से बिछड़कर उस जंगल में आ गए एक ऊँट को देखा, तो उसने अपने साथियों से यह पता लगाने के लिए कहा कि यह ऊँट पालतू है या जंगली? कौआ बोला, महाराज! मैं जानता हूँ कि यह पशु पालतू है। आप इसे अपना भोजन बना सकते हैं।

कौए की इस बात से सहमति प्रकट ना करते हुए सिंह ने कहा, अतिथि रूप में आए इस जानवर का वध करना मुझे उचित नहीं लगता। शास्त्रों में कहा गया है कि विश्वास करके निःशंक होकर घर में आए शत्रु की हत्या करने वाले को सौ ब्राह्मणों की हत्या करने का पाप लगता है।

सिंह ने अपने सेवकों को आदेश दिया कि तुम अतिथि रूप में आए ऊँट को अभयदान देकर मेरे पास ले आओ, ताकि मैं उससे उसके यहाँ आने का कारण पूछ सकूँ। स्वामी का आदेश पाकर जब सेवक ऊँट को सिंह के पास ले आए, तो पूछे जाने पर उसने अपने साथियों से बिछड़ने की बात कही।

इस पर ऊँट को आश्वासन देते हुए सिंह ने कहा, अब तुम्हें वापस अपने गाँव जाने और भारी बोझ ढोने की कोई आवश्यकता नहीं। तुम इस जंगल में निःशंक होकर रह सकते हो और यहाँ की हरी एवं कोमल घास खा सकते हो। आज से तुम हमारे साथी बनकर कभी हमारे साथ, तो कभी अकेले कहीं भी घूम-फिर सकते हो। ऊँट ने सिंह के प्रति आभार प्रकट किया और वह उस जंगल में रहने लगा।

एक बार वह सिंह किसी बलवान हाथी के साथ युद्ध करते समय घायल हो गया और उसे अपने प्राण बचाने के लिए मैदान छोड़कर भागना पड़ा। हाथी ने सिंह को इतना घायल कर दिया था कि उसके लिए शिकार करना भी असम्भव हो गया और वह भूख के कारण दुःखी रहने लगा। इसीलिए वह दिन-प्रतिदिन दुर्बल भी होता गया।

सिंह ने अपने सेवकों को किसी प्राणी का वध करके अपने पास लाने को कहा, ताकि वह अपनी भूख मिटा सके। सेवक जंगल में इधर-उधर

भटकते रहे, परन्तु उन्हें ऐसा कोई जीव नहीं मिला, जिसे मारकर वे अपने स्वामी की भूख मिटा सकते।

निराश होकर गीदड़ और कौआ आपस में सलाह करने लगे। कौआ बोला, क्यों ना हम अपने स्वामी को ऊँट के वध के लिए सहमत कर लें? इससे स्वामी का पेट भी भर जाएगा और हमें भी स्वादिष्ट मांस खाने के लिए मिल जाएगा, लेकिन मुझे भय है कि स्वामी इसके वध के लिए सहमत नहीं होगा।

गीदड़ बोला, तुम इसकी चिन्ता मत करो। मैं कोई उपाय सोचता हूँ। तब कौआ और गीदड़, दोनों सिंह के पास जाकर बोले, महाराज! वन में भटकते-भटकते हमारे पैरों में छाले पड़ गए हैं, किन्तु अभी तक हमें कोई प्राणी नहीं मिला। भूख के कारण हमारा भी बुरा हाल है, अब तो साँस लेना भी दूभर हो रहा है। आपने भी इतने दिनों से कुछ नहीं खाया। यदि यही स्थिति रही, तो आपके प्राणों पर भी बन सकती है। आप हमें इस ऊँट का वध करने की अनुमति देकर इस समस्या का समाधान क्यों नहीं कर लेते?

गीदड़ के इस सुझाव पर सिंह कहने लगा, बस, अब अगर मुँह खोला, तो तेरी ख़ैर नहीं। क्या तुझे नहीं मालूम कि गोदान, भूमिदान और अन्नदान से भी कहीं अधिक महत्त्वपूर्ण अभयदान होता है। इसीलिए इसे सर्वोत्तम दान कहते हैं।

गीदड़ बोला, स्वामी! यह तो उचित बात है कि किसी को अभयदान देकर उसका वध करना उचित नहीं है, परन्तु यदि कोई स्वयं ही अपने जीवन का समर्पण कर दे, तो उसकी हत्या करने में कोई दोष नहीं होता। यदि वह ऊँट स्वयं अपने आपको प्रस्तुत कर दे और फिर भी आप उसका वध ना करें, तो फिर आप हममें से किसी एक का वध करके अपने प्राणों की रक्षा कीजिए। आपके प्राण हमारे सबके प्राणों से अधिक मूल्यवान हैं। यदि आपको कुछ हो गया, तो हमारे जीवित रहने पर धिक्कार है, क्योंकि कुल के मुखिया की रक्षा करना सभी परिजनों का धर्म है। मुखिया के ना रहने पर परिवार बिखर जाता है और शत्रु उस पर हावी हो जाते हैं।

सिंह बोला, यदि तुम इसे उचित समझते हो, तो मुझे इसमें कोई आपत्ति नहीं है।

सिंह की सहमति मिलने की देर थी कि सभी मांसाहारी जानवर एकत्र हो गए और ऊँट के पास जाकर उससे कहने लगे, स्वामी की जान ख़तरे

में है। यदि उन्हें कुछ हो गया, तो हम सबकी रक्षा कौन करेगा? क्यों ना हम सब स्वामी के प्राणों की रक्षा के लिए उन्हें अपना जीवन देकर बचा लें? शास्त्र भी तो यही कहते हैं कि स्वामी को विपत्ति में फँसा देखकर अपने प्राणों के बारे में सोचने वाले सेवक नरकगामी होते हैं।

इस प्रकार सिंह के सभी सेवकों ने ऊँट को फुसलाकर उसे अपने साथ ले लिया और सिंह के पास आकर सब चुपचाप बैठ गए। सिंह ने पूछा, क्या भूख मिटाने के लिए कोई शिकार मिला अथवा नहीं? कौआ बोला, महाराज! मैंने तो उड़कर इधर-उधर टोह ली, लेकिन मुझे तो कहीं कोई पशु नहीं मिला। अतः आज आप मुझे खाकर अपने प्राणों की रक्षा कर लीजिए। आपके लिए अपने प्राण त्यागने पर मुझे स्वर्ग की प्राप्ति होगी। शास्त्रों का कथन है कि स्वामी के लिए अपने प्राण त्यागने वाला सेवक जरा-मृत्युरहित परमपद को प्राप्त करता है।

कौए के वचन सुनकर गीदड़ भी कहने लगा, स्वामी! इस छोटे-से कौए को खाकर आपकी भूख कहाँ मिटेगी, आप तो मुझे खाकर अपनी भूख मिटाइए। मैं स्वयं आपके लिए अपना जीवन अर्पित कर रहा हूँ, इसलिए आपको पाप नहीं लगेगा।

सिंह ने कहा, तुम सबने अपनी स्वामिभक्ति का परिचय दिया है, अतः तुम सब स्वामी भक्ति के ऋण से उऋण हो गए। अब दोनों लोकों में तुम्हारी जय-जयकार होगी।

तभी एक अन्य पशु आगे बढ़कर कहने लगा, स्वामी! आप मुझे अपना लोक-परलोक सुधारने का अवसर दीजिए। आप मुझे अपना आहार बनाइए, क्योंकि सेवक के शरीर का पालन-पोषण स्वामी के धन से ही होता है, अतः आवश्यकता के समय सेवक के प्राणों को लेने से स्वामी को कोई दोष नहीं लगता।

गैंडा बोला, महाराज! ये सारे पशु छोटे और अपने जाति-बन्धु हैं और नाख़ूनों वाले भी हैं। अतः इन सबको छोड़कर आप मुझे अपना आहार बनाइए, क्योंकि प्राणों पर संकट उपस्थित होने पर अभक्ष्य-भक्षण का विचार करना उचित नहीं, फिर इन छोटे शरीर वाले जीवों को खाने से ना तो भूख मिटती है और ना ही परलोक सँवरता है।

सिंह बोला, हाँ, तुमने भी अपनी कुलीनता का परिचय दे दिया।

इसीलिए राजा कुलीन व्यक्तियों को ही अपनी सेवा में स्थान देते हैं, क्योंकि कुछ भी हो जाए, वे अपना कर्तव्यपालन करने से नहीं चूकते।

अब चीता आगे बढ़ते हुए बोला, यदि तुम्हारी बात पूरी हो गई हो, तो मैं भी अपना मुँह खोलूँ। इसके पश्चात चीता बोला, महाराज! आप मुझे अपना आहार बना लें और मेरी सद्‍गति हो जाने दें। अब आप इसमें अधिक सोच-विचार ना करें। मैं जानता हूँ कि स्वामी के लिए प्राणों का त्याग करने वाले सेवकों को स्वर्गलोक में स्थान मिलता है और इस लोक में भी कीर्ति मिलती है।

ऊँट ने देखा कि सभी पशु अपनी-अपनी स्वामिभक्ति का परिचय दे रहे हैं और सिंह भी सबके प्रति सज्जनता दिखा रहा है। यदि मैं ऐसा नहीं करता, तो मैं अधम और अकुलीन कहलाऊँगा। जब स्वामी ने अन्य किसी के भी प्रस्ताव को स्वीकार नहीं किया, तो वह मेरा प्रस्ताव ही क्यों स्वीकार करेंगे?

यह सोचकर वह बोला, महाराज! ये सारे पशु अभक्ष्य हैं, क्योंकि ये सब आपकी जाति के ही हैं। आपका इन्हें खाना उचित नहीं, क्योंकि मन से भी अपनी जाति का अनिष्ट सोचने वाले इस लोक में निन्दित होते हैं और परलोक में उनकी दुर्गति होती है।

अतः आप इन सबको छोड़कर मुझे अपना आहार बना लीजिए, क्योंकि स्वामी के लिए अपने जीवन की आहुति देने वाला सेवक यजमानों और योगियों को मिलने वाले परम पद को पाता है।

ऊँट के कहने की देर थी कि गीदड़ और चीते ने बिना एक पल की भी प्रतीक्षा किए उसका पेट फाड़ डाला और फिर सबने अपनी भूख मिटाई।

यह कथा सुनाकर संजीवक बोला, दमनक! मैं समझ गया हूँ कि तुम्हारा स्वामी क्षुद्र सेवकों से घिर गया है। ऐसे स्वामी के साथ रहना ख़तरे से ख़ाली नहीं, क्योंकि जिस प्रकार गिद्धों से घिरा कलहंस कोई उत्तम आचरण नहीं कर सकता, उसी प्रकार नीच सेवकों से घिरा राजा भी प्रजा का कोई हित नहीं कर सकता।

मुझे पूरा विश्वास है कि किसी दुष्ट सेवक ने ही स्वामी के कान भरकर उसे मेरे प्रति इस प्रकार क्रोधित कर दिया है।

जब कोमल जल के प्रहार से कठोर पत्थर भी घिस जाते हैं, तो किसी के विरुद्ध सुनते रहने से यदि स्वामी का चित्त बिगड़ जाए, तो इसमें आशंका नहीं करनी चाहिए।

कान भरे जाने पर मनुष्य की वृद्धि अथवा पतन भी सम्भव है। वह संसार से विरक्त भी हो सकता है और मनुष्य की खोपड़ी में मदिरा पीने वाला अघोरी भी बन सकता है।

संजीवक ने पूछा, अब तुम्हारे विचार में मुझे क्या करना चाहिए?

दमनक बोला, मेरे विचार में तो आपको यहाँ से भाग जाना चाहिए, क्योंकि ऐसे दुष्ट स्वामी की सेवा करना उचित नहीं है। कहा भी गया है कि उजड्ड, करणीय-अकरणीय का ज्ञान ना रखने वाले एवं कुमार्ग पर चलने वाले अपने से बड़े व्यक्ति को भी बिना सोच-विचार किए छोड़ देना चाहिए।

संजीवक बोला, क्रोध से भरे स्वामी को छोड़कर भाग जाने वाले सेवक का कल्याण नहीं होता, क्योंकि बड़ों का अपराध करके भाग जाने वाला और अपने को सुरक्षित समझने वाला सेवक यह नहीं जानता कि बड़ों की पहुँच भी बड़ी होती है। वे किसी को, कहीं से भी पकड़कर मँगा सकते हैं।

अब तो मुझे युद्ध ही एकमात्र उपाय उचित लगता है। कहा भी गया है कि युद्ध में प्राण त्याग करने के लिए उद्यत रहने वाले व्यक्ति को जीवित रहते इस लोक में कीर्ति प्राप्त होती है और मरने पर स्वर्ग प्राप्त होता है। इसीलिए योद्धा इन दोनों को पाने के लिए सदा उत्सुक रहते हैं।

संजीवक की बातों को सुनकर दमनक सोचने लगा कि यह तो पिंगलक से युद्ध करने पर अड़ा है। यदि इसके नुकीले और तीखे सींगों से पिंगलक की छाती फट गई, तब तो अनर्थ हो जाएगा। इसे तो किसी-ना- किसी प्रकार से रोकना ही होगा।

यह सोचकर दमनक ने संजीवक से कहा, आपकी सोच में कोई ग़लती नहीं है, लेकिन आप यह भी सोचिए कि सेवक का स्वामी के साथ युद्ध करना भी तो उचित नहीं है। कहा भी गया है कि शत्रु को अपने से बलवान जानकर बुद्धिमान व्यक्ति को अपनी रक्षा करने की चिन्ता करनी चाहिए और बलवान पुरुषों को अपने बलवान शत्रु के प्रति शरदकाल के चन्द्रमा के शीतल प्रकाश के समान शीतल व्यवहार करना चाहिए।

शत्रु के पराक्रम को उचित रूप से जाँचे बिना संघर्ष मोल लेने वाला व्यक्ति टिटहरी को छोटा जानकर उससे शत्रुता बढ़ाने वाले समुद्र की भाँति पराजित हो जाता है।

संजीवक को टिटहरी और समुद्र की कथा सुनाते हुए दमनक कहने लगा।

कथा–12

समुद्र के द्वीप में टिटहरी का एक जोड़ा रहता था। टिटहरी गर्भवती थी। उसने अपना प्रसवकाल निकट जानकर अपने पति को कोई सुरक्षित स्थान ढूँढने के लिए कहा, तो टिटहरे ने समुद्र को छोड़कर किसी दूसरे स्थान पर जाना स्वीकार नहीं किया। टिटहरी बोली, पूर्णिमा की रात में समुद्र का ज्वार जब हाथियों तक को अपने साथ खींचकर ले जाता है, तो हमारे अण्डे कैसे सुरक्षित रह सकेंगे? मैं तो कहती हूँ कि अभी से कोई सुरक्षित स्थान ढूँढ रखना ही ठीक रहेगा। टिटहरा बोला, तुम ठीक कह रही हो, परन्तु समुद्र मेरे बच्चों को बहाकर ले जाने की हिम्मत नहीं करेगा। देखो, आकाश में विचरण करने वालों के मार्ग को रोकने में समर्थ भयंकर आग में कोई बुद्धिहीन भी अपने हाथ को डालकर जलाना नहीं चाहता।

यमलोक में पहुँचकर यमराज को युद्ध की चुनौती देने तथा अपने प्राणों को हर लेने की चुनौती देने की मूर्खता कौन करना चाहता है?

मेरे विचार से तो तुम्हें यहाँ रहकर ही अपना प्रसव करना चाहिए, क्योंकि पराजय के डर से स्थान छोड़ देने वाला तो कायर कहलाता है। ऐसे पुत्र को जन्म देने वाली माँ भी अपनी शक्ति गँवा देने के लिए पछताती है।

टिटहरे के अहंकार भरे वचनों को सुनकर समुद्र सोचने लगा कि यह कितना छोटा-सा जीव है और कितनी ऊँची उड़ान भर रहा है, यह सुनकर आश्चर्य होता है। शास्त्रों में ठीक ही कहा गया है कि आकाश के गिरने की आशंका के कारण टिटहरी उसे थामने के लिए अपने पैरों को ऊपर उठाकर सो जाती है, जो उसके गर्व को दर्शाता है।

इस टिटहरे की शक्ति को भी देखना चाहिए। मैं इसके सारे अण्डे बहाकर ले जाऊँगा और फिर देखूँगा कि यह क्या करता है।

समय आने पर टिटहरी ने अण्डे दिए और समुद्र उन्हें बहाकर ले गया। यह देखकर टिटहरी विलाप करने लगी और वहीं टिके रहने के लिए अपने पति को कोसती हुई बोली, हितचिन्तक मित्रों की बात को ना मानकर उसकी उपेक्षा करने वाला मूर्ख लकड़ी से गिरे कछुए की भाँति ही नष्ट हो जाता है।

टिटहरे की जिज्ञासा पर टिटहरी ने उसे कछुए की कथा सुनाई।

कथा–13

किसी तालाब में रहने वाले कम्बुग्रीव नामक एक कछुए की संकट और विकट नाम वाले दो हंसों से बड़ी मित्रता थी। हंस और कछुआ सारा-सारा दिन एक साथ घूमते और सायंकाल होने पर अपने-अपने निवास पर लौट जाते थे। एक बार वर्षा ना होने के कारण तालाब का जल सूखने लगा, तो हंसों ने किसी अन्य तालाब पर जाने का मन बना लिया और अपने मित्र कछुए से बोले, अब तुम्हारा क्या होगा? कछुआ बोला, जल से रहित तालाब में रहना तो सचमुच कष्टप्रद है, किन्तु फिर भी आपको इतना अधिक चिन्तित नहीं होना चाहिए। शास्त्रों का कथन है कि भाग्य के प्रतिकूल होने पर भी व्यक्ति को धैर्य नहीं छोड़ना चाहिए। धैर्य बनाए रखकर ही संकट से पार पाने का मार्ग ढूँढा जा सकता है। समुद्री पोत के टूट जाने पर भी यात्री डूबना पसन्द नहीं करते। वे भी किनारे पर आने के लिए अपने हाथ-पैर चलाते हैं।

मनु के अनुसार बड़ी-से-बड़ी विपत्ति आ पड़ने पर भी बुद्धिमान व्यक्ति को अपने मित्रों और बान्धवों के बचाव की चेष्टा करनी चाहिए, लेकिन यदि आपने यहाँ ना रहने का विचार कर ही लिया है, तो क्या कोई अन्य तालाब देख लिया है? यदि आप इस तालाब को छोड़कर जा रहे हैं, तो मुझे एक लकड़ी के सहारे रस्सी से बाँध दीजिए, मैं उस लकड़ी को अपने मुँह में पकड़े रहूँगा और आप दोनों उस लकड़ी के दोनों सिरों को पकड़े रहेंगे। इस प्रकार आपके साथ मैं भी उस नए तालाब पर पहुँच जाऊँगा।

हंसों ने कहा, हम तो ऐसा कर लेंगे, किन्तु यदि तुमने अपना मुँह खोल दिया, तो तुम नीचे धरती पर गिरकर मर जाओगे। जब कछुए ने ऐसी मूर्खता ना करने का उन्हें विश्वास दिला दिया, तो दोनों हंस लकड़ी के दो सिरों को पकड़कर उड़ चले। हंसों द्वारा कछुए को आकाश के रास्ते से ले जाता देखकर लोग भाँति-भाँति की बातें करने लगे, जिसे सह पाना कछुए के वश में ना रहा। उसने लोगों की बात का उत्तर देने के लिए जैसे ही अपना मुँह खोला, वैसे ही वह धरती पर गिरकर मर गया।

यह कथा सुनाकर टिटहरी बोली, हितचिन्तक मित्रों की बात को अनसुना करने का यही फल मिलता है। और भी एक कथा सुन लीजिए कि ये दोनों अनागतविधाता (संकट आने से पहले ही अपने उद्धार का उपाय सोचने वाले) तथा प्रत्युत्पन्नमति (संकट आने पर अपने उद्धार का तत्काल

उपाय करने में समर्थ) तो अपने जीवन को बचाने में सफल हो भी जाते हैं, किन्तु यद्भविष्य (संकट आने पर सोच लेंगे, ऐसा सोचने वाले) तो नष्ट हो जाते हैं।

टिटहरे ने पूछा, यह कैसी कथा है? टिटहरी ने कहा, यह भी सुन लीजिए।

कथा–14

किसी तालाब में अनागतविधाता, प्रत्युत्पन्नमति और यद्भविष्य नामक तीन मछलियाँ रहती थीं। एक दिन सायंकाल घर लौटते समय मछुआरों ने उस तालाब को जीवों से भरा देखा, तो अगले दिन सवेरे ही वहाँ अपना जाल डालने का विचार बना लिया।

मछुआरों के इस विचार को सुनकर अनागतविधाता नामक मछली ने अपनी साथी मछलियों को बुलाकर रात में ही किसी दूसरे तालाब में चले जाने की सलाह दी, क्योंकि असमर्थ के लिए बलवान शत्रु से बचाव के दो ही उपाय होते हैं, पहला, भाग जाना अथवा दूसरा किसी दुर्ग-जैसे सुरक्षित स्थान में पहुँचकर वहाँ छिप जाना।

प्रातःकाल होते ही मछुआरे यहाँ आकर धावा बोल देंगे, इसीलिए मैं कहती हूँ कि हमें शीघ ही यहाँ से भाग निकलना चाहिए। कहा गया है कि सुरक्षित स्थान मिलने पर समझदार व्यक्ति पुराने स्थान का मोह नहीं करते और ना ही वहाँ से भाग निकलने के कष्ट की चिन्ता करते हैं।

यह सुनकर प्रत्युत्पन्नमति बोली, मैं आपसे पूरी तरह सहमत हूँ। हमें इस स्थान को तुरन्त छोड़ देना चाहिए, क्योंकि नए स्थान पर जाने के विचार से घबराकर पुराने स्थान से ही चिपके रहने वाले नपुंसक, कौआ, कायर और हरण स्वयं ही अपने विनाश का कारण बन जाते हैं।

नए स्थान पर पहुँचकर अपनी रक्षा करने में समर्थ व्यक्ति को पुराने स्थान से क्या लेना-देना? कायर व्यक्ति ही बाप-दादा की दुहाई देकर कुएँ के खारे पानी को पीना पसन्द करते हैं।

उन सबकी बातों पर हँसता हुआ यद्भविष्य बोला, मैं आप लोगों से सहमत नहीं हूँ। क्या किसी के एक बार कह देने से ही यह निश्चित हो

जाता है कि वह गम्भीर है अथवा नहीं? मैं तो बाप-दादा के ज़माने के इस तालाब को छोड़ना उचित नहीं समझता। यदि मृत्यु को आना है, तो पाताल में जाकर छिप जाने पर भी हम बच नहीं सकते। कहा भी गया है कि जिसकी रक्षा करने वाला कोई नहीं होता, उसकी रक्षा भगवान करते हैं और जिसकी रक्षा प्रयत्नपूर्वक की जाती है, लेकिन भाग्य अनुकूल नहीं होता, तो वह बच नहीं सकता। जंगल में फेंके गए अनाथ को जीवित देखकर और घर के प्राणी को मृत देखकर इस तथ्य की ही पुष्टि होती है।

मैं आपका साथ देने वाला नहीं। आप जाना चाहते हैं, तो जा सकते हैं। अनागतविधाता और प्रत्युत्पन्नमति अपने-अपने परिजनों के साथ चल दिए। प्रातःकाल मछुआरों ने अन्य मछलियों के साथ यद्भविष्य को भी अपने जाल में फँसा लिया।

यह कथा सुनाकर टिटहरी बोली, इसीलिए मैं आपसे पहले से ही उपाय करने के लिए कह रही थी।

टिटहरा बोला, मैं यद्भविष्य-जैसा नहीं हूँ। मैंने पहले से ही सोच रखा है। अब तुम मेरी योजना का परिणाम देखना।

टिटहरी हँसते हुए बोली, तुम समुद्र के साथ लड़ोगे? अपनी हैसियत देखकर बात करनी चाहिए। कहा भी गया है कि जिस प्रकार जलती हुई भट्ठी अपने पास रखे सभी पदार्थों को झुलसा देती है, उसी प्रकार अपने से बड़ों पर क्रोध करने वाला व्यक्ति अपने ही विनाश को बुलावा दे देता है।

अपनी और अपने शत्रु की क्षमता को परखे बिना उतावली में संघर्ष करने वाला व्यक्ति आग में जा पड़े पतंगे के समान नष्ट हो जाता है।

टिटहरा बोला, प्रिये! तुम्हारा यह विचार उचित नहीं है। उत्साही व्यक्ति दुर्बल होने पर भी अपने से कहीं अधिक बड़ों को पराजित कर देता है।

चोट खाया व्यक्ति दुर्बल होने पर भी बलवान पर झपट्टा मारकर उसे नीचा दिखाने में समर्थ हो जाता है। चन्द्रमा द्वारा राहु को अब तक पीड़ित करते रहने का उदाहरण संसार के सम्मुख है। तुम देखती जाओ, मैं अपनी चोंच से समुद्र का पानी निकालकर उसे सुखा दूँगा।

टिटहरी बोली, तुम बच्चों-जैसी बातें कर रहे हो? जिस समुद्र में गंगा-जैसी सैकड़ों नदियाँ समा जाती हैं, तुम उस समुद्र को सुखाओगे? ऐसी डींगें हाँकने का क्या लाभ होगा?

टिटहरा बोला, प्रिये! सफल होने के लिए निराश नहीं होना चाहिए। लोहे के समान मज़बूत मेरी चोंच है और दिन-रात का लम्बा समय है, मैं अपने काम में लगा रहूँगा, तो समुद्र कैसे नहीं सूखेगा?

दूसरों की सम्पत्ति को हथियाने के लिए कठोर परिश्रम की आवश्यकता होती है। इसी परिश्रम के कारण तुला राशि में स्थित सूर्य बादलों को बरसने पर विवश कर देता है।

टिटहरी बोली, यदि तुमने समुद्र के साथ संघर्ष करने की ठान ही ली है, तो अपने सभी बन्धुजनों को अपने साथ ले लो, क्योंकि बहुत से दुर्बल व्यक्ति भी जब मिलकर किसी काम में जुट जाते हैं, तो कुछ भी असाध्य नहीं रह जाता। तिनकों को इकट्ठा करके बनाए रस्से से हाथी को भी बाँधा जा सकता है।

कठफोड़वा, मेंढक और मक्खी ने मिलकर एक हाथी को भी नष्ट कर दिया था।

टिटहरे ने पूछा, यह कैसी कथा है?

टिटिहरी बोली सुनिए।

कथा-15

एक वन में गौरैया का एक जोड़ा तमाल के वृक्ष में घोंसला बनाकर अपने बच्चों के साथ रहा करता था। एक दिन धूप के कारण परेशान एक हाथी उस वृक्ष के नीचे आराम करने आ गया, तो चंचलता के कारण उसने गौरैया के घोंसले वाली टहनी को तोड़ दिया और उसे नीचे गिरा दिया। घोंसला गिरने के साथ ही गौरैया के सारे अण्डे फूट गए, लेकिन सौभाग्यवश गौरैया दम्पति बच गए। मादा गौरैया अपने अण्डों के विनाश पर रो रही थी कि उसका मित्र कठफोड़वा वहाँ आ पहुँचा। गौरैया से उसके रोने का करण जानकर कठफोड़वा उसे समझाते हुए बोला, विद्वान व्यक्ति नष्ट हो चुके, मृत और भागे हुए प्राणियों के लिए शोक नहीं किया करते। शोक तो मूर्ख किया करते हैं। मूर्खों और विद्वानों में यही अन्तर है।

गौरैया बोली, तुम सच कह रहे हो, परन्तु मेरे मन को शान्ति तभी मिलेगी, जब मुझ निरपराध की सन्तान का वध करने वाले इस दुष्ट हाथी को दण्ड मिलेगा। यदि तुम मेरी सहायता कर सकते हो, तो कोई उपाय बताओ।

शास्त्रों में विपत्ति में पड़े व्यक्ति को हानि पहुँचाने वाले तथा दुःखी व्यक्ति का मज़ाक़ उड़ाने वाले को दण्ड देना धर्मकार्य कहा जाता है।

कठफोड़वा बोला, शास्त्रों में तो यह भी कहा गया है कि सेवा करने वाला पुत्र ही सच्चे अर्थों में पुत्र कहलाता है, काम को निपटाने में चतुर व्यक्ति ही सेवक कहलाता है, पति को सुख देने वाली स्त्री ही पत्नी कहलाती है और संकट के समय सहायता करने वाला व्यक्ति ही सच्चा मित्र कहलाता है।

अब तुम मेरी बुद्धि का चमत्कार देखना। मैं अपनी मित्र वीणारव मक्खी को बुलाकर लाता हूँ और इस हाथी को नष्ट कर देता हूँ।

कठफोड़वे ने मक्खी के पास जाकर उसे हाथी द्वारा गौरैया के अण्डों को अकारण ही नष्ट करने की कथा कह सुनाई और उससे सहायता करने का अनुरोध किया। इस पर वीणारव मक्खी बोली, यदि मित्र समर्थ होकर भी संकट के समय अपने मित्र की सहायता नहीं करता, तो उसे मित्र कहलाने का अधिकार ही नहीं होता। मैं तुम्हारी सहायता के लिए तैयार हूँ। क्यों ना हम अपने मित्र मेंढक को भी साथ ले लें? हितचिन्तक, सदाचारी, शास्त्र में निपुण तथा बुद्धिमानों द्वारा विचार कर किए गए कामों में सफलता अवश्य ही प्राप्त होती है।

इसके पश्चात गौरैया, कठफोड़वा और मक्खी ने मेघनाद नामक मेंढक को अपना दुःख कह सुनाया, तो वह बोला, यह घमण्डी हाथी तो हमारे सामने एक तुच्छ प्राणी है, फिर उन सबने मिलकर हाथी के विनाश की योजना बना डाली।

मक्खी को हाथी के कान के पास जाकर वीणा-जैसी ध्वनि निकालनी थी, जिसे सुनकर हाथी संगीत की मस्ती में आँखें मूँद लेगा और उसी समय कठफोड़वा हाथी की आँखें फोड़ देगा। जब हाथी दुःखी होकर पानी की खोज में भागेगा, तो वह मेंढक की आवाज़ को सुनकर और खाई को तालाब समझकर उसमें कूद पड़ेगा और वहीं पड़ा-पड़ा भूख-प्यास से तड़पकर मर जाएगा।

तब उन तीनों ने अपनी योजना के अनुसार कार्य किया और उस दुष्ट हाथी को अपनी करनी का फल भुगतना पड़ा।

यह कथा सुनाकर टिटहरी बोली, मैं इसीलिए तुम्हें कुछ साथियों को अपने साथ लेने की सलाह दे रही हूँ।

टिटहरा बोला ठीक है, मैं तुम्हारे इस सुझाव का पालन करूँगा।

इसी के साथ उसने अपने साथी पक्षियों को बुलाकर उन्हें समुद्र के अत्याचारों से अवगत कराया और उसे सुखा डालने का अपना निश्चय बताया, तो सभी पक्षी कहने लगे कि समुद्र को सुखाना हमारे बूते का काम नहीं है।

घमण्ड में आकर अपने से अधिक बलवान शत्रु से लड़ने वाला मूर्ख अपने दाँत तुड़वाकर पीठ दिखाने वाले हाथी के समान अपने प्राण बचाने की चिन्ता करने लगता है। यदि हम सब मिलकर अपने स्वामी गरुड़ को अपने कष्टों से परिचित कराएँ और उनसे सहायता माँगें, तो वह जो उचित समझेंगे, करेंगे।

दुःखी प्राणी को अपने मित्र, राजा को अपने गुणी सेवक, पति को अपनी पतिव्रता पत्नी तथा सेवक को अपने स्वामी से अपना दुःख बताने में कोई संकोच नहीं करना चाहिए। चलो, हम सब अपने स्वामी गरुड़जी के पास चलें।

इसके बाद सब पक्षी उदास चेहरा बनाकर गरुड़जी के पास जा पहुँचे। वहाँ पहुँचकर वे सब हाहाकार करने और रोने लगे। गरुड़जी के पूछने पर वे कहने लगे कि यदि समुद्र अथवा कोई अन्य पक्षियों को इसी प्रकार नष्ट करता रहा, तो एक दिन इस संसार से हम पक्षियों का अस्तित्व ही समाप्त हो जाएगा,क्योंकि एक को नीच काम करते देखकर दूसरे भी वैसा करने लगते हैं। अच्छे काम करने में लोग भले ही रुचि ना लें, किन्तु दुष्ट काम करने में तो लोग भेड़चाल को ही अपना लेते हैं।

चाटुकार, तस्कर, बदमाश और छल-कपट करने वालों से अपने दुर्बल जाति-बन्धुओं की रक्षा करना स्वामी का परम धर्म है।

प्रजा की रक्षा ना करने वाले राजा के विरुद्ध प्रजा के मन में विद्रोह की ज्वाला धधकने लगती है और वह ज्वाला राजा की लक्ष्मी, उसके वंश और उसके प्राणों को नष्ट करके ही शान्त होती है।

साथी पक्षियों की बात को सुनकर गरुड़जी चिन्तित हो उठे और उनके चिन्तित होते ही विष्णु भगवान के एक दूत ने आकर उन्हें बताया कि श्री विष्णुनारायण अमरावती जाने के लिए आपका स्मरण कर रहे हैं।

गरुड़जी ने उस दूत से विष्णुजी को अपने इंकार से अवगत कराने को कहा और वह बोले, जिस प्रकार बंजर भूमि को जोते जाने पर भी उससे

कुछ प्राप्त नहीं होता, उसी प्रकार सेवक के गुणों को ना समझने वाले स्वामी की सेवा करने से भी कुछ लाभ नहीं होता, अतः ऐसे स्वामी की सेवा नहीं करनी चाहिए।

गरुड़जी के इस व्यवहार पर आश्चर्यचकित होकर दूत बोला, बन्धु! आज तुम्हें क्या हो गया है? आज से पहले तो तुमने कभी ऐसा व्यवहार नहीं किया था, फिर आज भगवान के आदेश की अवज्ञा करने का क्या कारण है?

गरुड़जी बोले, जिस समुद्र में भगवान विष्णु शयन करते हैं, उसी समुद्र ने मेरे जाति-बन्धु टिटहरे की पत्नी के अण्डे चुरा लिए हैं। यदि भगवान विष्णु समुद्र को टिटहरी के अण्डे लौटाने का आदेश नहीं देते, तो मुझे भी उनकी सेवा नहीं करनी।

दूत ने आकर गरुड़जी के क्रोध की सूचना विष्णुजी को दी, तो विष्णुजी तुरन्त गरुड़जी के पास जा पहुँचे, क्योंकि स्वामी को भूलकर भी अपने निष्ठावान, कुलीन और समर्थ सेवक को अपमानित नहीं करना चाहिए। अपने कल्याण के इच्छुक स्वामी को चाहिए कि वह ऐसे सेवक को अपने पुत्र के समान ही स्नेह दे।

सेवकों पर प्रसन्न होकर राजा उन्हें केवल धन देता है, जबकि सन्तुष्ट होने पर सेवक स्वामी के लिए अपने प्राण तक भी न्योछावर कर देते हैं।

यही सोचकर विष्णुजी तुरन्त ही गरुड़जी के पास जा पहुँचे। भगवान को आया देखकर गरुड़जी का सिर लज्जा से झुक गया। उन्होंने विष्णुजी को प्रणाम करके अपनी धृष्टता के लिए क्षमा माँगी और कहा कि आपका निवास-स्थान होने के कारण मैंने समुद्र के विरुद्ध कोई क़दम नहीं उठाया, क्योंकि कुलीन सेवक को अपने प्राणों पर संकट आ जाने पर भी अपने स्वामी के लिए कोई ऐसा काम नहीं करना चाहिए, जिसके कारण स्वामी पर कोई कष्ट आ पड़े।

इस पर विष्णुजी बोले, गरुड़! तुमने ठीक ही कहा है, क्योंकि सेवक के किसी अनुचित कर्म के लिए भी उसकी अपेक्षा स्वामी को ही लज्जित होना पड़ता है। अब चलो, समुद्र से टिटहरी को उसके अण्डे वापस दिलवाने हैं।

विष्णु भगवान ने समुद्र को बुलाकर उसे तुरन्त टिटहरी के अण्डे लौटाने का आदेश दिया और साथ ही परिणाम भुगतने की चेतावनी भी दी, तो समुद्र ने उनकी आज्ञा का पालन किया। तब टिटहरा अण्डे लेकर पत्नी के पास लौट आया।

यह कथा सुनाकर दमनक संजीवक से कहने लगा, मैं इसीलिए कहता हूँ कि शत्रु की शक्ति को तौले बिना उसके साथ युद्ध करने का परिणाम अच्छा नहीं होता।

संजीवक बोला, अब तुम बताओ, मुझे उसके मनोभावों की जानकारी कैसे होगी? मैंने तो अब तक उसके स्नेही रूप को ही देखा है, उसके किसी दूसरे रूप को तो मैं जानता तक नहीं, फिर उसके किसी अन्य रूप की कल्पना कैसे कर सकता हूँ?

दमनक बोला, इसमें ना जानने वाली कोई बात है ही नहीं। यदि वह अपनी आँखें लाल और भौंहें टेढ़ी करके अपनी जीभ चाटता हुआ आपकी ओर देखता दिखाई दे, तो समझ लीजिए कि मामला टेढ़ा है। अब मुझे जाने दीजिए। मैंने आपको गुप्त जानकारी दे दी है। इस विषय में किसी को बताना मत। मैं तो आपको यही सलाह दूँगा कि आप आज रात में ही यहाँ से कहीं अन्यत्र चले जाइए। शास्त्रकारों ने कहा भी है कि समूचे परिवार की रक्षा के लिए किसी एक सदस्य, समूचे गाँव की रक्षा के लिए परिवार, समूचे देश की रक्षा के लिए गाँव और अपनी रक्षा के लिए संसार-भर को भी छोड़ने में सोच-विचार नहीं करना चाहिए।

किसी विपत्ति से बचने के लिए ही धन का संग्रह किया जाता है और स्त्रियों की रक्षा के लिए उस धन को ख़र्च करने में संकोच नहीं किया जाना चाहिए, लेकिन अपनी रक्षा के लिए धन तो क्या, स्त्रियों की भी बलि चढ़ानी पड़े, तो भी सोच-विचार नहीं करना चाहिए, क्योंकि व्यक्ति बचा रहेगा,तो वह धन व स्त्री आदि को जुटा लेगा, लेकिन यदि वही ना रहा, तो धन और स्त्री आदि किस काम के रह जाएँगे?

दमनक ने कहा, बलवान शत्रु से हारने के बाद व्यक्ति के सामने दो ही विकल्प रह जाते हैं। पहला, या तो वह उस स्थान को छोड़कर कहीं अन्यत्र चला जाए और दूसरा, उस शत्रु के सामने समर्पण कर दे।

संजीवक को समझाकर और उसकी अनुमति लेकर दमनक वहाँ से चलकर करटक के पास आया, तो करटक ने पूछा, कहो बन्धो! क्या कर आए?

दमनक बोला, मैंने तो फूट का बीज बो दिया है, अब उसका परिणाम देना ईश्वर के हाथ में है।

नीतिकारों का कहना है कि दैव के विपरीत होने पर बुद्धिमान व्यक्ति को अपने दोषों की निवृत्ति करते हुए अपने असफल होने पर भी धैर्यपूर्वक प्रयास करते रहना चाहिए।

उद्योगी पुरुष तो सिंह के समान होता है, जो उद्यम करके लक्ष्मी को भी अपने अधीन कर लेता है। भाग्य पर निर्भर रहने वाले तो कायर कहलाते हैं। बुद्धिमानी तो इसी में है कि भाग्य पर निर्भर ना रहकर अपने पौरुष के अनुसार उद्यम करते रहना चाहिए। यदि उद्यम करने पर भी कार्य में सफलता ना मिले, तो आत्मनिरीक्षण करना चाहिए कि कहाँ और कौन-सी त्रुटि रह गई, जिसके कारण सफलता नहीं मिल सकी।

करटक ने पूछा, तुमने फूट का कौन-सा बीज बोया है, मैं भी तो सुनूँ।

दमनक बोला, मैंने उन दोनों को एक-दूसरे के प्राणों के प्यासा होने का ऐसा विश्वास दिला दिया है कि अब वे दोनों एक-दूसरे को देख भी नहीं सकेंगे।

करटक बोला, दो मित्रों के हृदय में एक-दूसरे के प्रति शत्रुता का बीज बोकर तुमने उचित नहीं किया। शास्त्रों में लिखा है कि एक-दूसरे के सम्पर्क में रहकर प्रसन्नता अनुभव करते दो प्राणियों को दुःख में धकेलने वाला पापी व्यक्ति जन्म-जन्मान्तर में दुःख भोगता है।

उन दोनों में शत्रुता उत्पन्न करने पर तुम्हारा प्रसन्न होना उचित नहीं, क्योंकि संसार में काम बिगाड़ने में किसी कौशल का हाथ नहीं होता, कुशलता तो किसी के बिगड़ते काम को सँवारने में होती है।

जिस प्रकार वायु वृक्षों को उखाड़ फेंक तो सकती है, उनका रोपण नहीं कर सकती, उसी प्रकार नीच व्यक्ति दूसरों का काम बिगाड़ तो सकते हैं, सँवार नहीं सकते।

दमनक बोला, राजनीति को ना समझ पाने के कारण ही तुम ऐसी बातें कर रहे हो। नीतिकारों ने कहा है कि शत्रु और रोग को पनपने से पहले ही उन्हें उखाड़ फेंकने वाला सुखी रहता है, क्योंकि एक बार पनप जाने के पश्चात ये इतने शक्तिशाली हो जाते हैं कि इनका सामना करना एक समस्या बन जाती है। हमारे मंत्री-पद को हथियाकर संजीवक हमारा शत्रु बन बैठा है और हमें उसका विनाश करना ही होगा।

किसी के बाप-दादा की परम्परा से चले आ रहे स्थान को हथियाने के इच्छुक को अपना शत्रु समझना चाहिए और उसे नष्ट करने में भी देर

नहीं करनी चाहिए। संजीवक को अभयदान देकर मैंने ही उसे महाराज से मिलवाया था, लेकिन उसने हमारे ही पद पर अधिकार कर लिया और हमें निकालकर बाहर फेंक दिया।

इसीलिए मैंने उसे मार डालने की योजना बनाई है। यदि वह मरने से बच गया, तो भी यहाँ टिकने की नहीं सोच सकेगा। यह रहस्य तुम्हारे सिवाय और कोई नहीं जानता।

इसीलिए कहा गया है कि स्वार्थ-साधन के लिए किए जाने वाले प्रयास को गुप्त रखना ही उचित होता है।

किसी सोच-विचार में पड़े बिना, अपने हृदय को खड्ग के समान कठोर और वाणी को छुरे के समान तीव्र बनाकर अपने को हानि पहुँचाने वाले व्यक्ति को तुरन्त मार डालना चाहिए।

वह मरेगा, तब ही हमारा भोजन बनेगा। इस प्रकार उसे हमसे वैर करने का परिणाम भी मिल जाएगा और हमें हमारा खोया हुआ मंत्री-पद भी पुनः प्राप्त हो जाएगा। इस प्रकार एक ही उपाय से तीन लाभ, पहला भोजन से तृप्ति, दूसरा वैरी का नाश और तीसरा, मंत्री-पद की प्राप्ति देने वाले मेरे कार्य की प्रशंसा ना करके तुम उलटे मुझे ही दोषी ठहरा रहे हो? यह तुम्हारी कैसी सोच है?

दूसरों को कष्ट पहुँचाकर अपना उल्लू सीधा करना ही बुद्धिमत्ता है, ऐसा ना करने वाले मूर्ख तो सिंह और भेड़िये के समान अपना पेट भी नहीं भर सकते।

इस पर करटक को चतुरक नामक चालाक सियार की कथा सुनाते हुए दमनक कहने लगा।

कथा–16

किसी जंगल में रहने वाले वज्रद्रनुष्ट नामक सिंह के दो सेवक थे क्रव्यमुख नामक भेड़िया और चतुरक नामक सियार, जो सदा उसके आगे-पीछे लगे रहते थे। एक दिन जंगल में घूमते हुए इन तीनों ने अपने झुण्ड से बिछुड़ी एक गर्भवती ऊँटनी को देख लिया, तो सिंह ने उसका पेट फाड़ दिया और उसे मार डाला, लेकिन उसके पेट से निकले शिशु पर सिंह को दया आ

गई। उसने उस शिशु को शंकुकर्ण नाम देकर और निर्भय होकर वन में विचरण करने के लिए छोड़ दिया। अब वे चारों प्राणी एक साथ घूमते-फिरते आनन्दपूर्वक दिन बिता रहे थे।

दुर्भाग्यवश, एक बार उस सिंह को एक हाथी के साथ युद्ध करना पड़ा और उस युद्ध में सिंह इतना घायल हो गया कि शिकार करना भी उसके वश में नहीं रहा। भूख सहते-सहते कुछ दिन बीत गए, तो सिंह ने अपने सेवकों से किसी प्राणी को ढूँढ लाने के लिए कहा, ताकि उसे मारकर वह अपनी तथा उन सबकी भूख मिटा सके। सियार और भेड़िया सारा दिन जंगल में भटकते रहे, लेकिन उन्हें कोई भी प्राणी ना मिला।

तब चतुरक सियार ने सोचा कि यदि इस ऊँट के बच्चे को मार डाला जाए, तो हम तीनों की समस्या सुलझ जाएगी, लेकिन सिंह ने उसे जीवनदान दिया हुआ था। इसलिए चतुरक कोई युक्ति सोचने लगा। वह अपने आपसे बोला, विचारपूर्वक कार्य करने वालों के लिए इस संसार में कोई भी प्राणी अवध्य नहीं है, कोई भी स्थान अगम्य नहीं है और कोई भी कार्य असाध्य नहीं है। यह सोचकर वह शंकुकर्ण नामक ऊँट से बोला, भोजन ना मिलने के कारण महाराज के प्राण संकट में हैं। उनके मर जाने पर हम भी कहीं के नहीं रहेंगे। स्वामी का भला करना बड़े पुण्य का काम है। यदि तुम अपनी इच्छा से अपना शरीर स्वामी को समर्पित कर दो, तो तुम्हें स्वर्ग-सुख की प्राप्ति हो जाएगी।

ऊँट से सहमति मिलते ही चतुरक ने सिंह के पास जाकर कहा, स्वामी! शिकार के लिए जंगल में भटकते हमें पूरा दिन बीत गया है, पर सफलता नहीं मिली। अब आपका कृपापात्र बना शंकुकर्ण अपनी इच्छा से अपने शरीर का दान देने को तैयार है। इसमें आपका और उसका, दोनों का हित है। यदि आप आज्ञा करें, तो मैं ऊँट को ले आऊँ।

भूख से व्याकुल सिंह के पास अन्य कोई विकल्प नहीं था। चतुरक ऊँट को बुलाकर लाया, तो भेड़िये ने उसका पेट फाड़कर उसे मार डाला। सिंह ने चतुरक को मांस की सुरक्षा के लिए नियुक्त किया और स्वयं नदीतट पर स्नान-ध्यान करने के लिए चला गया।

सिंह के दूर चले जाने पर चतुरक ने भड़िये को थोड़ा-सा मांस खाने के लिए उकसाया, तो उसने ऊँट का कलेजा खा लिया। नदीतट से वापस लौटकर सिंह ने जब ऊँट का कलेजा ना देखकर पूछा कि शिकार को किसने

जूठा किया है, तो गीदड़ ने भेड़िये की ओर इशारा कर दिया। अब तो भेड़िया अपनी प्राण-रक्षा के लिए वहाँ से भाग खड़ा हुआ।

इसी बीच, ऊँटों का एक काफ़िला उधर आ निकला। आगे वाले ऊँट के गले में पड़ी घण्टी की आवाज़ सुनकर सिंह ने सियार को पता लगाने के लिए भेजा, तो सियार ने लौटकर बताया, स्वामी! आपको अपनी जान प्यारी है, तो यहाँ से भाग जाइए। आपके द्वारा ऊँट मारने से क्रुद्ध होकर यमराज ही आपको पकड़ने के लिए इधर आ रहे हैं।

चतुरक की बात सुनते ही सिंह भयभीत होकर भाग खड़ा हुआ और फिर चतुरक ने कई दिनों तक ऊँट के मांस का आनन्द लिया।

यह कथा सुनाकर दमनक बोला, इसीलिए कहता हूँ कि चतुर एवं बुद्धिमान अपनी बुद्धि के बल पर आनन्द-भोग करते हैं, जबकि मूर्ख दाने-दाने को तरसते रहते हैं।

दमनक के चले जाने पर संजीवक सोचने लगा कि मैंने मांस खाने वाले सिंह से मित्रता करने की मूर्खता कैसे कर ली? कहा भी गया है कि अगम्यों के साथ गमन करने वाला और सेवा के अयोग्य की सेवा करने वाला गर्भधारण करने वाली खच्चरी के समान नष्ट हो जाता है।

मैं कुछ समझ नहीं पा रहा कि अब मुझे क्या करना चाहिए और कहाँ जाना चाहिए। क्यों ना पिंगलक के पास ही पहुँच जाऊँ? शायद वह मुझे अभयदान दे दे अथवा मैं किसी अन्य स्थान पर चला जाऊँ, लेकिन इसका क्या भरोसा कि वहाँ मैं किसी मांसभक्षी के हत्थे नहीं चढ़ जाऊँगा। यदि मरना ही है, तो क्या सिंह के हाथों और क्या किसी अन्य के हाथों?

जिस प्रकार पर्वतों को गिराने के कारण हाथियों के दाँतों के टूटने की भी प्रशंसा होती है, उसी प्रकार बड़े लोगों से स्पर्धा करने के परिणामस्वरूप आने वाला संकट भी प्रतिष्ठा का कारण बन जाता है।

जिस प्रकार मद का लोभी भँवरा हाथी के कानों की चोट खाकर भी सम्मानित होता है, उसी प्रकार बड़े लोगों द्वारा पहुँचाई गई हानि से भी संसार में यश प्राप्त होता है।

यही सब सोचकर संजीवक अब सिंह की ओर चल दिया।

जिस प्रकार साँपों से घिरे मकान में, हिंसक पशुओं से घिरे जंगल में तथा छाया और कमलों से शोभायमान, किन्तु मगरमच्छों से भरे तालाबों में

जाने में डर लगता है, उसी प्रकार दुष्टों से घिरे राजाओं के पास जाने में भी लोग भयभीत हो जाते हैं।

संजीवक ने पिंगलक के घर में प्रवेश किया, तो उसने पिंगलक को वैसी ही मुद्रा में बैठा देखा, जैसी दमनक ने बताई थी। इसलिए वह बिना प्रणाम किए ही चुपचाप बैठ गया। पिंगलक ने भी दमनक द्वारा बताई संजीवक की मुखमुद्रा देखी, तो उसने भी झपट्टा मारकर अपने तीखे नाख़ूनों से संजीवक को घायल कर दिया। संजीवक ने भी सिंह की छाती पर अपने सींगों का प्रहार किया। दोनों एक-दूसरे के ख़ून के प्यासे हो गए थे। उनकी इस दशा को देखकर करटक ने दमनक से कहा, लगता है कि तुम राजनीति का क-ख-ग भी नहीं जानते। तुम निपट मूर्ख हो। जानकारों ने ठीक ही कहा है कि नीति-कुशल मंत्री जहाँ उत्तम और कष्टसाध्य कार्यों को साम-दाम आदि उपायों से निपटा देते हैं, वहीं मामूली स्वार्थसिद्धि के लिए भी अन्याय और युद्ध को अपनाने में संकोच ना करने वाले छोटे-छोटे राजा अपनी सम्पन्नता को सन्देह के घेरे में खड़ा कर देते हैं।

यदि तुम्हारी मन्दबुद्धि के कारण स्वामी की मृत्यु हो गई या संजीवक जीवित बच गया, तो क्या यह स्थिति कष्टप्रद नहीं होगी? मेरी समझ में नहीं आता कि तुमने क्या सोचकर मंत्री बनने के लिए यह सब किया? साम-दाम आदि उपायों को छोड़कर तुमने दण्ड और भेद-जैसे कठिन उपायों का सहारा क्यों लिया?

क्या तुम नहीं जानते कि ब्रह्माजी ने नीति के चार भेदों का निरूपण करते हुए दण्ड को पापमय तथा केवल अन्तिम उपाय के रूप में ही अपनाने का निर्देश दिया है।

जिस प्रकार सीधी अंगुलि से घी के निकल आने पर अंगुलि टेढ़ी करना उचित नहीं होता, उसी प्रकार साम अथवा दाम से सिद्ध हो जाने वाले कार्य के लिए दण्ड अथवा भेद का प्रयोग भी उचित नहीं होता।

बुद्धिमान व्यक्ति को अपनी कार्यसिद्धि के लिए सबसे पहले साम का ही प्रयोग करना चाहिए। साम-जैसे उपाय से किए गए कार्य स्थायी रूप से लाभकारी सिद्ध होते हैं।

तुम मंत्र के प्रयोग को नहीं जानते, अतः मैं तुम्हें मंत्री-पद के योग्य नहीं मानता। मंत्र पाँच प्रकार का होता है 1. कर्म को आरम्भ करने की विधि के विषय में सोचना, 2. कर्मचारियों के लिए आवश्यक देय सम्पत्ति का संग्रह

करना, 3. देश-काल की समुचित जानकारी रखना, 4. सम्भावित हानि से बचाव का उपाय करना तथा 5. कार्य को सिद्ध करके दिखाना।

अब उन दोनों की अथवा दोनों में से एक की मृत्यु तो अवश्य ही होनी है, लेकिन अब भी समय है। इस स्थिति को टालने का प्रयास करो। मंत्री की योग्यता की वास्तविक परीक्षा तो दोनों पक्षों में समझौता कराने में ही होती है, किन्तु तुम यह सब कैसे कर सकते हो?

जिस प्रकार सन्निपात सरीखे असाध्य रोग को नष्ट करने में ही वैद्य की परीक्षा होती है, उसी प्रकार दो बिछड़े मित्रों को मिलाने में ही मंत्रियों की परीक्षा होती है। सामान्य स्थिति में तो सभी बुद्धिमान कहलाते हैं।

जिस प्रकार चूहा अन्न से भरे पात्र को केवल गिराना जानता है, गिरे हुए को उठाकर रखना नहीं जानता, उसी प्रकार नीच व्यक्ति भी केवल तोड़ना ही जानता है, जोड़ना नहीं जानता। मैं तो यही समझता हूँ कि स्वामी ने तुझ पर विश्वास करने की बड़ी भारी भूल की है।

नीच व्यक्तियों के चंगुल में फँसे राजा विद्वानों द्वारा बताए मार्ग पर चलते ही नहीं, इसीलिए वे इस प्रकार के अन्याय करने के अभ्यस्त हो जाते हैं और ग़लत को सही मानने लगते हैं।

मुझे लगता है कि यदि तुम मंत्री बन गए, तो स्वामी के पास कोई भला व्यक्ति फटकेगा भी नहीं, क्योंकि जिस प्रकार स्वादिष्ट जल वाला सरोवर मगरमच्छ-जैसे हिंसक जीवों का निवास बन जाने पर लोगों के लिए सेवन के अयोग्य हो जाता है, उसी प्रकार भले राजा के दुष्ट मंत्रियों से घिर जाने पर भले लोग उससे किनारा करने में ही अपना भला समझते हैं और सज्जन व्यक्तियों द्वारा परित्यक्त राजा शीघ्र ही नष्ट हो जाता है।

धनुर्विद्या के अभ्यास और राज्य-कार्य की उपेक्षा करके सेवकों के साथ अद्भुत घटनाओं में आनन्द लेने वाले राजा के वैभव पर शत्रुओं का अधिकार हो जाता है।

निराश होकर करटक बोला, अन्धे के आगे रोना, अपनी ही हानि करना है। तुम्हारे-जैसे मूर्ख को क्या कोई समझाए, क्योंकि जिस प्रकार मोटी लकड़ी को मोड़ा नहीं जा सकता, कठोर पत्थर को कोमल नहीं बनाया जा सकता, उसी प्रकार मोटी बुद्धि वाले व्यक्ति को भी सुधारा नहीं जा सकता। सूचीमुख की कथा इसका उदाहरण है।

दमनक के निवेदन पर करटक उसे सूचीमुख की कथा सुनाने लगा।

कथा–17

एक पर्वतीय प्रदेश में अचानक हुई भारी वर्षा के कारण वहाँ रहने वाले वानर दुःखी हो उठे और सर्दी से काँपते हुए कुछ वानरों ने आग तापने की इच्छा से घुंघचियों (लाल रंग के छोटे-छोटे बीज वाली जंगली बेल) को इकट्ठा किया और उन्हें फूँक मारते हुए वे उनके चारों ओर बैठ गए। वानरों के इस मूर्खतापूर्ण काम को देखकर सूचीमुख नामक एक पक्षी उनसे कहने लगा, मूर्खो! क्या तुम्हें यह भी मालूम नहीं कि यह आग नहीं है। तुम सर्दी से ठिठुर रहे हो, इसलिए अपनी रक्षा के लिए पर्वत की किसी गुफा अथवा किसी वन-प्रदेश को ढूँढो।

सूचीमुख के कथन को सुनकर एक वानर बोला, अरे मूर्ख! तू अपनी चिन्ता कर, तुझे हमारी चिन्ता क्यों हो रही है? नीतिकारों ने कहा है कि अपने कार्य में बार-बार विघ्न पड़ने से परेशान तथा जुए में हारते जुआरी को समझाने की चेष्टा नहीं करनी चाहिए, अन्यथा ऐसा करने वाले व्यक्ति को दुःख ही उठाना पड़ता है।

शिकारी, दूसरों को व्यर्थ ही पीड़ित करने वाले, मूर्ख तथा दुर्व्यसन से ग्रस्त व्यक्ति को समझाने का परिणाम भी अच्छा नहीं होता।

सूचीमुख ने वानर के वचनों को अनसुना कर दिया और उन्हें समझाता रहा। वह कहने लगा, अरे! तुम इतने हट्टे-कट्टे हो, क्या आँधी-पानी से अपने बचाव के लिए कोई उचित व्यवस्था नहीं कर सकते?

सूचीमुख के प्रलाप से क्रुद्ध एक वानर ने उसे पत्थर पर पटक-पटककर मार डाला।

यह कथा सुनाकर करटक बोला, मूर्ख को समझाना, अपने लिए संकट मोल लेने के बराबर है। कहा भी गया है कि जिस प्रकार साँप को दूध पिलाने का परिणाम उसके विष को बढ़ाना होता है, उसी प्रकार मूर्ख को समझाना भी उसके क्रोध को भड़काना ही है।

अतः हर किसी को उपदेश नहीं देना चाहिए। वानर ने अपने को समझाने वाले गृहस्थ का घर उजाड़ दिया। यह कथा इसी तथ्य की पुष्टि कर रही है।

दमनक ने यह कथा सुनने की इच्छा प्रकट की, तो करटक ने उसे यह कथा सुनाई।

कथा–18

एक जंगल में सेमल के वृक्ष पर घोंसला बनाकर गौरैया-दम्पति सुखपूर्वक रहा करते थे। एक दिन वे दोनों अपने घोंसले में बैठे थे कि अचानक आकाश में बादल उमड़ आए और ठण्डी वायु चलने लगी। इसके साथ ही गर्जन करती मूसलधार बरसात भी होने लगी। उसी समय सर्दी से काँपता एक मोटा वानर उस वृक्ष के नीचे आकर बैठ गया। उस वानर की हालत को देखकर गौरैया कहने लगी, तुम्हारे पुरुषों के समान हाथ-पैर हैं और तुम बलवान भी हो। तुम सर्दी और बरसात से अपने बचाव के लिए एक घर क्यों नहीं बना लेते?

गौरैया के कथन से क्रुद्ध होकर वानर कहने लगा, अरी मूर्ख! क्यों व्यर्थ बकबक कर रही है? क्या तू चुप होकर बैठ नहीं सकती? तेरी इतनी हिम्मत कि तू मेरा मज़ाक़ उड़ाए? वह सोचने लगा कि सुई-जैसे मुख वाली और अपने को विद्वान कहने वाली इस 'दुराचारिणी' गौरैया को अपना मज़ाक़ उड़ाने के लिए दण्डित करना चाहिए।

यह सोचकर वानर उस गौरैया से बोला, अरी दुष्टा! तुझे मेरी चिन्ता क्यों हो रही है? मैं तुझसे बात नहीं करना चाहता, क्योंकि शास्त्र का वचन है कि बातचीत में शिष्टता और शालीनता बरतने वाले को और विशेष रूप से कुछ पूछने वाले को ही समझाना चाहिए। अशिष्ट व्यक्ति से बातचीत करना तो जंगल में रोने-जैसा होता है।

गौरैया बोली, अरे! मैं तुम्हारे लाभ की ही बात कह रही थी।

गौरैया का इतना कहना था कि वानर छलांग लगाकर वृक्ष पर चढ़ गया और गौरैया के घोंसले को धरती पर गिराते हुए कहने लगा, अब कर मेरे लाभ की चिन्ता?

इस कथा को सुनाकर करटक बोला, इसीलिए कहा गया है कि मूर्खों को उपदेश देने का अर्थ उन्हें अपने विरुद्ध भड़का देना होता है।

अपना कथन जारी रखते हुए करटक कहने लगा, मैंने तुझे कितना समझाया, किन्तु तुझ पर कोई असर ही नहीं हुआ। इसमें तेरा कोई दोष नहीं है, दोष मेरा ही है। मैंने यह सोचा ही नहीं कि बुद्धिमान को सिखाने

से ही लाभ होता है, मूर्ख को सिखाना तो अपना सिर फोड़ने-जैसा होता है।

जिस प्रकार घड़े के सिर पर रखा दीपक घड़े के भीतर के अंधेरे को दूर नहीं कर सकता, उसी प्रकार मूर्ख को समझाने से उसमें कोई परिवर्तन हो सकेगा, इसकी आशा करना व्यर्थ ही है।

तूने अपने अहंकार के कारण ना तो मेरी बात सुनी और ना अपनी शान्ति की चिन्ता की। मुझे तो लगता है कि तू नीच है।

शास्त्रों के अनुसार इस संसार में जात, अनुजात, अतिजात और अपजात चार प्रकार के पुत्र होते हैं।

अपनी माता के समान गुणों वाला पुत्र जात, पिता के समान गुणों वाला पुत्र अनुजात, माता-पिता से अधिक गुणी पुत्र अतिजात और अधम-से-अधम, अर्थात सर्वथा गुणहीन पुत्र अपजात कहलाता है।

युद्ध में सिर के कट जाने पर भी धड़ को नाचते देखकर यह मानना पड़ता है कि दूसरों को दुःखी करके प्रसन्न होने वाला दुष्ट व्यक्ति अपने दुःख को भी अनदेखा कर देता है।

सत्य ही कहा गया है कि मुझे तो धर्मबुद्धि और कुबुद्धि दोनों का परिचय मिल गया और यह भी पता चल गया कि पुत्र को विद्वान समझने की अपनी भूल का शिकार होकर पिता धुएँ के कारण दम घुटने से मर गया।

दमनक ने पूछा, यह कैसी कथा है?

तब करटक उसे यह कथा सुनाने लगा।

कथा–19

किसी नगर में धर्मबुद्धि और पापबुद्धि नामक दो मित्र रहा करते थे। पापबुद्धि ने सोचा कि मैं तो दरिद्र हूँ, मैं धन नहीं कमा सकता। अतः यदि मैं धर्मबुद्धि को अपने साथ मिला लूँ, तो उसकी बुद्धि से कुछ कमाई करके अपना जीवन सुखी बना सकता हूँ।

यह सोचकर वह धर्मबुद्धि के पास गया और उससे बोला, मित्र! तुम्हारी इतनी आयु हो गई, लेकिन तुम कभी किसी काम के लिए अपने घर से बाहर नहीं गए। जब बड़े होकर तुम्हारे बच्चे तुमसे इस बारे में पूछेंगे, तब तुम उन्हें क्या उत्तर दोगे?

देश-देशान्तर में जाकर अनेक लोगों की वेशभूषा और बोलचाल से अनजान व्यक्ति का इस पृथ्वी पर जन्म लेना ही व्यर्थ है।

प्रसन्न मन से देश-देशान्तर में ना जाने वाला व्यक्ति नाना प्रकार की कलाओं, शिल्पों, भाषाओं, विद्याओं तथा परम्पराओं से परिचित ही नहीं होता।

यह सुनकर धर्मबुद्धि, पापबुद्धि के साथ विदेश जाने के लिए तैयार हो गया और जब दोनों ने मिलकर अपने परिश्रम और भाग्य से बहुत सारा धन जमा कर लिया, तब उन्होंने घर लौटने का मन बनाया।

जब वे दोनों अपने नगर के पास पहुँच गए, तो पापबुद्धि अपने मित्र धर्मबुद्धि से कहने लगा, मित्र! सारा धन एक साथ घर में ले जाना ठीक नहीं रहेगा। इसे देखकर हमारे बन्धु-बान्धवों की लार टपक सकती है। ऐसा करो, हम थोड़ा-सा धन अपने साथ ले चलेंगे और बाक़ी बचे धन को एक बक्से में बन्द करके इस शमी वृक्ष के नीचे धरती में दबा देंगे और आवश्यकता पड़ने पर इसे यहाँ से निकालकर ले जाएँगे।

पापबुद्धि के मन में खोट आ गया था। वह धर्मबुद्धि के धन को भी हथियाना चाहता था और इसीलिए ऐसा कह रहा था। सीधे-सादे धर्मबुद्धि के सहमत होने पर दोनों ने मिलकर एक गड्ढा खोदा और बाक़ी बचे धन से भरा बक्सा उसमें दबा दिया। तब पापबुद्धि बोला, शास्त्रों में कहा गया है कि बुद्धिमान व्यक्ति को अपना धन दूसरों को कभी नहीं दिखाना चाहिए, क्योंकि उसे देखकर मुनियों तक का मन भी डोलने लगता है।

जिस प्रकार जल में मछलियाँ, धरती पर सिंह और आकाश से देखकर गिद्ध आदि मांस को खा जाते हैं, उसी प्रकार धनी व्यक्ति के धन को लूटने के लिए लोग सदा तैयार रहते हैं।

इस पर थोड़ा-थोड़ा धन लेकर दोनों अपने घर आ गए और अपने-अपने काम में लग गए।

कुछ समय बीतने पर बेईमान पापबुद्धि दबे हुए धन को गड्ढे में से निकालकर अपने घर ले आया और धर्मबुद्धि से छुटकारा पाने के लिए उसके पास जाकर कहने लगा, मित्र! मुझे किसी काम के लिए धन की आवश्यकता आ पड़ी है। चलो, चलकर मेरे लिए वह दबा हुआ धन निकाल दो।

धर्मबुद्धि अपने भागीदार के साथ उस स्थान पर जा पहुँचा, जहाँ उन दोनों ने अपना धन से भरा बक्सा गाड़ा था। खोदने के बाद जब उस बक्से

को खोला गया, तो वह ख़ाली था। इस पर धर्मबुद्धि पर चोरी का इल्ज़ाम लगाकर पापबुद्धि उसे न्यायालय में ले जाने की धमकी देने लगा। धर्मबुद्धि ने अपने को निर्दोष बताते हुए कहा, तुम यह भली प्रकार जानते हो कि मैं धर्मबुद्धि हूँ और धर्मबुद्धि का लक्षण यही है कि वह परायी स्त्रियों को अपनी माँ के समान, पराये धन को मिट्टी के ढेले के समान और अन्य सभी प्राणियों को अपने समान ही मानता है। अब तुम ही बताओ कि तुम मुझ पर चोरी का इल्ज़ाम कैसे लगा सकते हो?

पापबुद्धि दुष्ट स्वभाव का व्यक्ति था, वह कैसे मान जाता? वह मामले को न्यायालय में ले गया। जब न्यायाधीश द्वारा नियुक्त न्यायपीठ के सदस्यों ने उन दोनों को सच बात कहने की शपथ लेने को कहा, तो पापबुद्धि कहने लगा, इस मामले में शपथ लेने की क्या आवश्यकता है?

विद्वानों का स्पष्ट निर्देश है कि किसी भी मामले में यदि कोई विवाद उठ खड़ा हो, तो सबसे पहले यदि कोई लिखा-पढ़ी उपलब्ध है, तो उसे देखा जाए, उसके उपलब्ध ना होने पर साक्षियों के साक्ष्य को सुना जाए। इसके अभाव में वादी व प्रतिवादी से सच का पता लगाने के लिए ही उन्हें शपथ लेने को कहा जा सकता है। यहाँ वृक्ष-देवता स्वयं साक्षी के रूप में उपलब्ध हैं, तो उनसे पूछ लेना चाहिए कि अपराधी कौन है?

शास्त्र का कथन है कि जिस मामले में निम्नजाति का शूद्र भी साक्षी के रूप में उपलब्ध हो, उस मामले में वादी अथवा प्रतिवादी की अपेक्षा उसे ही गौरव दिया जाना चाहिए। यहाँ तो वृक्ष देवता-जैसा साक्षी उपलब्ध है। अतः हमें शपथ लेने की आवश्यकता नहीं है?

न्यायकर्त्ताओं ने अगले दिन प्रातःकाल वृक्ष का साक्ष्य लेने के निर्णय से दोनों पक्षों को सूचित कर दिया। इस पर प्रसन्न होकर पापबुद्धि ने अपने पिता से कहा कि वह उस वृक्ष की कोटर में छिपकर बैठ जाए और प्रातःकाल जब न्यायपीठ के सदस्य आएँ, तो उनके सामने धर्मबुद्धि को चोर घोषित कर दें, ताकि सारे धन पर उसका एकाधिकार हो जाए। पापबुद्धि का पिता भी पापात्मा था, वह इस प्रकार का झूठ बोलने के लिए तैयार हो गया और वृक्ष की कोटर में छिपकर बैठ गया।

निर्धारित समय पर न्यायपीठ के सदस्य, धर्मबुद्धि और पापबुद्धि आदि सब लोग निश्चित स्थान पर पहुँचे। तब पापबुद्धि आगे बढ़कर उच्च स्वर से कहने लगा, सूर्य, चन्द्रमा, वायु, अग्नि, आकाश, पृथ्वी, जल, मनुष्य का

हृदय, यमराज, दिन-रात, दोनों सन्ध्याएँ एवं धर्म मनुष्यों के अच्छे-बुरे कर्मों को देखते रहते हैं। यदि शास्त्र का वचन यह सत्य है, तो हे वनदेवता! आप यह बताने की कृपा करें कि हम दोनों में से चोर कौन है? पापबुद्धि की योजना के अनुसार उसके पिता ने धर्मबुद्धि को चोर बताया, तो इस बात पर विचार किया जाने लगा कि उसे किस प्रकार दण्डित किया जाए।

इधर, धर्मबुद्धि ने जब मनुष्य की वाणी सुनी, तो उसे सन्देह हुआ और उसने उस वृक्ष को आग लगा दी। आग लगने पर पापबुद्धि का अधजला पिता वृक्ष की कोटर से बाहर निकल आया और न्यायपीठ के सामने पापबुद्धि की वास्तविकता प्रकट हो गई। इस पर पापबुद्धि द्वारा चुराया गया धन धर्मबुद्धि को वापस दिलाया गया और पापबुद्धि को जेल में भेज दिया गया।

धर्मबुद्धि की बुद्धि की प्रशंसा करते हुए न्यायपीठ के सदस्य बोले,

किसी भी उपाय पर विचार करते समय बुद्धिमान व्यक्ति को उससे जुड़ी हानि पर भी विचार कर लेना चाहिए, अन्यथा साँप से छुटकारा पाने के लिए नेवले को अपने साथ लाकर अपने बच्चों से हाथ धोने वाले बगुले के समान ही परिणाम भुगतना पड़ता है।

धर्मबुद्धि की जिज्ञासा पर उसे बगुले की कथा सुनाते हुए न्यायपीठ का एक सदस्य बोला।

कथा–20

किसी जंगल में स्थित एक वटवृक्ष पर कुछ बगुले रहते थे। उसी वृक्ष की कोटर में एक काला साँप भी रहता था, जो बगुलों के बच्चों को उनके पंख निकलने से पहले ही खा जाता था। अपनी सन्तान को इस प्रकार नष्ट होते देख बगुलों ने आपस में सलाह की, तो एक बगुले ने केकड़े से इसका उपाय पूछने को कहा। यह सुनकर बगुले तालाब के किनारे रहने वाले केकड़े के पास जा पहुँचे। बगुलों की व्यथा सुनकर केकड़ा प्रसन्न हो उठा और अपने मन ही मन सोचने लगा कि अब मैं अपने इन शत्रुओं को ऐसी सलाह दूँगा कि इनका वंश नष्ट हो जाएगा। कहा भी गया है कि अपना चित्त कठोर बनाकर और मक्खन जैसी वाणी बोलकर शत्रु को इस प्रकार विश्वास दिलाना चाहिए कि वह ग़लत मार्ग पर चलकर अपने वंश सहित नष्ट हो जाए।

इसी प्रकार केकड़े ने भी सहानुभूति दिखाते हुए मधुर स्वर में कहा, मेरी मानो, तो मछलियों के मांस के कुछ टुकड़े नेवले के बिल से साँप के बिल तक फैला दो। यह देखकर नेवला साँप के बिल तक जा पहुँचेगा और फिर उसे मार डालेगा। बेल

बगुलों को यह उपाय उचित लगा, लेकिन नेवले ने साँप को तो मार डाला, किन्तु साथ ही वह पेड़ पर रहने वाले बगुलों को भी खा गया।

यह कथा सुनाकर न्यायपीठ के सदस्य बोले, इसीलिए कहा गया है कि उपाय से जुड़ी हानि की भी उपेक्षा नहीं करनी चाहिए। पापबुद्धि ने उपाय तो सोचा, किन्तु हानि की बात नहीं सोची।

मैंने दोनों धर्मबुद्धि और पापबुद्धि की बात भली-भाँति सुनी और मैं इस परिणाम पर पहुँचा कि पापबुद्धि ने धर्मबुद्धि के भाग को हथियाने के लालच में आकर अपने पिता का बलिदान कर दिया। धुएँ से दम घुटने के कारण वह बेचारा मारा गया।

इस कथा को सुनाकर करटक बोला, मित्र! तुम भी पापबुद्धि हो, क्योंकि तुमने भी उपाय सोचते समय उसके कारण होने वाली हानि पर कोई ध्यान नहीं दिया, इसीलिए स्वामी के प्राणों को संकट में डालने में तुम्हें संकोच नहीं हुआ। इससे तुम्हारे चरित्र की वास्तविक दुष्टता उजागर हो गई है। कहा भी गया है कि मेघों की ध्वनि से उन्मत्त होकर यदि मोर नाचने ना लग जाएँ, तो उनकी गुदा में छिपे किसी पदार्थ को कोई कैसे ढूँढ सकता है?

जब तुम अपने महाराज के साथ ऐसा व्यवहार कर सकते हो, तो तुम्हारे-जैसों का संग ख़तरे से ख़ाली कभी नहीं हो सकता। कहा भी गया है कि जहाँ चूहे हज़ार किलो लोहे की तराजू को खा सकते हैं, वहाँ यदि बाज़ किसी बालक को उठाकर ले जाए, तो उस पर विश्वास करना ही पड़ेगा।

दमनक के यह कथा सुनने की जिज्ञासा प्रकट करने पर करटक कहने लगा।

कथा–21

किसी जनपद में रहने वाले जीर्णधन नामक एक बनिये ने अपना काम चलता ना देखकर रोज़ी-रोटी की तलाश में किसी अन्य स्थान पर जाने का मन बनाया, क्योंकि किसी दूसरे स्थान में जाने से जीवन के सुखी होने

की सम्भावना दिखाई देती हो, तो अपने ही देश में पड़े रहने में कहाँ की बुद्धिमानी है?

स्वाभिमानी बने रहकर सुखपूर्वक जीवन व्यतीत करने वाले व्यक्ति के लिए दीन-हीन होकर जीना बड़ा दुःखदायी होता है।

उस बनिये के पास लोहे की एक भारी तराज़ू थी, जिसे उसने अपने पड़ोसी सेठ के पास धरोहर के तौर पर रख दिया और अपना भाग्य आजमाने के लिए परदेस चल दिया।

कुछ समय बाद लौटकर जब जीर्णधन ने उस सेठ से अपनी तराज़ू माँगी, तो नक़ली दुःख प्रकट करते हुए वह सेठ बोला, तुम्हारी उस तराज़ू को तो चूहे खा गए।

जीर्णधन उस सेठ की धूर्तता को समझकर भी अनजान बनकर बोला, इसमें आपका कोई दोष नहीं है? अच्छा, मुझे नदी पर स्नान करना है। यदि आप तौलिया आदि के साथ अपने बेटे को मेरे साथ भेज दें, तो आपकी बड़ी कृपा होगी। स्नान करने के बाद मैं अपने रास्ते चला जाऊँगा और आपका बालक अपना सामान लेकर वापस लौट आएगा।

मुसीबत को इतनी आसानी से टलता देखकर बेईमान सेठ तुरन्त इसके लिए तैयार हो गया।

वास्तव में, इस संसार में प्रत्येक व्यक्ति किसी का कोई कार्य किसी प्रयोजन से ही करता है। बिना प्रयोजन के कोई किसी की भलाई करे, ऐसा बहुत कम ही देखने को मिलता है।

बिना कारण के कभी कोई कार्य नहीं होता, यदि इस नियम के आधार पर कहीं बहुत अधिक आदर-सम्मान होता है, तो व्यक्ति को सावधान हो जाना चाहिए, क्योंकि इसके पीछे कोई-ना-कोई कारण अवश्य होता है। इस तथ्य की उपेक्षा करना कभी-कभी बहुत महँगा पड़ जाता है।

स्नान के लिए सामान लेकर सेठ का लड़का जीर्णधन के साथ नदीतट पर पहुँचा, तो वहाँ जीर्णधन ने बच्चे को एक खाई में गिराकर उस पर एक भारी शिला रख दी और स्नान करके उदास मन से सेठ के पास पहुँचकर रोते हुए बोला, तुम्हारे बेटे को एक बाज़ उठाकर ले गया।

यह सुनते ही सेठ चिल्लाकर बोला, क्या बकते हो? क्या बाज़ भी बालक को उठाकर ले जा सकता है? लगता है कि तुमने उसे मार डाला है।

इस पर मामला न्यायालय में पहुँचा, तो न्यायाधीश के सामने जीर्णधन बोला, श्रीमन! यदि हज़ार किलो वज़नी लोहे की तराज़ू को चूहे खा सकते हैं, तो लड़के को बाज़ क्यों नहीं उठाकर ले जा सकता?

इसके बाद जीर्णधन ने सारी बात यथावत सुना दी, तो धूर्त सेठ को अपने बेटे की वापसी के लिए तराज़ू भी लौटानी पड़ी और अपमानित भी होना पड़ा।

इस कथा को सुनाकर करटक बोला, तुमसे संजीवक का सुख देखा नहीं गया, तभी तुमने यह दुष्कृत्य किया है।

इस संसार का यह सामान्य चलन है कि नीच कुल के व्यक्ति कुलीनों, अभागे भाग्यवानों, कृपण व्यक्ति दानियों, कुटिल व्यक्ति सरल-प्रकृति सज्जनों, निर्धन धनवानों, कुरूप रूपवानों, पापी धर्मात्माओं तथा मूर्ख व्यक्ति शास्त्र-निपुण विद्वानों से ईर्ष्या किया ही करते हैं।

विद्वानों से मूर्खों का, धनवानों से निर्धनों का, तपस्वियों से पापियों का और सती स्त्रियों से कुलटाओं का द्वेष सदा से चला आ रहा है।

तुमने भी बने-बनाए कार्य को बिगाड़ दिया है। इसीलिए कहा गया है कि शुभचिन्तक मूर्ख की अपेक्षा अहितकारी विद्वान कहीं अच्छा होता है। मूर्ख वानर को सेवक बनाने के कारण ही राजा को मृत्यु का ग्रास बनना पड़ा और चोर द्वारा ब्राह्मणों के प्राण बच गए।

दमनक की जिज्ञासा पर करटक उसे यह कथा सुनाने लगा।

कथा–22

एक राजा ने प्रसन्न होकर एक वानर को अपना अंगरक्षक बना लिया। इसलिए वह वानर अन्तःपुर में बिना बाधा के आता-जाता रहता था। एक बार जब राजा सो रहा था, तो वह वानर राजा को पंखा झल रहा था। उसने देखा कि एक मक्खी बार-बार राजा की छाती पर आ बैठती थी। वानर उस मक्खी को उड़ाने का प्रयत्न करता था, लेकिन उसे सफलता नहीं मिलती थी। राजा की नींद उचट जाने की आशंका से वानर उस मक्खी को उड़ाने का प्रयत्न करने लगा, किन्तु सफलता ना मिलने पर उस वानर ने मक्खी पर तलवार से प्रहार कर दिया। मक्खी तो उड़ गई, लेकिन राजा के प्राण भी उड़ गए।

इसीलिए कहा गया है कि राजा को अपने यहाँ मूर्खों को आश्रय नहीं देना चाहिए।

एक विद्वान ब्राह्मण पूर्वजन्म के दोष के कारण चोर बन गया। उसने किसी दूर देश से आए चार ब्राह्मणों को अपनी वस्तुओं को बेचकर अण्टी में धन रखते देखा, तो उस धन को लूटने की इच्छा से उस चोर बने ब्राह्मण ने उन्हें ज्ञान से भरी बातें सुनाकर उनका विश्वास जीत लिया और फिर उनका सेवक बनकर उनके साथ हो लिया। कहा भी गया है कि कुलटा स्त्री लज्जाशील होने का नाटक करती है, खारा पानी ठण्डा होता है, ज्ञानी व्यक्ति अहंकार से ग्रस्त होता है तथा स्वार्थी एवं धूर्त व्यक्ति प्रिय वक्ता होता है।

ब्राह्मणों ने उस चोर ब्राह्मण पर विश्वास करके उसके सामने ही उन बहुमूल्य रत्नों को अपनी गुदा में छिपा लिया। ब्राह्मणों को जाता देखकर चोर ब्राह्मण उन्हें ना लूट पाने के कारण चिन्ता में डूब गया। उसने सोचा कि इन्हें विष देकर इनका धन छीना जा सकता है। इसलिए वह ब्राह्मणों से अपने को साथ चलने की अनुमति देने की प्रार्थना करने लगा, जिस पर ब्राह्मणों का हृदय द्रवित हो गया और उन्होंने उसे अपने साथ ले लिया।

जब वे सब ब्राह्मण पल्लीपुर गाँव से गुज़रे, तो कौओं ने चिल्लाकर अमूल्य रत्नों को छिपाकर ले जाते ब्राह्मणों की जानकारी जंगली लोगों को दे दी। इस पर जंगली लोगों ने उन पाँचों पथिकों को बाँधकर उनकी तलाशी ली, लेकिन कुछ भी ना पाकर निराश हुए। वे जंगली उन पथिकों से बोले, हमारे ये कौए कभी झूठ नहीं बोलते। यदि तुम लोगों को अपने प्राण प्यारे हैं, तो सच-सच बताओ कि तुमने हीरे कहाँ छिपा रखे हैं?

चोर ब्राह्मण ने सोचा कि यदि इन जंगलियों ने इन ब्राह्मणों को मार डाला और इनकी गुदा से रत्न खोज निकाले, तो मेरे हाथ में कुछ भी नहीं आयेगा और ये मुझे भी जीवित नहीं छोड़ेंगे। मेरे पास तो हीरे भी नहीं हैं। क्यों ना अपने प्राण देकर इनके प्राण बचा लूँ? कहा भी गया है कि मृत्यु से क्या डरना? सदा तो कभी कोई जीवित नहीं रहता, सभी को आज नहीं, तो कल मरना तो है ही, फिर क्यों ना मैं अपने जीवन का सदुपयोग ही कर लूँ?

यह सोचकर वह चोर ब्राह्मण उन लुटेरों से बोला, यदि विश्वास नहीं है, तो मेरी हत्या करके अपनी तसल्ली कर लो। लुटेरों ने उसका पेट, गला आदि फाड़कर ख़ूब देखा-भाला, किन्तु जब कुछ भी ना मिला, तो उन्होंने भी सोचा कि जब हमें इनसे कुछ मिलना ही नहीं है, तो इनकी हत्या करने से

क्या लाभ? यह सोचकर उन जंगलियों ने चारों ब्राह्मणों को मुक्त कर दिया।

करटक अभी यह कथा सुना ही रहा था कि पता चला पिंगलक के साथ युद्ध करते हुए संजीवक मृत होकर पृथ्वी पर गिर पड़ा है और संजीवक के गुणों को याद करता हुआ पिंगलक अपने मित्र की हत्या पर आँसू बहाता हुआ अपने को कोस रहा है। मित्र के प्रति विश्वासघात के लिए अपने को धिक्कारते हुए पिंगलक कह रहा था कि मित्रद्रोही, कृतघ्न और विश्वासघाती को प्रलयकाल तक नरक की यातना भोगनी पड़ती है।

वास्तव में, पृथ्वी के नष्ट हो जाने पर उसे पुनः प्राप्त किया जा सकता है, राज्य के नष्ट हो जाने पर उसकी प्राप्ति भी हो सकती है, किन्तु यदि स्नेही और बुद्धिमान सेवक नष्ट हो जाए, तो उसे लौटाना सम्भव नहीं हो पाता।

मैं आज तक जिसके गुणों का वर्णन करते नहीं थका, आज उसके वध के लिए क्या स्पष्टीकरण दूँगा?

शास्त्रों के अनुसार बुद्धिमान व्यक्ति को कभी अपने द्वारा सम्मानित किसी व्यक्ति की निन्दा करना शोभा नहीं देता। ऐसा करने वाले व्यक्ति की विश्वसनीयता सन्देहास्पद हो जाती है।

इस प्रकार आँसू बहाते पिंगलक के पास पहुँचकर दमनक शान्त स्वर में कहने लगा, महाराज! मुझे क्षमा करें, आप व्यर्थ दुःखी हो रहे हैं। अपने विद्रोही एवं घास खाने वाले शत्रु की हत्या पर पश्चात्ताप करना राजाओं को शोभा नहीं देता। अपने प्राणों के लिए ख़तरा बने पिता, भाई, पुत्र, पत्नी अथवा मित्र आदि किसी भी आत्मीय का वध करने में कोई दोष नहीं होता। दयालु, अर्थात अविवेकी राजा, अभक्ष्य-भक्षण करने वाला ब्राह्मण, निर्लज्ज स्त्री, दुष्टबुद्धि सहायक, प्रतिकूल आचरण करने वाला सेवक, असावधान रहने वाला अधिकारी और कृतघ्न, ये सभी त्याग देने योग्य होते हैं।

राजनीति तो वेश्या के समान प्रति क्षण अपना रूप बदलती रहती है। कभी सत्य का सम्मान किया जाता है, तो कभी असत्य का, कभी किसी के साथ कठोर व्यवहार किया जाता है, तो कभी अपराध होने पर किसी प्रिय समान को दण्डित किया जाता है, तो किसी के प्रति दया दिखाई जाती है, किसी पर धन लुटाया जाता है, तो किसी का धन लूटा जाता है, किसी को सम्मानित, तो किसी को अपमानित भी किया जाता है। अवसर देखकर स्वार्थसिद्धि के लिए ही यह सब किया जाता है।

द्वितीय तंत्र

मित्र सम्प्राप्ति

(नया मित्र बनाने के साधन)

साधन-रहित होने पर भी व्यवहारकुशल, बुद्धिमान एवं बहुश्रुत व्यक्ति अपने मित्रों के सहयोग से अपने कार्यों को सिद्ध करने एवं अपने लक्ष्य को प्राप्त करने में सफल हो जाते हैं। कौआ, चूहा, हिरण तथा कछुए की सफलता इस तथ्य का प्रमाण है।

दक्षिण दिशा के महिलारोप्य नामक नगर के पास जंगल में एक विशाल वटवृक्ष था, जिसकी छाया घनी थी और जिसके कोटर बहुत बड़े थे। इसीलिए अनेक पशु-पक्षियों ने इस पर अपना बसेरा बना रखा था और आते-जाते राहगीर भी इसकी छाया में विश्राम करते थे। कहा गया है कि उसी वृक्ष को प्रशंसनीय कहा जाता है, जिसकी छाया में हिरण आदि पशु विश्राम करते हों, जिसकी शाखाओं पर बैठे पक्षियों की छाया से पत्ते ढक जाते हों, जिसके कोटरों में कीड़े आश्रय पाते हों तथा जिस पर वानर उछल-कूद करते रहते हों और जिस पर भँवरे निःशंक होकर गुंजन करते हुए मँडराते रहते हों। इस प्रकार अनेक पशु-पक्षियों के लिए सुखदायक विश्राम-स्थल बने वृक्ष ही सार्थक कहलाते हैं, लेकिन इसके विपरीत किसी के लिए भी अनुपयोगी वृक्ष तो इस धरती पर भाररूप ही होते हैं।

उसी वृक्ष पर रहने वाला लघुपतनक नामक एक कौआ एक दिन भोजन की खोज में निकला कि उसने हाथ में जाल लिए और यमदूत के समान भयंकर एवं काले-कलूटे एक शिकारी को उस वटवृक्ष की ओर आते देखा। वह सोचने लगा कि यह दुष्ट तो मेरे साथी पक्षियों को अपना शिकार बनाने यहाँ आया है। मैं उन्हें सावधान कर दूँ।

यह सोचकर वह लौट आया और अपने सभी साथियों को इकट्ठा करके उन्हें बताने लगा कि बहेलिया अपना जाल फैलाकर यहाँ पर चावल बिखेरेगा और जो भी उन चावलों का लोभ करेगा, वह जाल में अवश्य ही फँस जाएगा। अतः चावलों को विष समझकर आपको उनकी ओर नहीं जाना चाहिए।

कुछ ही देर बाद, बहेलिये ने अपना जाल बिछाकर चावल फैला दिए और वह छिपकर एक ओर बैठ गया। ठीक इसी समय अपने परिवार के सदस्यों के साथ आहार की खोज में निकले चित्रग्रीव नामक एक कबूतर ने भी उन चावलों को देखा, तो उसे लालच हो आया। कौए ने उसे बहेलिये की चालाकी से परिचित कराते हुए रोकना चाहा, लेकिन वह अपने लालच पर संयम ना रख सका और पूरे परिवार के साथ जाल में फँस गया। कहा गया है कि अपनी जीभ पर नियन्त्रण ना रखने वाले जलचर मूर्ख मछलियों की भाँति समय से पूर्व ही मृत्यु के ग्रास बन जाते हैं।

लेकिन इसे भाग्य की विडम्बना मानकर इस पर सन्तोष किया जा सकता है।

रावण द्वारा परस्त्री-हरण के दोष पर विचार ना करना, श्रीराम द्वारा स्वर्ण मृग की सच्चाई पर ध्यान ना देना तथा युधिष्ठिर द्वारा जुआ खेलते समय निहित अनर्थ को ना समझना आदि तथ्य यही सूचित करते हैं कि विपत्ति के समय बुद्धिमानों का ज्ञान भी नष्ट हो जाता है और वे उचित-अनुचित में भेद को नहीं समझ पाते।

यमराज जिनको यमपाश में बाँधना चाहता है, उन बुद्धिमान व्यक्तियों की बुद्धि भी उस समय उलटे रास्ते पर चलने लगती है।

बहेलिया कबूतरों को अपने जाल में फँसा देखकर प्रसन्न होकर उन्हें पकड़ने के लिए उनकी ओर चला, लेकिन बहेलिये को अपनी ओर आता देखकर कबूतरों के मुखिया ने अपने परिजनों को चिन्तित ना होने और धीरज धरने के लिए समझाते हुए कहा कि संकट उपस्थित होने पर अपनी बुद्धि और अपने सन्तुलन को बनाए रखने वाला प्राणी अवश्य ही संकट से पार हो जाता है।

जिस प्रकार उदय होते समय और अस्त होते समय सूर्य लाल बना रहता है, उसी प्रकार सज्जन व्यक्ति भी सुख-दुःख में अविचलित बने रहते

हैं, अर्थात वे सम्पत्ति प्राप्त करके हर्षोन्मत्त और विपत्ति प्राप्त कर विषादग्रस्त नहीं होते।

अतः तुम सब इस जाल को लेकर थोड़ी दूर तक उड़ चलो। तब तक मैं इस बन्धन से छूटने का उपाय सोचता हूँ। यदि तुम ऐसा नहीं करोगे, तो बहेलिये के हाथों में पड़कर अवश्य मारे जाओगे।

जिस प्रकार अपना विस्तार करने वाले तन्तु एकत्र होकर झोले के रूप में भार उठाने में समर्थ हो जाते हैं, उसी प्रकार महात्मा लोग भी संकट के समय अपनी बुद्धि से अपना उद्धार कर लेते हैं।

कबूतरों ने भी अपने मुखिया के आदेश का पालन किया। जब बहेलिये ने जाल सहित कबूतरों को उड़ते देखा, तो वह उनके पीछे भागता हुआ कहने लगा, ये कबूतर आपस में समझौता करके उड़ तो रहे हैं, लेकिन कुछ ही देर में ये आपस में लड़ने लगेंगे और फिर इन्हें धरती पर गिरने में देर नहीं लगेगी।

इधर, लघुपतनक कौआ भी अपने भोजन की चिन्ता छोड़कर कबूतरों की नियति को जानने के लिए उनके पीछे चल दिया। जब कबूतर बहेलिये की आँखों से ओझल हो गए, तो वह निराश होकर लौटते हुए अपने आपसे कहने लगा कि अनहोनी कभी नहीं होती और होनी कभी टल नहीं सकती, वह होकर ही रहती है। इसीलिए कहा है कि जब भाग्य में नहीं होता, तो हाथ में आया हुआ पदार्थ भी नष्ट हो जाता है।

भाग्य के अनुकूल ना होने पर किसी प्रकार धन प्राप्त कर लेने वाला व्यक्ति शंखनिधि के समान प्राप्त धन के साथ ही अपने पहले से प्राप्त धन को भी नष्ट कर बैठता है। मुझे पक्षियों का मिलना तो दूर रहा, मेरी आजीविका का साधन मेरा जाल भी मुझसे छिन गया। यदि यह सब भाग्य का खेल नहीं है, तो और क्या है?

इधर, चित्रग्रीव ने जब बहेलिये को लौट गया देखा, तो उसने अपने परिजनों को पूर्वोत्तर दिशा की ओर चलने को कहा और बताया कि वहाँ मेरा मित्र हिरण्यक नामक एक चूहा रहता है। अब हम उसके पास चलते हैं, वह हम सबके बन्धन काट देगा।

संकट के समय मौखिक आश्वासन भी केवल मित्र से ही मिल सकता है। अन्य कोई इतना भी नहीं करता।

चित्रग्रीव के कहने पर सभी कबूतर हिरण्यक नामक चूहे के निवास की ओर उड़ चले। हिरण्यक हज़ारों द्वार वाले अपने बिल में निर्भय होकर रहता था।

नीतिनिपुण हिरण्यक ने किसी भी सम्भावित भय से अपनी सुरक्षा के लिए पहले ही सैकड़ों द्वारों वाला बिल अर्थात क़िला बनाकर उचित व्यवस्था कर रखी थी। इसलिए वह आनन्दपूर्वक अपना समय बिताया करता था।

सत्य तो यह है कि दंशहीन साँप और मदविहीन हाथी के समान दुर्गविहीन राजा भी असहाय होता है और इसीलिए वह शीघ्र ही शत्रुओं के हाथों में पड़ जाता है।

युद्ध के समय हज़ारों हाथियों और लाखों घोड़ों से भी कहीं अधिक उपयोगी एक दुर्ग होता है। दुर्ग में रहकर राजा बिलकुल सुरक्षित रहता है।

दुर्ग में स्थित राजा अकेला होने पर भी सैकड़ों शत्रुओं को धूल चटा सकता है, इसीलिए शास्त्रकार दुर्ग को इतना अधिक महत्त्व देते हैं और उसकी प्रशंसा करते हैं।

दुर्ग के द्वार पर पहुँचकर चित्रग्रीव ने अपने मित्र को पुकारा, मित्र हिरयण्क! मैं तुम्हारा मित्र चित्रग्रीव तुमसे मिलने आया हूँ। मैं इस समय भारी कष्ट में हूँ, अतः तुम शीघ्र ही बाहर आ जाओ।

यह आवाज़ सुनकर हिरण्यक ने अपनी सुरक्षा को निश्चित करने के लिए पूछा, कौन चित्रग्रीव है और कैसी विपत्ति आ पड़ी है?

चित्रग्रीव ने अपना पूरा परिचय देकर पूरी घटना की जानकारी देने के लिए हिरण्यक से बाहर आने का अनुरोध किया, तो मित्र के आने से पुलकित हिरण्यक तुरन्त बाहर आया और कहने लगा, नेत्रों को आनन्द देने वाले तथा स्नेह करने वाले मित्र किन्हीं पुण्यात्माओं के सौभाग्य के कारण ही उनके घर पधारते हैं।

मित्र! उदयकालीन सूर्य का दर्शन, ताम्बूल का सेवन, महाभारत का श्रवण, मनचाही स्त्री की प्राप्ति तथा सच्चे मित्र का मिलन अत्यन्त सौभाग्य से ही होता है।

जिसके घर नित्य-प्रति मित्रों का आगमन होता रहे, इस संसार में उससे सौभाग्यशाली अन्य कोई प्राणी हो ही नहीं सकता।

परिजनों सहित चित्रग्रीव को जाल में बँधा देखकर हिरण्यक ने पूछा, मित्र! यह सब कैसे हो गया?

चित्रग्रीव बोला, तुम देख तो रहे हो, हम सब बँधे पड़े हैं और यह हमारी ही किसी मूर्खता का परिणाम है, क्योंकि जिसके द्वारा जहाँ, जब, जैसा, जितना और जो भी शुभ अथवा अशुभ कर्म किया जाता है, उसे वहाँ, यथासमय, वैसा, उतना और वही फल प्राप्त होता है। इस फल देने के पीछे काल की प्रेरणा ही कार्य कर रही होती है।

हम सब अपनी ही भूल के कारण बन्धनग्रस्त हुए हैं। अब तुम तुरन्त ही हमारे बन्धनों को काटकर हमें मुक्त करो। यह सुनकर हिरण्यक बोला, मुझे आश्चर्य है कि डेढ़-दो सौ मील की दूरी से भी मांस के टुकड़े को देख लेने वाले तुमको अपनी आँखों के सामने पड़ा जाल कैसे दिखाई नहीं दिया?

तुम्हारी इस दशा को देखकर विधाता की प्रबलता को मानना पड़ता है। विधाता की इस प्रबलता के कारण ही सूर्य और चन्द्र को राहु-केतु ग्रसते रहते हैं, हाथी, साँप और पक्षी भी पकड़कर बाँधे जाते हैं, बड़े-बड़े विद्वान दरिद्र देखे जाते हैं और इन सबको देखकर हम इसी परिणाम पर पहुँचते हैं कि विधाता के आगे किसी का वश नहीं चल सकता।

आकाश के एकान्त में विचरण करने वाले पक्षियों का बन्धनग्रस्त होना तथा चतुर व्यक्तियों का गहरे समुद्र में रहने वाले जलचरों को बाँधने में सफल होना इस सत्य की पुष्टि करता है कि इस संसार में दुर्लभ, सुकृत एवं स्थान-विशेष के गुणों के सम्बन्ध में निश्चित रूप से कुछ भी कहना सम्भव नहीं है, क्योंकि काल के हाथ बहुत लम्बे हैं और वह किसी को भी अपनी ओर दूर से भी खींच लेता है।

यह कहकर हिरण्यक चित्रग्रीव के बन्धन काटने के लिए जैसे ही उसकी ओर बढ़ा, तो चित्रग्रीव बोला, मित्र! पहले मेरे बन्धन नहीं, मेरे इन परिजनों के बन्धनों को काटो, मेरी बारी तो इनके बाद ही आएगी।

यह सुनकर हिरण्यक बोला, तुम्हारी बात मुझे उचित नहीं लगती। मेरी राय में तो सेवकों की बारी स्वामी के बाद ही आती है।

चित्रग्रीव बोला, ये मेरे सेवक नहीं हैं, लेकिन मेरे प्रति स्नेह और विश्वास के कारण ही ये सब अपने परिवार को छोड़कर मेरे साथ आए हैं। इनका यथायोग्य सम्मान करना मेरा कर्तव्य है। कहा भी गया है कि अपने साथियों का सम्मान करने वाले स्वामी के साथी उसके पद अथवा वैभव से

हीन हो जाने पर भी उसके साथ जुड़े रहते हैं, उसे छोड़कर नहीं जाते।

सब ऐश्वर्यों का मूल विश्वास ही है। विश्वास के कारण ही हाथी अपने यूथ को बनाए रखता है और यूथपति कहलाता है। इसके विपरीत सिंह मृगराज कहलाता तो है, किन्तु वह कभी मृगों से घिरा नहीं रहता।

इसके अतिरिक्त एक अन्य विचारणीय बात यह भी है कि मेरे बन्धन काटते हुए कहीं तुम्हारे दाँत टूट गए अथवा दुर्भाग्यवश कोई बहेलिया आ पहुँचा, तो इन सबकी दुर्गति के लिए उत्तरदायी होने के कारण मुझे नरक में जाना पड़ेगा।

सदाचारी सेवकों को संकट में डालकर अपने कल्याण की चिन्ता करने वाला स्वामी इस जीवन में निन्दित होता है और मरने पर नरक में जाता है।

चित्रग्रीव के इस कथन से प्रसन्न होकर हिरण्यक बोला, मैं यही करने वाला था, किन्तु मैं तुम्हें परख रहा था। अब मैं एक-एक करके तुम सबके बन्धन काटता हूँ, ताकि तुम्हारा विस्तृत परिवार सदा बना रहे।

जो राजा अपने सेवकों को सम्मान, स्नेह और उदारता से दान देने वाला होता है, वह त्रिलोकी पर विजय प्राप्त करने में सफल और समर्थ हो जाता है।

सबको बन्धनमुक्त करने के बाद हिरण्यक ने चित्रग्रीव से कहा, अब तुम सब अपने निवास को लौट सकते हो। यदि फिर भी मेरी आवश्यकता पड़े, तो यहाँ आने में संकोच मत करना।

यह कहते हुए हिरण्यक ने परिजनों सहित चित्रग्रीव को विदा किया और स्वयं अपने बिल में चला गया।

सत्य तो यह है कि मित्रों से सम्बन्ध बनाए रखने वाले व्यक्तियों के लिए अपने कठिन-से-कठिन कामों को कर लेना भी कठिन नहीं होता। इसलिए लोगों को अपने समान लोगों से मैत्री-सम्बन्ध बनाने चाहिए।

कबूतरों का पीछा करते हुए लघुपतनक कौए ने यह सारा खेल देखा, तो वह चकित होकर सोचने लगा कि हिरण्यक की बुद्धि, शक्ति और दुर्ग का कोई जवाब नहीं। कबूतरों के साथ इस चूहे की मित्रता और इसकी सहायता भी आश्चर्य करने वाली है। मैं स्वभाव से चंचल हूँ और किसी पर विश्वास भी नहीं करता, लेकिन इस चूहे को अपना मित्र बनाने का प्रयास अवश्य करूँगा, क्योंकि जिस प्रकार हर प्रकार से संपूर्ण होने पर भी समुद्र चन्द्रमा

से अपनी मैत्री बनाए रखता है, उसी प्रकार समर्थ होने पर भी विद्वानों को अपने अनेक मित्र बनाने चाहिए।

यह सोचकर लघुपतनक कौआ वृक्ष से उतरा और चूहे के बिल के पास जाकर चित्रग्रीव की भाँति ही हिरण्यक को आवाज़ लगाने लगा। हिरण्यक ने सोचा कि शायद कोई कबूतर बँधा रह गया है, जिसके लिए मुझे बुलाया जा रहा है, फिर भी उसने पक्की जानकारी निश्चित करने के लिए पूछा, तुम कौन हो?

उत्तर में कौए ने कहा, मैं लघुपतनक नामक कौआ हूँ।

हिरण्यक बोला, तुम तुरन्त यहाँ से चले जाओ।

कौआ बोला, मुझे आपसे एक आवश्यक काम है, जिसके लिए मुझे आपसे मिलना है।

हिरण्यक बोला, मुझे आपसे नहीं मिलना। आप यहाँ से चले जाइए।

लघुपतनक बोला, मैंने आपको उन कबूतरों को बन्धन से मुक्त करते देखा है, इसलिए मैं सोचता हूँ कि यदि कहीं मेरे ऊपर भी ऐसी कोई विपत्ति आ पड़ी, तो आप मेरे लिए भी सहायक सिद्ध हो सकते हैं। इसलिए मैं आपके साथ मित्रता करना चाहता हूँ।

हिरण्यक बोला, भक्षक और भक्ष्य में ना तो कभी मित्रता हो सकती और ना निभ ही सकती है। शास्त्रों में कहा गया है कि समान धन वाले और समान कुल वाले लोगों में ही मित्रता तथा विवाह सम्बन्ध सफल होते हैं। एक धनी और कुलीन हो तथा दूसरा निर्धन और अकुलीन हो, तो मैत्री और विवाह सम्बन्ध कभी नहीं निभ सकते।

अपने से उन्नत अथवा अवनत प्राणी के साथ मैत्री सम्बन्ध स्थापित करने वाला मूर्ख और बुद्धिहीन प्राणी ना केवल असफल रहता है, अपितु जगहँसाई का पात्र भी बनता है। इसीलिए मैं तुम्हें यहाँ से चले जाने को कह रहा हूँ।

कौआ बोला, मैं आपके दरवाज़े पर बैठा हूँ, जब तक आप मुझसे मित्रता के लिए राज़ी नहीं होंगे, मैं यहीं बैठा रहूँगा। भले ही मेरे प्राण छूट जाएँ, किन्तु मैं अन्न-जल आदि कुछ भी ग्रहण नहीं करूँगा।

हिरण्यक बोला, तुम तो मेरे शत्रु हो, हम दोनों में मित्रता कैसे हो सकती है?

जिस प्रकार आग पर गर्म किया हुआ पानी भी आग को बुझा देता है, उसी प्रकार मित्रता हो जाने पर भी अपना शत्रु, शत्रु ही रहता है। इसलिए प्रेमपूर्वक सन्धि करने की इच्छा रखने वाले शत्रु को भी दूर रखने में ही भलाई होती है।

कौआ बोला, आपने मुझे अभी देखा तक नहीं, फिर भी आप मुझे अपना शत्रु मान रहे हैं। यह तो उचित नहीं है।

हिरण्यक बोला, शत्रुता दो प्रकार की होती है सहज और बनावटी। तुम मेरे सहज शत्रु हो।

कृत्रिम शत्रुता को तो शत्रुता के कारणों को दूर करके समाप्त किया जा सकता है, किन्तु सहज शत्रुता प्राण लिए बिना कभी समाप्त नहीं होती।

कौआ बोला, ठीक है, अब आप मुझे इन दो प्रकार की शत्रुता की परिभाषा बताइए।

हिरण्यक बोला, कारण-विशेष से उत्पन्न और युक्त उपाय से शान्त हो जाने वाली शत्रुता कृत्रिम कहलाती है। कभी ना मिटने वाली शत्रुता सहज कहलाती है। साँप और नेवले, तिनके और आग, शाकाहारी और मांसाहारी, जल और अग्नि, धनी और निर्धन, मृग और बहेलिये की, आचारनिष्ठ और आचारभ्रष्ट, मूर्ख और पण्डित, पतिव्रता और कुलटा तथा सज्जन-दुर्जन की शत्रुता सहज कहलाती है। इन सहज शत्रुओं में किसी की हत्या ना करने पर भी दोनों एक-दूसरे के लिए दुःखदायी बने रहते हैं।

कौआ बोला, मैं तो यह मानता हूँ कि सहज अथवा अकारण मित्रता और शत्रुता होती ही नहीं है। कारण-विशेष से ही मित्रता और शत्रुता होती है। मेरी आपके प्रति श्रद्धा है, इसीलिए मैं आपसे मित्रता करना चाहता हूँ, अतः आप-जैसे बुद्धिमान को भय छोड़कर मुझसे मित्रता कर लेनी चाहिए।

अब आप मुझसे मित्रता करने के लिए मुझे अपने दर्शन दीजिए।

हिरण्यक बोला, नीतिकारों ने कहा है कि जिस प्रकार खच्चरी का गर्भ धारण करना उसका अपनी मृत्यु को आमन्त्रित करता है, उसी प्रकार अपने सहज शत्रु से मैत्री की सोचना भी आत्महत्या करने के समान है।

किसी को गुणी मानकर उसे अपने ऊपर अनुरक्त मान लेना अपने को धोखा देना होता है। कहा भी गया है कि सिंह ने पाणिनि-जैसे वैयाकरण के प्राण ले लिए, मदमस्त हाथी ने मीमांसा दर्शन के प्रणेता जैमिनी को मार डाला

तथा मगरमच्छ ने समुद्रतट पर स्नान करते छन्द शास्त्र के मनीषी महर्षि पिंगल को निगल लिया। इन घटनाओं से यह सिद्ध होता है कि अज्ञान अन्धकार से बुद्धिहीन बने अपने सहज वैरी को किसी के गुणों से क्या लेना-देना होता है, उन्हें तो अपनी भूख मिटानी होती है।

कौआ बोला, मैं आपकी बात से सहमत हूँ, लेकिन मैं आपको अपनी बात सुनाना चाहता हूँ, क्योंकि संसार में जहाँ किसी उपकार के कारण लोगों में मित्रता हो जाती है, वहाँ पशु-पक्षियों में किसी अन्य कारण से मित्रता का सम्बन्ध जुड़ जाता है, जहाँ मूर्ख लोग भय अथवा लोभ के कारण किसी से मित्रता कर लेते हैं, वहीं, सत्पुरुष एक-दूसरे का दर्शन करके ही एक-दूसरे के मित्र बन जाते हैं।

दुर्जन की मित्रता एक बार टूटने के बाद पुनः ना जुड़ पाने वाले मिट्टी के घड़े के समान होती है, लेकिन सज्जन की मित्रता सोने के घड़े के समान होती है, जो पहले तो टूटता नहीं और यदि टूट भी जाए, तो शीघ्र ही पुनः जुड़ जाता है।

जिस प्रकार ईख के नीचे के पोरों में रस अधिकाधिक बढ़ता जाता है, उसी प्रकार सज्जनों की मित्रता में भी समय के साथ स्नेह की मात्रा बढ़ती जाती है, लेकिन इसके विपरीत, दुर्जनों की मित्रता समय के साथ घटती जाती है।

सज्जनों की मित्रता ढलते सूर्य की छाया के समान होती है, जो आरम्भ में छोटी होती है, लेकिन धीरे-धीरे बढ़ती जाती है, जबकि दुर्जनों की मित्रता उदय होते सूर्य की छाया के समान पहले घनी, पर धीरे-धीरे क्षीण होती जाती है।

अरे मित्र! मुझ पर विश्वास करो, शपथ लेकर मैं आपको अपनी सज्जनता का विश्वास दिला दूँगा।

हिरण्यक बोला, मैं शपथ पर विश्वास नहीं करता, क्योंकि नीतिकारों का कहना है कि शपथ लेकर सन्धि करने वाले शत्रु पर कभी विश्वास नहीं करना चाहिए। इन्द्र ने शपथ लेकर वृत्रासुर से सन्धि की और उसका वध कर डाला। इस कथा से भी यही सन्देश मिलता है।

विश्वास तो दिलाना पड़ता है, क्योंकि इसके बिना तो देवताओं के लिए भी अपना स्वार्थ सिद्ध करना सम्भव नहीं हो सकता। इन्द्र ने दिति को विश्वास में लेकर ही उसके गर्भ को नष्ट कर डाला था।

इसलिए अपनी वृद्धि, आयु तथा अपने सुख को सुरक्षित रखने वाले व्यक्ति को निष्ठा के प्रतीक देवगुरु बृहस्पति पर भी विश्वास नहीं करना चाहिए।

तीन प्रसिद्ध नीतिकारों के तीन सुझाव इस प्रकार हैं –

(क) चाणक्य के अनुसार, किसी भी काम को सोच-विचार करने के बाद ही करना चाहिए।

(ख) शुक्राचार्य के अनुसार, अधिकाधिक लोगों को मित्र बनाना चाहिए।

(ग) बृहस्पति का कथन है कि किसी पर भी विश्वास नहीं करना चाहिए।

जो व्यक्ति किसी विवशता अथवा विशेष प्रयोजन के कारण अपने शत्रु अथवा अपने से विरक्त हो गई स्त्री पर विश्वास करता है, वह एक प्रकार से अपने जीवन को उसके हाथों में गिरवी रख देता है।

यह सुनकर लघुपतनक कुछ भी कहने में असमर्थ हो गया। वह सोचने लगा कि हिरण्यक तो नीति और ज्ञान में अत्यन्त निपुण है। सम्भवतः इसीलिए इसके प्रति मेरा मोह और भी बढ़ गया है। वह कहने लगा, विद्वानों ने कहा है कि सात क़दम भी साथ-साथ चलने वाले दो सज्जनों को आपस में मित्र ही समझना चाहिए। इसलिए अब आप भी मेरे मित्र बन गए हैं। अतः अब आप मेरी बात सुनिए।

यदि आपको मुझ पर विश्वास नहीं हो रहा, तो कोई बात नहीं, किन्तु आपको अपने दुर्ग में बैठकर मुझसे बातचीत करने अथवा किसी विषय पर चर्चा करने में तो कोई आपत्ति नहीं होनी चाहिए।

कौए के इस सुझाव पर चूहा सोचने लगा कि यह प्राणी तो मुझे सत्यनिष्ठ, ईमानदार और मेरा मित्र बनने को तैयार प्रतीत होता है। इसके साथ मैत्री करने में कोई दोष तो नहीं दिखता, किन्तु फिर भी इससे सतर्क तो रहना ही होगा। यह सोचकर वह कहने लगा, देखो! आरम्भ में किसी स्त्री को हाथ लगाने से भी डरने वाला उसका चालाक प्रेमी बाद में खुलकर उसका भोग करता है। इसी प्रकार फूँक-फूँककर पैर रखने वाला शत्रु भी छिद्र ढूँढकर विनाश करने वाला बन जाता है। इसलिए तुम कभी मेरे पास आने का प्रयास मत करना।

यह सुनकर कौआ बोला, मुझे स्वीकार है।

उस दिन के बाद दोनों आपस में अनेक विषयों पर चर्चा करने लगे। यहाँ तक कि दोनों एक-दूसरे से अपने खाद्य पदार्थों का भी आदान-प्रदान करने लगे, जो सर्वथा उचित ही था। कहा भी गया है कि मित्र के छह लक्षण होते हैं 1. मित्र को देना और 2. उसके द्वारा दिए हुए को स्वीकार करना, 3. अपने गुप्त रहस्यों की मित्र को जानकारी देना तथा 4. उसके गुप्त रहस्यों से परिचित होना, 5. मित्र को खिलाना-पिलाना तथा 6. उसके साथ खाना-पीना।

बिना उपकार के किसी को किसी के साथ प्यार नहीं होता। देवता भी मन्नत मानने पर ही अभीष्ट प्रदान करते हैं।

इस संसार में लेन-देन के चलते रहने पर ही प्रेम-प्यार का निर्वाह होता है। दूध ना पिला सकने वाली गाय को तो उसका बछड़ा भी छोड़ जाता है।

दान का प्रत्यक्ष महत्त्व यह देखने को मिलता है कि परिचित तो क्या, शत्रु भी तत्काल मित्र बन जाते हैं।

पशु भी दान के महत्त्व को भली-भाँति समझते हैं, इसीलिए तो अपने बछड़ों को दूध ना पिलाने वाली भैंस भी अपने को बढ़िया दाना तथा भूसा आदि खिलाने वाले को प्रतिदिन दूध देने लगती है।

दान के आधार पर ही नख और मांस नाख़ून मांस को ढकते हैं, इसीलिए मांस नाख़ूनों को बढ़ाते हैं, इसकी भांति कौआ और चूहा भी आपस में प्रेम बढ़ाकर कृत्रिम ही सही, परन्तु पक्के मित्र बन गए।

धीरे-धीरे कौए के व्यवहार पर मुग्ध होकर चूहा उस पर इतना विश्वास करने लगा कि बिना किसी डर के उसके पंखों पर बैठकर उसके साथ बातचीत करने लगा। एक दिन आँखों में आँसू भरकर कौआ चूहे से बोला, मित्र! मेरा मन इस स्थान से उचट गया है, अतः मैं यहाँ से किसी अन्य स्थान पर जाना चाहता हूँ।

हिरण्यक ने पूछा, इसका कोई कारण तो होगा।

इस पर कौआ बोला, अनेक वर्षों से वर्षा ना होने के कारण यहाँ अकाल की स्थिति पैदा हो गई है। इसीलिए अपने लिए अन्न जुटा पाने में असमर्थ लोगों ने हमारे लिए अन्न का दान देना छोड़ दिया है और घर-घर में पक्षियों को फँसाने के लिए जाल फैला रखे हैं। एक बार तो मैं भी फँस गया था, लेकिन भाग्य अनुकूल था, इसीलिए किसी प्रकार बच गया हूँ।

शायद इसीलिए अब मेरा मन इस स्थान से उचट गया है और मैं किसी अन्य स्थान में जाना चाहता हूँ।

हिरण्यक ने पूछा, तो कहाँ जाने का इरादा है?

लघुपतनक बोला, यहाँ से दक्षिण की ओर घने वन में स्वच्छ और मधुर जल से भरा एक सरोवर है, जहाँ मेरा एक मित्र मन्थरक नामक कछुआ रहता है, जो मुझे मछलियों का मांस खिलाएगा। मैं यहाँ से चला जाऊँगा, तो मुझे अपने जाति-बन्धुओं को पाश में बँधकर नष्ट होते तो नहीं देखना पड़ेगा। तुम्हें छोड़ने में मुझे कष्ट हो रहा है और इसीलिए मैं रो रहा हूँ। नीतिशास्त्र में कहा गया है कि अनावृष्टि, उपज के विनाश तथा अन्य किसी दैवी उत्पात से अपने कुल के विनाश को ना देखने वाले प्राणी वास्तव में धन्य होते हैं।

समर्थ व्यक्तियों के लिए किसी वस्तु का भारी होना, व्यापारियों के लिए किसी स्थान का दूर होना, विद्वानों के लिए किसी देश का पराया होना तथा मिष्टभाषी वक्ताओं के लिए किसी व्यक्ति का अपरिचित होना कोई महत्त्वपूर्ण बात नहीं होती।

धन और अधिकार को एक-समान कभी नहीं समझना चाहिए, क्योंकि राजा को केवल अपने देश में ही सम्मान प्राप्त होता है, लेकिन विद्वान व्यक्ति तो जहाँ कहीं भी जाता है, वह सब कहीं सम्मान प्राप्त कर लेता है।

हिरण्यक बोला, यदि तुमने जाने का मन बना ही लिया है, तो मुझे भी अपने साथ ले चलो।

इस पर कौए ने पूछा, लेकिन तुम्हें यहाँ क्या कष्ट है?

चूहे ने उत्तर दिया, इस विषय में बहुत कुछ कहा जा सकता है। वह सब मैं तुम्हें नए स्थान पर पहुँचकर ही बताऊँगा।

कौए ने कहा, मैं तो आकाश-मार्ग से उड़कर चला जाऊँगा, तुम मेरे साथ कैसे चल सकोगे?

चूहा बोला, यदि तुम मेरे प्राण बचाना चाहते हो, तो मुझे अपनी पीठ पर बैठाकर अपने साथ ले चलो। यदि तुम ऐसा नहीं करोगे, तो मेरा मुँह नहीं देख सकोगे।

इस पर कौए ने कहा, तुम्हें अपने साथ ले जाने से बढ़कर मेरे लिए प्रसन्नता का कोई अन्य विषय तो हो ही नहीं सकता। तुम्हारे साथ रहकर

मेरा समय और भी अधिक आनन्दपूर्वक बीतेगा। मैं उड़ान की आठों गतियों को जानता हूँ। इसलिए मैं आवश्यकता के अनुसार उड़ान भरता हुआ तुम्हें निश्चित स्थान पर पहुँचा दूँगा। तुम मेरी पीठ पर सवार हो जाओ, ताकि मैं उड़ान भर सकूँ।

हिरण्यक की जिज्ञासा पर उसे उड़ान की आठ गतियों के नाम बताता हुआ लघुपतनक बोला, उड़ने की आठ गतियाँ होती हैं। इनके नाम हैं, सम्पात, विप्रपात, महापात, निपात, वक्रगति, तिरछी गति, ऊर्ध्वगति तथा लघु नामक गति।

हिरण्यक कौए की पीठ पर सवार हो गया और कौआ विभिन्न उड़ानें भरता हुआ निश्चित स्थान पर जा पहुँचा। कौए की पीठ पर चूहे को सवार हुआ देखकर मन्थरक यह सोचकर कि कोई बड़ा कौआ मेरी ओर आ रहा है, अपनी प्राणरक्षा के लिए जल में जा घुसा। लघुपतनक ने हिरण्यक को पास के एक वृक्ष के बिल में छोड़ा और स्वयं किसी ऊँचे वृक्ष की शाख पर जा बैठा। वहाँ से उसने अपना परिचय देकर अपने मित्र मन्थरक नामक कछुए को पुकारा और उससे मिलने का अनुरोध करते हुए बोला, अपने मित्र के शरीर के आलिंगन से दूसरे मित्र के शरीर को जैसी ठण्डक मिलती है, वैसी कपूर मिले चन्दन तथा हिम आदि पदार्थों के प्रयोग से भी नहीं मिलती। वे मित्र-मिलन के सुख की शीतलता के सोलहवें भाग जितनी ठण्डक भी नहीं दे सकते।

इसीलिए कहा गया है कि अमृत के समान मित्र-जैसे शब्दों की रचना तो किसी पुण्यात्मा ने ही की लगती है, क्योंकि मित्र ना केवल आपत्तियों से रक्षा करता है, अपितु शोक और सन्ताप को नष्ट करने की औषधि भी होता है।

लघुपतनक की आवाज़ को पहचानकर मन्थरक जल से बाहर आया और आनन्द के आँसू बहाता हुआ मित्र से लिपटकर कहने लगा, तुम बहुत समय के बाद आए हो, इसलिए पहचानने में हुई देर के लिए मुझे क्षमा करना। मैं इसलिए जल में जा घुसा था कि तुम्हें पहचान ना सका था। आचार्य बृहस्पति ने कहा है कि जिसके पराक्रम, कुल और व्यवहार की पूरी जानकारी ना हो, उस प्राणी का संग कभी नहीं करना चाहिए।

अपने मित्र मन्थरक को आलिंगनबद्ध करता हुआ कौआ बोला, यदि शरीर की शुद्धि के लिए अमृत उपलब्ध हो, तो भी उससे नहाना और उसे

बहाना भी व्यर्थ होता है। बहुत समय के बाद मिले मित्र के समान सुख तो अमृत से भी नहीं मिल सकता।

इस प्रकार दोनों मित्र प्रसन्न होकर वृक्ष के नीचे जा बैठे और एक-दूसरे की आप-बीती सुनने-सुनाने लगे। इसी बीच, हिरण्यक भी मन्थरक को प्रणाम करके वहाँ आकर बैठ गया। लघुपतनक से उस चूहे का परिचय जानकर आश्चर्य प्रकट करते हुए मन्थरक ने कहा, तुम अपने भक्ष्य को इस प्रकार अभयदान देकर अपने साथ लिए फिरते हो, इसमें अवश्य ही कोई असाधारण बात होगी।

इस पर लघुपतनक बोला, मित्र! यह हिरण्यक भी तुम्हारी तरह मेरा मित्र है और अपने प्राणों के समान ही मुझे प्रिय है। मेरी इस थोड़े में कही बात को ही बहुत समझना।

जिस प्रकार बादलों से हो रही वर्षा की धाराएँ, आसमान के तारे और पृथ्वी के रज-कण नहीं गिने जा सकते, उसी प्रकार मेरे इस मित्र के गुणों को भी गिना नहीं जा सकता। यह अपने स्थान को छोड़कर और बड़ी आशा लेकर आपके पास आया है।

इस पर जब मन्थरक ने कौए से चूहे के कष्ट के विषय में पूछा, तो कौआ बोला, मैंने इससे इस विषय में पूछा था, किन्तु इसने यह तथ्य यहाँ पहुँचकर ही बताने को कहा था। अतः अब मैं हम दोनों की उत्सुकता को शान्त करने के लिए इससे अपनी कथा सुनाने का अनुरोध करता हूँ।

इस पर हिरण्यक बोला, सुनिए।

कथा–1

भारत की दक्षिण दिशा में स्थित महिलारोप्य नामक नगर के बाहर भगवान शंकर का एक मठ था, जहाँ ताम्रचूड़ नामक संन्यासी नगर से भिक्षा माँगकर अपना जीवनयापन किया करता था। वह आधी भिक्षा से अपना पेट भरता था और आधी को एक पोटली में बाँधकर खूँटी पर लटका दिया करता था। उस आधी भिक्षा को वह उस मठ की सफ़ाई करने वाले कर्मचारियों को उनके पारिश्रमिक के रूप में बाँट देता था। इस प्रकार उस मठ का रख-रखाव भली प्रकार हो जाता था।

एक दिन मेरे जाति-बन्धु कुछ चूहे मुझसे आकर कहने लगे कि हम अपनी भूख मिटाने के लिए इधर-उधर भटकते रहते हैं, जबकि खूँटी वाली पोटली में स्वादिष्ट भोजन बँधा रहता है। हम प्रयत्न करके भी उस खूँटी तक नहीं पहुँच सकते। आप हमारी कुछ सहायता क्यों नहीं करते?

मैं अपने साथियों के साथ उधर चल दिया और हम वहाँ जा पहुँचे। मैंने एक ऊँची छलांग लगाई, पोटली में रखे भोजन को स्वयं भी खाया और अपने साथियों को भी खिलाया। जब यह सिलसिला प्रतिदिन चलने लगा, तो सफ़ाई कर्मचारियों ने पारिश्रमिक ना पाकर मठ में काम करना बन्द कर दिया। इससे वह संन्यासी चिन्तित हो उठा। संन्यासी ने हमें रोकने का पूरा प्रयास किया, किन्तु उसके नींद में सोते ही मैं अपने काम में लग जाता था। अचानक वह फटा हुआ एक बाँस ले आया और मुझे भिक्षापात्र से दूर रखने के लिए सोते समय उस बाँस को धरती पर पटकने लगा। बाँस के प्रहार के डर से मैं वह अन्न खाए बिना ही भाग उठता था। इस प्रकार उस संन्यासी और मेरी पूरी-पूरी रात एक-दूसरे को छकाने में ही बीतने लगी।

एक दिन उस संन्यासी का एक मित्र उसके यहाँ आया, तो संन्यासी ने बड़े प्रेम तथा सम्मानपूर्वक अपने उस मित्र का स्वागत किया और उसे भोजन कराया।

रात को सोते समय दोनों मित्र बातचीत करने लगे, लेकिन ताम्रचूड़ नामक संन्यासी रह-रहकर धरती पर बाँस पटकता रहा। अतः वह अपने मित्र की बात पर कोई ध्यान नहीं दे पा रहा था। अतिथि मित्र ने ताम्रचूड़ संन्यासी के इस व्यवहार को अपना अपमान समझा और वह कहने लगा, मैं जान गया हूँ कि अब तुम पहले वाले ताम्रचूड़ नहीं रहे, तुम्हें मेरे आने से प्रसन्नता भी नहीं हुई, तभी तो तुम इस प्रकार मेरी उपेक्षा कर रहे हो। मैं प्रातःकाल ही तुम्हारे इस मठ को छोड़कर कहीं और चला जाऊँगा।

कहा गया है कि अतिथि को केवल उन्हीं घरों में जाना चाहिए, जहाँ उनके पहुँचने पर गृहस्वामी प्रसन्नतापूर्वक आदर-सत्कार करते हैं और कहते हैं, आइए, पधारिए, इस बार तो आपने बहुत दिनों बाद दर्शन दिए हैं, क्या आपने हमें भुला दिया है या हमसे कोई भूल हो गई है, आप सकुशल तो हैं? आपके दर्शनों से हमें बहुत प्रसन्नता हुई है।

यदि अतिथि को घर में आया देखकर गृहस्वामी इधर-उधर देखने लगे या अतिथि की उपेक्षा करने लगे, तो ऐसे के घर में आने वाले अतिथि को बिना सींग का बैल समझना चाहिए।

ऐसा घर भले ही राजा का महल क्यों ना हो, अतिथि को वहाँ नहीं जाना चाहिए।

लगता है कि इस मठ को पाकर तुम्हें अहंकार हो गया है। तभी तो तुम मित्र के साथ शिष्ट व्यवहार करना भी भूल गए हो। तुम्हें यह नहीं पता कि मठाधीश बनने के परिणामस्वरूप नरक की प्राप्ति होती है।

शास्त्रों के अनुसार तो नरकवास के लिए एक वर्ष की पुरोहिताई ही पर्याप्त है, जबकि मठाधीश बनने पर तो यह इच्छा मात्र तीन दिनों में ही पूरी हो जाती है। मेरी समझ में नहीं आता कि तुम किस बात पर इतने अहंकारी हो गए हो? प्रातःकाल होते ही मैं इस मठ को छोड़ दूँगा।

अपने मित्र को इस प्रकार क्रुद्ध देखकर संन्यासी ताम्रचूड़ बोला, मित्र! मैं तुम्हें कैसे विश्वास दिलाऊँ कि तुम मेरे लिए कितने आदरणीय हो? जिसे तुम अपनी उपेक्षा समझ रहे हो, वह मेरी विवशता है। एक चूहा रात में ऊँची छलांग लगाकर खूँटी पर टंगी पोटली में रखी भिक्षा को खा जाता है, जिससे मैं कर्मचारियों को पारिश्रमिक नहीं दे पाता और मठ की सफ़ाई नहीं हो पाती। इस चूहे ने मेरी रातों की नींद हराम कर रखी है। इसको भगाने के लिए ही मैं रात-भर इस बाँस को धरती पर पटकता रहता हूँ। बस, यही बात है कि मैं तुम्हारी बातों पर भी ध्यान नहीं दे रहा।

संन्यासी के मित्र ने पूछा, क्या तुमने उसके बिल को देखा है? मुझे लगता है कि इस चूहे ने पर्याप्त 'धन' पर अपना कब्ज़ा किया हुआ है। 'धन' की गर्मी के कारण ही इस चूहे में इतनी स्फूर्ति है कि यह इतनी ऊँची उछाल भर सकता है।

धन की गर्मी के कारण ही प्राणियों के तेज में वृद्धि हो जाती है। यदि कोई प्राणी ज्ञान और त्यागपूर्वक धन का उपभोग करे, तो वह कभी तेजरहित नहीं हो सकता।

यदि ब्राह्मणी अपने धुले तिल देकर बदले में काले तिल लेना चाहती थी, तो उसके पीछे अवश्य ही कोई कारण था।

ताम्रचूड़ ने पूछा, यह क्या कथा है?

अतिथि बोला सुनो।

कथा–2

एक बार चातुर्मास व्रत के लिए मैंने किसी ब्राह्मण से स्थान माँगा, जो उसने मुझे सहर्ष दे दिया और मैं उसके यहाँ रहकर देवपूजन करने लगा।

एक दिन प्रातःकाल मैंने ब्राह्मण को अपनी पत्नी से यह कहते हुए सुना कि आज दक्षिणायन संक्रान्ति है, आज किए गए दान का बहुत उत्तम फल मिलता है। मैं इसी आशा से जा रहा हूँ। तुम किसी एक ब्राह्मण को भोजन करा देना। पति के वचन सुनकर ब्राह्मणी बोली, क्या तुम्हें यह सब कहते लज्जा नहीं आती? इस दरिद्र घर में रखा ही क्या है, जो किसी को भोजन कराया जाए? आज तक तुमने मुझे तो कभी स्वादिष्ट भोजन नहीं कराया, ना कोई उत्तम वस्त्र ही पहनाया है और ना ही मुझे कोई आभूषण ख़रीदकर दिया है।

पत्नी के कठोर वचन सुनकर ब्राह्मण ने कहा, तुम्हें भी यह सब कहना उचित नहीं लगता। शास्त्र कहते हैं कि इच्छानुरूपी धन तो आज तक किसी को भी नहीं मिला। इसलिए जो भी अपने पास है, उसी में से किसी भिक्षुक को एक-आध ग्रास देना ही सच्चा दान है।

मैंने सुना है कि धन का दान देने से बड़े लोगों को जो फल प्राप्त होता है, वही फल निर्धन व्यक्ति को एक कौड़ी दान करने से प्राप्त हो जाता है।

धनी कंजूस की अपेक्षा दरिद्र व उदार व्यक्ति को ही महान एवं आदरणीय समझना चाहिए। सागर से कभी किसी की प्यास नहीं बुझी, प्यास बुझाने के लिए तो लोगों को कुएँ का ही सहारा लेना पड़ता है। जहाँ स्वादिष्ट जल प्राप्त होता है, वही स्थान आश्रय लेने योग्य होता है।

यदि धनी व्यक्ति दान नहीं देता, तो भिक्षुक उसे राजा नहीं कहते और ना ही उसे कोई महत्त्व देते हैं। देवों का कोषाध्यक्ष होते हुए भी कुबेर को किसी ने आज तक महेश्वर नहीं कहा।

देश, काल और पात्र की यथासम्भव जाँच करके उचित पात्र को दिया गया दान ही फलदायक सिद्ध होता है।

लोभ का सर्वथा त्याग सम्भव नहीं, लेकिन अतिलोभ भी उचित नहीं होता। अधिक लोभी के माथे पर शिखा निकल आती है।

ब्राह्मणी की जिज्ञासा को देखकर ब्राह्मण उसे यह कथा सुनाने लगा।

कथा–3

किसी पशु का वध करने के लिए किसी घने जंगल में एक व्याध ने अंजन पर्वत के समान काले रंग का एक मोटा शूकर देखा, तो उसने अपने बाण से उस पर प्रहार कर दिया। घायल शूकर ने पलटकर अपने सींग उस व्याध की छाती में घुसेड़ दिए। इस प्रकार शूकर के साथ ही व्याध का भी प्राणान्त हो गया।

इसी बीच, भूख से व्याकुल एक गीदड़ उधर आ निकला और दोनों को मरा देखकर अपने भाग्य को सराहता हुआ कहने लगा कि आज भगवान मुझ पर प्रसन्न हैं, तभी तो बिना चाहे और बिना भटके अनायास ही इतना भोजन प्राप्त हो गया है।

शास्त्र का यह वचन निस्सन्देह सत्य है कि कभी-कभी मनुष्य को बिना कुछ किए भी बहुत कुछ प्राप्त हो जाता है। इसे पूर्वजन्म के ही किसी शुभकर्म का फल समझना चाहिए।

जिसने जिस अवस्था, जिस देश व काल में और जैसा भी शुभ-अशुभ कर्म किया है, उसे उस अवस्था में और उस स्थान व समय पर वैसा ही शुभ- अशुभ फल मिलता है।

गीदड़ ने सोचा कि मुझे इस भोजन का प्रयोग इस प्रकार करना चाहिए, जिससे मेरी गाड़ी बहुत दिनों तक चल सके। इसलिए आज केवल बहेलिये के धनुष में लगी तांत को खाकर ही अपना गुज़ारा कर लेना चाहिए।

बुद्धिमान व्यक्ति को अपने द्वारा उपार्जित धन के साथ कभी खिलवाड़ नहीं करना चाहिए, बल्कि उसे अपनी आवश्यकता के अनुसार रसायन के समान थोड़ा-थोड़ा ही ख़र्च करना चाहिए।

यह निश्चय करके गीदड़ धनुष की डोर को अपने मुख में डालकर चबाने लगा, लेकिन तांत के टूटते ही धनुष का सिर इतने वेग से गीदड़ की छाती में आ लगा कि वह चीख़ मारकर गिर पड़ा और उसके प्राण-पखेरू उड़ गए।

यह कथा सुनाकर ब्राह्मण अपनी पत्नी से बोला, देवी! मैं इसीलिए कहता हूँ कि लोभ को कभी छोड़ा नहीं जा सकता, लेकिन इसका अर्थ यह नहीं कि उसे बढ़ावा दिया जाए। अति का लोभ कभी अच्छा नहीं होता। लोभी व्यक्ति के माथे पर शिखा, अर्थात चोटी उग आती है यानी उसका दुर्भाग्य उसका पीछा करने लगता है।

ब्राह्मण बोला, तुमने यह तो सुना ही होगा कि जीव के माँ के शरीर में प्रवेश के समय से ही ये पाँच बातें, उसकी आयु, उसके कर्म-फल, धन, विद्या और मृत्यु निर्धारित हो जाते हैं।

पति के इस प्रकार समझाने-बुझाने पर ब्राह्मणी बोली, ठीक है, घर में थोड़े-से तिल रखे हैं, मैं उनके छिलके उतार लेती हूँ, उनसे ही किसी ब्राह्मण को भोजन करा दूँगी।

पत्नी से आश्वासन मिलते ही ब्राह्मण दूसरे गाँव को चला गया। इधर, ब्राह्मणी ने तिलों को कूटा, धोया और सूखने के लिए उन्हें धूप में रख दिया। तभी एक कुत्ते ने धूप में सूख रहे तिलों पर मूत्र कर दिया। ब्राह्मणी सोचने लगी कि यह तो कंगाली में आटा गीला वाली बात हो गई। भाग्य के प्रतिकूल होते ही सब कुछ उलटा-पुलटा हो जाता है। अब किसी को अपने धुले तिल देकर उससे बिना धुले तिल लाने का प्रयत्न करती हूँ। संयोग की बात कि उस समय मैं जिस घर में भिक्षा माँगने के लिए गया हुआ था, उसी घर में वह ब्राह्मणी भी आ पहुँची और उस गृहिणी से अपने धुले हुए तिलों के बदले बिना धुले तिल देने का अनुरोध करने लगी। गृहिणी तो इसके लिए तैयार हो गई, परन्तु उसका बेटा बोला, माँ! दाल में कुछ काला लगता है, वरना यह ब्राह्मणी हमें अपने धुले तिल देकर हमसे बिना धुले तिल क्यों लेना चाहती है? माँ! ब्राह्मणी की इस चेष्टा के पीछे अवश्य ही कोई-ना-कोई कारण होना चाहिए। अकारण ही कोई किसी के घर आकर ऐसा प्रस्ताव क्यों करेगा?

यह कथा सुनाकर अतिथि संन्यासी अपने संन्यासी मित्र से बोला, तुम मुझे एक बार इस चूहे का बिल दिखा दो।

इस पर ताम्रचूड़ ने बताया, कोई भी चूहा अकेला नहीं आता, इनका तो पूरा दल एक साथ आता है।

अतिथि ने कहा, क्या तुम्हारे पास धरती खोदने की कुदाल है?

ताम्रचूड़ ने तुरन्त ही एक कुदाल लाकर उसे दे दी। अब अतिथि साधु ने कहा, कल प्रातःकाल तुम मेरे साथ चलना। हम इन चूहों के पदचिह्नों का पीछा करते हुए इनके बिलों को खोज निकालेंगे।

हिरण्यक अपने मित्रों लघुपतनक और मन्थरक से कहने लगा, दोनों संन्यासियों की बातचीत को सुनकर मुझे अपनी मौत सामने खड़ी दिखाई देने लगी। मैं सोचने लगा कि जब इन्होंने मेरी शक्ति के रहस्य को जान लिया, तो अब इनके लिए मेरे बिल को खोज लेना भी कठिन नहीं होगा।

चतुर व्यक्ति दूसरे के चेहरे को देखकर ही उसकी योग्यता का अनुमान लगा लेते हैं। नाप-तौल में कुशल व्यक्ति हाथ में लेते ही किसी वस्तु के वज़न को जान लेते हैं। उन्हें उसके तौलने की आवश्यकता नहीं होती।

प्राणी की अच्छी-बुरी रुचि को देखकर उसके पूर्वजन्म की स्थिति का कुछ-ना-कुछ अनुमान हो ही जाता है। तभी तो कलगी के प्रकट हुए बिना भी पारखी व्यक्ति को मोर के बच्चे की चाल को देखकर ही उसके मोर अथवा मोरनी होने का पता चल जाता है।

मैंने अपने परिजनों के साथ अपने निवास को छोड़कर किसी अन्य स्थान पर जाने का निश्चय किया। अभी हम केवल दो क़दम ही आगे बढ़े थे कि सामने से एक बिलाव आ गया और वह हम पर झपटा। उसका शिकार होने से बचे चूहे मुझे कोसते हुए शीघ्र ही अपने पुराने बिलों में घुस गए।

भाग्य के आगे किसका वश चलता है? मैंने देखा कि शिकारी के जाल में फँसा एक हिरण जाल को काटकर, बहेलिये की चालाकी को अंगूठा दिखाकर सभी बन्धनों से अपने को मुक्त कर, आग से झुलसते जंगल से दूर जाकर और बहेलिये के प्रहारों से बचकर सुरक्षित स्थान पर पहुँचा ही था कि अचानक वह एक कुएँ में गिर पड़ा।

भाग्य के आगे कोई भी प्राणी कुछ भी नहीं कर सकता। भाग्य के विपरीत होने पर प्राणी का पुरुषार्थ भी निष्फल हो जाता है। यही हमारे साथ भी हुआ।

मैं अकेला भाग निकला। दोनों संन्यासी हमारे बिलों तक पहुँच गए और कुदाल से धरती खोदने लगे। जिस 'धन' के बल पर मैं इतराता था, उसे हथियाने के बाद अतिथि अपने मित्र से बोला, अब तुम सब कुछ भूलकर गहरी नींद का आनन्द लो। यह चूहा जिस 'धन' की गर्मी से इतना ऊँचा

कूदता था, अब वह गर्मी निकल गई। अब यह नहीं उछल सकेगा। यह कहकर वे दोनों मेरे 'धन' को लेकर अपने मठ को चल दिए।

मैं अपने बिल में पहुँचा, तो उजड़े और 'धनहीन' हुए अपने निवास को देखकर रो पड़ा। मुझे समझ नहीं आ रहा था कि कहाँ जाऊँ और क्या करूँ? बड़े कष्ट से मैंने वह दिन बिताया। बेचैन होकर मैं रात्रि में अपने कुछ साथियों को लेकर मठ में पुनः जा पहुँचा। हमारी चीं-चीं को सुनकर ताम्रचूड़ पहले की ही भाँति फटे हुए बाँस को धरती पर पटकने लगा। इस पर उसका अतिथि मित्र उसे समझाते हुए बोला, क्यों व्यर्थ की चिन्ता कर रहे हो, निःशंक होकर सो जाओ।

ताम्रचूड़ बोला, आवाज़ से लगता है कि वही चूहा फिर आ धमका है।

अतिथि बोला, तो क्या हुआ, अब इतनी ऊँचाई तक उछल-कूद करना उसके वश का नहीं रहा। यही इस संसार का नियम है।

मनुष्य का उत्साहित होना, दूसरों को पराजित करने में समर्थ होना और उद्धत होकर प्रदर्शन करना धन-प्राप्ति पर ही सम्भव है। धन की गर्मी ही व्यक्ति में उत्साह, शक्ति और साहस का संचार कर सकती है।

मैंने यह सुना, तो अपनी पूरी शक्ति लगाकर भिक्षापात्र पर कूदा, लेकिन बीच में ही धरती पर गिर पड़ा और चोट लगने के कारण छटपटाने लगा। इस पर हँसते हुए ताम्रचूड़ का अतिथि मित्र उससे बोला, क्यों मित्र! मैं सत्य ही कहता था ना कि धन ही किसी प्राणी को बलवान और बुद्धिमान बना देता है। अब देखो, 'धनहीन' होते ही यह चूहा भी दूसरे चूहों-जैसा ही दीन-हीन हो गया है। अब तुम निःशंक होकर सो जाओ। इसके कूदने के रहस्य को जानकर हमने इसे अशक्त बना दिया है। कहा भी गया है कि दाँत से रहित साँप और मद से रहित गज के समान ही धन से रहित प्राणी भी निस्तेज होकर केवल श्वास लेने वाला प्राणी बनकर रह जाता है।

यह सुनकर मैंने भी सोचा कि अब मेरा तेज और स्फूर्ति भी समाप्त हो गई है। अब मेरा जीवन भी किसी निर्धन व्यक्ति के समान हो गया है।

जिस प्रकार गर्मी की ऋतु में छोटे-मोटे नदी-नाले सूख जाते हैं, उसी प्रकार धनहीन व्यक्ति के किसी भी कार्य को कोई गौरव नहीं मिलता।

इस प्रकार अपने धन को संन्यासी के अधिकार में गया देखकर मैं कुछ देर तक विलाप करता रहा, फिर सवेरा होने पर अपने बिल में जा

घुसा। मेरे साथी भी यह कहते हुए मुझे छोड़कर चल दिए कि अब यह हमारा पेट नहीं भर सकेगा। अब तो इसके पीछे चलने से बिलाव आदि का शिकार हो जाने की आशंका बनी रहेगी। अब इसके आश्रय में रहने का कोई लाभ नहीं।

पास में बैठे अपने मित्रों तथा अपने अधीन रहने वाले सेवकों को कोई भी लाभ ना पहुँचाने वाले एवं उनके लिए संकट का कारण बनने वाले स्वामी को तो दूर से ही त्याग देना चाहिए।

अपने साथियों के इन कठोर वचनों को सुनकर दुःखी हुआ मैं अपने बिल में अकेला बैठा रहा। मैंने देखा कि सभी चूहे चलते बने, मेरा साथ देने के लिए कोई भी नहीं रुका। तब मैं अपने आपसे बोला कि जिस प्रकार सन्तान उत्पन्न ना कर सकने वाला मैथुन मृतक समान होता है, भोजन के लिए वेदपाठी ब्राह्मण के उपलब्ध ना होने पर श्राद्ध मृतक होता है और दक्षिणा दिए बिना किया गया यज्ञ मृतक होता है, उसी प्रकार धनहीन व्यक्ति भी जीते-जी मृतक ही होता है।

मैं अभी विलाप कर रहा था कि मैंने देखा कि मेरे परिजन मेरे शत्रु से जा मिले और मेरा अपमान करने लगे। तब मैंने विचार किया कि यदि मैं उस संन्यासी के चारों ओर ही मँडराता रहूँ और उसके सो जाने पर उसके तकिये के नीचे से अपनी सम्पत्ति को खींचकर अपने घर ले आऊँ, तो मैं पहले के समान ही समर्थ बन जाऊँगा।

प्रायः देखने में आता है कि मनुष्य अपने मनोरथों के पूरा ना हो पाने के दुःख से दुःखी रहते हैं। वे नहीं जानते कि जिस प्रकार उच्च कुल में उत्पन्न होने पर भी विधवा भोग-विलास का सुख नहीं ले सकती, उसी प्रकार धन के अभाव में व्यक्ति किसी भी धर्म-कार्य को नहीं कर सकता।

दरिद्रता सभी प्राणियों को सदा दुःख एवं अपमान देने वाली होती है। अपने किसी दरिद्र भाई-बन्धु को उसके बन्धु-बान्धव भी जीवित नहीं मानते।

यदि कोई दरिद्र व्यक्ति किसी के घर कुछ देने के लिए भी जाए, तो लोग उसे भी भिखारी मानकर उसका अपमान करते हैं। इस प्रकार अपमानित कराने वाली दरिद्रता को धिक्कार है।

मैंने सोचा कि यदि मैं अपने धन को लौटाने का प्रयत्न करते हुए मर भी गया, तो भी मुझे कोई चिन्ता नहीं करनी चाहिए, क्योंकि प्राणों पर संकट

आने के डर से अपने हरण किए जा रहे 'धन' की रक्षा ना कर पाने वाले व्यक्ति को कायर ही समझना चाहिए। ऐसे व्यक्ति द्वारा तर्पण को उसके पितर भी स्वीकार नहीं करते।

हरण किए जा रहे गाय, ब्राह्मण, स्त्री तथा अपने धन की रक्षा में अपने प्राणों को भी झोंक देने वाला व्यक्ति दिव्य लोकों में स्थान प्राप्त करता है।

यह सोचकर मैं अपने 'धन' को वापस पाने के लिए मठ में जा पहुँचा और रात में संन्यासी के बिस्तर तक जा पहुँचने में भी सफल हो गया, लेकिन मेरा दुर्भाग्य! संन्यासी जाग गया और उसने अपने पास रखे टूटे-फूटे बाँस से मुझ पर प्रहार कर दिया। मुझे जीवित रहना था, इसलिए मैं उसका निशाना बनने से बच गया। अब मैं सोचता हूँ कि विधाता के चाहने पर और घनघोर परिश्रम करने पर भी कोई अपने भाग्य से अधिक कभी नहीं पा सकता। इसलिए मैंने दुःखी होना और चिन्ता करना छोड़ दिया है और इस तथ्य को भली प्रकार से समझ लिया है कि जो अपना है, उसे कोई ले नहीं सकता और जो अपना नहीं है, उसे कोई पा नहीं सकता।

इसके पश्चात कौए और कछुए की जिज्ञासा पर हिरण्यक उन्हें यह कथा सुनाने लगा।

कथा–4

सागरदत्त नामक बनिये के पुत्र ने एक सौ रुपये में एक पुस्तक ख़रीद ली, जिसके प्रथम पद्य का अर्थ इस प्रकार था कि प्रत्येक व्यक्ति को अपने भाग्य में लिखा ही मिलता है और इस नियम को विधाता भी नहीं बदल सकता। अतः जो नहीं मिला, उसके लिए शोक नहीं करना चाहिए और जो प्राप्त हो गया, उस पर आश्चर्य नहीं करना चाहिए, यानी जो हो रहा है, वह ठीक ही हो रहा है। इसके साथ ही यह भी मानकर चलना चाहिए कि जो हमारा है, उसे कोई दूसरा ले नहीं सकता और जो हमारा नहीं है, वह हमें मिल नहीं सकता।

सागरदत्त ने जब अपने पुत्र से उक्त पुस्तक का मूल्य पूछा, तो उसने सही मूल्य बता दिया। एक छोटी-सी पुस्तक के लिए सौ रुपये ख़र्च करने पर पिता ने अपने पुत्र को अनाड़ी, मूर्ख और बुद्धिहीन आदि कहकर उसे अपने घर से निकाल दिया।

लड़का अपनी जन्मभूमि को छोड़कर किसी दूसरे नगर में चला गया। उस दूसरे नगर में जब भी कोई उसका परिचय पूछता, तो वह अपने को 'प्रत्येक मनुष्य को अपने भाग्य का लिखा मिलता है' बताता। इसलिए वह उस नए स्थान पर इसी नाम से प्रसिद्ध हो गया।

कुछ दिनों बाद, उस नगर में एक समारोह आयोजित हुआ और वहाँ की राजकुमारी ने एक सुन्दर युवक को देखा, तो वह उस पर इतनी आसक्त हो गई कि उस युवक के साथ रति-भोग किए बिना राजकुमारी को अपना जीना भी असम्भव लगने लगा।

राजकुमारी ने लज्जा का परित्याग कर अपनी सखी को अपनी काम-पीड़ा बताकर उस युवक को किसी भी प्रकार अपने महल में लाने का प्रयास करने का अनुरोध किया।

सखी ने युवक के पास पहुँचकर राजकुमारी के उस पर मुग्ध होने और काम-पीड़ित होने की बात कहकर उसे रात में राजकुमारी के पास आने और उसे काम-सुख से तृप्त करने की प्रार्थना की, तो युवक ने पूछा, यदि राजकुमारी के जीवन-मरण की स्थिति है, तो मुझे कहाँ और कैसे आना होगा?

राजकुमारी की सखी ने कहा, महल के पिछवाड़े एक मज़बूत रस्सा लटका दिया जाएगा। तुम आज आधी रात में उस रस्से को पकड़कर महल की छत पर आ जाना। वहाँ राजकुमारी तुम्हारी प्रतीक्षा कर रही होगी। युवक के हाँ कहने पर सखी ने लौटकर राजकुमारी को इसकी सूचना दी और दोनों महल में वापस लौट आईं।

इधर, वह युवक रात में चोरी से राजमहल में प्रविष्ट होने और राजकुमारी को भोगने के औचित्य-अनौचित्य पर विचार करने लगा। गुरु की कन्या, मित्र की पत्नी, स्वामी की स्त्री तथा सेवक की पत्नी के साथ यौन सम्बन्ध स्थापित करना केवल दुराचरण ही नहीं, अपितु ब्रह्महत्या के समान घोर पाप भी है।

व्यक्ति को इस लोक में अपयश तथा परलोक में दुर्गति देने वाले तथा स्वर्ग से गिरने का कारण बनने वाले कर्म को करने में कभी प्रवृत्त नहीं होना चाहिए।

यह सोचकर युवक को राजकुमारी के पास जाना उचित नहीं लगा। इधर, रात्रि में घूमते-घूमते वणिक-पुत्र ने महल के पिछवाड़े लटकता एक

रस्सा देखा, तो उत्सुकतावश वह उसे पकड़कर महल में राजकुमारी के पास जा पहुँचा। राजकुमारी ने उसे ही अपने मन का मीत समझकर उत्साहपूर्वक उसका भली-भाँति स्वागत-सत्कार किया और फिर उसे अपने साथ शय्या पर सुलाया। उसके स्पर्श से पुलकित राजकुमारी ने युवक से कुछ मधुर वार्तालाप करने को कहा, तो उसने केवल यही कहा 'सबको अपने भाग्य का लिखा ही मिलता है।' इस पर राजकुमारी को यह सन्देह हो गया कि यह वही युवक ना होकर कोई दूसरा व्यक्ति है। अतः उसने वणिक-पुत्र को अपने महल से बाहर निकाल दिया।

वहाँ से निकलकर वह युवक सुनसान पड़े एक मन्दिर में जाकर सो गया। वहाँ किसी कुलटा ने अपने प्रेमी नगर-रक्षक को बुलाया हुआ था। अपने भेद को छिपाने और उस अजनबी युवक को वहाँ से भगाने के लिए नगर-रक्षक ने वणिक-पुत्र से उसका परिचय पूछा, तो उसने वही वाक्य दोहरा दिया 'प्रत्येक मनुष्य को अपने भाग्य का लिखा मिलता है।' नगर-रक्षक ने उसे उस स्थान को छोड़ने और अपने घर पर रात बिताने के लिए कह दिया।

नगर-रक्षक के कहने पर वणिक-पुत्र उसके घर चला गया, तो वहाँ उस नगर-रक्षक की युवा पुत्री ने घर में अपने प्रेमी युवक को बुला रखा था। उसने वणिक-पुत्र को ही अपना प्रेमी समझकर उसे अपने बाहुपाश में बाँध लिया और उससे काम-क्रीड़ा करने लगी। जब सुन्दरी ने उसे कुछ बोलने के लिए कहा, तो वह बोला 'प्रत्येक मनुष्य को अपने भाग्य का लिखा मिलता है।' उसके ये शब्द सुनकर उस कन्या ने अपरिचित के साथ रति-भोग करने वाले उस युवक को तुरन्त अपने महल से बाहर निकाल दिया।

महल से बाहर निकले वणिक-पुत्र ने एक बारात को जाते देखा, तो वह भी घोड़े पर बैठे दूल्हे के साथ-साथ चल दिया। बारात जब कन्यापक्ष के यहाँ पहुँची और कन्या वर के गले में माला डालने के लिए आगे बढ़ी, तो एक पागल हाथी भागता हुआ आया। इसी बीच, वर बना लड़का अपनी भावी वधू को वहीं छोड़कर अपने प्राणों को बचाने के लिए भाग खड़ा हुआ। सारे बाराती और लड़की के सभी सम्बन्धी भी वहाँ से भाग निकले। हाथी वधू के सामने आकर चिंघाड़ने लगा, तो वह बेचारी डर के मारे काँपने लगी। वर के साथ आया वणिक-पुत्र वहाँ खड़ा था। उसने लड़की को आश्वस्त किया और उसकी ओट करके हाथी को डराने लगा। हाथी डरकर भाग गया, तो

उस कन्या ने वणिक-पुत्र के साहस और उसकी वीरता पर मुग्ध होकर उसके साथ ही विवाह करने का निश्चय कर लिया। वधू के कहने पर पण्डितजी नए वर के साथ विवाह के मंत्र पढ़ने लगे। हाथी के चले जाने पर लौटे बारातियों ने यह सब देखा, तो वे लड़की के पिता को उलटा-सीधा कहने लगे। पिता ने पुत्री से इस सब के बारे में पूछा, तो वह बोली, जो पुरुष संकट में पडी अपनी पत्नी को असहाय छोड़कर अपने प्राणों की चिन्ता करके भाग जाता है, वह भविष्य में मेरी रक्षा क्या करेगा? इसलिए मैंने अपने प्राणों की परवाह ना करने वाले इस युवक को अपने लिए उपयुक्त वर मान लिया है, मैं इसी के साथ विवाह कर रही हूँ।

लड़के वालों की लड़की वालों से रात-भर कहासुनी चलती रही। प्रातःकाल यह ख़बर नगर में फैल गई, तो राजकुमारी और नगर-रक्षक की कन्या भी वहाँ आ पहुँचीं। इधर, गुप्त वेश में भ्रमण करता राजा भी वहाँ आ पहुँचा और उसने 'प्रत्येक मनुष्य भाग्य के लिखे को ही प्राप्त कर पाता है' कहने वाले युवक को सारी कहानी सुनाने को कहा।

युवक बोला, महाराज! मैं तो एक बात ही जानता हूँ 'प्रत्येक मनुष्य को अपने भाग्य का लिखा ही मिलता है।' राजकन्या ने भी कहा, विधाता भी इसे उलट नहीं सकता। अब नगर-रक्षक की कन्या भी बोल उठी, इसलिए मेरे साथ जो कुछ हुआ है, उस पर मुझे कोई पछतावा नहीं है और ना कोई आश्चर्य ही है। वधू बनी स्त्री कहने लगी, जो हमारा है, वह किसी अन्य का नहीं हो सकता।

राजा ने सबको अपने-अपने साथ बीती सारी घटना सही-सही सुनाने का आदेश दिया। इस पर तीनों लड़कियों ने राजा को सब कुछ सच-सच बता दिया। इस पर तीनों राजा, नगर-रक्षक और वणिक ने अपनी-अपनी लड़कियों का विवाह उस वणिक-पुत्र से कर दिया तथा दहेज और दान-दक्षिणा के रूप में उन्हें पर्याप्त धन, आभूषण और वस्त्रादि भी दिए।

वणिक-पुत्र ने अपने माता-पिता के पास समाचार भेजा, तो उनके आ जाने पर सभी उसी नगर में रहने लगे।

यह कथा सुनाकर हिरण्यक बोला, मित्रों! इसीलिए मैं कहता हूँ कि मनुष्य को भाग्य का लिखा ही मिलता है तथा विधाता भी इसमें कोई उलट-फेर नहीं कर सकता। इसलिए जो भी होता है, उसे यह मानकर चलना चाहिए कि जो हमारा है, वह दूसरे का नहीं हो सकता।

मैं इसी दुष्चक्र में पड़ा परेशान हो रहा था कि मेरे इस मित्र ने मुझे यहाँ लाकर आपसे मिलवा दिया है। मेरे उस स्थान को छोड़कर यहाँ आने का यही एकमात्र कारण है।

यह सुनकर मन्थरक बोला, यह तो ठीक है कि लघुपतनक तुम्हारा मित्र है और इसीलिए उसने अपने भक्ष्य को अपनी पीठ पर बैठाकर सुरक्षित यहाँ पहुँचाया है। वह चाहता, तो मार्ग में ही तुम्हें मारकर अपनी भूख मिटा सकता था। सत्य ही कहा गया है कि धन प्राप्त करके मदोन्मत्त ना होने वाला तथा अपने मित्रों की सहायता को सदा तैयार रहने वाला व्यक्ति ही मित्र बनाने के योग्य होता है।

विद्वानों ने अग्नि में आहुति देने से पूर्व ही होम की सामग्री की परीक्षा कर लेने के समान ही मित्र बनाए जाने वाले व्यक्ति की भी परीक्षा करना आवश्यक बताया है।

वास्तव में, संकट के समय साथ देने वाले व्यक्ति को ही अपना मित्र समझना चाहिए। सुख के समय तो दुर्जन भी मित्र होने का दम भरते हैं।

अब मुझे विश्वास हो गया है कि नीति विरुद्ध मानी जाने वाली मैत्री भी निभ सकती है। वास्तव में ना कोई किसी का मित्र है और ना ही शत्रु है। अनुकूल और प्रतिकूल आचरण के कारण ही व्यक्ति मित्र अथवा शत्रु बन जाता है।

यहाँ आपका स्वागत है। आप निश्चिन्त होकर इस तालाब के किसी भी किनारे पर अपना निवास बना लें। आपको अपना घर छोड़कर यहाँ आना पड़ा है और आपकी सम्पत्ति भी छिन गई है। अब इस सम्बन्ध में भी आपको शोक नहीं करना चाहिए, क्योंकि नीतिकारों के अनुसार बादलों की छाया, दुष्टों की प्रीति, ताज़ा पका भोजन, स्त्रियाँ, यौवन और धन सदा-सदा के लिए तथा स्थायी रूप से भोगे जाने वाले नहीं होते। ये सब तो थोड़े समय के लिए ही भोगे जाते हैं।

यह सोचकर जितेन्द्रिय व्यक्ति को धन की लालसा नहीं करनी चाहिए।

जिस धन को व्यक्ति इतने कष्ट से अर्जित और संचित करता है, फिर यत्नपूर्वक जिसकी रक्षा करता है और जिसे कभी अपने से जुदा नहीं करता, वही धन उसके मर जाने पर पाँच पग भी उसके साथ नहीं चलता।

जिस प्रकार मांस जल में रहने वाली मछली आदि जलचरों, भूमि पर सिंह आदि हिंसक पशुओं और आकाश में उड़ने वाले पक्षियों का आहार

है, उसी प्रकार धनी मनुष्य भी सभी लोगों की ईर्ष्या का पात्र बन जाता है।

धनी व्यक्ति के निर्दोष होने पर भी उस पर सहज विश्वास नहीं किया जाता। उसे प्रायः दोषी ही माना जाता है, लेकिन इसके विपरीत धनहीन व्यक्ति को अपराध करने पर निर्दोष मान लिया जाता है।

अर्जन, संरक्षण, व्यय एवं विनाश-जैसी स्थितियों में दुःख देने वाला धन तिरस्कार के योग्य ही होता है।

चूहे को समझाते हुए मन्थरक बोला, मित्र! परदेस आने के बारे में भी तुम्हें कोई चिन्ता नहीं करनी चाहिए, क्योंकि जिस प्रकार सिंह अपने दाँतों, नाखूनों और पूँछ रूपी शस्त्रों का प्रयोग करते हुए किसी भी वन में जाकर और वहाँ हाथी का वध करके उसके रक्त से अपनी प्यास बुझा लेता है, उसी प्रकार यशस्वी व्यक्ति के लिए कोई भी स्थान अपना अथवा देश पराया नहीं होता। वह जहाँ भी जाता है, वहाँ के लोगों को अपने व्यवहार से अपना बना लेता है। परदेस में गए बुद्धिमान व्यक्ति के धनी ना होने पर भी विपत्ति उसे नहीं घेर पाती, क्योंकि समर्थ व्यक्तियों के लिए भार उठाना कोई समस्या नहीं होती, व्यापारियों के लिए कोई भी दूरी बाधा नहीं होती, विद्वानों के लिए कोई भी स्थान पराया नहीं होता और मधुरभाषी व्यक्ति के लिए कोई भी व्यक्ति अपरिचित नहीं होता।

तुम बुद्धिमान हो और भली-भाँति जानते हो कि उत्साही, आलस्यरहित, काम करने के ढंग को जानने वाले, द्यूत, सुरापान आदि से मुक्त, वीर, दूसरों के उपकार को मानने वाले तथा मित्रता को निभाने वाले व्यक्तियों के पास आने के लिए तो लक्ष्मी भी ऐसे ही व्यक्तियों की खोज में भटकती रहती हैं।

तुम यह जानते हो कि भाग्य के प्रतिकूल होने पर हाथ में आया हुआ धन भी नष्ट हो जाता है। अतः तुम्हें यह सोचकर सन्तोष कर लेना चाहिए कि यह धन इतने दिनों के लिए ही तुम्हारा था। पराये धन को तो कोई एक पल के लिए भी नहीं भोग सकता। हाथ में आ जाने पर भी, भाग्य में ना होने के कारण ऐसा धन नष्ट हो जाता है।

कुछ व्यक्ति धन कमा तो लेते हैं, परन्तु उसका उपभोग नहीं कर पाते। सोमिलक भी महावन में पहुँच तो गया, लेकिन वह उसका कोई लाभ नहीं उठा सका। हिरण्यक की उत्सुकता पर मन्थरक उसे सोमिलक की कथा सुनाने लगा।

कथा–5

नगर में रहने वाला सोमिलक नामक जुलाहा एक उच्चकोटि का कलाकार था। वह राजाओं के लिए उत्तम वस्त्र बुनता था, लेकिन वह साधारण जुलाहों जितना भी धन नहीं कमा पाता था। अपनी आर्थिक स्थिति पर चिन्तित होकर एक दिन सोमिलक अपनी पत्नी से बोला, प्रिये! परमात्मा की यह कैसी लीला है कि साधारण जुलाहे भी मुझसे अधिक कमा लेते हैं। मैं सोचता हूँ कि शायद यह स्थान मेरे अनुकूल नहीं है। इसलिए मैं किसी अन्य स्थान पर जाकर अपना भाग्य आज़माना चाहता हूँ। सोमिलक की पत्नी बोली, आपका ऐसा सोचना उचित नहीं है। भले ही मेरुपर्वत पर चले जाओ, चाहे मरुस्थल में रहने लगो, मिलेगा वही, जो भाग्य में लिखा होगा। आकाश में उड़ने वाले पक्षियों को देखो, उन्हें भी अपने भाग्य में लिखा पाने के लिए पृथ्वी पर उतरना पड़ता है। जो अपने भाग्य में नहीं है, वह व्यक्ति को कहीं भी नहीं मिल सकता।

होनी को अनहोनी और अनहोनी को होनी बनाने का सामर्थ्य किसी भी जीव में नहीं है। भाग्य में ना होने पर तो हाथ में आया हुआ धन भी नष्ट हो जाता है।

जिस प्रकार बछड़ा हज़ार गायों के होने पर भी अपनी माँ को ढूँढ निकालता है, उसी प्रकार किसी व्यक्ति द्वारा पूर्वजन्म में किया गया अच्छा या बुरा कर्म भी अपना फल देने के लिए उस व्यक्ति को ढूँढ ही लेता है।

व्यक्ति का कर्मभोग सोते के साथ सो जाता है और जागते के साथ जाग उठता है। वह उसका साथ कभी नहीं छोड़ता। जिस प्रकार धूप और छाया का एक-दूसरे के साथ नित्य का अटूट सम्बन्ध है, उसी प्रकार कर्म और कर्मफल का भी आपस में अटूट सम्बन्ध है। इसलिए मैं कहती हूँ कि आप अपना काम-धन्धा यहीं रहकर करते रहो।

जुलाहा बोला, प्रिये! मैं तुम्हारे इस विचार से सहमत नहीं हो सकता। उद्यम करने से कोई भी व्यक्ति अपने भाग्य को बदल सकता है। जिस प्रकार एक हाथ से कभी ताली नहीं बज सकती, उसी प्रकार केवल भाग्य से कुछ नहीं हो सकता। अपना अभीष्ट पाने के लिए प्रयास तो करना ही पड़ता है।

कर्मफल के रूप में प्राप्त भोजन को मुँह में डालने के लिए भी हाथ को हिलाना पड़ता है। अपने आप तो भोजन भी किसी के मुँह में नहीं

पहुँच जाता। उद्योग करने वाले नरसिंह के पास ही लक्ष्मी आती है। भाग्य के भरोसे बैठे रहने वाले लोग कायर होते हैं। मनुष्य को दैव के सहारे नहीं बैठे रहना चाहिए, अपितु अपनी सामर्थ्य के अनुसार काम करना चाहिए। हो सकता है कि ईमानदारी से काम करने पर भी सफलता नहीं मिले, फिर भी काम करना नहीं छोड़ देना चाहिए। अपने काम करने के ढंग की जाँच करनी चाहिए और ग़लती का सुधार करना चाहिए। ग़लती सुधर जाने पर सफलता अवश्य ही मिलती है।

कोई भी काम हो, प्रयत्न तो करना ही पड़ता है, तभी काम में सफलता मिलती है, केवल सोचने से नहीं। क्या कभी सोते हुए सिंह के मुँह में उसका शिकार बनने के लिए कोई पशु अपने आप पहुँच जाता है?

यदि अपनी शक्ति-भर प्रयत्न करने पर भी व्यक्ति को कार्य में सिद्धि नहीं मिलती, तो उसे दुःख नहीं होता। अपितु वह यह मानकर सन्तोष कर लेता है कि उसे तो कर्म करना था और वह उसने किया। अब फल देना-ना देना तो दैव के अधीन है। इसलिए मैं दूसरे देश में अवश्य जाऊँगा।

यह सोचकर सोमिलक दूसरे नगर में जाकर कुशलतापूर्वक श्रम करने लगा और कुछ ही समय में उसने तीन सौ स्वर्ण-मुद्राएँ एकत्र कर लीं, फिर वह उन स्वर्णमुद्राओं को लेकर अपने घर की ओर चल दिया। मार्ग में सूर्यास्त हो गया, तो हिंसक पशुओं से बचने के लिए वह एक वृक्ष की शाखा पर चढ़कर सो गया। आधी रात में उसने भाग्य और पुरुषार्थ नामक दो व्यक्तियों को कहते सुना। एक (भाग्य) दूसरे (पुरुषार्थ) से कह रहा था, जब तुम्हें पता है कि इस जुलाहे के भाग्य में अधिक धन नहीं लिखा, तब तुमने इसे तीन सौ स्वर्ण-मुद्राएँ क्यों दीं? पुरुषार्थ ने उत्तर दिया, मुझे तो उसके परिश्रम का फल उसे देना ही था, आगे की तुम जानो।

यह सुनते ही जुलाहे की नींद खुल गई और उसने अपनी थैली सँभाली, तो वह ख़ाली थी। यह देखकर वह विलाप करने लगा। ख़ाली हाथ घर जाना उचित ना समझकर, वह पुनः अपने काम पर लौट आया और फिर परिश्रम करने लगा। एक वर्ष में पाँच सौ स्वर्ण-मुद्राएँ जुटाकर वह पुनः एक दिन अपने घर को चल दिया। इस बार सूर्यास्त हो जाने पर भी उसने रुकना अथवा सोना उचित नहीं समझा और चलता ही रहा, लेकिन इस बार उसने अंधेरे मार्ग में दो व्यक्तियों को एक-दूसरे से यह कहते हुए सुना, तुमने फिर उसे इतना धन दे दिया, जबकि तुम जानते हो कि उसके

भाग्य में खाने-पीने-भर से अधिक नहीं है। दूसरे ने उत्तर दिया, मुझे तो उसे उसके परिश्रम का फल देना ही है, आगे की तुम जानो। इस बातचीत को सुनते ही जुलाहे ने अपनी थैली देखी, तो उसको ख़ाली पाया। वह अपना सिर पीटकर रोने लगा।

सोमिलक ने भाग्य को यह कहते हुए सुना था कि धन का उपयोग वेश्या के समान उसके सभी लोगों द्वारा भोगे जाने पर ही है, वधू के समान किसी एक के लिए पर्याप्त तथा किसी अन्य के लिए अभोग्य होने पर ऐसा धन किस काम का? जब इसके भाग्य में धन का उपभोग ही नहीं लिखा, तो इसे धन देने से क्या लाभ?

यह सब सुनकर सोमिलक रोते हुए बोला, अरे बाबा! भोगना नहीं था, तो भी मेरे पास रहने तो दिया होता, क्योंकि इसके होने पर लोक में मेरा सम्मान तो होता।

धनी व्यक्ति के कृपण, अकुलीन तथा सज्जनों द्वारा तिरस्कृत होने पर भी धन के कारण लोक में उसका सर्वत्र सम्मान होता है।

मैंने शिथिल, परन्तु ना गिरने वाले अण्डकोषों के गिरने की आशा में सियार को पन्द्रह वर्षों तक भटकते देखा है। ऐसी होती है धन की महिमा!

धनी व्यक्ति से कुछ मिलने की आशा ना होने पर भी लोग उसकी खुशामद करते रहते हैं।

भाग्य की उत्सुकता पर जुलाहा उसे लोभी सियार की कहानी सुनाने लगा।

कथा–6

किसी जंगल में रहने वाला तीक्ष्णशृंग नामक एक बैल अपनी शक्ति के नशे में चूर होकर अपने झुण्ड से अलग हो गया। वह अकेला ही विचरता, हरी-हरी घास खाता, ठण्डा जल पीता और नदीतट को अपने तीखे सींगों से उखाड़ता रहता था।

उसी जंगल में अपनी पत्नी के साथ एक लोभी सियार रहता था। नदीतट पर जल पीने आए उस बैल के लटकते अण्डकोषों को देख कर सियार की पत्नी कहने लगी, यह मांसपिण्ड कितने दिन तक लटका रह सकता है? जाओ, तुम इस बैल का पीछा करो।

सियार बोला, अरे, मुझे यहीं बैठा रहने दो, जल पीने के लिए आने वाले चूहों को खाकर ही हम दोनों अपनी भूख मिटा लेंगे। अनिश्चित के पीछे भागना मूर्खता होती है। अपने सामने उपस्थित को छोड़कर अनुपस्थित के पीछे भागने वाले को अनिश्चित तो मिलता नहीं, निश्चित भी उसके हाथ से निकल जाता है।

सियारिन बोली, तुम तो मुझे अपने भाग्य से मिले थोड़े-बहुत पर ही सन्तुष्ट होने वाले आलसी लगते हो।

जिस प्रकार छोटी नदी थोड़े-से पानी से भर जाती है या चुहिया की अंजलि थोड़े-से अनाज से भर जाती है, उसी प्रकार कायर भी थोड़ा-सा पाकर ही सन्तुष्ट हो जाता है।

शूरवीर को तो सदैव उत्साही होना चाहिए।

आलस्यरहित व्यक्ति तो उत्साह के साथ कार्य आरम्भ करके तथा अपनी बुद्धि और बल का उचित उपयोग करके अचल सम्पत्ति को प्राप्त कर लेता है।

भाग्य पर निर्भर रहकर प्रयास अथवा प्रयत्न ना करना भाग्य से प्राप्त होने वाले को भी नकारना है। तिलों से ही तेल निकलता है, लेकिन क्या बिना प्रयास किए भी तेल प्राप्त किया जा सकता है?

थोड़े मिले पर ही सन्तुष्ट होने वाले मन्दबुद्धि के भाग्य में आती हुई लक्ष्मी भी लौट जाती है। पतिदेव! तुम्हारा इन अण्डकोषों के गिरने के बारे में सन्देह करना व्यर्थ है। शायद तुम नहीं जानते कि सफलता दृढ़ संकल्प करने वाले व्यक्तियों के ही चरण चूमती है, शरीर के ऊँचा एवं भारी-भरकम होने से कुछ नहीं होता। चातक के दृढ़ निश्चय के कारण ही इन्द्र को उसे वर्षाजल सुलभ कराना पड़ता है।

चूहों का मांस खाते-खाते मेरे मुँह का स्वाद बिगड़ चुका है। तुम इन अण्डकोषों को अब गिरा हुआ ही समझो, अब टाल-मटोल मत करो। तुरन्त ही इस बैल के पीछे लग जाओ।

पत्नी द्वारा प्रेरित करने पर वह लोभी सियार तीक्ष्णशृंग नामक उस बैल के पीछे चल दिया।

सत्य तो यह है कि जब तक व्यक्ति पत्नी के व्यंग्यरूपी अंकुश की चोट नहीं खाता, तब तक वह कोई भी कार्य करने-ना करने का निर्णय लेने के

लिए स्वतंत्र होता है, लेकिन एक बार पत्नी के बहकावे में आने के पश्चात व्यक्ति के लिए कुछ भी करना सम्भव नहीं रह जाता।

पत्नी द्वारा प्रेरित करने पर पति को अकार्य को कार्य, असाध्य को साध्य और अभक्ष्य को भक्ष्य मानकर चलना ही पड़ता है।

इस प्रकार पत्नी द्वारा प्रेरित होकर वह सियार भी सियारिन के साथ बहुत दिनों तक बैल का पीछा करता रहा, किन्तु अण्डकोष नहीं गिरे। पन्द्रह वर्षों तक प्रयास करने के बाद सियार अपनी पत्नी से बोला, प्रिये! मैं तुम्हारे कहने पर पन्द्रह वर्षों से इस बैल के अण्डकोषों के गिरने की आशा में इसके पीछे-पीछे घूम रहा हूँ, लेकिन इनके गिरने की कोई सम्भावना नहीं दिखाई देती।

अतः तुम मेरा कहना मानो, ये अण्डकोष गिरने वाले नहीं हैं, इसलिए इस बैल का पीछा करना छोड़कर अपने स्थान पर लौट चलो।

यह कथा सुनकर भाग्य ने जुलाहे से कहा, यदि यह सब जानने के बाद भी तुम पुरुषार्थ को महत्त्वपूर्ण समझते हो, तो तुम वर्धमानपुर लौट जाओ और वहाँ जाकर दो बनियों गुप्तधन और उपयुक्तधन से मिलना। उन दोनों की स्थिति का अध्ययन करने के बाद मुझे बताना कि तुम क्या बनना चाहते हो? मैं तुम्हारी इच्छा तुरन्त पूरी कर दूँगा। यह कहकर भाग्य वहीं अन्तर्धान हो गया।

आश्चर्यचकित हुआ सोमिलक सन्ध्या के समय वर्धमानपुर पहुँचा और थका-हारा होने पर भी वह गुप्तधन के घर पहुँचने में सफल हो गया। गुप्तधन, उसकी पत्नी और पुत्र द्वारा डाँटने पर भी सोमिलक उसके घर में घुस गया, तो उन्होंने उसकी उपेक्षा करते हुए भी उसे अतिथि मानकर कुछ भोजन दे दिया।

भोजन खाकर सोए हुए सोमिलक ने दो पुरुषों को आपस में बातचीत करते हुए सुना। एक ने कहा, सोमिलक को भोजन खिलाकर तुमने बनिये के धन को नष्ट क्यों किया?

दूसरा बोला, मुझे सोमिलक को उसके श्रम का फल देना ही था, अब तुम अपनी करने के लिए स्वतंत्र हो।

सवेरे उठने पर सोमिलक ने देखा कि गृहस्वामी हैज़े का शिकार हो गया था। अतः उस दिन घर में चूल्हा नहीं जला और सोमिलक को भूखा

रहना पड़ा। अगले दिन वह उपयुक्तधन के घर जा पहुँचा, तो वहाँ भी उसे भोजन आदि देकर उसका स्वागत किया गया। रात को खा-पीकर सो जाने पर सोमिलक ने वहाँ भी दो पुरुषों की बातचीत सुनी। एक बोला, अतिथि के प्रति इतना स्नेह दिखाने वाले तथा उधार लेकर उस धन को अतिथि के भोजन पर ख़र्च करने वाले इस व्यक्ति को किस प्रकार पुरस्कृत किया जाए? इस पर दूसरे ने उत्तर दिया, इसकी चिन्ता करना मेरा काम है, तुम अपना काम देखो।

सवेरे सोकर उठने पर सोमिलक ने देखा कि उपयुक्तधन के अच्छे कार्यों से प्रसन्न होकर राजा ने पुरस्कार के रूप में उसके पास बहुत-सा धन भेज दिया। इस पर सोमिलक ने सोचा धन को जोड़कर रखने वाले गुप्तधन बनिये की अपेक्षा तो यह उपयुक्तधन बनिया कहीं अधिक अच्छा है।

जिस प्रकार यज्ञ का फल वेदों का ज्ञान है, शील का फल धन का लाभ है, स्त्री-भोग का फल पुत्र-प्राप्ति है, उसी प्रकार धन का उपयुक्त लाभ दान और उसका भोग है।

मैं तो भगवान से प्रत्येक को उपयुक्तधन-जैसा ही बनाने की प्रार्थना करूँगा। किसी को भी गुप्तधन बनाने की सलाह नहीं दूँगा, क्योंकि जिस प्रकार बड़े नगर में पहुँचकर भी सोमिलक धन-संग्रह नहीं कर सका, उसी प्रकार कुछ लोगों के भाग्य में धनसंग्रह लिखा होता है और वे धन कमा भी लेते हैं, परन्तु उसका सही उपभोग नहीं कर पाते।

इस पर मन्थरक बोला, मित्र! धन जब तक रहना होता है, तब तक ही रहता है। यह सोचकर दुःखी मत हो। ना भोगे जाने वाले संचित धन की कोई उपयोगिता नहीं होती।

यदि घर में दबा कर रखे हुए धन से कोई अपने को धनी मानने लगे, तो उसके समान कोई भी व्यक्ति अपने को धनी कह सकता है।

जिस प्रकार सरोवर में संचित जल का निकास ही उस जल को शुद्ध बनाए रखता है, उसी प्रकार अर्जित धन का त्याग, दान व भोग ही उसका उचित होना माना जाता है।

जिस प्रकार मधुमक्खियों के शहद को दूसरे हथिया लेते हैं, उसी प्रकार दान और उपभोग ना करने वाले व्यक्ति के धन पर भी अन्य लोग अपना अधिकार कर लेते हैं। इसलिए तुम्हें भी संचित धन की चिन्ता ना करके उसका उपभोग और दान करना चाहिए।

धन की तीन गति होती हैं दान, भोग और नाश। दान और भोग ना करने वाले व्यक्ति के धन की तीसरी गति नाश होती है।

यह समझकर बुद्धिमान व्यक्ति को धनसंचय में नहीं लग जाना चाहिए।

धन के लोभ में दिन-रात काम में लगे रहने वाले अभागे व्यक्ति सन्तोषरूपी अमृत से तृप्त होकर शान्तचित्त व्यक्तियों को मिलने वाले सुख के महत्त्व को कैसे समझ सकते हैं?

सत्य तो यह है कि मधुर वचन कहने वाले लोग सब स्थानों पर मिल जाते हैं, लेकिन कल्याणकारी, परन्तु अप्रिय वचन कहने और सुनने वाले बड़ी कठिनाई से मिलते हैं।

वास्तव में, सच्ची और कल्याणकारी बात कहने वाले को ही सही अर्थों में मित्र समझना चाहिए। मनभाती कहने वाले तो केवल नाम के मित्र होते हैं।

अभी तीनों मित्र इस प्रकार बातें कर ही रहे थे कि उन्होंने व्याध से डरकर आते चित्रांग नामक मृग को सरोवर में घुसते हुए देखा, तो संकट को उपस्थित जानकर कौआ वृक्ष पर जा बैठा, चूहा पास की झाड़ी में जा छिपा और कछुआ सरोवर में कूद गया।

चित्रांग नामक मृग को पहचानकर कौआ मन्थरक से बोला, मुझे लगता है कि हमारा मित्र मृग प्यास लगने के कारण ही यहाँ दौड़कर आया है। मुझे तो यहाँ किसी व्याध के आने की कोई सम्भावना दिखाई नहीं देती, लेकिन कौए की बात से असहमति जताते हुए कछुआ कहने लगा, लम्बी- लम्बी साँस लेते और बार-बार पीछे की ओर देखते मृग से उसका प्यास से व्याकुल होना नहीं, अपितु उसका किसी व्याध के आगमन से भयभीत होना लगता है। हमें तुरन्त ही इस बात का पता लगाना चाहिए कि मृग का पीछा करता हुआ कोई व्याध तो इधर नहीं आ रहा?

कोई भयभीत प्राणी ही इस प्रकार लम्बे-लम्बे साँस लेता है और बार-बार पीछे मुड़कर देखता है, लेकिन फिर भी वह निश्चिन्त नहीं होता।

कौए और कछुए की बातें सुनकर चित्रांग मृग कहने लगा, मित्र मन्थरक! तुम ठीक ही सोच रहे हो। मैं व्याध के बाण से बचकर ही बड़ी कठिनाई से यहाँ आया हूँ। मुझे लगता है कि मेरे कुछ साथी अवश्य ही व्याध के शिकार बन गए होंगे। मैं तुम लोगों का शरणागत हूँ। तुम लोग उस व्याध से बचने के लिए मुझे कोई सुरक्षित स्थान बताओ। यह सुनकर मन्थरक

बोला, मित्र! शत्रु के दिखाई देने पर बचाव के दो ही उपाय होते हैं। पहला, उस पर वार करना और दूसरा, तेज़ी से दौड़कर भाग जाना।

तुम्हारे लिए दूसरा उपाय ही ठीक रहेगा। तुम उस व्याध के आने से पहले ही दूर भाग जाओ। तभी उड़कर आए लघुपतनक कौए ने बताया कि व्याध मारे गए पशुओं को लेकर लौट गए हैं। अतः अब चिन्ता करने का कोई कारण नहीं। तुम निर्भय व निश्चिन्त होकर यहाँ विचरण कर सकते हो।

यह सुनकर चारों मित्र उसी सरोवर के तट पर उगे वृक्षों की छाया में बैठकर बातचीत करने लगे।

एक दिन गोष्ठी में चित्रांग मृग के ना आने पर तीनों मित्र उसके साथ कोई अनिष्ट होने जैसे सिंह आदि द्वारा उसके मारे जाने, किसी गड्ढे में गिर जाने, अग्नि में जलकर मर जाने अथवा किसी अन्य प्रकार के संकट का शिकार हो जाने की आशंका से चिन्तित हो उठे।

सच तो यह है कि प्रेमी जन अपने किसी मित्र के घर के उपवन में जाने पर भी जब तक उसे देख नहीं लेते, तब तक निश्चिन्त नहीं होते, फिर आपत्तियों से घिरे जंगल में मृग के चले जाने पर उसके मित्रों का चिन्तित होना तो स्वाभाविक था।

तब मन्थरक ने कौए से कहा, मित्र! हम दोनों शीघ्र ना चल पाने के कारण उसे ढूँढ नहीं सकते, इसलिए तुम उड़कर उसका पता लगाओ कि वह जीवित भी है या नहीं? यह सुनकर कौए ने उड़ान भरी और थोड़ी दूर पर एक सरोवर पर चित्रांग को एक व्याध के बन्धन में बँधा देखा। कौए के पूछने पर मृग ने बताया कि संकट आने पर तथा अपनी दशा के दीन-हीन हो जाने पर मित्रों से मिलने की इच्छा भी दुःखद ही लगती है।

मैं मौत के मुँह में पड़ा हूँ, ऐसे में अपने मित्र के दर्शन सुलभ हो गए, इसे मैं अपना सौभाग्य ही मानता हूँ।

मृत्यु के समय मित्र का दर्शन मृत्यु को सुखद बना देता है। यदि मित्र किसी प्रकार उसे बचा सकता है, तो ठीक, अन्यथा नहीं भी बचा पाता, तो भी उसके द्वारा अन्तिम संस्कार किए जाने और सद्गति होने का सन्तोष बना रहता है।

यदि कभी मुझसे कोई अपराध हो गया हो, तो आप सब मुझे क्षमा कर देना। मेरे दोनों मित्रों मन्थरक और हिरण्यक से भी मेरी ओर से क्षमा

माँग लेना। उन्हें मेरी ओर से कहना कि यदि जाने-अनजाने मैंने किसी प्रकार से भी तुम लोगों के प्रति उपेक्षा का भाव दिखाया हो, तो कृपया मुझे क्षमा कर देना।

यह सुनकर कौआ बोला, मित्र! हम मित्रों के रहते तुम्हें इस प्रकार निराश नहीं होना चाहिए। मैं तुम्हारे बन्धनों को काटने के लिए हिरण्यक को अभी बुलाकर लाता हूँ। बुद्धिमान प्राणी संकट अथवा दुःख आने पर कभी अधीर नहीं होते।

सम्पत्ति पाकर हर्ष से पागल ना होने वाला, विपत्ति आने पर निराश ना होने वाला तथा युद्ध में भयभीत ना होने वाला व्यक्ति ही तीनों लोकों में सर्वोत्तम माना जाता है। ऐसे ही पुत्र को जन्म देने वाली माँ को धन्य कहा जाता है।

इस प्रकार चित्रांग को धैर्य बनाए रखने का आश्वासन देकर कौआ अपने मित्रों हिरण्यक और मन्थरक के पास आकर बोला कि हमारा मित्र चित्रांग व्याध के बन्धन में बँध गया है। यह सुनते ही हिरण्यक को उसके बन्धन काटने को उद्यत देखकर लघुपतनक ने उसे अपनी पीठ पर बैठाया और अपनी पूरी शक्ति लगाकर उड़ चला। चूहे को आते देखकर अपने जीवन के प्रति आश्वस्त होकर मृग बोला, विपत्ति से उद्धार के लिए ही विद्वानों ने भले लोगों से मित्रता करने को महत्त्वपूर्ण माना है। यह इस जीवन का सत्य है कि मित्रहीन व्यक्ति संकट से कभी मुक्त नहीं हो सकता।

हिरण्यक ने चित्रांग से कहा, मित्र! तुम तो पर्याप्त चतुर और नीति-निपुण हो, तुम इस बन्धन में कैसे फँस गए?

मृग ने उत्तर दिया, मित्र! इस समय विवाद करने की आवश्यकता नहीं है। अभी तो तुम उस व्याध के आने से पहले मेरे बन्धन काटकर मुझे मुक्त करने का प्रयास करो।

यह सुनकर हिरण्यक बोला, क्या मेरे आ जाने पर भी तुम व्याध के डर से काँप रहे हो? तुम-जैसे विद्वान की यह स्थिति देखकर तो मुझे तुम्हारा नीतिशास्त्र का ज्ञान व्यर्थ लग रहा है। इसीलिए मैं इसका कारण जानने को इच्छुक हो रहा हूँ।

चित्रांग बोला, मित्र! कभी-कभी कर्मों का फल भोगने के लिए बुद्धि भी दूषित हो जाती है। भाग्य के विपरीत होने पर काल के बन्धन में बड़े-बड़े

प्रबुद्ध एवं ज्ञानी व्यक्तियों की बुद्धि भी मलिन हो जाती है और इसीलिए वे भी हँसी के पात्र बन जाते हैं।

विधाता द्वारा लिखी भाग्यलिपि को बड़े-बड़े तपस्वी विद्वान भी अपने बुद्धि से बदल नहीं सकते।

दोनों मित्र इस प्रकार बातचीत कर ही रहे थे कि धीमी गति से चलता हुआ मन्थरक नामक कछुआ भी वहाँ आ पहुँचा। लघुपतनक उसे देखकर चिन्तित स्वर में कहने लगा, यह ठीक नहीं हुआ।

इस पर चित्रांग ने कहा, क्यों, क्या व्याध आ गया है?

लघुपतनक ने उत्तर दिया, आया तो नहीं, लेकिन यदि आ गया, तो तुम भाग जाना, मैं उड़ जाऊँगा और हिरण्यक बिल में घुसकर अपनी रक्षा कर लेगा, लेकिन इस मन्थरक का क्या होगा? मुझे यही चिन्ता सता रही है।

इस पर लघुपतनक ने मन्थरक को शीघ्र ही वहाँ से चले जाने को कहा, ताकि व्याध के आने पर वह किसी कठिनाई में ना पड़ जाए।

मन्थरक बोला, मुझे यह सब पता है, लेकिन अपने मित्र को संकट में पड़ा देखकर मुझसे रहा नहीं गया।

वास्तव में, मित्रों का मिलना पीड़ा के समय किसी महौषधि के समान काम करता है, पुनः मिलने की आशा से ही नष्टधन के समान दुःखदायी मित्र-वियोग को भी सह लिया जाता है।

तुम-जैसे मित्रों से वियोग की अपेक्षा मैं अपने प्राण त्यागना अच्छा समझूँगा, क्योंकि शरीर तो जन्मान्तर के रूप में फिर भी मिल जाता है, लेकिन सच्चा मित्र कठिनाई से ही मिलता है।

यहाँ ये सब इस प्रकार बातचीत कर ही रहे थे कि अपने दलबल के साथ व्याध आ पहुँचा। उसे देखते ही हिरण्यक ने तुरन्त व्याध के जाल को काट दिया और मुक्त होते ही हिरण तेज़ी से भाग खड़ा हुआ, कौआ उड़कर वृक्ष पर जा बैठा और चूहा बिल में जा घुसा। हिरण के भाग जाने से निराश होकर बहेलिया धीरे-धीरे जाते कछुए को देखकर सोचने लगा कि आज तो उसे इस छोटे-से जीव के मांस पर ही सन्तोष करना पड़ेगा। यह सोचकर उसने दौड़कर कछुए को पकड़ लिया और उसे अपने कन्धे पर लटकाए धनुष पर बाँधकर चल दिया। हिरण्यक ने यह देखा, तो वह रोते हुए कहने लगा कि विपत्ति अपने साथ अनेक झंझट लेकर आती है, तभी तो किसी एक

संकट से अभी मुक्ति मिलती नहीं कि दूसरा संकट सामने आ खड़ा होता है।

अपने अभिन्न मित्र पर जैसा विश्वास किया जाता है, वैसा विश्वास तो कोई प्राणी अपनी माँ, पत्नी, सगे भाई अथवा अपने पुत्र पर भी नहीं करता।

इस प्रकार विलाप करते हुए हिरण्यक कहने लगा, एक तो विधाता ने मुझसे मेरा धन छीन लिया और दूसरे अब उसने मेरे विश्वस्त मित्र को भी छीन लिया। अब मुझे मन्थरक-जैसा मित्र कहाँ से मिलेगा?

मित्रता के तीन फल होते हैं 1. अभाव के कारण असहाय ना होना, 2. किसी भी गुप्त रहस्य को कह सकना तथा 3. किसी भी आपदा से मुक्त हो पाना। मन्थरक के समान अब कोई मेरा दूसरा मित्र नहीं है। विधाता क्यों मुझ पर इस प्रकार अत्याचार कर रहा है? विधाता की क्रूरता के कारण ही पहले मेरा धन नष्ट हुआ, फिर परिवार से वियोग हुआ, उसके बाद अपने देश से दूर जाना पड़ा और आज मेरे मित्र पर भी संकट आ गया। ना जाने विधाता हम जीवों के प्रति इतना कठोर क्यों हो रहा है?

यह ठीक है कि सभी जीवों का शरीर नाशवान है, सम्पत्ति भी कहीं स्थिर होकर टिकती नहीं है और मिलन का अन्त वियोग में ही होता है।

चोट पर चोट लगे, धन के नष्ट हो जाने पर भूख विकट रूप धारण कर ले तथा विपत्ति के समय शत्रु प्रबल हो उठें, यह सब इसी तथ्य के प्रमाण हैं कि कष्ट के समय अनर्थ भी बढ़ते ही जाते हैं।

रक्षा करने वाला, सदा प्रेम करने वाला तथा सदैव विश्वासपात्र बना रहने वाला केवल अपना मित्र ही होता है। ना जाने, मित्र-जैसे शब्द की रचना किसने की है? जिसने भी की हो, वह धन्य है।

ठीक उसी समय विलाप करते हुए चित्रांग और लघुपतनक भी वहाँ आ पहुँचे। हिरण्यक ने उन्हें ढाँढस बँधाया और उनसे बोला, मित्रों! रोते रहने से क्या होगा? अब तो हमें व्याध के दूर चले जाने से पहले ही मन्थरक को छुड़ाने का कोई उपाय करना होगा।

संकट में मोह के कारण रोते रहने वाला तो रोता ही रहता है, वह संकट से अपने उद्धार का मार्ग नहीं ढूँढ सकता।

कौआ बोला, अब सब मेरी योजना को ध्यानपूर्वक सुनो। सबसे पहले चित्रांग व्याध के मार्ग में पड़ने वाले सरोवर के तट पर पहुँचकर मूर्च्छित होकर लेट जाए और मैं अपनी चोंच से उसके मांस को खाने का नाटक

करूँगा। इससे व्याध समझेगा कि हिरण मर चुका है और वह मन्थरक को धरती पर रखकर मरे हिरण को पकड़ने के लिए भागेगा। बस, उसी समय हिरण्यक मन्थरक के बन्धन काट डालेगा और मन्थरक दौड़कर सरोवर में छलांग लगा देगा। चित्रांग ने भी लघुपतनक की योजना को उचित बताया और वह कहने लगा, कार्य सिद्ध होगा या नहीं, मन के उत्साह से इसका पता चल जाता है और बुद्धिमान व्यक्ति उस संकेत को तुरन्त समझ जाते हैं। मुझे तो इस योजना की सफलता पर पक्का विश्वास है। अतः आप सब ऐसा ही कीजिए। सबके सहमत हो जाने पर योजना के अनुसार सारा काम किया गया। व्याध ने सरोवर के किनारे पड़े हिरण के शव पर कौए को बैठा देखा, तो उसने सोचा कि लगता है हिरण मेरे जाल से तो बच गया, परन्तु दम घुट जाने के कारण बच नहीं सका। इधर, यह कछुआ तो मेरे पास है ही, अब मैं इस हिरण को भी अपने अधिकार में कर लेता हूँ। यह सोचकर जैसे ही उसने मन्थरक को ज़मीन पर रखा, वैसे ही हिरण्यक ने भागकर उसके बन्धन काट डाले और मन्थरक शीघ्रता से उछलकर सरोवर में जा घुसा।

इधर, व्याध को पास आते देखकर काँव-काँव करता हुआ लघुपतनक उड़ गया, तब इस संकेत को समझकर चित्रांग ने भी छलांग लगा दी और वह भी भाग खड़ा हुआ। व्याध ने लौटकर कछुए को भी भागा पाया, तो वह हाथ मलते और पछताते हुए कहने लगा, हे विधाता! तेरे खेल निराले हैं। पहले तूने मेरे शिकार बने हिरण को मुझसे छीन लिया। अब मेरे हाथ में आया कछुआ भी मेरे बन्धन से मुक्त हो गया। पत्नी व अपने पुत्र आदि द्वारा त्यागे गए और भूख से व्याकुल मेरा कोई और अनिष्ट करना रह गया हो, तो वह भी पूरा कर ले।

इस प्रकार रोता-पीटता और विलाप करता हुआ व्याध अपने घर लौट गया। व्याध के आँखों से ओझल होते ही चारों मित्र एक-दूसरे के गले मिले और अपना नया जन्म हुआ मानकर बड़े प्रसन्न हुए। इसके बाद तो फिर प्रतिदिन गोष्ठी और वार्तालाप चलने लगा।

इस प्रकार कथाएँ सुनाकर विष्णु शर्मा राजकुमारों से बोले, इस सारे कथानक का सार यही है कि व्यक्ति को अधिकाधिक लोगों से मैत्री-सम्बन्ध बनाने चाहिए। ना जाने कब, किससे और कैसा काम पड़ जाए? मित्रता तब ही निभती है, जब व्यक्ति अपने व्यवहार में किसी प्रकार का छल-कपट नहीं करता।

संसार में अधिकाधिक लोगों से मैत्री सम्बन्ध बनाने वाले तथा मित्रों के साथ निष्कपट व्यवहार करने वाले व्यक्ति को इस संसार में कभी कोई पराजित नहीं कर सकता। जिस प्रकार संकट आने पर शरीर की रक्षा के लिए बिना कहे ही हाथ और नेत्रों की रक्षा के लिए पलकें आगे बढ़ आती हैं, उसी प्रकार किसी की भलाई के लिए सदैव तत्पर रहने वाला मनुष्य ही वास्तव में मित्र कहलाने का सच्चा अधिकारी होता है। सच्चा मित्र बड़े भाग्य से ही किसी को मिल पाता है। संकट में साथ ना छोड़ने वाला ही सच्चा और निष्कपट मित्र कहलाता है।

मैत्री की अटलता के चार महाव्रत हैं 1. अपने प्राण देकर भी मित्र का हित करना, 2. मित्र के साथ कभी द्रोह अथवा विश्वासघात ना करना, 3. सदा छल-कपटरहित व्यवहार करना तथा 4. मित्र को अपनी आत्मा मानकर उसका हित करने के लिए सदा-सर्वदा तत्पर रहना।

तृतीय तंत्र

काकोलूकीय

पहले कभी शत्रु रहे व्यक्ति से पुनः मित्रता स्थापित हो जाने पर भी उस व्यक्ति पर कभी पूर्ण विश्वास नहीं करना चाहिए, उससे सदैव सतर्क रहना चाहिए। कौओं पर विश्वास करने के कारण ही उल्लुओं को अपनी ही गुफा में कौओं द्वारा लगाई आग से जलकर मरना पड़ा था।

दक्षिण दिशा में स्थित महिलारोप्य नामक एक नगर के बाहर घने पत्तों और अनेक शाखाओं वाला बरगद की जाति का एक वृक्ष था। उस वृक्ष पर अपने जाति-बन्धुओं के साथ मेघवर्ण नामक कौओं का राजा रहा करता था। उस वृक्ष के पास ही एक पर्वत की गुफा में उल्लुओं का राजा अरिमर्दन भी अपने विशाल परिवार के साथ रहता था। रात्रि में उलूकराज उस वृक्ष के चारों ओर घूमता और अपने सहज विरोध के कारण दिखाई पड़ जाने वाले कौओं को मार डालता था, जिसके फलस्वरूप कौओं की संख्या निरन्तर घटने लगी।

वास्तव में, आलस्य के कारण अपने शत्रु एवं रोग की उपेक्षा करके उन्हें बढ़ने का अवसर देने वाला मूर्ख अन्त में उनका शिकार बन जाता है।

शत्रु और रोग का पता चलते ही उनको नष्ट कर डालने में ही बुद्धिमत्ता होती है, अन्यथा अवसर पाकर वे सशक्त हो जाते हैं और फिर अपनी उपेक्षा करने वाले को ही अपना शिकार बना लेते हैं।

एक दिन कौओं के राजा ने अपनी जाति के बचे-खुचे सदस्यों को बुलाया और उनके साथ सलाह-मशवरा करते हुए कहा, बन्धुओं! आप तो जानते हैं कि हमारा शत्रु शक्तिशाली भी है और आक्रमणकारी भी है। वह हर रात यहाँ आकर हमारे परिवार के किसी-ना-किसी सदस्य को देखते ही उसे मार डालता है। हमें ना तो रात में कुछ दिखाई देता है और ना हमें

उसके दुर्ग की ही कोई जानकारी है, जिससे हम दिन में उस पर वार करके उससे बदला ले सकें। अब आप सब सोच-विचार करके बताएँ कि हमें नीति के छह भेदों सन्धि, विग्रह, यान, आसन, संश्रय और द्वैधीभाव में से किसका सहारा लेना चाहिए। मंत्रियों ने इस समस्या पर विचार करने के लिए मेघवर्ण को धन्यवाद दिया और कहा, उत्तम मंत्री को अपने जाति-बन्धुओं के विषय पर विचार करते समय बिना पूछे भी अपने सुझाव अवश्य देने चाहिए और पूछने पर तो उसे अपना प्रिय अथवा अप्रिय मत भी अवश्य ही प्रकट करना चाहिए।

पूछने पर भी अच्छे परिणाम वाले तथा हितकर सुझाव ना देने वाले मंत्री अथवा प्रियवक्ता मित्र को भी शत्रु ही समझना चाहिए।

अपनी सलाह को प्रभावशाली और गुप्त बनाए रखने के लिए हमें सदा एकान्त में ही सलाह-मशवरा करना चाहिए और उसके बाद ही कोई योजना बनानी चाहिए।

इस पर काकराज मेघवर्ण ने अपने पाँचों मंत्रियों उज्जीवी, संजीवी, अनुजीवी, प्रजीवी और चिरंजीवी से विचार प्रकट करने को कहा, तो सबसे पहले उज्जीवी बोला, राजन! हमारा शत्रु शक्तिशाली है और उसे हम पर प्रहार के समय की भी जानकारी है, अतः मैं उससे युद्ध करने को उचित नहीं मानता, क्योंकि जिस प्रकार धरती के नीचे बहने वाली नदियाँ कभी उलटी नहीं बह सकतीं, उसी प्रकार बुद्धिमान और समय की गति को पहचानने वाले प्राणी को भी अपने से अधिक बलवान एवं आक्रमणकारी शत्रु के प्रति नम्र व्यवहार करके ही अपनी और अपनी सम्पत्ति की रक्षा करनी चाहिए।

प्राणों की रक्षा के लिए तो किसी शत्रु से भी सन्धि कर लेना ही उचित रहता है, क्योंकि यदि अपने प्राण बचे रहेंगे, तो प्रतिशोध लेना भी सम्भव हो सकेगा।

मैं तो आपको अनेक युद्धों के विजेता उलूकराज से सन्धि करने की ही सलाह दूँगा, क्योंकि ऐसे अनेक युद्धों के विजेता से सन्धि करने का एक लाभ यह भी होता है कि उसके कारण दूसरे छोटे-बड़े शत्रु भी विरोध छोड़कर अपने मित्र बन जाते हैं।

आचार्य बृहस्पति का कथन है कि यदि अपनी विजय में सन्देह हो, तो समान बल वाले शत्रु से सन्धि कर लेना ही उचित होता है, जिस काम में सन्देह हो, उसे कभी नहीं करना चाहिए।

युद्ध में अपनी विजय के प्रति सन्देह होने पर राजा को साम, दाम और भेद आदि का प्रयोग करना चाहिए। इन तीनों उपायों के असफल हो जाने पर ही अन्तिम उपाय के रूप में युद्ध के विषय में विचार करना चाहिए।

जिस प्रकार मेघ पवन पर कभी भारी नहीं पड़ सकता, उसी प्रकार दुर्बल भी बलवान को कभी जीत नहीं सकता। इसीलिए इतिहास में दुर्बल द्वारा बलवान से युद्ध करने का कोई उदाहरण नहीं मिलता।

इस प्रकार उज्जीवी के नीतिपरक सुझाव को सुनने के पश्चात मेघवर्ण ने संजीवी की ओर देखा, तो वह बोला, महाराज! मुझे क्षमा करें, लेकिन मैं शत्रु के साथ सन्धि करना उचित नहीं समझता, क्योंकि जिस प्रकार गर्म किया हुआ जल भी अग्नि को बुझा देता है, उसी प्रकार अपनी शर्तों पर सन्धि में बँधा हुआ शत्रु भी हानिप्रद सिद्ध होता है, फिर यहाँ तो बात ही और है। हमारा शत्रु तो क्रूर, लोभी, पापात्मा और अविश्वसनीय होने के कारण सन्धि के योग्य भी नहीं है।

जो व्यक्ति सत्य और धर्म को भी गौरव ना दे, ऐसे शत्रु से सन्धि करना कदापि उचित नहीं हो सकता, क्योंकि ऐसे शत्रु को सन्धि की शर्तों से मुकरते कितनी देर लगेगी? इसके साथ ही यह भी विचारणीय है कि उसने हमें पराजित किया है। हमारे द्वारा सन्धि का प्रस्ताव रखने पर तो वह और भी अधिक आक्रामक हो जाएगा।

क्रुद्ध शत्रु से सन्धि की प्रार्थना करना गर्म घी में अचानक जल-बिन्दु डालने के समान उसके क्रोध को भड़काकर और भी अधिक संकट मोल लेना होता है।

शक्ति द्वारा ना मारे जा सकने वाले शत्रु का तो छल से ही वध करना चाहिए। भीम ने भी तो स्त्रीवेश धारण करके कीचक का वध किया था।

इस प्रकार संजीवी के विचार सुनने के पश्चात मेघवर्ण ने अनुजीवी से उसके विचार जानना चाहे, तो वह बोला, महाराज! हमारा शत्रु अत्यन्त दुष्ट, मर्यादारहित और हमसे कहीं अधिक बलवान है, अतः मेरे विचार में तो उसके साथ ना तो सन्धि करना उचित है और ना ही युद्ध करना। दुराग्रही, दुष्ट, मर्यादाहीन तथा बलवान शत्रु से सन्धि-विग्रह का कोई महत्त्व नहीं होता।

शत्रु पर चढ़ाई दो उद्देश्यों से की जाती है। प्रथम, भयग्रस्त प्राणियों की रक्षा के लिए तथा द्वितीय, शत्रु पर विजय प्राप्त करने के लिए, परन्तु अपने मित्रों की शक्ति, साधन, कृषि तथा उनके सैन्य-बल आदि का परीक्षण किए

बिना शत्रु पर आक्रमण करने वाला राजा सकुशल नहीं लौट पाता, इसलिए मेरे विचार में हमारा यहाँ से पीछे हटना ही उचित होगा, क्योंकि पापी तथा बलवान शत्रु के साथ ना तो सन्धि करना उचित होता है और ना ही युद्ध करना उपयुक्त होता है। बुद्धिमान राजा को तो अपने कार्य की सिद्धि के लिए अपने स्थान को ही छोड़ देना चाहिए।

मेमना पीछे हटकर ही दुगुने वेग से प्रहार करता है, सिंह भी क्रुद्ध होकर हाथी पर झपटने से पहले थोड़ा पीछे हटता है। इसी प्रकार हृदय में वैर और प्रतिशोध का भाव रखने वालों को भी उचित समय की प्रतीक्षा करते हुए शत्रु के उपद्रव को चुपचाप सहन कर लेना चाहिए।

शत्रु को शक्तिशाली जानकर देश का त्याग करने वाला बुद्धिमान राजा ही युधिष्ठिर के समान जीवित रहकर पुनः विजयी होता है और राज्य का सुख भोगता है।

शत्रु को अपने से अधिक शक्तिशाली जानकर भी उससे युद्ध करने वाला मूर्ख राजा तो शत्रु के मनोरथ को सिद्ध करने वाला और अपने सर्वनाश को आमंत्रण देने वाला होता है। अतः हमारे लिए पीछे हटना ही उचित है, ना कि उससे सन्धि करना।

अनुजीवी के मौन हो जाने पर मेघवर्ण ने प्रजीवी से अपना मत प्रकट करने को कहा, तो प्रजीवी बोला, महाराज! मुझे तो सन्धि, विग्रह और यान की अपेक्षा चुपचाप बैठकर उपयुक्त समय की प्रतीक्षा करना ही उचित प्रतीत होता है।

अपने स्थान पर, अर्थात जल में बैठा मगरमच्छ जहाँ हाथी-जैसे विशाल जीव को भी खींचने में सफल हो जाता है, वहीं उसी मगरमच्छ के अपने स्थान से बाहर होते ही साधारण कुत्ता भी उसे पीट देता है।

बलवान शत्रु द्वारा आक्रमण करने पर अपने दुर्ग में बैठा राजा अपनी सहायता के लिए अपने मित्रों को भी बुला सकता है और उनके सहयोग से अपने शक्तिशाली शत्रु को भी पछाड़ देता है।

दन्तहीन सर्प और मदहीन हाथी के समान ही स्थानरहित राजा के असहाय होते ही सभी उसका तिरस्कार करने लगते हैं।

अपने स्थान पर बैठा राजा अकेले ही सैकड़ों शत्रुओं पर भारी पड़ता है, अतः बुद्धिमान मनुष्य को अपने स्थान को छोड़ने की चेष्टा नहीं करनी चाहिए।

अतः मेरा तो सुझाव यही है कि आप अपने दुर्ग को सुदृढ़ बनाएँ। दुर्ग के चारों ओर परकोटे और खाइयाँ बनवाएँ और उसमें परीक्षित योद्धाओं को ही बसाएँ तथा शस्त्रास्त्रों का उचित मात्रा में संग्रह करें।

इस प्रकार प्रजीवी ने 'आसन' अपनाने का सुझाव दिया, तो काकराज मेघवर्ण ने चिरंजीवी से उसका विचार पूछा।

वह बोला, महाराज! सन्धि आदि छह उपायों में मुझे तो अपने तथा अपने शत्रु से अधिक बलवान एवं उसे पराजित करने में समर्थ राजा से मिलकर उसकी सहायता लेना ही उचित लगता है।

नीतिकारों ने भी कहा है जिस प्रकार वायुरहित स्थान पर प्रचण्ड अग्नि भी बुझ जाती है, उसी प्रकार असहाय एवं अकेला पड़ा तेजस्वी व्यक्ति भी निरुत्साहित हो जाता है।

जिस प्रकार भूसीरहित चावल उगने में समर्थ नहीं होता, उसी प्रकार साथियों से दूर रहते हुए और अकेला पड़ा व्यक्ति भी कुछ नहीं कर सकता, अपितु इसके विपरीत तुच्छ समझे जाने वाले साथियों का साथ उपयोगी सिद्ध होता है।

मेरे विचार में तो आप यहीं रहते हुए किसी बलशाली राजा का आश्रय लेकर अपने ऊपर आए संकट से मुक्त हो जाएँ। यदि आप अपने स्थान को छोड़कर अन्यत्र चले जाते हैं, तो कोई आपसे बात भी नहीं करेगा।

वन को जलाने में समर्थ अग्नि का सहायक बनने वाली वायु भी दीपक को बुझाकर इस तथ्य की पुष्टि करती है कि दुर्बल का साथ देने के लिए कोई भी तैयार नहीं होता। यदि सहारा देने के लिए कोई बलवान राजा उपलब्ध नहीं है, तो अपने समान बल वाले का भी आश्रय लेने में कोई संकोच नहीं करना चाहिए।

जिस प्रकार वायु अनेक बाँसों से बने झुरमुट का कुछ भी नहीं बिगाड़ सकती, उसी प्रकार शक्तिशाली शत्रु अनेक अल्पबली सहायकों से घिरे राजा का कुछ भी नहीं बिगाड़ सकता।

लेकिन उत्तम व्यक्तियों का आश्रय मिलने पर तो गौरव में वृद्धि का होना निश्चित ही होता है। कमलपत्र पर गिरी पानी की बूँदें भी मोती का आकार ले लेती हैं। मुझे मिलाप से बढ़कर अन्य कोई उपाय दिखाई नहीं देता। अतः मैं तो इसे ही सर्वोत्तम मंत्र मानता हूँ।

अपने पाँचों मंत्रियों के सुझावों को सुनने के पश्चात मेघवर्ण ने अपने वृद्ध मंत्री स्थिरजीवी से कहा, महात्मन! आपने मेरे पाँचों मंत्रियों के विचार सुन लिए हैं। अब आप मुझे अपनी राय बताने की कृपा करें।

यह सुनकर स्थिरजीवी बोला, वत्स! तुम्हारे मंत्रियों के सुझाव अपने-अपने स्थान पर सही हैं, परन्तु वर्तमान स्थिति में इन पाँचों सन्धि, विग्रह, यान, आसन और संश्रय उपायों की अपेक्षा छठा उपाय, अर्थात द्वैधीभाव यानी ऊपर से मित्रता का प्रदर्शन, किन्तु भीतर-ही-भीतर जड़ काटना ही सर्वाधिक उपयुक्त प्रतीत होता है।

सन्धि और विग्रह में अनिश्चितता की स्थिति बनी रहती है, जबकि द्वैधीभाव को अपनाने पर दिशा निश्चित हो जाती है।

शत्रु को विश्वास दिलाकर और प्रलोभन देकर निश्चिन्त कर देने पर उसे जड़ सहित उखाड़ फेंकना अत्यन्त सरल एवं सुगम हो जाता है।

जिस प्रकार गुड़ पहले कफ को बढ़ाता है, फिर उसे समूल नष्ट कर देता है, उसी प्रकार बुद्धिमान व्यक्ति भी पहले शत्रु की चाटुकारिता करके उसे गर्वोन्मत्त कर देते हैं और फिर अनायास ही उसे गिरा देते हैं।

मुझे तो आपके यहाँ रहते हुए आपका द्वैधीभाव को अपनाना ही उचित प्रतीत होता है। आप अपने शत्रु को प्रलोभन देकर उसे अपने प्रति अनुरक्त कीजिए और फिर उसके दोष निकालकर चुपके से उसे नष्ट कर डालिए।

मेघवर्ण बोला, परन्तु श्रीमन! मुझे तो अपने शत्रु के निवास का पता ही नहीं, फिर उसके पास पहुँचना और उसके दोष निकालना कैसे सम्भव होगा?

स्थिरजीवी बोला, आप इसकी चिन्ता ना करें। हमारे गुप्तचर सब कुछ कर देंगे। कहा भी गया है कि सामान्य लोग संसार को अपने ही नेत्रों से देखते हैं, किन्तु जिस प्रकार गायों के देखने का माध्यम गन्ध है और ब्राह्मणों के देखने का माध्यम वेद हैं, उसी प्रकार राजा के देखने का माध्यम, अर्थात उसके नेत्र उसके गुप्तचर होते हैं।

राज्याधिकारियों, अपने पक्ष को और शत्रु पक्ष को गुप्तचरों के माध्यम से देखने वाला राजा कभी धोखा नहीं खाता। राजनीति में उच्च्व वर्ग के अधिकारी ही तीर्थ कहलाते हैं।

मेघवर्ण ने पूछा, अधिकारियों को तीर्थ क्यों कहा जाता है और इनकी संख्या कितनी होती है? इसके अतिरिक्त यह भी बताने की कृपा करें कि गुप्तचर किस प्रकार के होने चाहिए?

स्थिरजीवी ने कहा, देवर्षि नारद के अनुसार युधिष्ठिर को बताए शत्रुपक्ष के अठारह और अपने पक्ष के पन्द्रह विशिष्ट अधिकारियों को तीर्थ कहते हैं। तीन स्तर के गुप्तचरों द्वारा अपने और पराये पक्ष की असली जानकारी मिलती है, अतः इन तीनों को भी तीर्थ ही समझना चाहिए।

मेघवर्ण ने स्थिरजीवी से पूछा, कौओं और उल्लुओं में किस कारण द्वेष चला आ रहा है?

इस पर वृद्ध मंत्री बोला, एक समय की बात है, हंस, तोते, कोयल, बगुले, चातक, उल्लू, मोर तथा कबूतर आदि पक्षी परेशान हो गए और एक-दूसरे से कहने लगे कि विष्णु भगवान के परमभक्त गरुड़जी हमारे राजा होकर भी हमारी कोई चिन्ता नहीं करते। हमारे जाति-बन्धु प्रतिदिन बहेलियों के जाल में फँसकर अपनी जान गँवाते रहते हैं, परन्तु गरुड़जी उनकी रक्षा का कोई उपाय नहीं करते।

शत्रु द्वारा सताए गए अपने सेवकों और डर के मारे प्रजाजनों की रक्षा ना करने वाले राजा को तो यमराज ही समझना चाहिए।

महाराज मनु ने प्रजा की रक्षा के लिए ही राजा का विधान किया है, क्योंकि राजा के अभाव में प्रजा की स्थिति मल्लाह के बिना भँवर में फँसी नौका के समान हो जाती है।

1. सही उपदेश ना देने वाला आचार्य, 2. यज्ञ ना करा सकने वाला पुरोहित, 3. प्रजा का पालन ना कर सकने वाला राजा, 4. अप्रिय वचन बोलने वाली पत्नी, 5. गाँव का सरपंच बनने का इच्छुक अहीर तथा 6. जंगल में तप करने का इच्छुक नाई समुद्र में टूटी हुई नाव के समान त्याग देने योग्य हैं। अतः अब हमें ख़ूब सोच-विचार कर ही किसी अन्य को अपना राजा बनाना चाहिए।

यह सुनकर वहाँ उपस्थित पक्षियों में से कुछ ने सुन्दर अंग, विशाल आकार तथा तीव्र दृष्टि वाले उल्लू को राजा बनाने का प्रस्ताव रखा, तो सबने अपनी सहमति जताई, फिर उल्लू के राज्याभिषेक का आयोजन होने लगा। बन्दीगण स्तुतिगान करने लगे और ब्राह्मण वेदपाठ करने लगे। चारों ओर शंख-ध्वनि गूँजने लगी। नृत्य, गीत, वाद्य आदि से वातावरण मंगलमय हो

गया। उल्लू के सिंहासन पर बैठते ही कहीं से उड़कर आए कौए को देखकर सब पक्षी सोचने लगे कि चालाकी में तो कौए का कोई जोड़ ही नहीं है।

मनुष्यों में नाई, दाँत वाले प्राणियों में सियार और तपस्वियों में श्वेतवस्त्रधारी भिक्षु के समान पक्षियों में कौआ ही सर्वाधिक चालाक होता है।

अतः अन्तिम निर्णय लेने से पूर्व इससे भी सलाह ले लेनी चाहिए, क्योंकि बहुतों के साथ विचार-विमर्श के बाद निर्धारित और विद्वानों द्वारा समर्थन प्राप्त नीति कभी दोषग्रस्त नहीं होती।

कौए ने वहाँ लगी भीड़ का कारण पूछा, तो पक्षियों ने उसे गरुड़ के स्थान पर उल्लू को राजा चुनने की बात बता दी। इस पर कौए ने चुनाव करने वालों का मज़ाक़ उड़ाते हुए कहा, क्या तुम लोगों की बुद्धि मारी गई है, जो मोर, हंस, कोयल और सारस-जैसे प्रतिष्ठित पक्षियों की उपेक्षा करके दिन में ना देख पाने वाले और भयंकर आकृति वाले इस उल्लू को राजा चुनने जा रहे हो? मुझे तो तुम्हारी सोच पर आश्चर्य हो रहा है और मैं तुम सबसे असहमत हूँ। ज़रा सोचो तो जिसकी नाक टेढ़ी है, जिसकी आँखें सदा चढ़ी रहती हैं, जो स्वभाव से क्रूर है, जिसका दर्शन भी अमंगलमय माना जाता है और क्रोध ना करने पर भी जिसका चेहरा इतना भयंकर है कि उसे देखते ही डर लगता है, ऐसे मूर्ख पक्षी उल्लू को तुम क्या सोचकर अपना राजा चुन रहे हो?

तनिक यह भी तो सोचो कि स्वभाव से क्रोधी, उग्र, क्रूर और अप्रिय बोलने वाले उल्लू को राजा बनाकर हम पक्षियों का कौन-सा प्रयोजन सिद्ध होने वाला है?

इसके अतिरिक्त एक विचारणीय तथ्य यह भी है कि गरुड़ के राजा रहते किसी दूसरे को यह पद दिया भी कैसे जा सकता है? एक तो उल्लू इस पद के योग्य ही नहीं है, दूसरे अभी तो राजा का स्थान भी ख़ाली नहीं हुआ है। ऐसे में उसको राजा बनाने के सम्बन्ध में कैसे विचार किया जा सकता है? आपका यह निर्णय विधान-सम्मत नहीं है।

एक ही पद पर एक से अधिक व्यक्तियों के आसीन हो जाने पर परस्पर ईर्ष्या उत्पन्न हो जाती है। तब दोनों ही अपने दायित्व को ना निभाकर छोटी-छोटी त्रुटियों के लिए एक-दूसरे पर आरोप-प्रत्यारोप लगाते रहते हैं। इसलिए शास्त्र भी एक ही राजा की अनुमति देता है, क्योंकि उसी से प्रजा का हित हो सकता है।

गरुड़जी के नाम से ही हम सब पक्षी अपने शत्रुओं पर भारी पड़ते हैं। ऐसे प्रतिष्ठित प्राणी को अपना स्वामी बताने और केवल उसका नाम लेने-भर से दुष्ट अपनी हेकड़ी भूल जाते हैं और प्रजा सदा सुख से रहती है।

बड़े व्यक्तियों का केवल नाम लेने से ही सारे कार्य अपने आप सम्पन्न हो जाते हैं। खरगोशों द्वारा चन्द्रमा का नाम लेते से ही उन्हें हाथियों का उत्पात रोकने में सफलता मिल गई थी।

यह सुनकर सब पक्षी कह उठे, यह कैसी कथा है?

इस पर कौआ बोला, सुनिए।

कथा-1

किसी जंगल में चतुर्दन्त नामक हाथी अपने यूथ (झुण्ड) के साथ रहता था। एक बार बरसात ना होने के कारण अनेक नदियों, नालों, तालाबों और झीलों के सूख जाने पर हाथियों ने अपनी और अपने बच्चों की प्यास ना बुझ पाने की बात कही, तो किसी नए जलाशय की खोज के बारे में सोच-विचार होने लगा। बहुत सोच-विचार के पश्चात मध्यदेश में पाताल-गंगा के जल से सदा भरे रहने वाले एक ताल के आस-पास निवास बनाने का निश्चय हुआ। इस निश्चय के अनुसार हाथियों का दल वहाँ चल दिया। पाँच दिनों के बाद वहाँ पहुँचकर हाथियों ने जी-भरकर स्नान-पान का आनन्द लिया और ख़ूब जल-क्रीड़ा की। अब वे सब प्रतिदिन उसी ताल पर आने लगे।

लेकिन हाथियों के आने-जाने से उस ताल के किनारे रहने वाले कुछ खरगोश कुचल गए, तो कुछ मौत के मुँह में जाते-जाते बचे। हाथियों के उत्पात मचाने से दुःखी सभी खरगोश चिन्तित और एकमत थे कि यदि ये हाथी इसी प्रकार ताल पर आते-जाते रहे, तो उनका वंश ही नष्ट हो जाएगा। कहा भी गया है कि साँप सूँघकर अपने शिकार की हत्या करता है, राजा हँसते-हँसते अपराधी को मृत्युदण्ड दे देता है, दुर्जन मित्रता का दिखावा करते हुए जीवन को हर लेता है तथा हाथी केवल अपने स्पर्श से ही दूसरों को मार डालता है।

इसलिए हमें इस सम्बन्ध में तुरन्त ही कुछ करना चाहिए। एक सुझाव यह भी आया कि इस स्थान को छोड़कर किसी अन्य स्थान पर निवास बनाना चाहिए। महाराज मनु और आदरणीय व्यासजी का भी यही मत है

कि परिवार की रक्षा के लिए किसी एक सदस्य को, गाँव की रक्षा के लिए किसी एक परिवार को, जनपद अथवा नगर की रक्षा के लिए किसी एक गाँव को और अपने प्राणों की रक्षा के लिए यदि किसी प्रदेश की धरती को भी छोड़ना पड़े, तो उसे तुरन्त छोड़ देना चाहिए।

अपने कल्याण के निमित्त राजा को कल्याणकारिणी, अच्छी उपज देने वाली तथा पशुधन की वृद्धि करने वाली धरती को भी छोड़ने में सोच-विचार नहीं करना चाहिए।

धन को किसी आपत्ति से बचने के लिए जोड़ा जाता है, परन्तु पत्नी की रक्षा के लिए उस धन को ख़र्च करने में कोई सोच-विचार नहीं किया जाता और अपने प्राणों की रक्षा के लिए तो इन दोनों धन और पत्नी का बलिदान करने में भी कुछ अनुचित नहीं होता।

इस पर कुछ अन्य खरगोश कहने लगे कि हमें अपने पैतृक स्थान को इस प्रकार एकाएक छोड़ देना उचित नहीं लगता। यदि इन हाथियों को यहाँ आने से रोकने के लिए उन्हें कुछ डराया-धमकाया जाए, तो शायद कुछ काम बन जाए। कहा भी गया है कि विषविहीन सर्प को भी आत्मरक्षा और दूसरों को डराने के लिए अपने फन को ख़ूब फैलाना चाहिए। विष ना रहने पर भी साँप केवल अपने फन को फैलाकर ही अपना बचाव कर लेता है।

इस पर कुछ खरगोश बोले कि यदि हाथियों को डराकर ही उनसे मुक्ति मिल जाए, तो इसके लिए किसी चतुर दूत को तुरन्त इस काम पर लगा देना चाहिए। हमारा राजा विजयदत्त चन्द्रमण्डल में रहता है। उसकी ओर से वह दूत इन हाथियों को यह सूचना दे कि राजा का आदेश है कि हाथी हमारे आश्रित खरगोशों के इस क्षेत्र में ना आएँ, क्योंकि इनके आने से खरगोश कुचले जाते हैं। इसके साथ ही उन्हें यह भी डर दिखाया जाए कि इस आदेश को ना मानने का परिणाम अच्छा नहीं निकलेगा।

पर्याप्त सोच-विचार के बाद सभी खरगोशों ने लम्बकर्ण नामक एक चतुर खरगोश को यह काम सौंप दिया, क्योंकि सुन्दर शरीर, निर्लोभी, सन्देश पहुँचाने में निपुण, शास्त्र का जानकार तथा दूसरों के मनोभावों को समझने में दक्ष प्राणी ही राजा का दूत बनने के योग्य होता है।

किसी मूर्ख, लोभी अथवा विशेषतः झूठ बोलने वाले प्राणी को दूत बनाकर राजा अपने बनते कामों को भी बिगाड़ बैठता है।

लम्बकर्ण खरगोश ने हाथियों के मुखिया के पास पहुँचकर और एक सुरक्षित स्थान पर खड़े होकर उसे धमकाते हुए कहा, अरे दुष्ट! इस सरोवर पर नहाने, जलक्रीड़ा करने अथवा जल पीने का अधिकार तुम्हें किसने दिया है?

यह सुनकर चकित हाथियों के मुखिया ने पूछा, अरे, तू हमें रोकने वाला कौन है?

लम्बकर्ण ने भी कठोर स्वर में कहा, मैं महाराज द्वारा भेजा गया उनका दूत हूँ और दूत का वचन राजा का वचन होता है। यह तथ्य तो तुम सब जानते ही होगे।

हाथ में शस्त्र लिए रहने अथवा अपने बन्धु-बान्धवों की हत्या का दोषी होने तथा कठोर वचन बोलने पर भी दूत का वध करना अनुचित माना गया है।

यह सुनकर हाथियों का मुखिया बोला, अच्छा, तो बता, तेरे राजा ने क्या आदेश दिया है?

यह सुनकर लम्बकर्ण खरगोश बोला, कल इस ताल पर आते-जाते तुमने बहुत सारे खरगोशों को कुचल डाला है। शायद तुम्हें मालूम नहीं कि ये सब मेरे परिवार के सदस्य हैं। यदि तुम्हें अपना जीवन प्यारा है, तो इस तालाब को छोड़कर किसी अन्य स्थान पर चले जाओ, ताकि मेरे परिवार के बचे-खुचे खरगोश निश्चिन्त होकर जी सकें।

इस पर हाथियों के मुखिया ने कहा, मुझे विश्वास नहीं होता कि राजा ने तुम्हें दूत बनाकर भेजा है। यदि उन्होंने ही तुम्हें भेजा है, तो मुझे उनके दर्शन करा दो, मैं उन्हें प्रणाम करके तुरन्त ही अपने साथियों के साथ यहाँ से चला जाऊँगा।

खरगोश बोला, ठीक है, लेकिन आपको मेरे साथ अकेले चलना होगा।

गजराज के सहमत होने पर लम्बकर्ण उसे रात में अकेला ही सरोवर के तट पर ले गया और जल में चन्द्रमा का प्रतिबिम्ब दिखाकर बोला, इस समय हमारे स्वामी समाधि में स्थित हैं, तुम उनके दर्शन करके और उन्हें प्रणाम करके चुपचाप यहाँ से कहीं अन्यत्र चले जाओ। यदि तुम्हारी आवाज़ सुनने से उनकी समाधि भंग हो गई, तो वह क्रोधित हो जाएँगे।

चन्द्रमा के प्रतिबिम्ब को ही चन्द्रमा समझकर गजराज ने उन्हें प्रणाम किया और अपने यूथ के साथ वहाँ से दूसरे स्थान पर चला गया। इसके पश्चात सारे खरगोश पहले की भाँति सुखपूर्वक अपना जीवन बिताने लगे।

यह कहानी सुनाकर कौआ बोला, कभी-कभी बड़े लोगों का नाम लेने-भर से भी कई काम आसानी से हो जाते हैं, ठीक वैसे ही जैसे चन्द्रमा का नाम लेने से खरगोशों को हाथियों के उत्पात से छुटकारा मिल गया था।

शास्त्र का तो यह भी निर्देश है कि दूसरे के उपकार को ना मानने वाले, कायर, व्यसनी, आलसी, क्षुद्र आचरण करने वाले तथा चुगलख़ोर को कभी अपना स्वामी नहीं बनाना चाहिए।

बहुत दिन पहले किसी क्षुद्र पूँजीपति को अपना स्वामी बनाने के कारण एक खरगोश और गौरैया पक्षी को अपना विनाश देखना पड़ा था।

पक्षियों की जिज्ञासा पर कौआ उन्हें यह कथा सुनाते हुए बोला।

कथा–2

मैं जिस वृक्ष की शाखा पर निवास किया करता था, उसी के नीचे कोटर में एक गौरैया पक्षी भी रहा करता था। हम दोनों इकट्ठे बैठकर धर्म-चर्चा तथा वार्तालाप भी किया करते थे। इससे हमारा समय उत्तम ढंग से बीत जाता था। एक दिन वह गौरैया पक्षी कुछ अन्य पक्षियों के साथ किसी प्रदेश में गया, तो सायंकाल तक लौटा ही नहीं। मैंने दो-चार दिन तक उसकी प्रतीक्षा की, उसके वियोग में तड़पा, फिर उसे किसी व्याध के चंगुल में फँसा मानकर ख़ूब रोया। अन्ततः भावी को प्रबल मानकर शान्त हो गया।

कुछ दिनों बाद उस गौरैया की ख़ाली पड़ी कोटर में एक खरगोश ने डेरा डाल दिया। मैंने इस पर कोई आपत्ति नहीं की, किन्तु कुछ दिनों बाद हट्टा-कट्टा बना गौरैया अपने पुराने स्थान की याद में लौट आया। कहा भी गया है कि दरिद्रता की दशा में अपने देश, नगर अथवा घर में मिलने वाला सुख किसी शरीरधारी को स्वर्ग में भी नहीं मिलता।

गौरैया ने अपने कोटर पर अधिकार जमाए खरगोश को वहाँ से निकल जाने को कहा, तो खरगोश कहने लगा, बावड़ी, कुआँ, तालाब, देवस्थान तथा वृक्ष को एक बार छोड़कर चला जाने वाले का इन पर कोई अधिकार नहीं रहता, किसी अन्य प्राणी द्वारा अधिकार कर लिया जाना उचित कहलाता है।

गौरैया बोला, दस वर्ष तक किसी स्थान पर अधिकार बनाए रखकर रहने वाला सदा के लिए उस स्थान का स्वामी हो जाता है। इसमें क़ब्ज़ा ही सच्चा प्रमाण माना जाता है और अधिकार सिद्ध करने के लिए किसी लेख अथवा गवाह की आवश्यकता नहीं होती।

खरगोश बोला, दस वर्ष के अधिकार का नियम मनुष्यों पर लागू होता है, पशु और पक्षी जब तक जहाँ रहते हैं, तब तक ही वे उस स्थान के स्वामी कहलाते हैं। एक बार उस स्थान को छोड़ देने के बाद उनका स्वामित्व समाप्त हो जाता है। अब यह मेरा निवास है, लेकिन इसे छोड़ते ही यह मेरा नहीं रहेगा।

गौरैया बोला, यदि तुम शास्त्र को ही प्रमाण मानते हो, तो मेरे साथ चलो, किसी शास्त्रवेत्ता से ही न्याय करा लेते हैं।

मैंने भी उत्सुकतावश सोचा चलो, मैं भी देखता हूँ कि इनके इस झगड़े का निर्णय कैसे होता है?

पास ही रहने वाले तीक्ष्णदंष्ट्र नामक एक बिलाव को उन दोनों के विवाद का पता चला, तो दोनों को अपना शिकार बनाने की इच्छा से वह ढोंगी बिलाव धर्माचार्य होने का नाटक करने लगा और एक टाँग पर खड़ा होकर व अपनी आँखें मूँदकर उच्च स्वर में कहने लगा, इस संसार में प्राणी केवल दो दिन के लिए आता है। यह प्रियमिलन स्वप्न के समान है और यह परिवार तो एक इन्द्रजाल है। केवल धर्म ही एकमात्र सत्य है, उसे छोड़कर अन्य कोई गति नहीं है।

शरीर अनित्य है, वैभव नाशवान है और मृत्यु सभी प्राणियों के सिर पर नाचती रहती है। अतः सभी प्राणियों का हित धर्माचरण और पुण्य अर्जित करने में ही है।

धर्म के बिना जीवन व्यतीत करना, तो लोहार की धौंकनी के समान अपने साँसों को व्यर्थ गँवाना है।

सभी धर्मशास्त्रों की एकमात्र एवं सर्वसम्मत राय यही है कि दूसरों के साथ वैसा ही व्यवहार करना चाहिए, जैसा हम उनके द्वारा अपने प्रति किए जाने की अपेक्षा रखते हैं।

बिलाव के ऐसे धर्म सम्बन्धी वचनों से प्रभावित होकर गौरैया ने खरगोश से कहा, आओ! नदी के किनारे बैठे इसी महात्मा से अपने विवाद का हल करा लेते हैं।

खरगोश बोला, अरे भाई! यह तो हमारा वैरी है।

गौरैया ने कहा, अच्छा, तो चलो, कुछ दूर रहकर ही इससे पूछ लेते हैं।

खरगोश के सहमत हो जाने पर गौरैया ने दूर खड़े होकर और अपने विवाद की कहानी सुनाकर बिलाव से न्याय करने को कहा। इसके साथ ही उसने यह भी कह दिया कि झूठा प्राणी तुम्हारा भक्ष्य भी बनेगा।

यह सुनकर वह ढोंगी बिलाव बोला, राम, राम, ऐसा मत कहो। मैंने तो अब जीव-हिंसा भी छोड़ दी है और अहिंसा का व्रत अपना लिया है।

मैं जानता हूँ कि शास्त्र और महात्मा अहिंसा को ही सच्चा धर्म मानते हैं। इसीलिए तो मैं जुओं, खटमलों तथा मच्छर-जैसे छोटे जीवों की भी रक्षा के प्रति सदा तत्पर रहता हूँ।

हिंसक जीवों का वध करने वाला भी हिंसक कहलाता है और नरकगामी होता है, फिर निरपराध जीवों का वध करने वाले की दुर्गति के विषय में तो कहना ही क्या?

मैं यज्ञ में पशुबलि देने वालों को मूर्ख और श्रुति का अर्थ ना जानने वाले ही मानता हूँ। श्रुति में अजा से यज्ञ करने का विधान है, लेकिन अजा का अर्थ पशु (बकरी) नहीं, बल्कि सात वर्ष पुराना धान्य, अर्थात चावल है। सोचने की बात है कि यदि वृक्षों को काटने और पशुओं का वध करने से स्वर्ग-प्राप्ति होती है, तो नरक की प्राप्ति किन कर्मों को करने से होती है?

इसीलिए मैंने किसी भी जीव को अपना आहार बनाना छोड़ दिया है। हाँ, तुम दोनों के विवाद का निर्णय मैं अवश्य कर सकता हूँ। वृद्ध होने के कारण दूर से कहे जा रहे तुम्हारे वचनों को मैं ठीक से नहीं सुन पा रहा हूँ, इसलिए तुम दोनों मेरे समीप आकर अपनी बात कहो, ताकि निर्णय करने में मुझसे कोई भूल ना हो जाए और मुझे परलोक में इसके लिए कोई दण्ड ना भुगतना पड़े।

शास्त्रों के अनुसार अभिमान, लोभ, क्रोध तथा भय आदि किसी भी कारण से विवाद का सही निर्णय ना देने वाले को नरक की यातना भुगतनी पड़ती है।

तुम दोनों निश्चिन्त होकर और मेरे समीप आकर अपना विवाद मुझे बताओ, और देखो कि मैं कैसे तुम्हारा विवाद निपटाता हूँ।

उस दुष्ट ने अपनी चिकनी-चुपड़ी बातों से खरगोश और गौरैया दोनों को मोह लिया और वे दोनों उसके पास चले गए। तभी उस ढोंगी बिलाव ने झपट्टा मारकर एक को अपने पैरों के नीचे दबोच लिया और दूसरे को अपनी तीखी दाढ़ों से चबाने लगा।

यह कथा सुनाकर कौआ बोला, मित्रों! इसीलिए तो कहा गया है कि ओछे का सहारा कभी नहीं लेना चाहिए। उस क्षुद्र बिलाव को न्यायाधीश बनाकर अपने विवाद के निर्णय के लिए गए दोनों गौरैया और खरगोश को अपने प्राणों से हाथ धोना पड़ा।

यदि तुमने दिन के अन्धे और कुरूप उस उल्लू को अपना राजा बना लिया, तो तुम्हारी भी ऐसी ही दुर्गति होगी। अब निर्णय करना तुम लोगों के हाथ में है।

कौए के विचार से सहमत होकर सभी पक्षी दोबारा कभी राजा के नाम पर विचार करने की बात कहते हुए वहाँ से चल दिए। अकेला बैठा उल्लू जब प्रतीक्षा करते-करते ऊब गया, तो कहने लगा, मेरा राज्याभिषेक करने वाले कहाँ चले गए? अकेली रुकी कृकालिका बोली, कौए ने तुम्हारा सारा बना-बनाया खेल बिगाड़ दिया। अब राजा बनने की आशा छोड़ो और तुरन्त अपने घोंसले में चले जाओ, नहीं तो तुम्हें अपनी जान से भी हाथ धोना पड़ सकता है।

यह सुनकर कौए को कोसते हुए उल्लू कहने लगा, अरे दुष्ट! मैंने तेरा क्या बिगाड़ा था, जो तूने मेरे उज्ज्वल होते भविष्य को नष्ट कर डाला।

क्या तू नहीं जानता कि तीर अथवा तलवार से किया गया घाव तो कभी-ना-कभी भर जाता है, किन्तु वाणी से पहुँचाई गई चोट को प्राणी कभी नहीं भूल पाता?

यह कहते हुए उल्लू अपने घोंसले में चला गया।

अब कौआ सोच में पड़ गया कि अकारण इस उल्लू से वैर मोल लेकर मैंने ठीक नहीं किया, क्योंकि समय और स्थान के विपरीत, आगा-पीछा सोचे बिना तथा परिणाम में दुःखद, अप्रिय और अपने ओछेपन की सूचना देने वाले शब्द बोलने वाले प्राणी को विष-वमन करने वाला माना जाता है।

बलवान होने पर भी प्राणी को निरर्थक ही दूसरों को अपना शत्रु नहीं बना लेना चाहिए। चिकित्सा में निपुणता प्राप्त कर लेने का अर्थ विषपान करना नहीं होता।

इस प्रकार अपने किए पर पछताता हुआ कौआ भी वहाँ से चल दिया।

यह सारा वृत्तान्त सुनाकर वृद्ध मंत्री स्थिरजीवी बोला, वत्स! उसी दिन से कौओं और उल्लुओं में वंश-परम्परागत वैर चलता आ रहा है।

मेघवर्ण ने पूछा, हे तात! तब इस वर्तमान स्थिति में हमें क्या करना चाहिए?

स्थिरजीवी ने उत्तर दिया कि सन्धि आदि इन छह उपायों के अतिरिक्त एक अन्य उपाय कौशल भी है। मैं स्वयं शत्रुओं के बीच जाकर कुछ ऐसा करूँगा कि हमारे लिए उनकी हत्या करना आसान हो जाएगा।

अपनी बुद्धि व बल का सोच-समझकर उचित रूप से प्रयोग करने वाले बड़े-बड़े बुद्धिमानों को भी ठगने में सफल हो जाते हैं। कुछ चालाक ठगों ने इसी प्रकार एक ब्राह्मण को ठग लिया था।

मेघवर्ण ने पूछा कैसे?

तब स्थिरजीवी ने उसे यह वृत्तान्त सुनाया।

कथा-3

किसी देश का निवासी मित्र शर्मा नामक एक अग्निहोत्री ब्राह्मण अपने यज्ञ के लिए किसी यजमान से माँगकर एक हृष्ट-पुष्ट बछड़ा अपने कन्धे पर लादकर अपने घर लौट रहा था कि मार्ग में तीन चालाक ठगों ने उसके उस पशु को हथियाने की योजना बना ली।

पहला ठग एक तिलकधारी ब्राह्मण बनकर उधर से गुजरा और थू-थू करते हुए उस ब्राह्मण से कहने लगा, ब्राह्मण होकर भी इस कुत्ते के पिल्ले को कन्धे पर बैठाते हुए तुम्हें लाज नहीं आती?

कुत्ते, मुर्गे, चाण्डाल, गधे और ऊँट को शास्त्र अस्पृश्य मानते हैं।

ब्राह्मण ने कहा, जीवित बछड़े को कुत्ते का पिल्ला बताते हो। लगता है तुम्हें आँखों से ठीक दिखाई नहीं देता।

चालाक ठग बोला, महाराज! आप व्यर्थ क्रोध कर रहे हैं। आपको मुझ पर विश्वास नहीं आता, तो जाइए। गाँव में जब आपकी थू-थू होगी, तब आपको समझ में आ जाएगा।

ब्राह्मण के थोड़ी दूर जाने पर सपेरे के वेश में दूसरा ठग दूर से ही 'पायलागन' कहकर चिल्लाया, अरे! जब कर्मकाण्डी ब्राह्मण कुत्तों से प्यार करने लगे हैं, तो समझ लेना चाहिए कि घोर कलियुग आ गया है।

मृतक प्राणी और पक्षी के समान जीवित कुत्ते-जैसे पशु के स्पर्श के पाप की निवृत्ति के लिए तो चान्द्रायण व्रत करके पंचगव्य पीना पड़ता है। महाराज! आप ऐसा पाप क्यों कर रहे हैं? इस कुत्ते को लेकर गाँव में घुसने की भूल मत करना।

ब्राह्मण ने उस ठग को लताड़ते हुए कहा, क्या तुम अन्धे हो?

ठग बोला, मैं अन्धा ही सही, लेकिन आप क्रोध ना करें। जो मैंने देखा, वह कह दिया। अब आपको जो जी चाहे, वह कीजिए।

थोड़ा आगे बढ़ने पर तीसरे ठग ने भी उस ब्राह्मण को कुत्ते को कन्धे पर लादने के लिए खरी-खोटी सुनाते हुए कहा, कुत्ते और गधे आदि का अनजाने स्पर्श हो जाने पर भी शुद्धि के लिए शास्त्र व्यक्ति को वस्त्रों सहित स्नान करने का निर्देश देते हैं, फिर आपने तो उसे अपने कन्धे पर उठा रखा है।

यह सब सुनकर ब्राह्मण संशय में पड़ गया और उसने अपने यजमान द्वारा बछड़े के स्थान पर कुत्ते का पिल्ला देना जानकर उस बछड़े को जंगल में छोड़ दिया। बस, फिर तो उन ठगों के मन की मुराद पूरी हो गई।

यह कथा सुनाकर स्थिरजीवी बोला, इसलिए मैं कहता हूँ कि अपनी बुद्धि और शक्ति का उचित प्रयोग करने वाले व्यक्ति अपने से कहीं अधिक बलवान शत्रु पर भी विजय प्राप्त करने में सफल हो जाते हैं। उन चालाक ठगों द्वारा ब्राह्मण से गाय के बछड़े को छीन लेना इसी सत्य को प्रमाणित करता है।

संसार में सेवकों की चाटुकारिता, अतिथि के प्रिय भाषण, स्त्रियों के रोने-धोने तथा धूर्तों के छल-प्रपंच से धोखा ना खाने वाला कोई विरला ही होता है, अन्यथा प्रायः सभी उनके धोखे में आ जाते हैं।

दुर्बलों के अधिक संख्या में होने पर उनसे भी वैर मोल लेना ठीक नहीं होता, क्योंकि संख्या भी महत्त्वपूर्ण होती है। संख्या में अधिक होने के कारण ही चींटियों ने फुँकारते हुए एक साँप को अपना आहार बना लिया और संख्या को महत्त्वपूर्ण सिद्ध कर दिखाया।

मेघवर्ण को चींटियों की कथा सुनाते हुए स्थिरजीवी बोला।

कथा–4

अतिदर्प नामक एक विशालकाय सर्प एक बार अपने बिल का मार्ग भूलकर जब एक अन्य संकरे मार्ग से बिल में घुसने लगा, तो उसके शरीर के भारी होने और मार्ग के बहुत तंग होने के कारण उसका शरीर छिल गया और रक्त बह निकला, जिसे सूँघती हुई बहुत सारी चींटियाँ आकर उसका रक्त चूसती हुई उसे काटने लगीं। साँप ने हिल-डुलकर और फुँकार मारकर कुछ चींटियों को मार डाला और कुछ को भगा भी दिया, किन्तु उनकी संख्या बहुत अधिक होने के कारण वह साँप उनसे अपने को मुक्त नहीं करा सका और अन्ततः मारा गया। इसीलिए कहा गया है कि अधिक संख्या वालों के साथ कभी वैर नहीं करना चाहिए, क्योंकि अनेक का सामना करना सरल नहीं होता। फुँकारते हुए साँप को अपनी संख्या के बल पर ही काटकर और अपना आहार बनाकर चींटियों ने इसी तथ्य की पुष्टि की है।

अपनी कथा सुनाते हुए स्थिरजीवी बोला, महाराज! मेरी बात सुनने के बाद ही आप कुछ निर्णय लें। साम-दाम आदि को छोड़कर मैंने जिस पाँचवें उपाय को अपनाने का निश्चय किया है, उसके अनुसार आप सब मुझे अपना शत्रु समझकर ख़ूब प्रताड़ित करें और ख़ून से मेरे शरीर को रंगकर मुझे अधमरे की भाँति इस पेड़ के नीचे फेंक दें, ताकि हमारे आस-पास घूमते शत्रु के गुप्तचरों को यह विश्वास हो जाए कि हममें फूट पड़ गई है। इस बीच, आप सब पर्वत पर जाकर रहने का प्रबन्ध करें। मैं शत्रु-शिविर में जाकर उसका विश्वास जीतने और उससे शरण पाने की कोशिश करूँगा। उसके समीप रहकर उसके छिद्रों की जानकारी लेने का प्रयास करूँगा और फिर उन सारे उल्लुओं का सर्वनाश कर दूँगा। इस उपाय के बिना हम अपने इस शक्तिशाली शत्रु पर विजय प्राप्त नहीं कर सकते। मैं देख चुका हूँ कि उल्लुओं के दुर्ग में प्रवेश करने और उससे बाहर आने का एक ही मार्ग है और यह मार्ग ही उनके सर्वनाश का कारण बनेगा, क्योंकि नीतिशास्त्र के पण्डितों के अनुसार दुर्ग में प्रवेश करने और वहाँ से बाहर आने के भिन्न द्वारों वाला दुर्ग ही सर्वोत्तम होता है। अलग से बाहर आने का द्वार ना रखने वाला दुर्ग तो एक प्रकार से बन्दीगृह होता है। हाँ, मेरे लिए आपको चिन्ता

करने की कोई आवश्यकता नहीं होनी चाहिए, क्योंकि संकट के समय राजाओं को अपने प्राणों के समान प्रिय एवं कृपापात्र सेवकों के जीवन को सूखे हुए ईंधन के समान तुच्छ समझना चाहिए।

सत्य तो यह है कि सेवकों का पालन-पोषण तथा उन्हें पुरस्कार आदि इसीलिए दिए जाते हैं, ताकि वे संकट के समय अपने प्राण देकर भी स्वामी की सुरक्षा करें और समय पर काम आएँ। अतः अब आप मेरे प्राणों की चिन्ता में ना पड़ें और मुझे ना रोकें।

यह कहते हुए स्थिरजीवी ने आपस में बनावटी लड़ाई-झगड़ा आरम्भ कर दिया। मेघवर्ण के दूसरे मंत्री स्थिरजीवी से धक्का-मुक्की करने लगे। कुछ कौए उसे नोचने व काटने भी लगे। मेघवर्ण भी उस पर आक्रमण करने लगा और कुछ ही पलों में स्थिरजीवी को लहूलुहान करके मेघवर्ण अपने परिवार सहित पर्वत पर चला गया।

उल्लुओं की गुप्तचर कृकालिका ने उलूकराज को कौओं के आपसी झगड़े और वृद्ध मंत्री स्थिरजीवी की दुर्दशा की सूचना दी, तो सूर्यास्त होते ही कौओं को मारने की योजना बनाते हुए वह बोला, शत्रुओं का इस प्रकार डरकर भागना प्रसन्नता का विषय है, क्योंकि ऐसे शत्रुओं का एक भी छिद्र उसके अपने सेवकों के अधीन हो जाने का कारण बन जाता है।

उलूकराज अपनी योजना को कार्यरूप देने के लिए वटवृक्ष के नीचे बैठ गया, किन्तु उसे एक भी कौआ नहीं दिखा। इस पर उसने अपने परिजनों से कौओं के नए ठिकाने का पता लगाने को कहा, ताकि उनका विनाश किया जा सके।

दुर्ग में छिपे शत्रु का वध करना बहुत कठिन होता है और यदि शत्रु सँभल चुका हो और सामना करने को तैयार हो, तो विजय प्राप्त करने की इच्छा से युद्ध करने वाला राजा उसकी हत्या नहीं करता।

इधर, स्थिरजीवी सोच रहा था कि यदि उल्लुओं ने कौओं का पता लगा लिया, तो मेरी योजना धरी-की-धरी रह जाएगी, क्योंकि किसी कार्य को आरम्भ ना करना बुद्धिमत्ता हो सकती है, परन्तु आरम्भ किए हुए कार्य को परिणाम तक पहुँचाना उससे भी बड़ी बुद्धिमत्ता होती है, अर्थात सफलता में आशंका होने पर कार्य को प्रारम्भ ना करने में समझदारी हो सकती है, लेकिन यदि कार्य प्रारम्भ कर दिया हो, तो उसमें सफलता प्राप्त करके दिखाना ही समझदारी है। इसलिए मैं शोर मचाकर इनका ध्यान अपनी ओर खींचता हूँ।

सचमुच उसके ऐसा करते ही अपने वध को आए उल्लुओं से स्थिरजीवी बोला, देखो, मैं कौओं के राजा मेघवर्ण का सबसे पुराना और वृद्ध मंत्री स्थिरजीवी हूँ। उसने मुझे प्रताड़ित करके मेरी ऐसी दुर्दशा कर दी है। मुझे उसके बहुत सारे राज़ पता हैं और मैं वे सब तुम्हारे राजा को बताना चाहता हूँ। तुम अपने स्वामी से मुझे तुरन्त मिलवाओ। दूतों ने उलूकराज को यह सब बताया, तो वह आश्चर्यचकित हो उठा और तत्काल स्थिरजीवी के पास पहुँचकर उसके प्रति सहानुभूति दिखाते हुए उससे उसकी दुर्दशा का कारण पूछने लगा।

स्थिरजीवी बोला, महाराज! पिछले दिनों आप लोगों द्वारा अपने परिजनों के विनाश से नाराज़ होकर मेरा वह स्वामी आप पर आक्रमण करने को तैयार होने लगा, तो मैंने इसका विरोध करते हुए उसे अपने से बलवान के साथ संघर्ष ना करने के लिए समझाया, क्योंकि नीतिकारों ने कहा है कि बलहीन को अपने से अधिक बलशाली के साथ वैर-विरोध नहीं करना चाहिए, क्योंकि ऐसा करने का परिणाम कभी अच्छा नहीं होता। प्रायः इस प्रकार के संघर्ष में बलवान का कुछ भी नहीं बिगड़ता, लेकिन बलहीन आग में गिरने वाले पतंगे की भाँति तुरन्त नष्ट हो जाता है। इस प्रकार समझाते हुए मैंने अपने उस स्वामी को आपसे सन्धि कर लेने की राय दी, क्योंकि बलवान शत्रु को अपना सर्वस्व देकर भी उससे सन्धि कर लेना दुर्बल के हित में ही रहता है। इस प्रकार उसके प्राण बच जाते हैं और प्राणों के बच जाने पर कभी-ना-कभी खोया हुआ राज्य अथवा धन भी पुनः प्राप्त किया जा सकता है।

लेकिन मेरे इस सुझाव को सुनकर मेरे स्वामी ने मुझे आपसे मिला होने का आरोप लगाकर और मुझ पर प्रहार करके मुझे इस प्रकार घायल कर दिया। मैं आपके चरण पकड़कर आपसे शरण देने की भीख माँगता हूँ। चलने-फिरने के योग्य होते ही मैं आपको उसके ठिकाने पर ले चलूँगा। अब तो मुझे उसका कटा सिर ही देखना है। उसे देखकर ही मुझे चैन मिल सकेगा। अपने इस अपमान का बदला लिए बिना मुझे चैन नहीं मिलेगा।

उल्लुओं के राजा अरिमर्दन ने अपने पिता-पितामह के समय से चले आ रहे पाँच मंत्रियों रक्ताक्ष, क्रूराक्ष, दीप्ताक्ष, वक्रनास तथा प्राकारकर्ण से विचार-विमर्श किया, तो रक्ताक्ष का मत था कि हाथ में आए शत्रु का तत्काल वध कर देना ही उचित होता है।

बलहीन शत्रु को बलवान होने का अवसर ना देकर उसे पहले ही समाप्त कर देना चाहिए, क्योंकि बल और पुरुषार्थ प्राप्त करके वह अजेय हो जाता है।

लोगों का ऐसा कहना है कि हाथ में आई लक्ष्मी का त्याग करने वाले को लक्ष्मी भी शाप दे देती है।

अनुकूल समय का सदुपयोग ना करने वाले व्यक्ति को दोबारा वैसा समय मिलना कठिन ही नहीं, दुर्लभ भी होता है। धन के लोभ से साँप को दूध पिलाने आए ब्राह्मण से साँप ने ठीक ही कहा था, अरे ब्राह्मण! अपने पुत्र की जलती चिता और अपने पुत्र के आघात से फटे मेरे फन को देख और सोच कि क्या कभी एक बार टूटा हुआ सम्बन्ध भी पुनः जुड़ पाता है?

अरिमर्दन की जिज्ञासा पर रक्ताक्ष उसे साँप और ब्राह्मण की कथा सुनाने लगा।

कथा–5

किसी नगर में रहने वाला हरिदत्त नामक एक ब्राह्मण खेती का काम करता था। एक दिन वृक्ष की छाया में विश्राम करते हुए उसने अपने खेत में एक भयंकर साँप को अपना फन फैलाए बैठे देखा, तो उसने सोचा कि शायद यह साँप इस खेत का स्वामी है और इसकी पूजा ना करने के कारण ही मुझे इस खेत से जितनी उपज मिलनी चाहिए, उतनी नहीं मिल पा रही। वह तुरन्त एक दूध-भरा कटोरा उसके सामने रखकर और दोनों हाथ जोड़कर बोला, आज तक आपको ना देख पाने के कारण ही मैंने आपकी पूजा नहीं की। अब ऐसी ग़लती दोबारा कभी नहीं होगी। यह कहते हुए ब्राह्मण दूध के कटोरे को वहीं रखकर अपने घर की ओर चल दिया। अगले दिन जब वह अपने कटोरे को लेने आया, तो उसमें पड़ी एक स्वर्णमुद्रा को देखकर वह प्रसन्न हो उठा। अब तो प्रतिदिन यही क्रम चलने लगा। ब्राह्मण दूध से भरा कटोरा लाकर वहाँ रख देता और अगले दिन उसे एक स्वर्णमुद्रा वहाँ पर रखी मिल जाती।

एक दिन किसी कार्य से घर से दूर जा रहे ब्राह्मण ने अपने पुत्र को दूध का कटोरा साँप के बिल के पास नियमित रूप से रखने का आदेश दिया। पुत्र ने पिता के आदेश का पालन किया और अगले दिन ख़ाली कटोरे में

स्वर्णमुद्रा पाकर उसने सोचा अवश्य ही इस साँप ने अपनी बिल में स्वर्णमुद्राएँ एकत्र कर रखी हैं, अतः क्यों ना इसे मारकर सारा धन हथिया लिया जाए? यह सोचकर जैसे ही उसने साँप पर अपनी लाठी से प्रहार किया, वैसे ही क्रोधित हुए साँप ने भी पलटकर लड़के पर वार किया। साँप घायल हुआ, किन्तु लड़के का प्राणान्त हो गया। पिता की अनुपस्थिति में गाँव में रह रहे बन्धु-बान्धवों ने उस लड़के का दाह-संस्कार कर दिया। घर लौटने पर ब्राह्मण ने जब सारी कहानी सुनी, तो उसने अपने पुत्र को दोषी बताते हुए साँप के कार्य को उचित माना।

अपने शरणागतों के साथ विश्वासघात करने वालों के मनोरथ कमल के वन में हंसों के उड़ने के समान नष्ट हो जाते हैं।

अपने बन्धुजनों को यह कथा सुनाता हुआ ब्राह्मण कहने लगा।

कथा–6

राजा चित्ररथ के सरोवर में सोने के अनेक हंस रहा करते थे, इसलिए राजा के सैनिक पूरी सावधानी के साथ उस सरोवर की रक्षा करते थे। एक दिन उस तालाब पर सोने का एक बड़ा पक्षी आया, तो हंसों ने उससे कहा, इस सरोवर पर हमारा एकाधिकार है, क्योंकि छह महीनों के भाड़े के रूप में उन्होंने अपने एक-एक स्वर्णिम पंख का भुगतान किया हुआ है। इस पर उस नए पक्षी और पुराने हंसों में विवाद हो गया, तो नए पक्षी ने राजा के पास पहुँचकर रहने के लिए स्थान देने की प्रार्थना की। राजा ने अपने सेवकों को आदेश दिया कि वे जाकर हंसों से कहें कि इस पक्षी को भी वे अपने साथ रहने दें, अन्यथा उन्हें दण्डित किया जाएगा। राजा की आज्ञा पाकर हाथ में लाठी लेकर सैनिक जैसे ही सरोवर पर पहुँचे, जैसे ही एक वृद्ध हंस के सुझाव पर सारे हंस उड़ गए।

इसीलिए मैं कहता हूँ कि जिस प्रकार बिना सही सोच-विचार किए राजा को अपने अनुचित आदेश के कारण सोने के हंसों से हाथ धोना पड़ा था, उसी प्रकार मेरे पुत्र को भी लोभ के कारण ही अपने प्राणों से हाथ धोना पड़ा।

इस प्रकार बन्धु-बान्धवों को समझाकर और पुत्र के शोक को भूलकर ब्राह्मण पहले की भाँति जब दूध से भरे कटोरे को लेकर साँप के बिल के

समीप पहुँचा, तो साँप ने कहा, तुम लोभवश पुत्रशोक को भुलाकर भी यहाँ आए हो, लेकिन अब हमारा सम्बन्ध निभ नहीं सकता। तुम्हारे पुत्र ने मुझे मारना चाहा और मुझ पर लाठी से वार किया और मैंने पलटकर उसे काट खाया। तुम अपने पुत्रशोक और मैं लाठी के उस प्रहार को भुला नहीं सकता। इसलिए अब तुम्हें मेरे पास नहीं आना चाहिए, अब हमारा सम्बन्ध समाप्त हो चुका है।

इस कथा को सुनाकर रक्ताक्ष बोला, महाराज! इसीलिए मैं कहता हूँ कि साँप ने ब्राह्मण से ठीक ही कहा था कि तुम्हारा पुत्रशोक तुम्हें और मेरा फटा हुआ सिर मुझे लाठी के उस प्रहार को भूलने नहीं देंगे, अतः अब हम दोनों में प्रेम-सम्बन्ध सम्भव नहीं।

अतः अपने साम्राज्य को काँटों से रहित बनाने के लिए आपको इसका वध कर देना चाहिए।

रक्ताक्ष के मौन हो जाने पर जब उलूकराज ने क्रूराक्ष से अपना मत बताने को कहा, तो वह बोला, महाराज! इसका वध तो क्रूरकर्म कहा जाएगा।

कहा जाता है कि अपनी पत्नी को बन्दी बनाने वाले एक बहेलिये को भी शरणागत अतिथि मानकर एक कबूतर ने उसकी भूख मिटाने के लिए अपने प्राणों की आहुति दे दी थी।

अब क्रूराक्ष यह कथा उलूकराज को सुनाने लगा।

कथा–7

किसी जंगल में पक्षियों के लिए साक्षात यमराज बना एक बहेलिया रहा करता था, जिसे उसके हिंसक कर्मों के कारण उसके बन्धु-बान्धवों ने भी त्याग दिया था।

एक दिन उस बहेलिये के हाथ में एक कबूतरी आई, तो उसने उसे पिंजरे में बन्द कर लिया। इसी बीच, अचानक उस जंगल में बादल घिर आए और घोर अंधेरा छा गया। उस समय आँधी के कारण कुछ भी दिखाई देना कठिन हो गया, तो वह बहेलिया एक वृक्ष के नीचे खड़ा हो गया। कुछ देर में बादल छँट गए और आकाश में तारे चमकते दिखाई देने लगे। सर्दी और भूख-प्यास से व्याकुल हुआ बहेलिया उच्च स्वर में कह उठा, जो कोई भी

मेरी आवाज़ सुन रहा हो, मुझे अपना शरणागत जानकर वह मेरे लिए कुछ खाने-पीने का प्रबन्ध करे।

उसी वृक्ष पर बैठा कबूतर अपनी पत्नी के ना लौटने के कारण चिन्तित हो रहा था। पत्नी के बिना घर श्मशान के समान होता है। अपने स्वामी को प्रसन्न ना रखने वाली स्त्री का जीवन व्यर्थ माना जाता है, परन्तु पति को प्रसन्न रखने वाली स्त्री पर देवता भी अपनी कृपादृष्टि बनाए रखते हैं। इस संसार में पिता, माता, पुत्र तथा बन्धु-बान्धव सब केवल गिनती का देते हैं, अनगिनत तो केवल पति ही देता है। इसलिए पति की सेवा ना करने वाली स्त्री को तो अभागिन ही समझना चाहिए।

पिंजरे में बन्द पड़ी कबूतरी अपने पति के वचन सुनकर उससे बोली, पतिदेव! पक्षियों को पकड़ने वाला यह बहेलिया अवश्य ही पापी और क्रूर है, लेकिन इस समय यह हमारा शरणागत है और इसके प्राणों की रक्षा करना आपका कर्तव्य है।

सन्ध्या के समय अपने घर में आया अतिथि सम्मान ना मिलने पर गृहस्वामी को अपने पाप देकर और उसके पुण्य लेकर चला जाता है। मैं अपने पूर्वजन्म के कर्मों के कारण ही बन्धन में बँधी हूँ। इसके लिए बहेलिये को दोषी मानकर आप इस पर क्रोधित ना हों।

कबूतरी के अनुरोध पर कबूतर ने व्याध के पास जाकर उससे उसकी आवश्यकता पूछी, तो उसने सर्दी से बचने के लिए कुछ उपाय करने को कहा। कबूतर ने तुरन्त ही कुछ सूखी लकड़ियाँ और सूखे पत्ते लाकर उन पर अग्निशिखा लाकर डाल दी, जिसकी गर्मी से उस बहेलिये को बड़ा सुख मिला, लेकिन अब कबूतर अतिथि की भूख मिटाने में अपनी असमर्थता पर व्यथित होने लगा। थोड़ी देर सोचने के बाद उस कबूतर ने बहेलिये को खाना देने के लिए स्वयं को उस आग में झोंक दिया।

कबूतर के ऐसे त्याग को देखकर बहेलिये को अपने हिंसक कर्मों पर लज्जा आने लगी और उसने कबूतरी को बन्धनमुक्त कर दिया। कबूतरी अपने पति को मरा जानकर रोने लगी और वह भी उसी आग में कूद गई।

इतने में दिव्य वस्त्रों व अलंकारों से सुसज्जित और विमान में सवार कबूतर ने अपनी पत्नी के पास पहुँचकर उसके आत्मदाह की भूरि-भूरि प्रशंसा की और उसे अपने साथ विमान में बैठा लिया।

इस सारे दृश्य को देखकर बहेलिये को भी वैराग्य उत्पन्न हो गया और वह भी उस आग में कूद गया, उसकी भी सद्गति हो गई और वह भी स्वर्ग-सुख-भोग का अधिकारी बन गया।

इसलिए मैं कहता हूँ कि उस कबूतर ने अपना वध करने वाले बहेलिये के शरणागत होने पर उसके लिए अपने प्राणों का बलिदान कर दिया था।

अब उलूकराज अरिमर्दन ने अपने तीसरे मंत्री दीप्ताक्ष से विचार बताने को कहा, तो वह कहने लगा, देव! इसका वध करना तो कदापि उचित नहीं। एक गृहस्थ ने घर में चोर के आने को ही अपने लिए वरदान मानते हुए उसका स्वागत करते हुए कहा था, जो आज तक मुझसे घबराती थी, मेरी छाया से भी दूर भागती थी, आज तुम्हारे कारण वही मुझसे लिपटी है। अतः तुम मेरे हितकारक हो, तुम मेरा सब कुछ ले जा सकते हो। मैं तुम्हें सब कुछ ले जाने की छूट देता हूँ।

उत्तर में वह चोर बोला था, मुझे लगता है कि तुम्हारे घर में मेरे काम की चुराने योग्य कोई वस्तु है ही नहीं। अतः मैं कभी ऐसे समय इस घर में आऊँगा, जब यह स्त्री तुम्हारे आलिंगन में नहीं होगी।

अरिमर्दन की उत्सुकता पर दीप्ताक्ष उसे चोर और स्त्री की कथा सुनाने लगा।

कथा–8

किसी नगर के निवासी एक कामातुर वृद्ध वैश्य ने अपनी पत्नी के स्वर्ग सिधार जाने पर अपनी कामवासना की पूर्ति के लिए धन ख़र्च करके एक युवती से विवाह कर लिया, जो उस बूढ़े को देखना भी पसन्द नहीं करती थी।

यदि पुरुष के सिर के बाल सफ़ेद हो जाएँ, तो युवतियाँ उनका तिरस्कार और उपेक्षा करने लगती हैं। कोई भी युवती वृद्ध पुरुष को चाण्डाल के कुएँ की भाँति तथा सिर पर हड्डियों का बोझ लादने वाले शूद्र की भाँति मानकर छोड़ जाती है।

व्यक्ति के शरीर पर झुर्रियाँ पड़ जाने, उसकी चाल में सुस्ती आ जाने, उसके दाँतों के नष्ट हो जाने, दृष्टि के मन्द पड़ जाने, रूप के नष्ट हो जाने और उसके मुँह से लार गिरने पर उसके बन्धु-बान्धव भी उससे बात करना और उसकी पत्नी सेवा करना छोड़ देती है। यहाँ तक कि बूढ़े व्यक्ति को

अपने बेटे द्वारा भी अपमानित होना पड़ता है। इसीलिए बुढ़ापे को अभिशाप और बुढ़ापे के कारण तिरस्कृत जीवन जीने को विवश व्यक्ति को दया का पात्र कहा जाता है।

एक रात, जब वह नवविवाहिता मुँह फेरकर अपने बूढ़े पति के साथ सोई हुई थी कि घर में एक चोर घुस आया। चोर की कुरूप आकृति को देखकर डर के मारे सहमी वह युवती अचानक ही अपने बूढ़े पति से लिपट गई। पत्नी के इस प्रतिकूल आचरण पर बूढ़ा हैरान हो उठा। इस बीच, उसकी दृष्टि घर में घुसे चोर पर पड़ी, तो उसे कारण भी समझ में आ गया। वह कह उठा, हे चोर! मुझसे सदा दूर-दूर रहने वाली मेरी युवा पत्नी आज अचानक मुझसे इस प्रकार लिपट रही है, इसका कारण तू ही है। मेरा इतना हित करने के बदले मैं तुझे अपने घर से कुछ भी ले जाने की छूट देता हूँ।

चोर बोला, तुम्हारे घर में मेरे मतलब का कुछ भी नहीं है, अतः मैं क्या चुराऊँ? जब तेरी पत्नी तेरी बाँहों में नहीं होगी, मैं उस समय आऊँगा।

इस प्रकार उस चोर के हितकारी सिद्ध होने पर उसे शुभचिन्तक मानकर शरणागत की रक्षा करना हमारा धर्म भी है। इसके अतिरिक्त यह अपने स्वामी के दोष बताकर हमारी उन्नति का एक कारण भी बन सकता है।

इतना कहने के बाद दीप्ताक्ष मौन हो गया। अब अरिमर्दन ने वक्रनास की राय जाननी चाही, तो वह बोला, महाराज! इसका वध करना तो उचित नहीं है, क्योंकि आपस में लड़ने वाले शत्रु भी लाभकारी ही सिद्ध होते हैं। आपस में लड़ने के कारण ही चोर को अपने जीवन और राक्षस को दो गायों से हाथ धोना पड़ा था।

अरिमर्दन की उत्सुकता पर वक्रनास उसे यह कथा सुनाने लगा।

कथा–9

किसी गाँव में द्रोण नामक एक अत्यन्त दरिद्र ब्राह्मण रहा करता था। उसे भिक्षा में इतना कम मिलता था कि वह सदा भूखा ही रहता था। उसने ना कभी अच्छा खाया और ना कभी अच्छा पहना। दाढ़ी-मूँछ बढ़ाए और मैले वस्त्र पहने वह ब्राह्मण नरक का जीवन बिता रहा था। एक बार किसी

यजमान ने उस ब्राह्मण पर दया करके उसे गाय के दो बछड़े दान में दे दिए, जिन्हें ब्राह्मण ने भूखे पेट रहकर भी खिलाया-पिलाया, जिससे वे ख़ूब हृष्ट-पुष्ट हो गए।

सहसा एक चोर की दृष्टि उन बछड़ों पर पड़ी, तो उसके मुँह में पानी भर आया, उसकी जीभ लपलपाने लगी। ब्राह्मण से बछड़ों को छीनने की सोचकर भी चोर उन बछड़ों को उस ब्राह्मण से छीन नहीं सका, क्योंकि उसके मन में ब्राह्मण के शाप का भय उत्पन्न हो गया था। अतः उसने रात में ब्राह्मण के सो जाने पर बछड़ों को चुराने का इरादा कर लिया।

एक रात, जब वह चोर ब्राह्मण के घर जा रहा था, तो मार्ग में पड़े एक भयंकर अस्थिपिंजर को देखकर वह डर गया और उसे देखते ही उसने उस भयानक प्राणी से उसका परिचय पूछा, तो उसने कहा, मैं सत्यवचन नामक ब्रह्मराक्षस हूँ, तुम कौन हो और इस रात के अंधेरे में कहाँ जा रहे हो?

चोर ने कहा, मैं क्रूरकर्मा नामक चोर हूँ और द्रोण नामक ब्राह्मण के जवान बछड़ों को चुराने जा रहा हूँ।

ब्रह्मराक्षस बोला, मैं सप्ताह में एक दिन भोजन करता हूँ, आज मेरे भोजन का दिन है और मैंने इसी ब्राह्मण को खाने का निश्चय किया है। चलो, हम दोनों साथ-साथ चलते हैं।

ब्राह्मण के घर पहुँचकर दोनों उस ब्राह्मण के सो जाने की प्रतीक्षा करने लगे। ब्राह्मण के सो जाने पर चोर बोला, पहले मैं बछड़े लेकर चला जाता हूँ, फिर आप ब्राह्मण को खा लेना।

ब्रह्मराक्षस बोला नहीं, यदि कहीं बछड़ों ने शोर मचा दिया और ब्राह्मण जाग गया, तो मेरा यहाँ आना व्यर्थ हो जाएगा। पहले मुझे इस ब्राह्मण को खा लेने दो, फिर तुम बछड़े ले जाना। इस पर चोर असहमति जताते हुए बोला, तुम्हारे द्वारा ब्राह्मण को खाते समय यदि कोई विघ्न आ पड़ा, तो मुझे ख़ाली हाथ लौटना पड़ेगा। इस प्रकार पहले मैं-पहले मैं, कहते हुए वे दोनों आपस में झगड़ने लगे। इस कोलाहल से ब्राह्मण की नींद खुल गई, तो चोर बोला, ब्राह्मण देवता! यह ब्रह्मराक्षस तुम्हें खाने के लिए तुम्हारे घर आया है। यह सुनकर ब्रह्मराक्षस भी बोल उठा, यह चोर तुम्हारे दोनों बछड़े चुराने के लिए यहाँ आया है।

ब्राह्मण ने तुरन्त अपने हाथ में जल लेकर उसे अभिमन्त्रित किया और जैसे ही ब्रह्मराक्षस पर छिड़का, वैसे ही ब्रह्मराक्षस ग़ायब हो गया। अब

ब्राह्मण डण्डा लेकर चोर पर झपटा, तो चोर भी सिर पर पाँव रखकर भाग खड़ा हुआ।

यह कहानी सुनाकर वक्रनास बोला, इसीलिए मैं कहता हूँ कि कभी-कभी शत्रुओं का आपस में लड़ना भी लाभ का सौदा सिद्ध हो जाता है। ब्रह्मराक्षस और चोर की लड़ाई से ब्राह्मण के जीवन और उसके बछड़ों की रक्षा हो गई।

वक्रनास के पश्चात अरिमर्दन ने प्राकारकर्ण की राय जाननी चाही, तो वह बोला, मेरे विचार से तो इसकी रक्षा करना ही उचित रहेगा। हो सकता है कि युगों-युगों से चला आ रहा हमारा वैर आपसी प्यार में बदल जाए, क्योंकि एक-दूसरे के रहस्यों को जानने वाले दो प्राणी जब आपस में मिल-जुलकर शान्तिपूर्वक नहीं रह पाते, तो दोनों ही बिल के भीतर रहने वाले साँपों की भाँति नष्ट हो जाते हैं।

अरिमर्दन की जिज्ञासा पर प्राकारकर्ण उसे आपसी झगड़े के कारण साँपों के विनाश की कथा सुनाने लगा।

कथा-10

देवशक्ति के पुत्र के पेट में एक साँप के प्रवेश कर जाने के कारण वह दिन-प्रतिदिन दुर्बल होता जा रहा था। चिकित्सा, औषधि और इलाज आदि का कुछ भी अनुकूल परिणाम नहीं निकल रहा था। अपने जीवन से निराश होकर वह युवक किसी दूसरे नगर में चला गया और वहाँ किसी मन्दिर में रहने लगा। अपनी आजीविका के लिए उसने कुछ छोटे काम करने आरम्भ कर दिए और किसी योग्य वैद्य की खोज भी आरम्भ कर दी।

वहाँ के नगरसेठ की दो लड़कियाँ थीं। उनमें से एक लड़की अपने पिता को अपना पालक-पोषक मानकर उसकी खुशामद किया करती थी, जबकि दूसरी भगवान को कर्मफल प्रदाता तथा पिता को केवल निमित्त मानती थी। सेठ अपनी इस पुत्री के व्यवहार से इतना रुष्ट था कि उसने बदले की भावना से उसका विवाह किसी दरिद्र से करने का निश्चय कर लिया। संयोगवश देवशक्ति का वह रोगी पुत्र उसकी दृष्टि में आ गया। कन्या ने भी अपने पिता के इस निर्णय को सहर्ष स्वीकार कर लिया।

विवाह के पश्चात सेठ की कन्या अपने पति को साथ लेकर किसी अन्य नगर में जा पहुँची। मार्ग में एक तालाब के किनारे अपने पति को विश्राम

करने के लिए छोड़कर वह पास के गाँव से कुछ खाने-पीने का सामान लेने के लिए चली गई। अभी वह कुछ पग ही चली थी कि उसने कानाफूसी सुनी, तो वह वृक्ष की आड़ में छिपकर खड़ी हो गई। उसने देखा कि उसके पति के पेट से एक साँप बाहर निकला और एक साँप पास के बिल से भी बाहर आ गया। बिल से बाहर आए साँप ने दूसरे साँप से कहा, तू इस भले आदमी के पेट में क्यों छिपा बैठा है, इस बेचारे ने तेरा क्या बिगाड़ा है? इस पर चिढ़कर पेट से बाहर आए साँप ने दूसरे साँप पर आरोप लगाते हुए कहा, तूने भी तो दूसरों के स्वर्णकलशों पर अधिकार कर रखा है। क्या मुझे छोड़ने की शिक्षा देने से पहले तू इस धन को छोड़ सकता है?

कुछ ही देर में दोनों साँपों का आपसी आरोप-प्रत्यारोप इतना बढ़ गया कि बिल वाला साँप कहने लगा, यदि यह युवक कांजी वाला जल पी ले, तो तू बच नहीं सकेगा। यह सुनकर पेट वाला साँप बोला, यदि कोई तेरे बिल में गर्म-गर्म तेल डाले दे, तो तू भी नष्ट हो जाएगा।

युवक की नवविवाहिता वधू ने साँपों का यह विवाद सुना, तो उसने साँपों के बताए ढंग से अपने पति को रोगमुक्त कर दिया और सोने से भरे मटके लेकर अपने पिता के पास लौट आई। उसने सिद्ध कर दिखाया कि सबको अपने भाग्य में लिखा ही मिलता है।

यह कथा सुनाकर प्राकारकर्ण बोला, इसीलिए मेरी मान्यता है कि यदि दोनों साँप एक-दूसरे की मृत्यु के उपाय प्रकट ना करते, तो युवक के पेट में रहने वाले साँप और बिल में रहने वाले साँप की मृत्यु ना होती।

अरिमर्दन को भी शरण में आए शत्रु का वध करना उचित नहीं लगा। इस पर अपने स्वामी के निर्णय से असहमत हुआ रक्ताक्ष अपने साथियों से बोला, कितने दुःख की बात है कि आपने स्वामी को ग़लत राय देकर उनके विनाश को निमंत्रण दे दिया है। नीतिकारों ने उचित ही कहा है कि जहाँ अपूज्यों को पूजा जाता है और पूज्यजनों की उपेक्षा की जाती है, वहाँ दुर्भिक्ष, मृत्यु और भय आदि उपद्रवों का आना निश्चित हो जाता है।

रंगे हाथों पकड़ा गया पापी भी अपने विनम्र, लेकिन धूर्ततापूर्ण व्यवहार से अपने अधिकारियों को धोखा देने में सफल हो जाता है। इसीलिए तो अपने सामने अपने प्रेमी के साथ प्रेम-प्यार करती पत्नी के मिथ्या वचनों को सुनकर भी उन्हें सत्य मानकर रथकार उस पत्नी को देवी मानने लगा था।

मंत्रियों की उत्सुकता पर रक्ताक्ष उन्हें रथकार की कथा सुनाते हुए बोला।

कथा–11

वीरधर बढ़ई की पत्नी कामदमनी व्यभिचारिणी के रूप में सारे नगर में बदनाम थी। बढ़ई अपनी पत्नी के सम्बन्ध में बहुत कुछ सुनता था, परन्तु पत्नी की झूठी क़समों के कारण उससे कुछ नहीं कह पाता था। वह जानता था कि आग शीतल हो सकती है, चन्द्रमा गर्म हो सकता है और दुर्जन अपने स्वार्थी स्वभाव को छोड़कर दूसरों का हित भी कर सकता है, परन्तु स्त्रियाँ कभी सती नहीं रह सकतीं।

मुझे लोगों के मुँह से भी अपनी कुलटा पत्नी के सम्बन्ध में बहुत कुछ सुनने को मिलता है और मैं यह भी जानता हूँ कि वेदों और शास्त्रों में जो नहीं लिखा गया और जिसके इस संसार में होने की कल्पना भी नहीं की गई, संसार के चतुर व्यक्ति उन सब बातों को भी जान लेते हैं।

उसने अपनी पत्नी को रंगे हाथों पकड़ने के लिए एक योजना बनाई। वह पत्नी से बोला, मुझे किसी काम से बाहर गाँव जाना है। वहाँ मुझे दो–चार दिन लग सकते हैं, अतः मेरे लिए कुछ भोजन तैयार कर दो। पत्नी तो यह सुनकर प्रसन्न हो उठी, क्योंकि उसे तो अपने प्रेमी से मिलने का अवसर मिलने वाला था।

प्रेमी से शारीरिक सुख प्राप्त करने की इच्छुक स्त्री दुर्दिन, अर्थात बादलों से घिरे और घोर वर्षा वाले दिन, घने अंधेरे से घिरी रात, मूसलधार वर्षा, गहन वन–जैसे निर्जन स्थान और पति के विदेश जाने को अपने लिए सौभाग्य मानती है।

पत्नी ने तत्काल अपने पति के लिए स्वादिष्ट भोजन तैयार कर दिया और जैसे ही बढ़ई प्रातःकाल अपने घर से बाहर निकला कि उस कुलटा ने पति को गया मानकर अपने प्रेमी के पास सन्देश भेज दिया और एक–एक पल उसकी प्रतीक्षा में बिताने लगी। सायंकाल वह अपने प्रेमी के आने पर उससे लिपट गई। अवसर पाकर बढ़ई घर में आकर अपनी चारपाई के नीचे छिपकर बैठ गया। उसने अपनी पत्नी को उसके प्रेमी की बाँहों में देखा, तो उसने उन दोनों की हत्या करने की ठान ली, किन्तु इसी बीच घर का द्वार

बन्द करने उठी उस कुलटा को चारपाई के नीचे छिपे अपने पति पर सन्देह हो गया। वह समझ गई कि उसका पति उसकी परीक्षा लेना चाहता है। अब उसने धूर्तता का सहारा लिया और जैसे ही उसका प्रेमी चारपाई से उठकर उस कुलटा को अपनी बाँहों में समेटने लगा, वैसे ही वह अपने को छुड़ाकर एक ओर खड़ी हो गई और हाथ जोड़कर कहने लगी देखो, यदि तुमने मुझ पतिव्रता के शरीर को छूने की हिम्मत की, तो मैं तुम्हारे प्राण ले लूँगी।

यह सुनकर उस कुलटा का प्रेमी बोला, यदि तुम्हें कुछ नहीं करना था, तो मुझे बुलाया ही क्यों था?

कुलटा ने उत्तर दिया, अपने पति के जीवन की रक्षा के लिए मुझे इस कलंक को सहना ही था। आज प्रातःकाल मन्दिर में देवी ने मुझे अपनी भक्त और सती जानकर आकाशवाणी से बताया था कि तेरे पति की आयु केवल छह मास ही शेष है, इसके बाद तू विधवा हो जाएगी। तू मेरी भक्त है, इसलिए मैंने तुझे यह बता दिया है।

यह सुनकर मैंने देवी माँ के चरण पकड़ लिए और धरती पर अपना सिर पटककर उससे बोली, माँ! मुझे मेरे पति के जीवन की रक्षा का उपाय बताओ, नहीं तो मैं अभी तेरे चरणों में अपने प्राण दे दूँगी।

देवी ने कहा, पुत्री! यदि तू किसी पर-पुरुष को अपने घर में बुलाकर और उसे अपनी चारपाई पर बैठाकर उसका आलिंगन कर लेगी, तो उस पुरुष का जीवन तेरे पति को मिल जाएगा और तुझे आलिंगन करने वाला छह महीने में ही परलोक सिधार जाएगा।

मैंने देवी के वचनों को सत्य मानकर तुम्हें बुलाने का यह दूषित आचरण किया है। आज तक मेरे शरीर को मेरे पति के सिवाय कोई छू नहीं सका, आज तुमने उसे छूकर कलंकित कर दिया है। अब मेरे पास नदी में डूब मरने के सिवाय अन्य कोई उपाय नहीं।

पत्नी के वचनों को सुनकर बढ़ई तुरन्त चारपाई के नीचे से निकल आया और पत्नी का आलिंगन करता हुआ उसे आदर्श पतिव्रता कहता हुआ उसकी प्रशंसा करने लगा। उस मूर्ख बढ़ई ने अपनी पत्नी को चारपाई पर बैठाया और उस चारपाई को अपने सिर पर उठाकर नाचने लगा। इतना ही नहीं, वह मूर्ख अपनी पत्नी के प्रेमी के प्रति भी आभार प्रकट करने लगा।

यह कथा सुनाकर रक्ताक्ष बोला, इसीलिए मैं कहता हूँ कि चालाक व्यक्ति प्रत्यक्ष पाप करके भी अपनी चालाकी से अपने को निर्दोष सिद्ध करने

में सफल हो जाते हैं। बढ़ई अपनी आँखों से अपनी पत्नी को उसके प्रेमी की बाँहों में देखकर भी उसकी चालाकी के कारण धोखा खा गया और अपनी कुलटा पत्नी को आदर्श पतिव्रता मानने लगा।

इसलिए मेरे विचार में इस स्थिरजीवी नामक कौए को आश्रय देने का अर्थ अपने विनाश को निमंत्रण देना होगा। कहा भी गया है कि हितकर बात पर ध्यान ना देकर प्रतिकूल आचरण करने वाले मित्रों को भी भटके हुए तथा अनजाने ही अहित करने वाले शत्रु समझना चाहिए।

देश-काल के विरुद्ध आचरण करने वाले मंत्रियों के परामर्श को गौरव देने वाले राजा का वैभव भी सूर्योदय होते ही अन्धकार के समान नष्ट-भ्रष्ट हो जाता है।

इस प्रकार मंत्रियों ने रक्ताक्ष के कथन पर ध्यान ना देकर स्थिरजीवी को आश्रय देने का निर्णय लिया। तब अपने घर जाता स्थिरजीवी उल्लुओं से बोला, मुझे तो आप जलती आग में डाल देते, लेकिन आप तो मेरे प्राणों को बचा रहे हो, मुझे समझ नहीं आता कि मैं आपके इस उपकार का बदला किस प्रकार उतार सकूँगा?

रक्ताक्ष ने पूछा, तुम मरने के लिए इतने उतावले क्यों हो?

स्थिरजीवी बोला, तुम लोगों का पक्ष लेने के कारण ही मेघवर्ण ने मेरी यह दुर्दशा की है। यदि मैं उससे बदला लिए बिना मर गया, तो मेरी आत्मा भटकती रहेगी। अतः अब मैं उल्लू बनकर ही उस दुष्ट पर झपट्टा मारूँगा।

राजनीति में निष्णात रक्ताक्ष बोला, तुम पक्के धूर्त हो। तुम उल्लू योनि में आकर भी काक योनि को महत्त्व देना नहीं भूल सकोगे। इस बारे में यह कथा सुनो।

एक चुहिया को मनुष्य योनि में पहुँच जाने पर भी सूर्य, मेघ, वायु तथा पर्वत-जैसे तेजस्वियों को छोड़कर उसे चूहे से ही विवाह करना पड़ा था। सच बात तो यह है कि अपनी जाति का मोह छोड़ पाना आसान नहीं होता।

स्थिरजीवी की जिज्ञासा पर रक्ताक्ष उसे चुहिया की कहानी सुनाने लगा।

कथा-12

गंगातट पर स्थित एक आश्रम के कुलपति मुनि याज्ञवल्क्य द्वारा एक बार आचमन करते समय आकाश में उड़ते बाज़ पक्षी के पंजे से छूटी एक चुहिया

उनकी अंजलि में आ गिरी, तो वह महात्मा उसे अपने घर ले आए और प्रतिदिन दूध पिलाने लगे। चुहिया को बिल्ली से डरता देखकर मुनि ने अपने तपोबल से उसे बिल्ली, कुतिया और अन्त में मानुषी बना दिया। मुनिपत्नी भी उसे अपनी पुत्री मानकर बड़े प्यार से उसका पालन-पोषण करने लगी।

कन्या के युवती होने पर मुनिपत्नी ने अपने पति से उसके विवाह के सम्बन्ध में चर्चा की, तो महर्षि सहमति देते हुए कहने लगे, कन्या के रजस्वला होने से पूर्व ही पिता को योग्य, सदाचारी, श्रेष्ठ एवं कुलीन युवक से कन्या का विवाह कर देना चाहिए।

अतः मैं अपनी इस पुत्री के लिए योग्य वर के विषय में विचार करता हूँ।

वास्तव में, समान कुल और समान आर्थिक स्थिति वाले परिवारों की लड़की-लड़के का विवाह ही उचित रहता है। यदि एक पक्ष बलशाली हो और दूसरा पक्ष बलहीन हो, तो ऐसे परिवारों में हुआ विवाह सफल नहीं रहता।

लड़के में निम्न सात गुणों के होने पर ही उसे अपनी लड़की वधूरूप में देनी चाहिए, अन्यथा नहीं। ये सात गुण हैं, कुल, शील (चरित्र), परिवार (बन्धु-बान्धव) विद्या, धन, स्वस्थ शरीर और आयु। इन सातों गुणों के अतिरिक्त सम्बन्ध स्थिर करने में अन्य कुछ भी विचारणीय नहीं होता।

मुनि ने कन्या से पूछा कि यदि सूर्यनारायण से उसका विवाह कर दिया जाए, तो उसे कोई आपत्ति तो नहीं? कन्या द्वारा सहमति देने पर मुनि ने सूर्यदेव का आह्वान किया और सूर्यदेव के उपस्थित होने पर उन्होंने कन्या से विवाह का प्रस्ताव रखा, तो इससे पहले कि सूर्यदेव कोई उत्तर देते, कन्या बोल उठी, इनकी उष्णता और तेजस्विता को सहना मेरे वश का नहीं है।

मुनि के पूछने पर सूर्य ने अपने को निस्तेज बना देने वाले मेघ का सुझाव दिया, तो मुनि ने मेघ को बुला लिया। मेघ के आने पर मुनि ने उसकी पसन्द जानने के लिए कन्या की ओर देखा, तो वह बोली, यह तो जड़ और काला-कलूटा है। इस पर मुनि ने मेघ से अपने से अधिक श्रेष्ठ के सम्बन्ध में पूछा, तो मेघ ने पवनदेव का नाम लिया। मुनि ने पवनदेव को बुलाकर कन्या की राय जाननी चाही, तो कन्या ने उसे भी नकार दिया। मुनि ने वायु से इस सम्बन्ध में पूछा, तो उसने अपनी गति को अवरुद्ध कर देने वाले पर्वत का नाम लिया। मुनि द्वारा बुलाए जाने पर कन्या ने पर्वत को भी कठोर और निश्चल बताकर ठुकरा दिया। मुनि द्वारा पर्वत से इस विषय में

पूछे जाने पर उसने अपने को खोखला कर देने वाले चूहे का नाम लिया। चूहे का नाम सुनते ही कन्या पुलकित हो उठी और उसने मुनि से अपने को पुनः चुहिया बनाकर चूहे के साथ विवाह करने की प्रार्थना की। मुनि ने उसके अनुरोध को स्वीकार करके अपने कर्तव्य से छुट्टी पा ली।

यह कथा सुनाकर रक्ताक्ष ने मंत्रियों से कहा, तुमने देखा, मानुषी बनी चुहिया ने सूर्य, मेघ, पवन और पर्वत-जैसी विभूतियों को छोड़कर एक चूहे के लिए चुहिया बनना स्वीकार कर लिया। यह कथा इस तथ्य की द्योतक है कि अपनी जाति के प्रति पक्षपात छोड़ना किसी के लिए भी आसान नहीं होता।

रक्ताक्ष के तर्कसंगत मत की उपेक्षा और अनादर करके मंत्रियों ने स्थिरजीवी को आश्रय देने का निर्णय क्या किया, मानो अपने वंश को नष्ट करने के लिए बीज बो दिया। उल्लुओं के दुर्ग के भीतर जाते समय स्थिरजीवी अपनी योजना की सफलता पर अपने आपसे कह उठा, यह तो मैंने देख ही लिया है कि उलूकराज के सभी मंत्रियों में एक रक्ताक्ष ही सफल राजनीतिज्ञ है, इसीलिए उसने मेरे वध का सुझाव दिया था। यदि इन मूर्खों ने रक्ताक्ष का सुझाव मान लिया होता, तो इन्हें अपना अनिष्ट ना देखना पड़ता। अब ये मुझे अपने दुर्ग में कहीं भी रखें, मैं भीतर तो आ ही गया हूँ, किन्तु मुझे आशंका है कि कहीं इन्हें मुझ पर सन्देह ना हो जाए, इसलिए मुझे कुछ ऐसा करना चाहिए, जिससे मुझे दुर्ग के द्वार पर ही रहने का स्थान मिल जाए। यह सोचकर स्थिरजीवी उल्लुओं से बोला, आपने शरण देकर मुझ पर बड़ा उपकार किया है, लेकिन मैं आपसे फिर भी यही कहूँगा कि आप मुझे अपने दुर्ग के भीतर ना ले जाएँ, मुझे तो दुर्ग-द्वार पर ही थोड़ा-सा स्थान देकर अपनी सेवा का अवसर दीजिए। स्थिरजीवी के आग्रह को उसका निष्कपट व्यवहार समझकर स्वीकार कर लिया गया। उलूकराज के आदेश से उसे प्रतिदिन बढ़िया भोजन भी मिलने लगा और वह कुछ ही समय में हृष्ट-पुष्ट हो गया।

यह देखकर रक्ताक्ष ने अपना सिर पीट लिया। उसने उलूकराज और अपने साथियों को दोबारा चेतावनी दी और वह अपने साथी मंत्रियों से बोला, बन्धनमुक्त एक पक्षी ने कहा था कि बन्धन में फँसने वाला पहला मूर्ख मैं ही था, उसके बाद मुझे राजा को सौंपने वाला व्याध दूसरा मूर्ख था, फिर मुझे अपने पास ना रखकर मंत्रियों को सौंपने वाला राजा तीसरा मूर्ख था और उसके बाद मुझे स्वर्णदाता ना मानकर मुक्त कर देने वाला मंत्री चौथा

मूर्ख था। इस प्रकार मुझे तो यह सारा संसार ही मूर्खों से भरा लगता है।

मंत्रियों की जिज्ञासा पर रक्ताक्ष उन्हें यह कथा सुनाने लगा।

कथा–13

किसी पर्वत प्रदेश में स्थित वट के एक वृक्ष पर सिन्धुक नामक एक पक्षी रहता था, जिसकी विष्टा सोने में बदल जाती थी। एक बहेलिये ने उसे देखा, तो उसने अविश्वास करते हुए भी वहाँ अपना जाल बिछा दिया। पक्षी ने भी बहेलिये को जाल बिछाते देख लिया था, लेकिन वह फिर भी निश्चिन्त होकर वृक्ष की एक शाखा से दूसरी शाखा पर उछल-कूद करता रहा और अन्ततः बहेलिये के जाल में बँध गया।

व्याध सोचने लगा कि मैं पिछले चालीस-पचास वर्षों से यही कर्म करता आ रहा हूँ, लेकिन मैंने आज तक सोने की विष्टा करने वाला पक्षी नहीं देखा। कहीं पक्षी के वेश में यह कोई राक्षस या भूत-प्रेत ना हो, जो स्वर्ण का लोभ दिखाकर मेरे प्राण ही ले ले। यह सोचकर बहेलिये ने उस पक्षी को राजा को सौंपना ही ठीक समझा।

राजा ने उस अनमोल पक्षी को सँभालकर रखने के आदेश के साथ ही वह पक्षी मंत्री को सौंप दिया और मंत्री ने परीक्षा करने तक धैर्य ना रखकर तथा बहेलिये की बात को कोरी बकवास मानकर उस पक्षी को बन्धनमुक्त कर दिया।

मंत्री की मूर्खता से बन्धनमुत वह पक्षी वृक्ष की शाखा पर बैठा अपने आपसे कहने लगा, व्याध के पाश में फँसने वाला पहला मूर्ख मैं था, डर की आशंका से मुझे राजा के हवाले करने वाला दूसरा मूर्ख बहेलिया था, फिर राजा और मंत्री भी मूर्ख निकले। क्या सारे संसार में मूर्ख-ही-मूर्ख भरे पड़े हैं?

रक्ताक्ष की चेतावनी की अनदेखी करके उल्लू उस कौए के प्रति उदार व्यवहार ही करते रहे। यह देखकर रक्ताक्ष ने अपने पक्ष के उल्लुओं को बुलाकर कहा, मित्रों! यदि तुम अपना जीवन सुरक्षित रखना चाहते हो, तो मेरा कहा मानो और इस स्थान को छोड़कर किसी अन्य दुर्ग में आश्रय ले लो। नीतिकारों का कथन है कि विपत्ति के आने से पहले ही अपना बचाव करने वाला सदा सुखी रहता है। इसके विपरीत निश्चिन्त रहने वाले को कष्ट

भोगना पड़ता है। एक गीदड़ पहले से ही सँभल जाने के कारण सिंह का आहार बनने से बचने में सफल हो गया था।

साथी उल्लुओं को गीदड़ और सिंह की कथा सुनाता हुआ रक्ताक्ष बोला।

कथा–14

जंगल में रहने वाले तीक्ष्णनख नामक सिंह को एक बार शिकार नहीं मिला और वह सारा दिन शिकार की खोज में भटकते-भटकते बुरी तरह थक गया। सायंकाल उसने किसी पशु की एक गुफा देखी, तो वह उसमें जा बैठा। वहाँ छिपकर बैठा सिंह सोचे रहा था कि यहाँ रहने वाला पशु जैसे ही भीतर आएगा, मैं उसे दबोच लूँगा और इस प्रकार मेरे भोजन की व्यवस्था हो जाएगी।

कुछ ही देर में उस गुफा में रहने वाला दधिपुच्छ नामक गीदड़ वहाँ आया, तो उसने देखा कि किसी प्राणी के गुफा के भीतर जाने के पैरों के निशान तो दिखाई दे रहे हैं, परन्तु उसके गुफा से बाहर निकलने के निशान दिखाई नहीं दे रहे। तभी उसे एक उपाय सूझा कि वह गुफा के द्वार पर जाकर चिल्लाने लगा, अरी गुफा! क्या मैं भीतर आ जाऊँ? ऐसा उसने तीन बार कहा। जब कोई भी उत्तर ना मिला, तो वह बोला, तेरी-नेरी तो यह शर्त है कि जब मैं बाहर से अपने आने की सूचना दूँगा, तो तू मुझे बुलाएगी। अब यदि तू मुझे नहीं बुलाती, तो मैं किसी दूसरी गुफा में चला जाता हूँ।

गुफा के भीतर छिपकर बैठे सिंह ने सोचा कि गुफा सचमुच ही गीदड़ को उत्तर देती होगी, किन्तु आज मेरे डर के कारण चुप है, क्योंकि डर के मारे प्रायः सभी प्राणियों का शरीर काँपने लगता है और तब उनके लिए मुँह खोलकर कुछ कह पाना सम्भव नहीं होता। यह सोचकर सिंह ने गीदड़ को भीतर आने के लिए आवाज़ दी। सिंह की हुंकार सुनते ही आत्मरक्षा के लिए भागता हुआ गीदड़ अपने आपसे कहने लगा कि विपत्ति आने से पहले ही उससे बचने के लिए उपाय करने वाला व्यक्ति सुखी रहता है। विपत्ति की उपेक्षा करने वाले का तो विनाश हो जाता है। मैं इस जंगल में रहते हुए बूढ़ा हो गया हूँ, लेकिन मैंने आज तक किसी गुफा को बोलते नहीं सुना।

अतः तुम लोग मेरी बात मानकर मेरे साथ चलो। रक्ताक्ष के साथी उसकी इस बात से सहमत हो गए और उस स्थान को छोड़कर नए स्थान को चल दिए।

अपने मित्रों के साथ रक्ताक्ष के चले जाने पर स्थिरजीवी ने अपने मार्ग के काँटे को निकल जाना समझा और अपनी योजना की सफलता के प्रति आश्वस्त हो उठा, क्योंकि दूरदर्शी एवं नीतिनिपुण मंत्रियों द्वारा छोड़कर चले जाने से अकेले पड़े राजा का विनाश करने में देर नहीं लगती।

विद्वानों ने ठीक ही कहा है कि उत्तम नीति को छोड़कर अपने स्वामी को ग़लत राय देने वाले मंत्रियों को शत्रु ही समझना चाहिए।

अब वह उल्लुओं के दुर्ग को आग से जलाने के लिए गुप्त रूप से लकड़ियाँ एकत्र करने लगा, किन्तु उल्लुओं ने इस ओर कोई ध्यान ही नहीं दिया।

वास्तव में, शत्रु को मित्र समझने वाले तथा मित्र से द्वेष करने वाले और उसकी अनदेखी करने वाले को अविवेकी और अभागा ही समझना चाहिए, क्योंकि वह पाप को पुण्य और कुकर्म को सत्कर्म समझने की मूर्खता करता है।

लकड़ियाँ इकट्ठा हो जाने और सूर्योदय के समय उल्लुओं के अन्धे होने पर स्थिरजीवी उड़कर मेघवर्ण के पास गया और उससे बोला, मैंने लकड़ियाँ एकत्र कर दी हैं, अब तुम सब एक-एक लकड़ी जलाकर मेरे घोंसले में डाल दो। आग लगते ही उसके धुएँ से सारे उल्लू दम घुटने के कारण मर जाएँगे।

मेघवर्ण बहुत दिनों बाद मिले अपने पुराने मंत्री स्थिरजीवी से कुशल-मंगल पूछने लगा, तो स्थिरजीवी बोला, महाराज! यह समय बातों में मत गँवाइए, इसका सदुपयोग कीजिए। यदि शत्रु के किसी गुप्तचर को थोड़ी-सी भी भनक पड़ गई, तो मेरी योजना पर पानी फिर जाएगा, क्योंकि शीघ्र निपटाए जाने वाले काम की अनदेखी करने वाले पर देवता भी अप्रसन्न होकर उस कार्य की सफलता का मार्ग अवरुद्ध कर देते हैं।

सही समय पर और शीघ्र सम्पन्न किए जाने वाले कार्य को देर में करने से उस काम के होने से मिलने वाला आनन्द और लाभ नष्ट हो जाते हैं।

अतः आप पहले अपना काम निपटाने का प्रयत्न करें, उसके बाद कुशल-मंगल और मेरी सफलता की गाथा का सुनना-सुनाना होता रहेगा।

स्थिरजीवी के कथन को मान्यता देते हुए मेघवर्ण के साथ उसके सभी परिजनों ने अपनी चोंच में एक-एक जलती हुई लकड़ी को थामा और उसे स्थिरजीवी के घोंसले पर फेंक दिया। घोंसला धूँ-धूँ कर जलने लगा। दिन का समय होने के कारण उल्लुओं के लिए कुछ भी देख पाना सम्भव नहीं था और धुएँ के फैलने से उनका दम भी घुटने लगा। निकलने के द्वार पर धधकती आग ने उन्हें जीवन से निराश कर दिया। अब वे रक्ताक्ष के सुझाव को ना मानने के लिए अपने को कोसने लगे, परन्तु अब कुछ भी नहीं हो सकता था। उन सबको अपनी मूर्खता का परिणाम भुगतना पड़ा। पल-भर में आग सारी गुफा में फैल गई और सारे उल्लू उस आग में जलकर भस्म हो गए।

कौए अपना काम निपटाकर अपने निवास पर लौटे, तो मेघवर्ण ने स्थिरजीवी की प्रशंसा करते हुए उससे शत्रुओं को नष्ट करने के विषय में सब कुछ विस्तारपूर्वक बताने को कहा। मेघवर्ण बोला, शत्रुओं के बीच एक पल बिताना भी अत्यन्त कठिन होता है, इसीलिए विद्वान लोग शत्रु के साथ रहने की अपेक्षा अग्नि में जल मरने को अच्छा समझते हैं।

स्थिरजीवी बोला, महाराज! स्वामी का हित करने के लिए सेवकों को ख़तरों से तो खेलना ही पड़ता है।

मेघवर्ण ने स्थिरजीवी के साहस और नीति निपुणता की बहुत प्रशंसा की।

स्थिरजीवी ने बताया, महाराज! रक्ताक्ष के सिवाय वहाँ सभी मंत्री सर्वथा विवेकहीन थे। रक्ताक्ष मेरी धूर्तता और मेरे उद्देश्य को समझ गया था। उसने अपने साथियों को सचेत भी किया, किन्तु उन सबकी मति मारी गई थी, अन्यथा वे इस तथ्य की उपेक्षा नहीं करते कि शत्रुपक्ष से आया कोई भी प्राणी विश्वास के योग्य नहीं होता। ऐसा व्यक्ति शत्रु से भी कहीं अधिक भयंकर होता है, अतः उसे तो अपने से कोसों दूर रखना चाहिए।

यदि उलूकराज के मंत्री समझदार होते, तो उन्हें यह पता होना चाहिए था कि शत्रुपक्ष से आए व्यक्ति अपने शत्रु को असावधान देखकर उससे उसका सर्वस्व छीनने में एक पल भी नहीं लगाते।

इसीलिए नीतिकुशल व्यक्ति अपनी, अपने स्वामी तथा उसके राज्य की रक्षा के लिए शत्रु से हरदम सावधान रहते हैं और अपनी किसी भी सम्भावित हानि से बच जाते हैं। नीतिकारों ने ठीक ही कहा है, जिस प्रकार अपथ्य सेवी किसी एक-ना-एक रोग से अवश्य ही ग्रस्त होता है, जिस प्रकार धन-सम्पत्ति

पाकर कोई भी व्यक्ति अहंकारी हो जाता है, जिस प्रकार कामुक पुरुष सुन्दर रमणी के आकर्षण में फँस जाता है तथा जिस प्रकार सभी प्राणियों को एक-ना-एक दिन मृत्यु का ग्रास बनना होता है, उसी प्रकार नीति-ज्ञान से रहित मंत्री के राजा का सर्वनाश भी निश्चित होता है।

जिस प्रकार लोभी व्यक्ति का यश, चुगलख़ोर व्यक्ति की मित्रता, कामचोर व्यक्ति की कुलीनता, कामुक व्यक्ति की विद्या तथा कृपण व्यक्ति का सुख क्षणिक होता है, उसी प्रकार असावधान एवं अकुशल मंत्री रखने वाले राजा का राज्य भी थोड़े समय के लिए ही होता है।

राजन! शत्रु के घर में मैंने एक-एक पल बड़ी कठिनाई से बिताया। मृत्यु मुझे सदैव अपने सामने मुँह खोले खड़ी दिखाई देती थी, किन्तु इसके सिवाय कोई अन्य उपाय भी नहीं था।

बुद्धिमान व्यक्ति वही होता है, जो अपना कार्य सिद्ध करने के लिए मान-अपमान, सुविधा-असुविधा तथा अनुकूलता-प्रतिकूलता के विचार को छोड़ सकता है।

अपना काम निकालने के लिए तो व्यक्ति को शत्रु को अपने कन्धे पर बैठाने में भी सोच-विचार नहीं करना चाहिए। अपने को मेंढकों का वाहन बनाकर एक अजगर अपने भोजन से निश्चिन्त हो गया था।

मेघवर्ण की जिज्ञासा पर स्थिरजीवी उसे यह कथा सुनाने लगा।

कथा–15

वरुण पर्वत की गुफा में रहने वाला मन्दविष नामक एक काला साँप अपने बुढ़ापे में भोजन की प्राप्ति के सम्बन्ध में सोचते-सोचते अपनी योजना के अनुसार मेंढकों से भरे एक तालाब के किनारे उदास होकर बैठ गया। साँप को काफ़ी देर तक उदास बैठा देखकर एक मेंढक उससे पूछ बैठा, क्यों मामा! क्या आज भूखा रहने की ठानी है, जो इस प्रकार चुपचाप बैठे हो?

इस पर साँप ने उत्तर दिया, भैया! मेरी तो क़िस्मत ही फूट गई है। अब भूखे रहकर ही अपने प्राण छोड़ने हैं।

मेंढक ने उत्सुकतावश पूछा, क्यों, ऐसा क्या हो गया, जो तुम इतने निराश और उदास हो रहे हो?

साँप बोला, कल मैंने एक मेंढक का पीछा किया, किन्तु मेंढक भागकर किसी ब्राह्मण के घर में जाकर छिप गया। मेंढक का पीछा करते हुए मैंने उसके भ्रम में ब्राह्मणकुमार के अँगूठे में काट लिया, जिससे उसका प्राणान्त हो गया। मैं ब्राह्मण के आगे गिड़गिड़ाया और अनजाने में हुई भूल के लिए उससे क्षमा-याचना भी की, लेकिन ब्राह्मण ने मेंढक के भ्रम में अपने पुत्र को काटने का दण्ड देने के लिए मुझे मेंढकों का वाहन बनने का शाप दे दिया। अब मुझे मेंढकों को अपनी पीठ पर बैठाना है और उनके द्वारा दिए भोजन पर निर्वाह करना है। मैं इसी शाप से उद्धार के लिए मेंढकों की प्रतीक्षा कर रहा हूँ।

मेंढक ने इस बात को अपने सभी साथियों में प्रचारित कर दिया। अब तो सभी मेंढक साँप की सवारी के लिए उतावले हो उठे। साँप की पीठ पर सवारी का आनन्द लेते हुए मेंढकों का राजा जलपाद अपने साथ बैठे मेंढकों से बोला, मित्रों! आज तक हमने हाथी, घोड़े तथा रथ आदि-जैसे वाहनों पर सवारी की है, परन्तु आज इस साँप की सवारी से जैसा आनन्द आ रहा है, वैसा कभी किसी दूसरी सवारी से नहीं मिला।

लेकिन थोड़ी दूर जाते ही उस साँप की चाल धीमी हो गई, तो जलपाद ने साँप से उसकी शिथिलता का कारण पूछा, तो साँप बोला, मैं दो दिनों से भूखा हूँ, मुझसे चला नहीं जा रहा है।

यह सुनकर जलपाद बोला, तुम दो-एक मेंढकों को खाकर अपनी भूख मिटा लो।

साँप बोला, आप कहते हैं, तो खा लेता हूँ और फिर एक-एक करके वह सभी मेंढकों को खा गया।

कुछ दिनों में हृष्ट-पुष्ट होने पर मन्दविष साँप अपने आपसे बोला, अब तो सारे मेंढक मेरे छल-बल के कारण मेरे वश में हैं, अतः अब मुझे अपने आहार की कोई चिन्ता नहीं। अब मुझे जीवन-भर अभाव का मुँह नहीं देखना पड़ेगा।

मेंढकों का राजा नित्य-प्रति अपने वंश के विनाश को देखकर भी साँप की चालाकी को नहीं समझ सका। इस बीच, अचानक वहाँ आए एक अन्य साँप ने मन्दविष को मेंढकों की सवारी बने देखा, तो वह चकित होकर बोला, अपने आहार का सेवक बनना तो बड़ा अपमानजनक है।

इस पर मन्दविष ने उत्तर दिया, मेंढकों की सवारी बनने-जैसे काम के पीछे छिपे प्रयोजन को मैं ही जानता हूँ। मैं तो घी-शक्कर से बने पदार्थों को खाने के लिए अन्धा बन जाने वाले ब्राह्मण की भाँति नाटक कर रहा हूं।

सर्प के पूछने पर मन्दविष उसे ब्राह्मण की कथा सुनाने लगा।

कथा–16

यज्ञदत्त नामक एक ब्राह्मण की व्यभिचारिणी पत्नी अपने प्रेमी के लिए प्रतिदिन उत्तमोत्तम पकवान बनाकर ले जाती थी। पति देखता रह जाता था। एक दिन उसने पत्नी से पूछ लिया कि तुम प्रतिदिन ये स्वादिष्ट मिष्ठान्न बनाकर कहाँ ले जाती हो? स्त्री बोली, मैं गाँव के बाहर बने देवी-मन्दिर में एक अनुष्ठान कर रही हूँ, जहाँ देवी को भोग लगाने के लिए ये व्यंजन ले जाती हूँ।

एक दिन, पता नहीं क्या सोचकर वह कुलटा सचमुच ही देवी-मन्दिर में जा पहुँची और मन्दिर में मिष्ठान्न रखकर वह नदी में स्नान करने के लिए चल दी। दूसरे मार्ग से ब्राह्मण भी वहा जा पहुँचा और अपनी पत्नी के आचरण को देखने के लिए वहीं छिपकर बैठ गया।

नदी-स्नान से लौटने के पश्चात उस स्त्री ने देवी को धूप-दीप आदि समर्पित कर उसकी पूजा की और फिर उसे प्रणाम करके बोली, माँ! तू मेरे पति को अन्धा बनाने की कृपा कर दे। यह सुनकर मन्दिर में छिपे ब्राह्मण ने आकाशवाणी के समान उच्चस्वर में कहा, यदि तू कुछ दिनों तक अपने पति को प्रतिदिन स्वादिष्ट पकवान बनाकर खिलाएगी, तो वह अवश्य अन्धा हो जाएगा।

अब तो वह कुलटा प्रेमी के लिए बनाए पकवान पति को भी खिलाने लगी। कुछ दिनों बाद एक दिन ब्राह्मण रोते-रोते कहने लगा, अरे, आज यह अचानक मुझे दिखना क्यों बन्द हो गया?

कुलटा स्त्री ने इसे सत्य मानकर अपने प्रेमी को घर पर ही बुला लिया, लेकिन जैसे ही दोनों अनैतिक कार्य करने में जुटे, वैसे ही ब्राह्मण ने हाथ में डण्डा लेकर दोनों की जमकर पिटाई की। उस स्त्री का प्रेमी तो भाग गया और कुलटा पत्नी को ब्राह्मण ने घर से निकाल दिया।

यह कथा सुनाकर मन्दविष बोला, जिस प्रकार उस ब्राह्मण ने अपनी पत्नी को रंगे हाथ पकड़ने के लिए अन्धेपन का नाटक किया था, उसी प्रकार

मैं भी अपने उद्देश्य की पूर्ति के लिए मेंढकों को अपनी पीठ पर सवारी करा रहा हूँ। शायद तुमने मेंढकों के मांस का स्वाद नहीं चखा।

इस पर जलपाद ने पूछा, मामा! यह तुमने क्या कहा?

मन्दविष बोला, मैं तो उस साँप से मज़ाक़ कर रहा था।

वास्तव में, इस प्रकार मेंढकों को धोखे में डालकर वह साँप उन्हें अपना आहार बनाता रहा।

यह कथा सुनाकर स्थिरजीवी बोला, जिस प्रकार मेंढकों को अपना आहार बनाने के लिए मन्दविष नामक उस साँप ने उन्हें अपनी पीठ पर बैठाने को भी बुरा नहीं माना, उसी प्रकार अपना काम निकालने के लिए बुद्धिमान व्यक्ति को शत्रु की सेवा करने में भी कभी संकोच नहीं करना चाहिए।

जिस प्रकार मन्दविष ने अपने बुद्धि-बल से मेंढकों को अपना आहार बना लिया था, उसी प्रकार मैंने भी इन उल्लुओं को मौत के घाट उतार दिया।

जंगल की आग वृक्षों को जलाकर उनकी जड़ों को भले ही छोड़ दे, किन्तु प्रचण्ड वायु तो वृक्षों को जड़ समेत ही उखाड़ फेंकती है।

मेघवर्ण ने कहा, तुम ठीक ही कहते हो। श्रेष्ठ व्यक्ति संकट झेलकर भी अपने हाथ में लिए काम को पूरा करके ही विश्राम करते हैं।

नीतिरूपी आभूषण को ही सच्चा आभूषण मानने वाले महापुरुषों की यही पहचान है कि वे अपने दायित्व का पूरी ईमानदारी से निर्वहन करते हैं और अपने लक्ष्य को प्राप्त करने में ही विश्वास रखते हैं।

छोटे लोग संकटों की आशंका से किसी बड़े काम में हाथ नहीं डालते। मध्यम दर्जे के लोग काम में हाथ तो डाल देते हैं, परन्तु किसी विघ्न के आते ही ठण्डे पड़ जाते हैं, लेकिन इसके विपरीत हज़ारों विघ्नों के आने पर भी बड़े लोग अपने हाथ में लिए काम को पूरा किए बिना चैन नहीं लेते।

मेरे शत्रुओं को नष्ट करके और मेरे राज्य को निष्कण्टक बनाकर तुमने भी अपनी श्रेष्ठता का परिचय दिया है।

श्रेष्ठ पुरुषों की पहचान ही यह है कि वे ऋण, अग्नि, शत्रु और रोग को जड़ से नष्ट कर डालने में ही विश्वास रखते हैं, क्योंकि वे भली-भाँति जानते हैं कि ये चारों थोड़े से भी बढ़ते हैं। इसलिए इन्हें जड़ सहित मिटा देने पर उन्हें कभी कोई कष्ट नहीं सहना पड़ता।

स्थिरजीवी बोला, महाराज! आपके सभी कार्य पूरे हो रहे हैं, आप परम सौभाग्यशाली हैं, किन्तु आप यह ना भूलें कि विजय के लिए शक्ति और सामर्थ्य के साथ ही बुद्धि की भी अपेक्षा होती है, क्योंकि शस्त्र के प्रहार से शत्रु के विनाश को पक्का ना मानकर बुद्धि के आधार पर नीति के प्रयोग से ही शत्रु को नष्ट हुआ समझना चाहिए। शस्त्र से तो केवल शरीर का नाश होता है, लेकिन बुद्धि से शत्रु के वैभव, यश, सम्मान के साथ ही उसकी चिन्तनशक्ति भी नष्ट हो जाती है।

सोच-समझकर कार्य प्रारम्भ करने पर सफलता के संकेत मिलने लगते हैं, जिससे व्यक्ति का आत्मविश्वास सुदृढ़ हो जाता है और उसके उत्साह में वृद्धि होने लगती है। कार्य की सफलता जितनी बढ़ती जाती है, कार्य करने की इच्छाशक्ति भी उतनी ही अधिक बढ़ती जाती है और सफलता मिलने पर तो कार्य करने की प्रवृत्ति व्यक्ति के स्वभाव का अंग बन जाती है।

महाराज! नीतिकुशल, त्यागी एवं उत्साही सेवकों से ही राज्य स्थिर रह पाता है।

त्यागी, शूरवीर और विद्वानों का संग करने से ही व्यक्ति गुणी होता है और गुणी व्यक्ति ही आज्ञापालन करके जहाँ स्वयं समृद्ध हो जाता है, वहीं वह राज्य की स्थिरता का भी आधार बन जाता है।

मेघवर्ण बोला, नीतिशास्त्र की महत्ता पर कोई सन्देह नहीं किया जा सकता। तुमने नीति के सहारे ही हमारे शत्रु को नष्ट करके नीतिशास्त्र की उपयोगिता को चार चाँद लगा दिए हैं।

स्थिरजीवी बोला, तीक्ष्ण उपाय से प्राप्त किए जाने वाले फल के लिए भी पहले कोमल व्यवहार करना ही उचित होता है। इसीलिए तो कँटीले झाड़ को उखाड़ फेंकने से पहले उन्हें प्रणाम किया जाता है।

महाराज! समय बीत जाने पर व्यर्थ, निष्क्रिय एवं सिद्ध ना होने वाली बात करना भी व्यर्थ होता है।

समर्थ व्यक्तियों को फल के अनिश्चित होने अथवा फल-प्राप्ति के मार्ग में क़दम-क़दम पर आने वाले विघ्नों की चर्चा करना शोभा नहीं देता। इस प्रकार की बातों से उनका महत्त्व घट जाता है और वे उपहास का पात्र बन जाते हैं।

बुद्धिमान व्यक्ति को चाहिए कि वह छोटे-से-छोटे काम को भी हल्केपन से ना ले।

किसी भी काम को साधारण, बाएँ हाथ का खेल अथवा सहज साध्य समझकर उसे सिद्ध करने में गम्भीरता ना बरतने से उलटा परिणाम ही सामने आता है। अतः बुद्धिमान व्यक्ति को किसी भी काम को करते समय लापरवाही नहीं बरतनी चाहिए। आलस्य आपत्ति को बुलावा देता है, जिसका परिणाम दुःख और पछतावा होता है।

आज शत्रु को जीतने के पश्चात मैं सुखपूर्वक सो सकूँगा।

घर में साँप को देख लेने पर किसी के लिए भी निश्चिन्त होकर सो पाना कभी सम्भव नहीं होता। साँप के मारे जाने या पकड़े जाने पर ही घर के लोग सुखपूर्वक सो पाते हैं।

कठोर परिश्रम, पूज्यजनों के आशीर्वाद, नीति और साहस की अपेक्षा रखने वाले, उन्नति के साधक तथा किसी महान कार्य को सिद्ध करने का प्रण करने वाले व्यक्तियों को सफलता प्राप्त किए बिना चैन से बैठना अच्छा नहीं लगता।

अतः प्रारम्भ किए हुए कार्य के सम्पन्न हो जाने से मेरा मन पूर्णतः शान्त है और आपका राज्य भी सर्वथा सुरक्षित है। अब आप धर्मपूर्वक प्रजापालन करते हुए अपने पुत्र एवं पौत्रादि के साथ धन और यश-लाभ कर आनन्दपूर्वक अपना जीवन बिता सकते हैं, लेकिन यह कभी मत भूलिए कि अपनी प्रजा का भली प्रकार मनोरंजन, रक्षण और पालन ना करने वाला राजा प्रजा की नज़र में बकरी के गले पर उभरे हुए स्तन के समान निरर्थक कहलाता है।

वही राजा चिरकाल तक राजलक्ष्मी को भोग सकता है, जो गुणों का आदर करे, व्यसनों से दूर रहे, सेवकों पर सदा अनुग्रह करता रहे तथा चँवर और छत्र को ही अपना सच्चा आभूषण माने।

मुझे राज्य मिल गया है, यह समझकर राजा को कभी अहंकारग्रस्त नहीं होना चाहिए और उसे यह भी कदापि नहीं भूलना चाहिए कि लक्ष्मी चंचल है और बाँस पर चढ़ने के समान उसकी प्राप्ति भी अत्यन्त दुष्कर है। लक्ष्मी तो आराधना किए जाने पर भी वानर की भाँति चंचल होने के कारण कहीं टिककर नहीं रहती। वह कमलपत्र पर पड़े जलबिन्दु के समान समाप्त होने में कुछ भी देर नहीं लगाती, वायु के समान हाथ में नहीं आती, दुष्ट के समान धोखा दे जाती है। लक्ष्मी साँप के विष के समान असाध्य रोग की

भी चिकित्सा करने वाली तथा पानी के बुलबुलों के समान क्षण-भर में नष्ट हो जाने वाली है।

राजा को राजगद्दी पर बैठते ही सम्भावित संकटों के बचने के उपाय करने में प्रवृत्त हो जाना चाहिए और अपने ऊपर अभिषेक के लिए गिराए जा रहे जल-प्रवाह को सामने खड़े संकटों का समूह समझ लेना चाहिए।

राजा को विपत्ति के समय किसी भी विषम स्थिति का सामना करने के लिए तैयार रहना चाहिए। श्रीराम का वनगमन, बलि का बन्धन में पड़ना, पाण्डवों का अज्ञातवास, यदुवंशियों का विनाश, राजा नल का राज्य से च्युत होना, अर्जुन का विराट राजा के यहाँ नर्तक बनना और रावण का युद्ध में पराजित होना आदि घटनाएँ इस तथ्य की सूचक हैं कि विपत्ति छोटे-बड़े सभी पर आती है और संकट के समय कोई भी किसी को बचा नहीं सकता।

महाराज! तनिक सोचिए कि इन्द्र की सहायता के लिए स्वर्गलोक में जाने वाले महाराज दशरथ, समुद्र को नियन्त्रित रखने वाले महाराज सगर, वेन की भुजा के मन्थन से उत्पन्न और पृथ्वी को समतल बनाने वाले महाराज पृथु तथा सूर्य-पुत्र मनु आज कहाँ हैं? इनके अस्तित्व का ना होना इस तथ्य का प्रमाण है कि एक-ना-एक दिन सबको काल का ग्रास बनना है।

इन्द्र के साथ उनके आसन पर बैठने वाले त्रिलोकविजयी महाराज मान्धाता, महाराज सत्यव्रत, देवलोक के शासक महाराज नहुष तथा निष्काम कर्म का उपदेश देने वाले भगवान श्रीकृष्ण भी आज इतिहास के पात्र बन गए हैं। यह संकेत है कि काल ही सबको उत्पन्न करता है और काल ही सबको समेट भी लेता है।

वही राजा, वही मंत्री, वही स्त्रियाँ और वही आमोद-वन, जहाँ निरन्तर राग-रंग चलता था, जीवन धड़कता था, आज वह सब नष्ट हो गया है और आज वहाँ कौए काँव-काँव करते हैं।

अतः लक्ष्मी को मदमस्त हाथी के कान की भाँति चंचल समझकर उसे पाकर अहंकार नहीं करना चाहिए तथा न्याय एवं धर्मपूर्वक प्रजा का रक्षण-पोषण करना चाहिए। इसी से तुम्हें सुख और शान्ति मिलेगी।

चतुर्थ तंत्र

लब्धप्रणाश

कार्य को प्रारम्भ करने पर अपनी बुद्धि को स्थिर बनाए रखने वाला व्यक्ति जल में होने पर भी बुद्धि का सन्तुलन ना खोने वाले वानर के समान अपने कार्य को पूर्ण करने में सफल हो जाता है।

कथा–1

कहते हैं कि समुद्रतट पर उगे एक जामुन के सदाबहार वृक्ष पर रक्तमुख नामक एक वानर रहता था। उसके पास ही समुद्र में करालमुख नामक एक मगरमच्छ भी रहता था, जो प्रायः रेतीले तट पर आकर बैठ जाता था। एक दिन वानर ने उस मगरमच्छ को अपना अतिथि मानते हुए उसे कुछ मीठे जामुन खाने के लिए दिए। शास्त्रों के अनुसार प्रिय मित्र अथवा शत्रु, पण्डित अथवा मूर्ख, अर्थात बलि वैश्वदेव के समय घर पर आने वाला कोई भी व्यक्ति अतिथि कहलाता है।

महर्षि मनु के अनुसार बलि के अन्त में अथवा श्राद्ध के समय पधारे व्यक्ति को सम्मानित अतिथि मानकर ही उसकी सेवा करनी चाहिए। उस समय उसके निवास, गोत्र, वंश अथवा विद्या आदि के सम्बन्ध में किसी भी प्रकार की पूछताछ नहीं करनी चाहिए।

लम्बी राह पर चलने से थके और वैश्वदेव के अन्त के समय घर पर आए व्यक्ति को भी अतिथि मानकर उसका यथोचित सम्मान करने वाला गृहस्थ परमगति को प्राप्त करने का अधिकारी बनता है।

जिस गृहस्थ के घर से अपूजित होने के कारण ठण्डी आह भरता हुआ अतिथि निराश लौट जाता है, उस घर से पितृ और देवता भी रूठ जाते हैं।

यह कहते हुए ही वानर ने मगरमच्छ को जामुन दिए, जिन्हें खाकर वह बड़ा प्रसन्न हुआ और देर तक गपशप करने के बाद घर लौट गया।

अब मगरमच्छ प्रतिदिन वानर के पास आने लगा और वानर भी उसे खाने के लिए जामुन देने लगा। मगरमच्छ बचे जामुन अपने घर ले जाता और वहाँ अपनी पत्नी को भी खिलाता।

एक दिन मगरमच्छ की पत्नी ने जब उससे पूछा, आप ये जामुन कहाँ से लाते हैं, तो मगरमच्छ ने उसे वानर के साथ अपनी मित्रता की कहानी सुना दी। मगरमच्छ की पत्नी ने मन में सोचा कि प्रतिदिन इतने मधुर फल खाने वाले का दिल तो बहुत स्वादिष्ट होगा। एक दिन वह अपने पति से बोली, यदि तुम मुझसे प्रेम करते हो, तो मुझे उस वानर का दिल ला दो।

मगरमच्छ ने अपनी पत्नी को ऐसा ना करने के लिए बहुत समझाया और मित्र के साथ विश्वासघात को पाप बताया।

उसने कहा, पुत्र को जन्म तो माँ देती है, परन्तु वाणी से भी कुछ सम्बन्ध जोड़े जाते हैं। जिसे वाणी से भाई कह दिया जाता है, वह सगे भाई-जैसा ही होता है, इसलिए उसकी रक्षा करना नैतिक कर्तव्य हो जाता है।

मगरमच्छ की पत्नी बोली, आज तक तुमने मेरी प्रत्येक बात को पूरा किया है, किसी भी बात को टाला नहीं है, मुझे लगता है कि तुम जिस वानर की बात कर रहे हो, वह कोई वानरी है और तुम उसके प्रेमजाल में फँस चुके हो, तभी तो मेरी अवहेलना कर रहे हो। अब मुझे समझ में आ गया है कि आजकल तुम मुझसे प्रसन्न होकर बात क्यों नहीं करते और क्यों मुझे कभी कोई उपहार भी नहीं देते? इतना ही नहीं, रात को तुम्हारे ठीक से ना सो पाने और ठण्डी आहें भरने का भी यही कारण लगता है। तुम्हारा ठीक से मेरा आलिंगन-चुम्बन ना करने तथा मुझमें रुचि ना लेने का रहस्य भी यही है। उस वानरी से प्रेम करके तुमने मुझे धोखा दिया है। तुम मुझे कपटी लगते हो।

अपनी पत्नी को इस प्रकार बिफरते देखकर मधुर वचनों से उसकी खुशामद करते हुए मगर बोला, मैं तुम्हारे पैरों पर गिरकर तुम्हें अपने प्रेम का विश्वास दिलाता हूँ। तुम क्रोध छोड़ दो और सामान्य हो जाओ।

यह सुनकर तो मगर की पत्नी और भी बिलख-बिलखकर रोने लगी और बोली, धूर्त! तुम्हारे मन में उस वानरी ने अपने लिए घर कर लिया है और तुम प्रतिदिन उसके साथ रंगरलियाँ मनाते हो। मेरे पैरों पर पड़ कर

तुम मुझे धोखा नहीं दे सकते। अब मैं तुम्हारी वास्तविकता जान गई हूँ। मैं तुम पर कभी विश्वास नहीं कर सकती।

यदि तुम्हें उस वानरी से प्यार ना होता, तो तुम मेरे आग्रह को इस प्रकार ना ठुकरा देते। अब मेरी बात भी सुन लो। यदि कल तुम मुझे उसका कलेजा लाकर नहीं दोगे, तो मैं अपने प्राण त्याग दूँगी।

पत्नी के हठ पर मगरमच्छ चिन्तित होकर कहने लगा कि शास्त्रों में ठीक ही लिखा है कि महामूर्ख, स्त्री, केकड़ा, मछली, नीला रंग और शराबी की पकड़ अडिग होती है। स्त्री के हठ के आगे किसी का कुछ वश नहीं चलता। अब मैं क्या करूँ?

अगले दिन उदासी के कारण मगरमच्छ वानर के पास देर से पहुँचा, तो वानर ने उससे देर से आने और उदास होने का कारण पूछा। मगरमच्छ बुझे स्वर में बोला, मित्र! मैं एक धर्मसंकट में पड़ गया हूँ। आज तुम्हारी भाभी ने मुझे ख़ूब ऊँच-नीच सुनाई और मुझे कृतघ्न बताते हुए बोली, तुम प्रतिदिन अपने मित्र के घर जाते हो, लेकिन उसे कभी अपने घर नहीं बुलाते, क्या यही तुम्हारा प्रेम है? तुम केवल खाना ही जानते हो? इस प्रकार उसने मुझे स्वार्थी और नीच कहकर अपमानित करते हुए कहा कि ब्रह्महत्या करने वाले, शराबी, चोर और व्रतभंग करने वाले के लिए तो प्रायश्चित्त का विधान है, किन्तु तुम जैसे कृतघ्न के उद्धार का कोई उपाय नहीं है।

उसने मुझे चेतावनी दी है, जब तक मैं तुम्हें अपने घर नहीं ले जाऊँगा, तब तक वह अन्न-जल ग्रहण नहीं करेगी। इसीलिए मैं उदास और चिन्तित हूँ।

वानर ने कहा, मित्र! तुम्हारी पत्नी ठीक ही कहती है। वास्तव में, बुद्धिमान व्यक्ति को किसी लोभ के कारण मित्र को अपने यहाँ प्रतिदिन बुलाने वाले, परन्तु उसके यहाँ कभी ना जाने वाले मित्र को त्याग देना चाहिए।

सच्चे मित्र के छह लक्षण होते हैं, जैसे कुछ देना और कुछ लेना, मित्र को खिलाना और उसके यहाँ खाना, मित्र को अपने रहस्य बताना तथा उसके रहस्यों को जानना।

वानर बोला, मित्र! तुम्हारा निवास जल में है और मैं वहाँ नहीं जा सकता। तुम अपनी पत्नी को ही यहाँ ले आओ।

मगरमच्छ बोला, हम समुद्र के भीतर एक रेतीले द्वीप पर रहते हैं। मैं वहाँ तक तुम्हें अपनी पीठ पर बैठाकर ले चलूँगा।

वानर के सहमत होने पर मगरमच्छ उसे अपनी पीठ पर बैठाकर समुद्र के बीच चल दिया।

समुद्र के मध्य पहुँचने पर मगरमच्छ से रहा ना गया। वह अधीर होकर वानर से बोला, वास्तव में, मेरी पत्नी तुम्हारे दिल को खाना चाहती है, इसीलिए मैं तुम्हें फुसलाकर ले जा रहा हूँ।

मगरमच्छ के वचन सुनकर वानर ने अपनी बुद्धि का सन्तुलन बनाए रखा और मधुर स्वर में बोला, अरे मित्र! इतनी-सी बात के लिए तुम चिन्तित क्यों हो रहे हो? तुमने मुझे यहाँ लाने से पहले ही यह क्यों नहीं बताया? मैं तो अपना दिल प्रतिदिन वृक्ष की कोटर में रखकर ही नीचे उतरता हूँ। तुमने पहले कहा होता, तो मैं उसे लेकर ही तुम्हारे साथ चलता।

वानर की बात पर विश्वास करके मगरमच्छ बोला, अब क्या करें?

वानर ने कहा, मुझे वृक्ष तक ले चलो। मैं वहाँ से अपना दिल उठा लाऊँगा और फिर तुम्हारे साथ चल दूँगा। मगरमच्छ ने वैसा ही किया। लौटने पर किनारे के पास आते ही वानर कूदकर पानी से बाहर आ गया और वृक्ष पर चढ़कर अपने प्राण बचाने के लिए भगवान को धन्यवाद देते हुए अपने आप से बोला कि नीतिकारों ने ठीक ही कहा है कि विश्वास के अयोग्य प्राणी पर कभी विश्वास नहीं करना चाहिए। यहाँ तक कि विश्वसनीय पर भी अन्धाधुन्ध विश्वास नहीं करना चाहिए। सच तो यह है कि विश्वास में आकर ही प्राणी अपना सब कुछ नष्ट कर बैठता है।

अपने प्राण बचने को वानर अपना पुनर्जन्म मानने लगा, तो मगरमच्छ ने उससे दिल देने की माँग की। यह सुनकर वानर हँस दिया और मगरमच्छ को धिक्कारते हुए बोला, अरे मूर्ख! तू तो आस्तीन का साँप है, तूने तो मित्रता को कलंकित कर दिया! क्या कभी दिल को भी शरीर से अलग किया जा सकता है? अब से मेरा-तेरा सम्बन्ध समाप्त। अब फिर कभी इधर मुँह ना करना। नीतिकारों ने ठीक ही कहा है कि एक बार कपटी सिद्ध हो जाने वाले प्राणी से पुनः मैत्री सम्बन्ध रखने का अर्थ खच्चरी द्वारा गर्भधारण करने के रूप में जान-बूझकर अपनी मृत्यु और अपने विनाश को आमंत्रण देना होता है।

वानर के वचन सुनकर मगरमच्छ बहुत लज्जित हुआ और घर पहुँचने से पहले ही वानर को अपने मन की बात बताने के लिए अपने को कोसने लगा, फिर वह किसी प्रकार वानर को पुनः विश्वास दिलाने का प्रयास करते

हुए बोला, मित्र! मैंने तो तुम्हारे साथ मज़ाक़ किया था, वरना क्या मैं अपने मित्र के साथ ऐसा व्यवहार कर सकता हूँ? अब चलो और अपनी भाभी के आतिथ्य को स्वीकार कर हम दोनों को कृतार्थ करो।

वानर बोला, क्या तूने मुझे भी मूर्ख समझ रखा है कि मैं तुझ पर विश्वास कर लूँगा?

गंगदत्त ने भी तो प्रियदर्शन के पास यही सन्देश भेजा था कि अब वह दोबारा इस कुएँ में नहीं आएगा, क्योंकि वह इस तथ्य को समझ चुका है कि भूखे व्यक्ति निर्दय होते हैं और वे कोई भी पाप कर सकते हैं।

मगरमच्छ ने कहा, यह कैसी कथा है?

इस पर वानर उसे सुनाने लगा।

कथा–2

किसी कुएँ में रहने वाले मेंढकों के राजा गंगदत्त ने अपने परिजनों के व्यवहार से दुःखी होकर उन्हें कुछ पाठ पढ़ाने की सोची।

कहा भी गया है कि विपत्ति के समय अहित करने वाले तथा संकट में पड़े व्यक्ति का मज़ाक़ उड़ाने वाले से बदला लेने वाला व्यक्ति ही जीवित माना जाता है। दुष्टों की उपेक्षा करने वाले को तो मृत ही समझना चाहिए।

यह सोचते हुए गंगदत्त को एक साँप अपने बिल में घुसता हुआ दिखाई दिया, तो उसने सोचा कि क्यों ना मैं इस साँप को अपने साथ इस कुएँ में ले जाऊँ, ताकि मेरे विरोधियों का सर्वनाश हो जाए, क्योंकि शत्रुओं को शत्रुओं के साथ और बलवानों को बलवानों के साथ भिड़ा देने से उन दोनों की हानि हो जाती है, जबकि अपना कुछ भी नहीं बिगड़ता।

जिस प्रकार शरीर में घुसे काँटे को निकालने के लिए काँटे का ही प्रयोग किया जाता है, इसी प्रकार अपने किसी शत्रु को नष्ट करने के लिए उसके किसी बलवान शत्रु को नियुक्त कर देना चाहिए।

यह सोचकर गंगदत्त ने साँप के बिल के पास जाकर उसे पुकारा, अरे प्रियदर्शन! ज़रा बाहर आकर मेरी बात तो सुनो। साँप ने सोचा मुझे पुकारने वाला कोई साँप तो नहीं लगता, फिर मुझे कौन बुला रहा है? बिल से बाहर निकले बिना तो पता लगाना सम्भव नहीं, लेकिन बिना जाने बिल से बाहर आना भी ठीक नहीं।

देवगुरु बृहस्पति के अनुसार किसी अज्ञात कुल, शील तथा आचरण वाले जीव का संग-साथ कभी ख़तरे से ख़ाली नहीं होता, अतः ऐसे व्यक्ति का साथ कभी नहीं करना चाहिए।

कौन जाने, मुझे बुलाने वाला मुझे बन्धन में बाँध ले अथवा अपना कोई बदला चुकाने के लिए किसी को अपने साथ ले आया हो। यह सोचकर सर्प ने पुकारने वाले से अपना परिचय देने को कहा, तो गंगदत्त बोला, मैं मेंढकों का राजा गंगदत्त तुम्हारे साथ मित्रता करने आया हूँ। इस पर उस साँप ने सोचा कि भक्षक और भक्ष्य का सम्बन्ध तो तिनके और आग के सम्बन्ध-जैसा होता है।

जिसका वध किया जाता है, वह तो भूलकर भी वधिक के पास नहीं जाता, फिर तुम ये बे-सिर-पैर की बातें क्यों कर रहे हो?

गंगदत्त बोला, तुम ठीक कहते हो, हमारी-तुम्हारी तो जन्मजात शत्रुता है, अतः मेरा तुम्हारे पास आना स्वाभाविक नहीं है, लेकिन मेरे जाति-बन्धुओं ने मुझे प्रताड़ित करके बदला लेने के लिए विवश कर दिया है। कहा भी गया है कि अपने सर्वनाश तथा प्राणहानि की आशंका होने पर अपने धन व प्राणों की रक्षा के लिए गधे को भी बाप बनाने में संकोच नहीं करना चाहिए। इसमें कुछ भी ग़लत नहीं।

साँप ने पूछा, यह बताओ कि तुम्हारा अपमान किसने किया है?

गंगदत्त ने कहा, मेरे अपने ही जाति-बन्धुओं ने।

साँप ने पूछा, तुम रहते कहाँ हो, कुएँ, बावड़ी या किसी पक्के तालाब में?

गंगदत्त बोला, मैं पत्थरों वाले कुएँ में रहता हूँ।

साँप ने कहा, तुम तो जानते हो कि पैर ना होने के कारण हम उधर नहीं जा सकते। जब मैं वहाँ जा ही नहीं सकता, तो तुम्हारे शत्रुओं का विनाश कैसे कर सकता हूँ? मेरे पास तुम्हारा आना व्यर्थ है।

अपना हित चाहने वाले व्यक्ति को वही पदार्थ खाना चाहिए, जो खाने योग्य हो, सुपाच्य हो तथा स्वास्थ्य के लिए उपयोगी भी हो। इसी प्रकार काम भी वही करना चाहिए, जो अपने वश का तथा लाभकारी हो।

गंगदत्त बोला, तुम चलो तो सही। मैं तुम्हें कुएँ में प्रवेश करा दूँगा। यदि तुम्हें यह स्वीकार ना हो, तो कुएँ के पास ही एक छोटा-सा तालाब है,

तुम उसमें रहना आरम्भ कर दो और कुएँ से निकलकर बाहर आए मेंढकों को अपना आहार बना लिया करना।

साँप ने भी सोचा, अब मैं बूढ़ा हो गया हूँ, दिन में बड़ी मुश्किल से एक-आध चूहा हाथ लगता है। जब यह मूर्ख अपने ही परिवार का विनाश करना चाहता है, तो मैं इस अवसर को क्यों छोड़ूँ?

किसी भी असमर्थ और असहाय प्राणी की बुद्धिमानी इसी में है कि यदि उसे पेट भरने का सुगम साधन मिल सकता हो, तो उसे वह साधन कभी नहीं छोड़ना चाहिए।

यह सोचकर साँप ने गंगदत्त से कहा, यदि तुम किसी सुगम मार्ग से मुझे कुएँ तक पहुँचा सकते हो, तो मुझे वहाँ चलने में कोई आपत्ति नहीं है। जब हम मित्र बन ही गए हैं, तो मुझे तुम पर विश्वास करना ही होगा।

गंगदत्त बोला, मित्र प्रियदर्शन! मेरा एक सुझाव है। मैं जिन मेंढकों की ओर संकेत करूँगा, तुम केवल उन्हें ही खाओगे।

यह सुनकर प्रियदर्शन ने अपनी सहमति जताई और वह गंगदत्त के साथ चल दिया। गंगदत्त ने उस साँप को एक सुरक्षित स्थान में बैठाकर अपने सभी शत्रु दिखा दिए, जिन्हें वह एक-एक करके खा गया।

कुएँ के सभी मेंढकों के समाप्त हो जाने पर साँप गंगदत्त से बोला, अब तो सब मेंढक समाप्त हो गए हैं। अब मैं क्या खाऊँ? मुझे यहाँ तुम लाए हो, मेरे भोजन का प्रबन्ध करना तुम्हारी ज़िम्मेदारी है। मेरे बिल पर तो अब किसी और ने अपना अधिकार कर लिया होगा, अतः अब मेरा वहाँ लौट पाना भी सम्भव नहीं। अब तुम मुझे अपने ही परिवार का एक-एक मेंढक प्रतिदिन खाने के लिए दे दिया करो, नहीं तो मुझे मनमानी करनी पड़ेगी।

अब गंगदत्त की आँखें खुलीं और वह साँप को वहाँ लाने की अपनी मूर्खता पर पछताने लगा। उसे याद आ गया कि अपने से अधिक शक्तिशाली शत्रु को अपना मित्र समझने वाला व्यक्ति, तो विष खाकर स्वस्थ जीवन की इच्छा करने वाला मूर्ख होता है।

अब मुझे प्रतिदिन इस साँप को अपना एक परिजन सौंपना ही होगा, क्योंकि सब कुछ छीन लेने को तैयार शत्रु को थोड़ा-बहुत देकर सन्तुष्ट करने में ही बुद्धिमानी है। इसीलिए तो समुद्र भी बड़वानल को प्रतिदिन थोड़ा-बहुत जल देता रहता है।

प्रबल शत्रु द्वारा माँगी गई वस्तु को उसे ना देने वाला दुर्बल व्यक्ति थोड़ा बचाने के लालच में अपना सर्वस्व गँवा देने की मूर्खता करता है।

बुद्धिमानी इसी में है कि यदि सारा जाता दिखाई दे और आधा देकर आधे को बचाया जा सके,तो आधा अवश्य दे देना चाहिए। अपना काम आधे से ही चला लेने पर सहमत हो जाना चाहिए।

बुद्धिमान व्यक्ति को थोड़ा बचाने के लिए अधिक को नहीं गँवा देना चाहिए। थोड़ा देकर अधिक की रक्षा करना ही उचित और बुद्धिमानी है।

जिस प्रकार मैले वस्त्रों वाला व्यक्ति कहीं पर भी बैठ जाता है, उसे कुछ भी गन्दा होने की आशंका नहीं होती, इसी प्रकार अपना धन गँवा चुके व्यक्ति को अपना धन पुनः प्राप्त करने का कोई उपाय नहीं दिखाई देता।

प्रतिदिन एक-एक मेंढक को खाते-खाते वह साँप एक दिन गंगदत्त के बेटे यमुनादत्त को भी खा गया। अब गंगदत्त आँसू बहाने के सिवाय क्या कर सकता था? वह रोते-रोते अपने आप से कहने लगा, अपने पैरों पर अपने-आप कुल्हाड़ी मारने वाले मूर्ख, अब तू क्यों रोता है? जब तूने अपने वंश को ही मरवा डाला, तो अब तुझे बचाने के लिए कौन आएगा?

अब भी समय है, अपने बचाव के बारे में सोच, वरना यह साँप तेरे सारे परिवार को खा जाएगा। गंगदत्त अभी इस विषय में सोच ही रहा था कि उसे पता चला कि अपने वंश में वह अकेला ही बचा है, शेष सारे मेंढकों को साँप अपनी भूख मिटाने के लिए खा चुका है।

प्रियदर्शन साँप गंगदत्त से कहने लगा, अब तुम किसी अन्य कुएँ या तालाब आदि में रहने वाले मेंढकों को यहाँ लेकर आओ, ताकि मेरे भोजन का प्रबन्ध हो सके। तुम ही तो मुझे यहाँ लाए हो, अतः मेरे भोजन की व्यवस्था करना भी तुम्हारा ही कर्तव्य है।

गंगदत्त बोला ठीक है, मैं दूसरे स्थानों से मेंढकों को लाने के लिए जाता हूँ, तुम मुझे यहाँ से जाने की अनुमति दो। प्रियदर्शन ने उसे जाने की अनुमति दे दी और मेंढकों सहित उसके लौटने की प्रतीक्षा करने लगा। जब वह बहुत दिनों तक ना लौटा, तो निराश होकर उस साँप ने अपनी पड़ोसिन गोह से कहा, तुम तो गंगदत्त को जानती हो, उसे सूचना दो कि यदि और मेंढकों का प्रबन्ध नहीं हो पा रहा है, तो वह आकर मुझे बता जाए।

गोह से सर्प का यह सन्देश सुनकर गंगदत्त बोला, मेरी ओर से उस साँप को कह देना कि अब मैं समझ गया हूँ कि भूख किसी भी प्राणी को

कितना निर्मम बना देती है और भूखे व्यक्ति कितने विवेकहीन हो जाते हैं। अब गंगदत्त उसके पास जाने वाला नहीं।

मगरमच्छ को यह कथा सुनाकर वानर बोला, मैं भी अब तेरे झाँसे में आने वाला नहीं।

इस पर मगरमच्छ बोला, मित्र! ऐसा मत करो। यदि तुम मेरे साथ नहीं चलोगे, तो तुम्हारी भाभी अपना अनशन नहीं तोड़ेगी और मैं भी यहीं तुम्हारे सामने ही अनशन करके अपने प्राण त्याग दूँगा।

यह सुनकर वानर बोला, मैं लम्बकर्ण गधे की भाँति मूर्ख नहीं हूँ, जो अपने सर्वनाश को जानकर भी वहाँ जाऊँ।

सिंह के पराक्रम को देखकर भाग गया लम्बकर्ण गधा अपने कानों पर विश्वास ना करके लौट आया और उस सिंह का आहार बन गया।

मगरमच्छ की जिज्ञासा पर वानर उसे लम्बकर्ण गधे की कथा सुनाने लगा।

कथा–3

जंगल में रहने वाला करालकेशर नामक सिंह एक बार किसी बलवान हाथी से भिड़ गया और इतना घायल हो गया कि उसका अपने लिए आहार जुटाना भी सम्भव ना रहा। इधर, उसका पुराना सेवक धूसरक गीदड़ भी भूखों मर रहा था। सिंह ने गीदड़ से किसी जीव को फुसलाकर अपने पास लाने को कहा, तो खोज में भटकते हुए धूसरक को पास ही किसी गाँव में लम्बकर्ण नामक गधा मिल गया। वह हरी घास खाता हुआ आनन्दपूर्वक घूम रहा था। गीदड़ उससे मीठी-मीठी बातें करने लगा और उसे हरी घास से भरे एक बड़े मैदान की ओर चलने की सलाह देने लगा। गीदड़ ने गधे की ऐसी खुशामद की कि वह उसे अपने साथ लाने में सफल हो गया। गीदड़ ने लम्बकर्ण नामक उस लोभी और कामी गधे को उस स्थान पर तीन गधियों के होने का आश्वासन देकर वहाँ जाने के लिए इतना उकसाया कि वह उतावला हो उठा। वह बोला, स्त्री-भोग के समान सुख इस संसार में दूसरा नहीं है। स्त्री का संग अमृत के समान जीवनदायी होता है और उसका वियोग विष के समान मृत्युकारक होता है।

स्त्री का संगम तो बड़े सौभाग्य से मिलता है, उसका नाम लेते ही प्राणी के मन में काम जागृत हो जाता है। स्त्री के मिलने पर ना पिघलने वाले पुरुष को तो गया-गुज़रा ही समझना चाहिए।

बस, फिर क्या था, गधा तुरन्त ही गीदड़ के साथ चल पड़ा। गधे को आता देखकर सिंह उस पर झपटा, किन्तु असमर्थ होने के कारण उसका पंजा गधे की पीठ पर ना लग सका और गधा भाग खड़ा हुआ।

गीदड़ ने अपने परिश्रम को व्यर्थ करने के लिए उस सिंह को ख़ूब खरी-खोटी सुनाई, तो सिंह ने गीदड़ से अनुरोध किया कि तुम उस गधे को एक बार फिर यहाँ ले आओ, तो मैं अवश्य ही उसका वध कर डालूँगा।

गीदड़ गधे की ओर दोबारा चल दिया और वहाँ पहुँचकर गधे से बोला, तुम भाग क्यों आए? अरे, वह गधी तो तुम्हारा आलिंगन करने के लिए तुम्हारी ओर बढ़ रही थी। तुम्हारे भाग आने से वह इतनी अधिक काम-विह्वल हो रही है कि यदि तुमने उसकी इच्छा पूरी ना की, तो वह मर जाएगी और उसकी हत्या का पाप तुम्हें लगेगा। यही नहीं, कामदेव भी तुम पर नाराज़ होकर तुम्हें नपुंसक बना डालेंगे।

क्या तुम नहीं जानते कि स्त्रियों से दूर भागने वाले साधु-सन्त नंगे, सिर घुटे, लाल वस्त्रधारी, जटाधारी एवं कापालिक क्यों हैं? यह कामदेव के प्रकोप का ही परिणाम है। उन मूर्खों ने कामदेव के कभी व्यर्थ ना जाने वाले अस्त्र, सभी सम्पत्तियों की प्रदाता तथा सृष्टि का विस्तार करने वाली स्त्री की उपेक्षा करने का दुस्साहस किया है। इसीलिए कामदेव ने उन्हें भूखा-नंगा रहने का शाप दिया है और इसी के फलस्वरूप अब वे तप के बहाने अनेक प्रकार के कष्ट भोग रहे हैं।

गीदड़ के वचन सुनकर काम-मोहित गधा पुनः उसके साथ सिंह के पास चल दिया।

सच तो यह है कि दुर्भाग्य का मारा व्यक्ति जान-बूझकर निन्दित कर्म में प्रवृत्त होता है। यदि ऐसा ना हो, तो बुरे काम करना किसे अच्छा लगता है?

इस बार पहले से तैयार बैठे सिंह ने पूरे ज़ोर से उछलकर गधे का वध कर डाला। गधे के मारे जाने पर सिंह तो स्नान करने चला गया और मरे हुए गधे की रखवाली का काम गीदड़ को सौंप गया। गीदड़ ने गधे के दोनों कानों और दिल को खा लिया। स्नान करके लौटे सिंह ने गधे को दोनों कानों और दिल से रहित देखकर अपने शिकार को जूठा करने के लिए गीदड़ को

बुरा-भला कहा, तो गीदड़ बोला, स्वामी! मैंने कुछ नहीं किया। इस गधे के कान और दिल थे ही नहीं, तभी तो एक बार आपका सामना हो जाने पर भी वह दोबारा यहाँ चला आया। सिंह ने गीदड़ की बात पर विश्वास कर लिया और उसके हिस्से का मांस उसे दे दिया।

मगरमच्छ को यह कथा सुनाकर वानर बोला, वह गधा कान और दिल दोनों से सचमुच रहित था, तभी तो एक बार सिंह के आक्रमण से बचकर वह दोबारा अपने विनाश के लिए वहाँ जा पहुँचा।

अरे मूर्ख! तुमने मेरे साथ छल किया है। कहा भी गया है कि सच बोलने का अभिमान करने वाला व्यक्ति अपने स्वार्थ की चिन्ता ना करके सत्य-भाषण करने लगता है। ऐसा मूर्ख व्यक्ति निश्चित रूप से युधिष्ठिर नामक कुम्हार के समान अपने पैरों पर आप ही कुल्हाड़ी मार लेता है, अर्थात अपनी हानि स्वयं ही कर लेता है।

मगरमच्छ की उत्सुकता पर वानर उसे युधिष्ठिर कुम्हार की कथा सुनाने लगा।

कथा–4

गाँव में रहने वाला युधिष्ठिर नामक कुम्हार एक बार किसी काम से दौड़ता हुआ अपने घर के भीतर जा रहा था कि अचानक अपना पैर फिसलने के कारण वह आँगन में पड़े टूटे-फूटे बर्तनों पर जा गिरा और किसी नुकीले बर्तन से टकरा जाने से उसका सिर फट गया। सही इलाज ना हो पाने के कारण सिर का घाव ठीक ना हो सका।

अब कुम्हार का काम ना कर सकने के कारण युधिष्ठिर काम की तलाश में किसी नगर में पहुँचा, तो वहाँ सैनिकों की भर्ती चल रही थी। भर्ती करने वाले ने कुम्हार के माथे पर लगे घाव को देखकर समझा कि यह कोई योद्धा है, जो सामने से वार झेलता है, अपनी पीठ नहीं दिखाता। उसे तत्काल सैनिक के तौर पर भर्ती कर लिया गया। इतना ही नहीं, उसे अन्य सुविधाएँ भी दी जाने लगीं, जिससे अन्य सैनिक उससे ईर्ष्या करने लगे, परन्तु उसे अपने अधिकारी का कृपापात्र जानकर वे कुछ भी कह नहीं सके। कुछ दिनों बाद, किसी पड़ोसी राजा द्वारा मचाए जा रहे उत्पात का समाचार सुनकर वहाँ योद्धाओं की एक टुकड़ी भेजने का निश्चय किया गया। जब कुम्हार को

एकान्त में बुलाकर उससे उसके सिर के घाव के बारे में पूछा गया, तो उसने अपनी जाति और अपने घाव के विषय में सच-सच बता दिया। सेनाध्यक्ष एक साधारण कुम्हार को वीर योद्धा समझने की अपनी मूर्खता पर लज्जित हो उठा और उसे तुरन्त ही वहाँ से चले जाने को कहा।

कुम्हार बोला, मैं मानता हूँ कि मैं छोटी जाति का हूँ और मैंने कभी युद्ध नहीं किया, किन्तु मेरी प्रार्थना है कि मुझे अपनी वीरता दिखाने का अवसर दीजिए।

सेनाध्यक्ष ने कहा, तुम किसी ग़लतफ़हमी का शिकार होकर डींग हाँक रहे हो, किन्तु तुम्हारा हित यहाँ से तुरन्त चले जाने में ही है। गीदड़ के अहंकार पर सिंहनी ने भी उसे यही सीख देते हुए कहा था, हे पुत्र! माना कि तुम विद्वान होने के साथ-साथ साहसी और शूरवीर भी हो, किन्तु यह मत भूलो कि जिस कुल में तुम उत्पन्न हुए हो, वहाँ हाथी का वध नहीं किया जाता।

कुम्हार की उत्सुकता पर सेनाध्यक्ष उसे यह कथा सुनाने लगा।

कथा–5

किसी जंगल में रहने वाली सिंहनी ने दो शावकों को जन्म दिया, तो उसके लिए भोजन का प्रबन्ध सिंह ही किया करता था। एक दिन सूर्यास्त हो जाने पर भी जब उसे उपयुक्त शिकार नहीं मिला, तो वह शाम को गीदड़ के एक छोटे-से बालक को उठा लाया। उसे देखकर सिंहनी बोली, स्त्रियों, ब्राह्मणों और बालकों को शास्त्र भी अवध्य बताते हुए कहते हैं कि प्राणों पर संकट आने पर भी इनका वध कभी नहीं करना चाहिए। अतः मैं इसे अपना आहार नहीं बना सकती। इसका वध तो एक अनुचित कर्म होगा।

धर्म का विधान यही है कि किसी भी हालत में व्यक्ति को करणीय कर्म कभी छोड़ना नहीं चाहिए और अकरणीय कर्म कभी करना नहीं चाहिए।

अपनी माँ से बिछड़े इस नन्हे-से बच्चे को मैं अपना तीसरा बेटा मानकर इसका पालन-पोषण करूँगी। बस, फिर तो वह गीदड़ का बच्चा भी शेर के शावकों के साथ घूमने-फिरने और खेलने-कूदने लगा।

एक बार शावकों ने जंगल में एक हाथी को देखा, तो वे उस पर आक्रमण करने को लपके, किन्तु गीदड़ का बच्चा उन्हें ऐसा करने से रोकते

हुए अपने प्राणों के भय से भाग खड़ा हुआ। यह देखकर शेर के बच्चे सोच में पड़ गए। कहा भी गया है कि अकेले सेनापति द्वारा रण में उत्साहित किए जाने पर, जहाँ सेना दुर्बल होने पर भी चमत्कार करने में सफल हो जाती है, वहीं निरुत्साहित किए जाने पर कभी-कभी प्रबल सेना को भी पराजय का मुँह देखना पड़ जाता है।

यही कारण है कि युद्ध-विद्या के पण्डित सेना में सदैव शूरवीर, उत्साही, ख़तरों से खेलने वाले तथा प्राणों से मोह ना रखने वाले युवकों की ही भर्ती का समर्थन करते हैं।

घर पहुँचकर सिंह-शावकों ने हाथी को देखकर गीदड़ के बच्चे के भाग खड़े होने और अपने को निरुत्साहित करने की शिकायत की, तो गीदड़ का बच्चा क्रुद्ध हो उठा और अपने साहस की डींग हाँकने लगा। सिंहनी आशंकित हो उठी कि कहीं यह झगड़ा युद्ध का रूप ना ले ले और गीदड़ का बच्चा मारा ना जाए। सिंहनी ने तुरन्त ही एकान्त में बुलाकर उसे उसके कुल की असलियत बताकर वहाँ से भाग जाने की सलाह दी। वह बोली, वत्स! माना कि तू मेरा दूध पीकर शूरवीर, साहसी और समझदार हो गया है, किन्तु तुझे यह नहीं भूलना चाहिए कि तू जिस कुल में उत्पन्न हुआ है, वहाँ हाथियों का शिकार नहीं किया जाता।

मेरे द्वारा पाले जाने से तू गीदड़ से शेर नहीं बन गया। मेरे पुत्रों को वास्तविकता का पता चलने से पहले ही तुझे यहाँ से चले जाना चाहिए, अन्यथा कहीं तुझे अपने प्राणों से हाथ ना धोना पड़ जाए?

यह कथा सुनाकर सेनाध्यक्ष बोला, अब तेरी भी असलियत का पता चल गया है। तेरा काम बर्तन बनाना है, युद्ध करना नहीं।

सेनाध्यक्ष की सही राय को मानकर कुम्हार तुरन्त अपने गाँव को चल दिया।

अपने स्वार्थ की हानि की चिन्ता ना करके सच बोलने का दिखावा करने वाला व्यक्ति युधिष्ठिर कुम्हार की भाँति घाटे में ही रहता है।

वानर बोला, अरे दुष्ट! तूने अपनी पत्नी के बहकावे में आकर मित्रता की बलि चढ़ा दी! क्या स्त्रियाँ भी कभी विश्वसनीय होती हैं?

ब्राह्मण बोला था, जिस स्त्री के लिए मैंने अपने परिवार को छोड़ा, यहाँ तक कि अपनी आधी आयु भी उसे दे दी, जब उस कृतघ्न स्त्री ने मेरे

साथ ही विश्वासघात किया, तो ऐसी चरित्रहीन स्त्रियों पर विश्वास करना कहाँ तक उचित है?

मगरमच्छ बोला, यह कैसी कथा है, मुझे भी सुनाइए।

इस पर वानर उसे यह कथा सुनाने लगा।

कथा–6

एक ब्राह्मण अपनी पत्नी से इतना प्यार करता था कि वह उसके दोषों को भी गुण समझता था। अकारण उसकी कलहप्रियता से ऊबकर ब्राह्मण ने अपने माता-पिता को भी छोड़ दिया और अपना अलग घर बसा लिया।

एक बार पति-पत्नी तीर्थ-भ्रमण को निकले, तो मार्ग में प्यास लगने पर पत्नी ने पति से जल लाने के लिए कहा। जल लेकर लौटे ब्राह्मण ने पत्नी को प्राणहीन हो गया देखा, तो पत्नी के मोह में अन्धा बना वह ब्राह्मण आत्महत्या करने को उद्यत हो गया। इसी बीच, उसे आकाशवाणी सुनाई दी कि यदि वह अपना आधा जीवन अपनी पत्नी को देने का संकल्प करे, तो उसकी पत्नी जीवित हो जाएगी। ब्राह्मण ने हाथ में जल लेकर जैसे ही संकल्प लेकर अभिमन्त्रित किया हुआ जल स्त्री पर छिड़का, वैसे ही वह जीवित हो उठी और वे आगे की यात्रा पर चल पड़े।

दो-तीन दिन बाद पत्नी को एक कुएँ पर छोड़कर ब्राह्मण भोजन की व्यवस्था करने नगर में गया। इस बीच, उस ब्राह्मणी ने एक रूपवान, परन्तु पैरों से विकलांग युवक को मधुर कण्ठ से गीत गाते देखा, तो वह उस पर मुग्ध होकर उससे प्रणय-याचना करने लगी। युवक ने उससे बचने की बहुत चेष्टा की, किन्तु ब्राह्मणी की याचना पर युवक को उससे शारीरिक सम्बन्ध स्थापित करना ही पड़ा।

ब्राह्मणी को उस युवक से रति क्रिया में इतना आनन्द आया कि अब वह ब्राह्मण को छोड़कर उस युवक को ही चाहने लगी।

पति के लौटने पर ब्राह्मणी ने उस विकलांग युवक को दया का पात्र और अतिथि बताकर अपने पति को उसे भी खाना देने के लिए राज़ी कर लिया और उसे अपने साथ ले चलने की बात भी मनवा ली।

मार्ग में एक अन्धा कुआँ आया, तो उस दुष्टा ने युवक के साथ स्वच्छन्द सम्बन्ध रखने की इच्छा से अपने पति को कुएँ में धकेल दिया।

इसके बाद उस युवक के साथ ब्राह्मणी एक नगर में पहुँची, तो सैनिकों को अपना पीछा करते देखकर कुछ चोर ब्राह्मणी की पिटारी में लूट का माल डालकर भाग गए। जब सैनिक उस ब्राह्मणी और युवक को न्यायाधीश के पास ले गए, तो ब्राह्मणी ने अपनी निर्दोषता सिद्ध कर दी और अपराध-मुक्त हो गई।

इधर, किसी राह चलते एक साधु ने कुएँ में पड़े उस ब्राह्मण को बाहर निकाला, तो ब्राह्मणी को खोजता हुआ, वह ब्राह्मण भी वहाँ आ पहुँचा। अपने पति को देखकर भयभीत ब्राह्मणी ने पुनः त्रियाचरित्र दिखाना आरम्भ कर दिया। वह न्यायाधीश से कहने लगी कि उसे उस ब्राह्मण से बचाया जाए। इस पर वह ब्राह्मण बोला, मुझे अपनी सफ़ाई में कुछ भी नहीं कहना है। मेरी एक अमानत इस दुष्टा के पास है, उसे लेकर मैं तुरन्त ही चला जाऊँगा।

यह कहकर ब्राह्मण ने हाथ में जल लेकर जैसे ही अभिमन्त्रित जल उस स्त्री पर डाला, वैसे ही वह निःशेष हो गई।

बाद में वहाँ उपस्थित लोगों की जिज्ञासा पर उन्हें सारी आप-बीती सुनाकर ब्राह्मण बोला, स्त्रियों पर विश्वास करने से बड़ी मूर्खता दूसरी कोई नहीं हो सकती। मैंने इस दुष्टा के लिए अपने माता-पिता को छोड़ा और अपनी आधी आयु भी इसे दे दी, लेकिन फिर भी इसने मेरी हत्या करने में संकोच नहीं किया। स्त्रियों का चरित्र और स्वभाव ऐसा ही होता है।

वानर बोला, इसी सम्बन्ध में एक अन्य कथा इस प्रकार है कि पुरुष स्त्रियों को क्या नहीं देता और इन्हें प्रसन्न करने के लिए क्या नहीं करता? यहाँ तक कि अपना सिर मुँडवाने और पत्नी का घोड़ा बनकर हिनहिनाने में भी पुरुष संकोच नहीं करता, लेकिन इतने पर भी इनकी नीयत का कोई विश्वास नहीं।

मगरमच्छ की जिज्ञासा पर वानर उसे यह कथा सुनाने लगा।

कथा–7

महाप्रतापी राजा नन्द अपनी पत्नी से इतना प्रेम करता था कि उसकी भौंहें टेढ़ी होते ही वह चिन्तित हो उठता था। अपनी पत्नी की प्रसन्नता के लिए राजा नन्द कुछ भी कर सकने की डींग हाँका करता था। एक बार उसकी पत्नी ने अपने प्रति अपने पति की अनुरक्ति की परीक्षा लेनी चाही और किसी बात पर रूठकर अनशन पर जा बैठी।

पत्नी को रुष्ट देखकर राजा ने अनेक युक्तियों और ख़ुशामद से अपनी पत्नी को रिझाने का प्रयास किया, परन्तु सफलता नहीं मिली। अन्त में, जब राजा ने पत्नी से उसके प्रसन्न होने का उपाय पूछा, तो वह बोली, तुम्हारे सिर मुँडाकर मेरे चरणों में गिरने पर मैं प्रसन्न हो जाऊँगी। राजा ने तुरन्त ही नाई को बुलाकर अपना सिर मुँडवाया और पत्नी के चरणों में गिरकर उसे प्रसन्न किया।

राजा की पत्नी को इस प्रकार अपने पति पर शासन करता देखकर राजा के प्रधान अमात्य वररुचि की पत्नी में भी ईर्ष्याभाव जाग उठा। वह भी अपने पति की अपने में आसक्ति को जानना चाहती थी। उसने भी अकारण किसी बात पर रुष्ट होकर अपने पति को आत्महत्या की धमकी दे दी।

पति अपनी पत्नी को मनाने के प्रयत्न करने में लग गया, किन्तु पत्नी राज़ी नहीं हुई। हारकर वररुचि ने पत्नी से पूछा, तुम्हारी प्रसन्नता का कोई उपाय नहीं? वह बोली, यदि तुम घोड़ा बनकर और मुझे अपनी पीठ पर बैठाकर कुछ दूर चलो और घोड़े की तरह हिनहिनाओ, तो मैं अपना क्रोध छोड़ सकती हूँ। पत्नी के प्रेम में अन्धे वररुचि को यह सब करना पड़ा।

प्रातःकाल सभा में बैठे अमात्य ने जब राजा से पूछा, महाराज! आपने किस उपलक्ष्य में मुंडन कराया है, तो राजा ने कहा, मित्र! जिस उपलक्ष्य में तुम्हें घोड़ा बनकर हिनहिनाना पड़ा है।

यह कथा सुनाकर वानर बोला, स्त्री की माँग पर पति उसकी इच्छानुसार उसे सब कुछ देता है और उसके सब काम भी निपटाता है, फिर क्यों स्त्रियाँ अपने पति को नचाने में विश्वास करती हैं?

अरे दुष्ट! तू भी राजा नन्द और उसके अमात्य वररुचि के समान अपनी पत्नी का दास है। तभी तो पत्नी के कहने पर तू मेरे प्राण लेने को तैयार हो गया। यह तो मेरा सौभाग्य था कि तूने इस रहस्य को प्रकट कर दिया। इसीलिए मौन को महत्त्वपूर्ण माना जाता है।

मौन रहकर ही बगुले बन्धन में फँसने से बच जाते हैं, क्योंकि व्याध को उनके निवासस्थान का पता ही नहीं चल पाता, लेकिन इसके विपरीत शोर मचाने से शुक और सारिका आदि पक्षी बन्धनग्रस्त हो जाते हैं। इसीलिए मौन को आत्मरक्षा का सर्वोत्तम साधन बताया गया है।

देखो, बाघ की खाल से ढका होने के कारण सुरक्षित जीवन बिता रहा गधा अपनी वाणी के कारण ही मारा गया।

मगरमच्छ को गधे की कथा सुनाता हुआ वानर बोला।

कथा–8

शुद्धपट नामक एक धोबी का गधा पूरा भोजन ना मिलने के कारण बहुत दुबला हो गया था। एक दिन अचानक धोबी ने एक मरे हुए बाघ को देखा, तो उसने गधे को सर्दी से बचाने के लिए उस बाघ का चमड़ा ओढ़ाने की सोची, जिससे गधे को दो लाभ हुए। एक, तो वह सर्दी से बच गया और दूसरे, वह खेतों में ठाठ से हरी-हरी घास चरने लगा। खेतों के मालिक गधे को बाघ समझकर उसके पास आने की हिम्मत नहीं कर पाते थे। इसलिए वह गधा कुछ ही दिनों में इतना हट्टा-कट्टा हो गया कि धोबी के घर का दरवाज़ा भी उसके लिए छोटा पड़ने लगा, परन्तु एक दिन उस गधे ने एक गधी को रेंकते हुए सुना, तो कामातुर हो जाने के कारण यह गधा भी रेंकने लगा।

गधे के रेंकते ही खेतों के मालिकों को उसकी असलियत का पता चल गया, फिर तो किसानों ने उस गधे की ऐसी पिटाई की कि उसे जान के लाले पड़ गए।

यह कहानी सुनाकर वानर मगरमच्छ से बोला, अपने भयंकर दिखने वाले शरीर के कारण गधा मज़े से घास चरता था और आनन्द से घूमता-फिरता था, लेकिन अपनी वाणी पर संयम ना रख पाने के कारण उसे अपने जीवन से ही हाथ धोने पड़े।

मगरमच्छ और वानर में यह वार्तालाप चल ही रहा था कि मगरमच्छ के एक साथी ने उसे अनशन पर बैठी उसकी पत्नी के परलोकगमन का समाचार सुनाया, जिसे सुनकर मगरमच्छ विलाप करने लगा। कहा भी गया है कि माता तथा प्रियभाषिणी पत्नी से विहीन घर निवास के योग्य नहीं रह जाता। इन दोनों के ना रहने पर प्राणी को जंगल की राह ले लेनी चाहिए। असलियत तो यह है कि ऐसा घर ही जंगल बन जाता है।

वानर से क्षमा माँगते हुए मगरमच्छ बोला, मित्र! मुझे मेरे अपराध के लिए क्षमा करो। अब मैं अपनी पत्नी के वियोग में आत्मदाह करने वाला हूँ। वानर ने हँसते हुए कहा, मुझे तुम्हारे जोरू के गुलाम होने की बात तो पहले से ही पता थी, अरे मूर्ख! ऐसी स्त्री से छुटकारे को तो आनन्द का

विषय मानना चाहिए और इसके लिए प्रसन्न होना चाहिए, जबकि तुम उलटी गंगा बहा रहे हो।

विद्वान लोग दुश्चरित्र तथा प्रतिदिन क्लेश करने वाली स्त्री को असमय ही अपने जवान पति को बूढ़ा बना देने वाली बीमारी मानते हैं।

अतः सुख-शान्ति के इच्छुक पुरुष को ऐसी दुश्चरित्र और झगड़ालू स्त्री का तो नाम भी नहीं लेना चाहिए, उससे तो दूर रहने में ही पुरुष की भलाई है।

शायद तुम्हें मालूम नहीं कि स्त्रियाँ पहले तो अपने मन की बातें कभी जीभ पर लातीं नहीं और यदि कभी भूले-भटके ऐसी कोई बात उनकी जीभ पर आ जाती है, तो वे उसे प्रकट नहीं होने देतीं। वे पुरुष के लाभ के लिए कभी कुछ नहीं करतीं, उनका चरित्र बड़ा ही विलक्षण होता है।

दीपक की ज्योति के पास पहुँचे पतंगों के समान मनोहर नितम्बों वाली स्त्री का जाने-अनजाने संग-साथ करने वाला कौन पुरुष इनसे बच पाता है?

स्त्रियाँ घुंघुची के फल के समान भीतर से विषैली और बाहर से सुन्दर होती हैं। इनकी मीठी-मीठी बातों के पीछे छिपा उद्देश्य अत्यन्त विषैला होता है।

डण्डे से पीटने, शस्त्रों से घायल करने, अपार धन देने अथवा खुशामद करने-जैसे किसी भी उपाय से स्त्रियों को अपने वश में नहीं किया जा सकता।

मगरमच्छ बोला, मित्र! तुम्हारी यह बात शत-प्रतिशत सही है, किन्तु मैं तो ऐसा भाग्यहीन हूँ, जिसे एक साथ दो-दो कष्ट भुगतने पड़ रहे हैं। एक ओर पत्नी की मृत्यु के कारण मेरा घर बर्बाद हो गया, दूसरी ओर, तुम-जैसे मित्र का विश्वास भंग हो गया। लाल

इस सम्बन्ध में एक दुश्चरित्र स्त्री की मूर्खता की कथा इस प्रकार है।

एक गीदड़ी ने अपने को मूर्ख बताने वाली एक कुलटा स्त्री से कहा था, अरी, तू मुझसे दुगुनी समझदार है, फिर भी ना तू पति की हो सकी और ना ही प्रेमी की हो सकी। इसीलिए अब बैठी रो रही है।

वानर द्वारा सुनने की जिज्ञासा प्रकट करने पर मगरमच्छ उसे यह कथा सुनाने लगा।

कथा–9

किसी वृद्ध, किन्तु धनवान हलवाहे ने एक युवती से विवाह कर लिया, लेकिन उसकी युवा पत्नी अपने पति से सन्तुष्ट ना होने के कारण नित्य-प्रति किसी युवक की खोज में लगी रहती थी और रति-भोग में सन्तुष्ट करने वाले युवकों पर धन लुटाया करती थी।

दो-चार बार हलवाहे की स्त्री से रति क्रीड़ा कर चुके एक युवक ने एक दिन उस स्त्री से कहा, ऐसा कब तक चलेगा? यदि तुम चाहो, तो मैं तुमसे विवाह करके तुम्हें शारीरिक सुख दे सकता हूँ। हलवाहिन को युवक का प्रस्ताव उचित लगा, तो वह उसके साथ कहीं और जाकर रहने को तैयार हो गई। युवक के पास धन नहीं था, लेकिन हलवाहिन को इसकी कोई चिन्ता नहीं थी। उसका पति बहुत धनी था। अतः वह स्त्री अपने पति की नक़दी और आभूषण एक बक्से में लेकर उस युवक के पास चली आई।

युवक हलवाहिन को अपने साथ लेकर किसी दूसरे नगर को चल दिया। रास्ते में एक नदी आई, तो युवक ने अपनी प्रेमिका से कहा, मैं यह बक्सा नदी के दूसरे किनारे पर रखकर आता हूँ, फिर तुम्हें अपने कन्धे पर बैठाकर ले चलूँगा। हलवाहिन उसकी बातों में आ गई और उसने अपने वस्त्र और आभूषण भी उतारकर अपने प्रेमी को सौंप दिए।

नदी पार करते हुए उस युवक ने सोचा कि इस कुलटा को अपने साथ ले जाकर कहीं मैं फँस ना जाऊँ। इसका पति इसकी खोज अवश्य करेगा। फिर, जो कुलटा अपने पति की नहीं हो सकी, वह मेरी क्या रहेगी?

यह सोचकर वह सारा सामान समेटकर चलता बना और वह कुलटा नदी किनारे अल्प वस्त्रों में बैठी उसकी प्रतीक्षा करती रही। तभी एक गीदड़ी ने नदी के किनारे पर किसी मगरमच्छ को बैठा देखकर अपने हाथ का मांस उसकी ओर फेंक दिया, लेकिन उस मांस को एक गिद्ध ने उठा लिया और वह आकाश में उड़ गया। मगरमच्छ जल में कूद पड़ा। मगरमच्छ को पाने की आशा में अपने हाथ के मांस को गँवा देने पर गीदड़ी को उलाहना देते हुए वह कुलटा बोली, तेरे हाथ के मांस को तो गिद्ध ले गया और मगरमच्छ पानी में कूद गया। अब अपने हाथ के मांस और मगरमच्छ को गँवाने के पश्चात तेरे पछताने का क्या लाभ?

गीदड़ी ने भी अपने पति के धन और प्रेमी को गँवाकर बैठी उस कुलटा पर व्यंग्य करते हुए कहा, तू तो मुझसे कहीं अधिक समझदार है, फिर तूने क्यों पहले अपने पति के धन को खोया और फिर अपने प्रेमी से धोखा खाया। अब तू यहाँ इस अवस्था में बैठी किसकी बाट जोह रही है?

इसी बीच, किसी अन्य जलचर ने आकर मगरमच्छ को बताया कि उसके निवास पर किसी बड़े मगरमच्छ ने अधिकार कर लिया है। अपने घर को उस बड़े मगरमच्छ से ख़ाली कराने के उपाय पर विचार करते हुए वह मगरमच्छ बोला, मैं कैसा अभागा हूँ कि मेरा मित्र मुझसे रूठ गया, मेरी पत्नी परलोक सिधार गई और मेरे निवास पर किसी ने अधिकार कर लिया। अब मेरा क्या होगा? विद्वानों ने ठीक ही कहा है कि भाग्य के प्रतिकूल होने पर लोगों को बहुत कुछ सहना पड़ता है। घाव पर लगने वाली चोटें असहनीय होती हैं और जब खाने के लिए अन्न भी उपलब्ध नहीं होता, तब भूख बेचैन करती है। संकटकाल में शत्रुओं की संख्या और उनके उत्पातों में भी वृद्धि हो जाती है।

मगरमच्छ सोचने लगा कि क्या इससे युद्ध करके इसे घर से बाहर निकालूँ या किसी अन्य साधन का प्रयोग करूँ? क्यों ना इस बारे में उस वानर से ही सलाह कर लूँ, क्योंकि अपने गुरुजनों से पूछकर कार्य करने वाले व्यक्ति को कभी असफलता का मुँह नहीं देखना पड़ता।

यह सोचकर वह वानर के पास जाकर उससे कहने लगा, मित्र! तुमने सुना होगा कि मेरे घर पर किसी ने क़ब्ज़ा कर लिया है। अब मुझे क्या करना चाहिए?

वानर ने उत्तर दिया, मैंने तुझसे अपना सम्बन्ध तोड़ लिया है। अब मैं तुझे कोई सलाह नहीं दूँगा। तेरा मुझसे बात करना व्यर्थ है।

मगरमच्छ कहने लगा, मैं अपने इस अपराध के लिए क्षमा-प्रार्थना करता हूँ। इसे तुम मेरी पहली और आख़िरी भूल समझकर अपना क्रोध थूक दो।

वानर बोला, तू तो मुझे अपनी पत्नी की भेंट चढ़ाने वाला था। माना कि पत्नी अत्यन्त प्रिय होती है, परन्तु इसका अर्थ यह तो नहीं होता कि उसकी प्रसन्नता के लिए अपने किसी बन्धु की बलि चढ़ा दी जाए। मैं तो तेरी मूर्खता को पहले ही भाँपकर यह भी समझ गया था कि तेरा सर्वनाश होने वाला है।

अभिमान के कारण सज्जनों के वचनों की उपेक्षा करने वाला मूर्ख गले में घण्टा बँधे ऊँट के समान शीघ्र ही नष्ट हो जाता है।

मगरमच्छ ने पूछा, यह कैसी कथा है?

इस पर वानर उसे यह कथा सुनाने लगा।

कथा–10

उज्ज्वलक नामक एक बढ़ई अपनी दरिद्रता से दुःखी होकर सोचने लगा कि जब यहाँ रहकर जीवन सुखपूर्वक निर्वाह नहीं हो पाता, तब क्यों ना किसी अन्य स्थान पर जाकर अपना भाग्य आज़माया जाए। यह सोचकर वह अपने घर से निकल पड़ा। शाम के समय उसने जंगल में अपने झुण्ड से बिछड़ी तथा पीड़ा से व्याकुल एक ऊँटनी को देखा। उस ऊँटनी को बच्चा होने वाला था। बढ़ई ने उसे एक रस्सी से बाँध दिया और ऊँटनी के बच्चा देने पर उन दोनों को अपने घर ले आया। इसके साथ ही वह उन दोनों के लिए जंगल से कुछ हरे और कोमल पत्ते भी ले आया। कुछ ही दिनों में जच्चा-बच्चा दोनों हृष्ट- पुष्ट हो गए। अब वह बढ़ई ऊँटनी का दूध बेचकर अपना गुज़ारा करने लगा। ऊँटनी और उसके बच्चे से बढ़ई को इतना स्नेह हो गया कि उसने ऊँट-पालन को ही अपना धन्धा बना लिया। धीरे-धीरे उसने अनेक ऊँट ख़रीद लिए और वह ऊँटों के एक झुण्ड का मालिक बन बैठा। बढ़ई ने ऊँटनी के बच्चे के गले में घण्टा बाँध दिया, ताकि वह दूसरों से अलग पहचाना जा सके। वह बच्चा कुछ मोटा होने के कारण चलते-चलते अपने साथियों से पीछे रह जाता था, इसलिए दूसरे बच्चों को उसके किसी हिंसक जीव का शिकार हो जाने की आशंका बनी रहती थी।

एक दिन नदी पर पानी पीने जा रहे एक सिंह ने घण्टे की आवाज़ सुनी, तो उसने ऊँट के उस अकेले बच्चे को देखते ही उसे अपना शिकार बना लिया।

यह कथा सुनाकर वानर कहने लगा, इसीलिए मैं कहता हूँ कि अहंकार के कारण सज्जनों के कथन की उपेक्षा करने वाला मूर्ख व्यक्ति गले में घण्टा पड़े ऊँट के बच्चे के समान शीघ्र ही नष्ट हो जाता है।

यह सुनकर मगरमच्छ बोला, मित्र! सज्जनों के अनुसार, सात क़दम साथ चलने वाला व्यक्ति भी मित्र कहलाता है। मैं तुम्हें अपनी मित्रता की

शपथ देकर ही मेरी सहायता करने का तुमसे अनुरोध करता हूँ।

शास्त्रों का वचन है कि दूसरों के हित के लिए उनका पथ-प्रदर्शन करने वालों को इस लोक तथा परलोक में कभी कोई दुःख नहीं उठाना पड़ता।

मैं कृतघ्न सही, लेकिन सज्जनता तो दुष्टों का भी हित करने में है। कहा भी गया है कि भले लोगों के साथ भलाई करने में कोई बड़प्पन नहीं है? बुरे लोगों का हित करने वाले व्यक्ति ही बड़ा कहलाने के अधिकारी होते हैं।

वानर ने कहा, चलो, तुम पूछते हो, तो तुम्हें बताता हूँ। मेरी सलाह मानो, तो तुम्हें उससे युद्ध करना चाहिए, क्योंकि युद्ध में हारने पर भी और जीतने पर भी लाभ तुम्हें ही होगा। जीत जाओगे, तो तुम्हारा घर तुम्हें वापस मिल जाएगा और यदि मारे गए, तो स्वर्ग मिलेगा और संसार में यश भी फैलेगा।

शास्त्रों के अनुसार अपने से बलवान शत्रु के सामने विनम्र होकर उसे अपना बना लेना चाहिए, लेकिन यदि शत्रु अहंकार का प्रदर्शन करे, तो उसके सैन्यदल में फूट डलवा देनी चाहिए। यदि शत्रु दुर्बल हो, तो उसे कुछ देकर अपने अनुकूल बना लेना चाहिए, लेकिन समान शक्ति वाले के साथ तो युद्ध करना ही उचित होता है।

इस सम्बन्ध में वानर मगरमच्छ को यह कथा सुनाने लगा।

कथा-11

महाचतुरक नामक एक गीदड़ को किसी जंगल में मरा पड़ा एक हाथी मिल गया, जिसे पाकर वह प्रसन्न तो हुआ, लेकिन उसके लिए उस हाथी की खाल को फाड़ना असम्भव था। तभी उसने एक सिंह को अपनी ओर आते देखा, तो वह उससे बोला, श्रीमन! यह आपका आहार है, मैं तो इसकी रखवाली करने वाला आपका दास हूँ।

सिंह ने कहा, तुम जानते हो कि मैं दूसरों के हाथों मारा गया शिकार कभी नहीं खाता।

सिंह अपने द्वारा मारे गए पशु को ही खाता है। शिकार ना मिलने पर वह भूखा रह जाता है, किन्तु घास नहीं खाता। इसी प्रकार कुलीन व्यक्ति संकट आने पर भी अपनी मर्यादा का परित्याग नहीं करते। यह हाथी तुम्हें मुबारक हो, इसे तुम ही खाओ।

गीदड़ ने आभार प्रकट किया, तो सिंह वहाँ से जाते हुए कहने लगा, प्राणों के कण्ठ में अटक जाने पर भी महापुरुष अपने आचरण का परित्याग नहीं करते। शुद्धि के लिए अग्नि में डाला गया शंख अपनी शुभ्रता का त्याग कभी नहीं करता, यह भी इस तथ्य का उदाहरण है।

सिंह के चले जाने पर वहाँ एक बाघ आ निकला, तो चतुरक ने भेद-नीति अपनाने का विचार किया।

साम अथवा दाम नीतियों के सिद्ध ना होने पर शत्रु को वश में करने का अचूक उपाय उसमें और उसके साथियों में फूट डलवाना ही है। इसे ही भेद कहते हैं। भेद से गुणी व्यक्ति को भी अपने वश में किया जा सकता है।

जिस प्रकार सीप में स्थित अनविद्ध और सुडौल मोती को भी माला में पिरोने के लिए बींधना पड़ता है, उसी प्रकार विद्वान शत्रु को वश में करने के लिए भेद का सहारा लेना पड़ता है।

यही सोचकर गीदड़ उस बाघ से बोला, मामा! क्या तुम्हारा मन जीवन से उचाट हो गया है, जो इधर आ गए हो? यह देखो, इस हाथी को मारकर सिंह मुझे इसकी रखवाली करने के लिए यह कहकर गया है कि पिछली बार एक बाघ ने मेरा भोजन झूठा कर दिया था, उसके बाद मैंने कितने ही बाघों को यमलोक भेज दिया। बाघ लालची होता है, यदि कोई बाघ यहाँ आए, तो तुम मुझे इशारा कर देना, मैं उसके वंश का भी नाम मिटा दूँगा।

गीदड़ की बातें सुनकर भयभीत हुआ वह बाघ वहाँ से भाग खड़ा हुआ।

थोड़ी देर में वहाँ एक चीता आ गया, तो चतुरक ने सोचा कि इसके दाँत तो बहुत मज़बूत हैं, क्यों ना इसे मांस का लालच देकर इससे हाथी का चमड़ा कटवा लूँ, इससे मेरे खाने का प्रबन्ध हो जाएगा। यह सोचकर चतुरक ने उस चीते से कहा, आओ भैया! तुम्हारा स्वागत है। आओ, इस हाथी का मांस खाएँ। शेर के आने से पहले तुम इसकी चमड़ी फाड़ दो, फिर हम दोनों इसे खाएँगे।

चीता बोला, ना भाई! मैं मांस नहीं खाता। मुझे तो फल-सब्ज़ी खाना ही पसन्द है, उससे अपना शरीर हल्का रहता है।

अपना हित चाहने वाले प्राणी को समझ लेना चाहिए कि आसानी से निगले जाने वाला, जल्दी पच जाने वाला तथा सुख देने वाला भोजन करना ही लाभप्रद होता है।

गीदड़ बोला, तुम मांसाहारी होकर यह कैसी बातें कर रहे हो? कभी-कभी मुँह का ज़ायका बदलने के लिए मांस खाने में क्या बुराई है?

इस प्रकार उस गीदड़ ने चीते को हाथी की चमड़ी फाड़ने के लिए राज़ी कर लिया। चमड़ी फाड़ने के बाद जैसे ही चीता मांस खाने को लपका, वैसे ही गीदड़ ने शोर मचा दिया, भागो-भागो, सिंह आ गया। यह सुनते ही चीता भाग निकला। तब चतुरक कहने लगा, अपने से अधिक शक्तिशाली शत्रु को विनय से, समान शक्ति वाले शत्रु को भेद से, अपने से हीन शत्रु को कुछ देकर और ज़िद्दी शत्रु को अपने पराक्रम से वश में कर लेना चाहिए।

यह कथा सुनाकर वानर मगरमच्छ से बोला, अब तुम भी अपने शत्रु के साथ युद्ध करके उसे मार गिराओ, नहीं तो वह तुम्हें मार डालेगा। कहा भी गया है कि गायों से सम्पन्नता, ब्राह्मणों में तप-साधन तथा स्त्रियों में चपलता के समान अपनी जाति वालों से विद्वेष होना स्वाभाविक ही है।

नगरों में रहने वाली स्त्रियों में खाने योग्य उत्तम पदार्थों को दान करने की प्रवृत्ति होती है तथा वे मुक्तहस्त होती हैं, परन्तु वहाँ भी उनके जाति-बिरादरी के लोगों से यह देखा नहीं जाता।

मगरमच्छ की जिज्ञासा पर वानर उसे यह कथा सुनाने लगा।

कथा-12

किसी नगर में रहने वाला चित्रांग नामक एक कुत्ता अकाल पड़ जाने के कारण दूसरे नगर में चला गया। वहाँ गृहस्थ स्त्रियाँ जहाँ कुत्तों को उदारतापूर्वक खिलाया करती थीं, वहीं कुछ बेपरवाह भी थीं। इसलिए यह कुत्ता प्रायः उनके रसोईघर में घुसकर नाना प्रकार के व्यंजनों का आनन्द लेता था, किन्तु वहाँ के पुराने कुत्तों से यह देखा ना गया, तो उन्होंने झपट्टा मारकर उस कुत्ते को घायल कर दिया। रोज़-रोज़ के आक्रमणों से घबराकर वह कुत्ता अपने पुराने स्थान पर लौट आया। वापस लौटे कुत्ते के साथियों ने उससे नगर के अनुभव बताने के लिए कहा, तो वह बोला,

निस्सन्देह वहाँ की स्त्रियाँ उदार हैं और खाने-पीने की भी मौज है, किन्तु हमारी अपनी ही जाति वालों से किसी बाहर वाले का वहाँ रहना देखा नहीं जाता। इसलिए उन्होंने मेरी ऐसी दुर्गति की कि मेरा जीना दूभर कर दिया।

वानर के मुँह से यह सुनकर मगरमच्छ अपने जीवन की परवाह ना करके अपने शत्रु से भिड़ गया और अपने शत्रु को नष्ट करने में सफल होकर सुखी जीवन जीने लगा।

नीतिकारों ने ठीक ही कहा है कि यदि बिना परिश्रम के सम्पन्नता प्राप्त हो जाती है, तो उसे भोगने में विशेष आनन्द नहीं आता। जिस प्रकार बूढ़ा और असमर्थ बैल केवल अपने भाग्य में लिखी घास ही खाता है, उसी प्रकार बिना परिश्रम से सम्पत्ति प्राप्त कर लेने वाला भी उसका उपभोग वैसे ही करता है। वास्तव में, सम्पत्ति पाना और सम्पत्ति को भोगना ये दोनों अलग-अलग स्थितियाँ होती हैं।

पंचम तंत्र

अपरीक्षित कारक

(बिना जाँच–परख किए काम में जुटने का परिणाम)

देखने में दूषित लगने वाले, लोक में निन्दित समझे जाने वाले, कहने-सुनने में बुरा लगने वाले तथा भली प्रकार से जाँचे-परखे बिना मनुष्य को किसी भी काम को सम्पन्न करने में प्रवृत्त नहीं होना चाहिए। इस सम्बन्ध में एक नाई की कथा इस प्रकार है।

कथा–1

पाटलिपुत्र के निवासी मणिभद्र नामक सेठ के धर्मानुसार काम करने पर भी दुर्भाग्य के कारण उसका सर्वस्व नष्ट हो गया। अतः अभाव और दरिद्रता को कोसते हुए उसने अपने आपसे कहा, नीतिकारों ने सत्य ही कहा है कि धनहीन व्यक्ति के शील, पवित्र आचरण, सहनशीलता, समझदारी, मिष्टभाषण तथा ऊँचे कुल में जन्म आदि गुणों का कोई महत्त्व नहीं होता।

धनहीन व्यक्ति के मान-सम्मान, दर्प-अहंकार, ज्ञान-विज्ञान, कला-कौशल तथा चिन्तन-शक्ति आदि का भी कोई अर्थ नहीं होता। उसके इन गुणों पर कोई ध्यान ही नहीं देता।

जिस प्रकार वसन्त ऋतु के आते ही पतझड़ ऋतु दुम दबाकर भाग जाती है, उसी प्रकार व्यक्ति की दरिद्रता तथा परिवार के भरण-पोषण की चिन्ता उसके समस्त गुणों को नष्ट कर देती है।

वैभव के नष्ट होते ही बड़े-से-बड़े बुद्धिमानों की बुद्धि भी भ्रष्ट हो जाती है। घी, तेल, नमक व लकड़ी जुटाने की चिन्ता में खोया व्यक्ति अपने गुणों के विकास की ओर कोई ध्यान ही नहीं दे पाता।

यही सोचते-सोचते मणिभद्र को नींद आ गई। उसने स्वप्न में देखा कि एक बौद्ध संन्यासी पद्मनिधि उससे कह रहा है, मैं तुम्हारे पूर्व पुरुषों द्वारा अर्जित उनका पुण्य हूँ। मैं कल प्रातःकाल तुम्हारे घर पर साधु के वेश में आऊँगा, उस समय तुम मुझ पर किसी डण्डे से वार करना, मैं गिर जाने पर स्वर्ण के रूप में बदल जाऊँगा और तुम धन-सम्पन्न एवं सौभाग्यशाली बन जाओगे।

प्रातःकाल सोकर उठे मणिभद्र को रात के सपने की याद आई, तो उसे स्वप्न पर विश्वास नहीं आया। उसने सोचा, मुझे सदा धन का ही ध्यान रहता है, इसलिए ऐसी कल्पना एक स्वाभाविक बात है।

शास्त्रों के अनुसार रोगी, शोक-पीड़ित, चिन्ताग्रस्त तथा कामवासना के शिकार व्यक्ति प्रायः ऐसे ही स्वप्न देखा करते हैं और उनके द्वारा देखे गए स्वप्न प्रायः अर्थहीन होते हैं।

मणिभद्र नाई से अपने पैर धुलवा रहा था कि स्वप्न में दिखाई दिया बौद्ध भिक्षु उसके सामने आ खड़ा हुआ। सेठ ने प्रसन्न होकर जैसे ही उस पर लाठी का प्रहार किया, वह पृथ्वी पर गिरते ही स्वर्ण के ढेर में बदल गया। सेठ ने नाई को कुछ इनाम आदि देकर उसे अपने घर से विदा किया और इस घटना के बारे में किसी से भी चर्चा ना करने की चेतावनी भी दे दी।

अपने घर पहुँचकर नाई ने सोचा कि मुँडे सिर वाले बौद्ध भिक्षु के सिर पर डण्डे से प्रहार किए जाने पर वह स्वर्ण के रूप में परिणत हो जाता है। क्यों ना मैं भी किसी बौद्ध भिक्षु को आमन्त्रित करके ऐसा ही प्रयोग करूँ और अपने भाग्य को बदल डालूँ? इसी सोच में नाई रात-भर ताने-बाने बुनता रहा।

प्रातःकाल होते ही वह नाई बौद्ध संन्यासियों के विहार में जाकर भगवान बुद्ध की इस प्रकार आराधना करने लगा कि जन्म से ही कामवासना को ऊसर में पड़े बीज के समान व्यर्थ बताने वाले, ज्ञान के भण्डार, शान्तस्वरूप भगवान बुद्धदेव को वह प्रणाम करता है।

बुद्ध की स्तुति करने वाली जिह्वा और बुद्ध में आसक्त चित्त ही सार्थक है तथा बुद्ध के चरणों को छूने वाले हाथ भी सार्थक हैं।

भगवान बुद्ध की स्तुति करती हुई कामदेव की पत्नी ने कहा था कि ध्यान करने के बहाने कहीं आप किसी कामिनी का चिन्तन तो नहीं कर रहे? यदि ऐसा है, तो मुझ काम पीड़िता पर भी कृपा कीजिए। जब आपने सबकी

रक्षा का भार लिया हुआ है, तो मेरी चिन्ता क्यों नहीं करते? मुझे मेरे पति से वियुक्त करने वाले आप दयालु होने का ढोंग करते लगते हैं। आपसे बड़ा निर्मम तो दूसरा कोई हो ही नहीं सकता।

इस प्रकार भगवान बुद्ध की वन्दना से निपटकर नाई प्रधान भिक्षु के पास जाकर कहने लगा, मैं आज इस विहार के भिक्षुओं को अपने घर भोजन के लिए निमन्त्रित करने आया हूँ। आप मेरी प्रार्थना स्वीकार करें।

भिक्षु ने उत्तर दिया, शायद तुम्हें मालूम नहीं कि हम किसी के घर भोजन नहीं करते। हमारे यहाँ किसी घर से प्राप्त भिक्षा से ही निर्वाह किया जाता है। अतः हम तुम्हारा निमंत्रण स्वीकार करने में असमर्थ हैं।

नाई ने दोबारा कहा, ठीक है, फिर आज आप भिक्षा माँगने के लिए मेरे घर पधारें। प्रधान भिक्षु के 'हाँ' कहने पर नाई अपने घर लौट गया और अपने हाथ में एक मोटा डण्डा लेकर भिक्षुओं के आने की प्रतीक्षा करने लगा।

यह आश्चर्यजनक बात है कि एकान्त जीवन बिताने वाले, घर-द्वार से मोह ना रखने वाले, अपने हाथ को ही पात्र बनाने वाले तथा सदा दिगम्बर रहने वाले भिक्षु भी कभी-कभी लोभ में आ जाते हैं। सच तो यह है कि तृष्णा के पाश से मुक्त होना बड़ा ही कठिन काम है।

बुढ़ापा आते ही बाल सफ़ेद हो जाते हैं, दाँत नष्ट हो जाते हैं, देखने-सुनने की शक्ति जाती रहती है, लेकिन तृष्णा युवा ही बनी रहती है।

बौद्ध भिक्षुओं के अपने घर में प्रवेश करते ही नाई ने दरवाज़े बन्द कर दिए और डण्डे से उनके सिर फोड़ने लगा। भिक्षुओं की चीख-पुकार सुनकर लोग किवाड़ तोड़कर भीतर आ गए और सब कुछ देखकर पुलिस को सूचना दी गई, तो आरक्षकों ने जाँच-पड़ताल के पश्चात उस नाई को जेल में डाल दिया।

जब न्यायाधीश ने नाई से इस अनुचित कार्य को करने का कारण पूछा, तो उसने मणिभद्र सेठ के घर देखी सारी घटना का वर्णन कर किया। अब मणिभद्र सेठ को बुलाकर पूछा गया, तो उसने भी उस स्वप्न का वृत्तान्त सच-सच बता दिया।

न्यायाधीश ने आँख मूँदकर दूसरे की नक़ल करने और भिक्षुओं का वध करने के लिए नाई को फाँसी पर लटकाने का आदेश दे दिया। न्यायाधीश ने कहा, किसी भी व्यक्ति को देखने, जानने, सुनने और परखने में ग़लत सिद्ध

होने वाला कोई भी काम कभी नहीं करना चाहिए। नाई ने ऐसा करके ही अपनी मृत्यु को निमंत्रण दिया है।

मणिभद्र बोला, बिना सोचे-विचारे कोई भी काम नहीं करना चाहिए। पूरी तरह से सोच-विचार और जाँच-परख करने के बाद ही करना चाहिए। बिना सोचे-विचारे काम करने वाले व्यक्ति को नेवले का वध करने वाली ब्राह्मणी के समान ही पछताना पड़ता है।

न्यायाधीश के कहने पर मणिभद्र उन्हें यह कथा सुनाने लगा।

कथा–2

देव शर्मा नामक ब्राह्मण की पत्नी के साथ ही उसके घर में रहने वाली नेवली ने भी एक बच्चे को जन्म दिया, किन्तु दुर्भाग्यवश नेवली मर गई, तो ब्राह्मणी अपने बच्चे के साथ ही नेवले को भी पालने लगी। नेवले का बेटा ब्राह्मणी के बेटे से बहुत हिल-मिल गया। दोनों साथ-साथ खेलते रहते थे, किन्तु ब्राह्मणी नेवले से सदा आशंकित रहती थी, क्योंकि किसी के लिए भी अपने जातिगत गुण-दोषों को छोड़ना कभी सम्भव नहीं होता।

दुर्विनीत, कुरूप, मूर्ख, व्यसनी अथवा दुराचारी कुपुत्र भी माता-पिता के लिए आनन्ददाता होता है।

संसार में चन्दन के स्पर्श को शीतल माना जाता है, किन्तु पुत्र के शरीर का स्पर्श चन्दन से भी अधिक शीतल एवं सुखदायक होता है।

इसीलिए सब मित्र, सम्बन्धी, पिता, स्वामी तथा पालन-पोषण करने वाले से भी पुत्र के सम्बन्ध को अधिक सुदृढ़ मानते हैं।

एक दिन अपने सोते हुए पुत्र की देख-रेख का ज़िम्मा अपने पति को सौंपकर ब्राह्मणी किसी काम के लिए घर से बाहर चली गई कि उसी समय निमन्त्रित करने आए यजमान के साथ ब्राह्मण भी बाहर चला गया, लेकिन उसने बाहर जाते समय नेवले को बच्चे का ध्यान रखने को कहा।

अचानक उस घर में एक साँप के घुस आने पर नेवले ने उसे बच्चे की ओर जाने से रोक दिया और मार डाला। साँप के साथ संघर्ष करते हुए नेवले के मुँह में रक्त लग गया।

ब्राह्मणी को द्वार पर आया जानकर नेवला यह शुभ समाचार देने के लिए भागकर द्वार पर आ पहुँचा। नेवले के मुँह पर रक्त लगा देखकर ब्राह्मणी ने समझा कि इसने उसके बेटे को काट खाया है। क्रोध से अन्धी हुई ब्राह्मणी ने पत्थर मारकर नेवले को मार डाला, लेकिन घर के भीतर आने पर अपने बालक को सुरक्षित और साँप को मरा पड़ा देखकर उसकी समझ में सब कुछ आ गया। अब तो वह पछताने लगी। इसी बीच, घर लौटे अपने पति से ब्राह्मणी बोली, तुम्हें बच्चे की रखवाली का काम सौंपकर गई थी, परन्तु तुम तो भोजन के लालच में यजमान के घर चल दिए, अब उसका परिणाम देखो। कहा भी गया है कि लोभ को सर्वथा छोड़ना सम्भव नहीं होता, फिर भी, अतिलोभ से बचना चाहिए। अतिलोभी के सिर पर सदा ही एक चक्र घूमता रहता है।

ब्राह्मण की जिज्ञासा पर ब्राह्मणी उसे यह कथा सुनाने लगी।

कथा–3

किसी नगर में चार ब्राह्मण-कुमार आपस में अच्छे मित्र थे। वे दरिद्रता को अभिशाप समझते थे और इस विषय में सदा एक-दूसरे से चर्चा किया करते थे। वे इस तथ्य से भली-भाँति परिचित थे कि सिंह, हाथी, बाघ आदि हिंसक जीवों से भरे वन में रहना अच्छा है, किसी सुनसान एवं झाड़-झंखाड़ों से भरे कष्टप्रद इलाक़े में जीवन बिताना अच्छा है, तिनकों पर सोना और वल्कल धारण करना भी अच्छा है, किन्तु धनहीन होकर अपने बन्धु-बान्धवों के बीच रहना अच्छा नहीं।

इन्द्रियों और बुद्धि के स्वस्थ व सक्षम रहते तथा बातचीत में पहले-जैसा ही रस घोलते व्यक्ति के धनहीन हो जाने पर उसका मान-सम्मान पहले-जैसा नहीं रहता। संसार की यह विचित्र रीति है कि जिस व्यक्ति के धनी होने पर उसे 'गुणों की खान' कहकर सराहा जाता है, धनहीन हो जाने पर उसके उन गुणों का कोई महत्त्व नहीं रह जाता।

चारों ब्राह्मण-कुमारों ने धन कमाने के लिए किसी अन्य स्थान पर जाने का निर्णय किया और वे अपने घर-परिवार व बन्धु-बान्धवों को छोड़कर वन को चल दिए।

सच तो यह है कि कुछ पाने के लिए व्यक्ति को अपने बन्धु-बान्धवों, इष्टमित्रों, परिजनों, यहाँ तक कि माता-पिता और जन्मभूमि के मोह को भी छोड़ना पड़ता है। मोह त्याग कर ही व्यक्ति अपना भाग्य बदल सकता है।

चारों मित्र घर-द्वार छोड़कर उज्जैन जा पहुँचे। वहाँ उन्होंने क्षिप्रा नदी में स्नान किया और महाकालेश्वर के ज्योतिर्लिंग का अर्चन-पूजन किया।

भगवान शंकर की कृपा से उनकी भेंट योगी भैरवानन्द से हुई, तो उन्हें उन चारों की धन कमाने की इच्छा जानकर उन पर दया आ गई। चारों ब्राह्मण-कुमारों ने योगीराज से कहा कि यदि हम अपनी स्थिति नहीं सुधार सके, तो हम मृत्यु का वरण कर लेंगे।

हमने सुना है कि साहसी व्यक्तियों के लिए संसार में कुछ भी दुर्लभ नहीं होता। प्रयास करने पर व्यक्ति को देर-सवेर अभीष्ट फल की प्राप्ति हो ही जाती है।

हमारा यह भी मानना है कि जिस प्रकार जल कभी मेघ से प्राप्त होता है, तो कभी धरती खोदकर भी प्राप्त किया जाता है, उसी प्रकार कभी मनुष्य का भाग्य प्रबल हो जाता है, तो कभी उसका पुरुषार्थ प्रबल हो जाता है। अतः हमें अपनी सफलता का पक्का विश्वास है।

यह सत्य है कि भाग्य मनुष्य के पूर्वजन्मों के कर्मों का फल है। इस दृष्टि से पुरुषार्थ ही प्रबल दिखाई देता है, क्योंकि पुरुषार्थी अपने सभी मनोरथों को सिद्ध करने में सफल हो जाता है।

यह सब कहने के बाद चारों ने योगीराज से सहायता की प्रार्थना करते हुए कहा, आप विलक्षण शक्तियों के स्वामी हैं तथा परोपकारी भी हैं। कहा भी गया है कि सिद्ध महात्माओं के पास दूसरों के कार्यों को सम्पन्न करने का सामर्थ्य होता है।

भैरवानन्द को उन पर दया आ गई और उन्होंने उन चारों को चार सिद्ध बत्तियाँ थमाकर कहा कि वे उत्तर दिशा की ओर चले जाएँ। जहाँ जिसकी बत्ती गिरे, वह वहाँ की धरती की खुदाई करे और प्राप्त धन को लेकर, चाहे, तो घर लौट जाए अथवा दूसरे साथियों के साथ आगे बढ़ता चले।

भैरवानन्द के प्रति कृतज्ञता प्रकट करके और उन्हें प्रणाम करके चारों मित्र उत्तर दिशा की ओर चल पड़े।

थोड़ी दूर जाने पर एक ब्राह्मण-कुमार के हाथ की बत्ती गिर गई और वहाँ खुदाई करने पर ताँबे की खान मिली। वह उसी से सन्तुष्ट हो गया और यथेच्छ ताँबा लेकर लौट आया। उसने अपने साथियों को भी उतने ही पर सन्तोष करने और अपने साथ लौटने को कहा, किन्तु वे सहमत नहीं हुए।

थोड़ा आगे बढ़ने पर दूसरे के हाथ की बत्ती गिरी और वहाँ उन्हें चाँदी की खान मिली। उसने भी इच्छानुसार चाँदी लेकर अपने दोनों मित्रों से लौट चलने को कहा, परन्तु वे सहमत नहीं हुए, अतः वह अकेला ही लौट आया।

अब शेष रहे दोनों मित्रों के थोड़ा आगे बढ़ने पर तीसरे के हाथ की बत्ती गिरी और धरती खोदने पर उन्हें सोना मिला। उसने दूसरे से कहा, मित्र! पर्याप्त सोना लेकर लौट चलो, अधिक लोभ अच्छा नहीं। इस पर दूसरा बोला पहले ताँबा, फिर चाँदी और अब सोना मिला है। आगे बढ़ने पर हीरे-जवाहरात मिल सकते हैं, अतः मैं तो आगे ही जाऊँगा। मित्र के हठ को देखकर तीसरा ब्राह्मण-कुमार पर्याप्त सोना लेकर लौट आया।

आगे चलने पर चौथा ब्राह्मण-कुमार दुर्भाग्यवश मार्ग भूल गया और उस स्थान पर जा पहुँचा, जहाँ रक्त से लथपथ एक व्यक्ति खड़ा था और उसके सिर पर एक चक्र घूम रहा था। ब्राह्मण-कुमार उस व्यक्ति से कुछ पूछने ही वाला था कि घूमता चक्र उस व्यक्ति को छोड़कर ब्राह्मण-कुमार के सिर पर चढ़ बैठा। अब उस व्यक्ति ने ब्राह्मण को बताया, मैं भी तेरी तरह सिद्ध बत्ती लेकर आया था और लोभवश बिना रुके आगे बढ़ता जा रहा था। अब, जब तेरी तरह कोई दूसरा व्यक्ति यहाँ आकर ऐसा ही आचरण करेगा, तब तेरे सिर पर घूमता हुआ यह चक्र तुझे छोड़कर उसके सिर पर जा बैठेगा और तुझे मुक्ति मिल जाएगी। यह कहकर वह व्यक्ति वहाँ से चल दिया।

उधर स्वर्णसिद्धि ब्राह्मण आगे बढ़ने वाले अपने मित्र की खोज में जब वहाँ पहुँचा, तो मित्र की दयनीय स्थिति को देखकर रोने लगा। स्वर्णसिद्धि ने अपने मित्र से इस स्थिति का कारण पूछा, तो उसने सारी घटना कह सुनाई। इस पर स्वर्णसिद्धि बोला, मैंने तुम्हें अतिलोभ ना करने के लिए कितना समझाया था, लेकिन तुमने मेरी एक नहीं सुनी। अब परिणाम तुम्हारे सामने है।

सच पूछा जाए, तो विद्या से भी अधिक महत्त्वपूर्ण बुद्धि होती है, क्योंकि बुद्धि ही विद्या के सही प्रयोग की जानकारी देती है। बुद्धिहीन ब्राह्मणों ने अपनी विद्या से मृत सिंह को जीवित तो कर दिया, किन्तु उसके परिणामस्वरूप वे उस सिंह के शिकार हो गए।

चक्रधारी ने पूछा, यह कैसी कथा है?

इस पर स्वर्णसिद्धि उसे बताने लगा।

कथा–4

किसी स्थान पर चार मित्र एक साथ रहते थे। उन चारों में केवल एक व्यावहारिक बुद्धिसम्पन्न था, लेकिन विद्याविहीन था। शेष तीनों सुशिक्षित थे, किन्तु बुद्धिहीन थे।

एक बार उन चारों ने सोचा कि अपनी विद्या के बल पर राजाओं को प्रभावित करके धन कमाया जाए, अन्यथा इस विद्या की उपयोगिता ही क्या है? यह सोचकर उन चारों ने विदेश जाने का विचार बनाया, तो एक बोला हम तीन तो विद्वान हैं, किन्तु हमारा यह चौथा साथी विद्याविहीन है, इसे अपने साथ लेना व्यर्थ होगा। इस बात का एक साथी ने समर्थन किया, किन्तु दूसरे ने कहा, हमारा ऐसा व्यवहार अनुचित कहलाएगा, फिर क्या मालूम, इसकी व्यवहारबुद्धि से ही हमें लाभ हो जाए? मैं तो इसे भी अपने साथ ले चलने के पक्ष में हूँ।

पतिव्रता स्त्री की भाँति केवल अपने द्वारा भोगी जाने वाली लक्ष्मी का कोई लाभ नहीं होता। लक्ष्मी वही उत्तम होती है, जिसका वेश्या की भाँति अधिकाधिक लोग उपभोग करें।

यदि इस दृष्टि से हमारा कोई साथी हमारे द्वारा कमाई गई लक्ष्मी का उपभोग कर लेगा, तो हमारा क्या बिगड़ जाएगा?

अपने और पराये का भेद करना तो ओछी बुद्धि का परिचायक होता है। उदार-हृदय व्यक्ति तो संसार के सभी जीवों को अपने परिवार का सदस्य मानते हैं।

इस प्रकार समझाने-बुझाने पर तीनों ने अपने विद्याविहीन मित्र को भी साथ ले लिया। थोड़ी दूर चलने पर उन चारों ने जंगल में एक मृत सिंह को पड़े देखा, तो तीनों ने अपनी विद्या की परख करने के लिए सिंह को जीवित करने का निश्चय किया। बुद्धिसम्पन्न मित्र ने उन तीनों को ऐसा दुस्साहस ना करने के लिए बहुत समझाया और कहा कि सिंह जीवित होकर हम सबको खा जाएगा। अतः तुम्हें ऐसा मूर्खतापूर्ण काम नहीं करना चाहिए।

लेकिन तीनों मूर्ख विद्वानों ने अपने साथी की सलाह को ठुकराते हुए उसे बुरा-भला कहा, तो वह बोला ठीक है, लेकिन मंत्र पढ़कर जल छिड़कने से पहले मुझे अपने बचाव का उणाय कर लेने दो।

यह कहते ही वह तुरन्त एक ऊँचे वृक्ष पर चढ़ गया और पत्तों में छिपकर अपने मूर्ख साथियों की दुर्गति देखने लगा।

जैसे ही तीनों ने अपने हाथ का अभिमन्त्रित जल मृत सिंह पर डाला, वैसे ही सिंह जीवित हो उठा और उसी समय उन तीनों को चबाकर खा गया। मित्रों के विनाश से दुःखी बुद्धिमान साथी वृक्ष से उतरकर अपने घर चला गया।

यह कथा सुनाकर स्वर्णसिद्धि बोला, इसीलिए बुद्धि का महत्त्व विद्या से कहीं अधिक है। शिक्षित विद्वान भी बुद्धिहीन होने पर मूर्ख विद्वानों की भाँति नष्ट हो जाते हैं।

शास्त्र-ज्ञान में निपुण होने पर भी लोकव्यवहार को ना जानने वाले विद्वान मूर्खों की भाँति हँसी का पात्र बन जाते हैं।

चक्रधर को लोकव्यवहार से अपरिचित चार विद्वानों के उपेक्षित होने की कहानी सुनाते हुए स्वर्णसिद्धि बोला।

कथा–5

चार ब्राह्मण मित्र कन्नौज के एक सुप्रसिद्ध गुरुकुल में बारह वर्षों तक मन लगाकर परिश्रम करने के पश्चात अनेक विद्याओं में पारंगत हो गए। शिक्षा-समाप्ति के पश्चात उन चारों ने अपने आचार्य से अनुमति ली और अपने-अपने घर की राह पकड़ी। चारों मित्र अनेक विद्याओं में निपुण थे, लेकिन उन्होंने कभी अपने गुरुकुल से बाहर निकलकर समाज को नहीं देखा था, इसलिए वे लोकव्यवहार में एकदम अनुभवहीन थे।

गुरुकुल से निकलकर चारों ब्राह्मण मित्र कुछ ही दूर चले होंगे कि मार्ग में एक दोराहा आ गया। उन्हें किसी से अपने घर जाने की मार्ग-दिशा पूछने की कोई समझ नहीं थी। अतः वे वहीं बैठ गए। इसी बीच, एक शव को लेकर कुछ लोग श्मशान जा रहे थे। एक ब्राह्मण ने अपनी पुस्तक खोलकर देखा, तो वहाँ उसे लिखा हुआ मिला कि उसी मार्ग पर चलना चाहिए, जिस मार्ग पर महाजन चल रहे हों।

यह व्यवस्था धर्माचरण के सम्बन्ध में थी, जिसका अर्थ है श्रेष्ठ पुरुषों का अनुसरण करना चाहिए, किन्तु उन्होंने 'महाजन' का अर्थ निकाला जनसमूह। अतः वे चारों शव यात्रा के साथ श्मशान पहुँच गए।

अन्य लोग तो शवदाह के बाद लौट गए, किन्तु वे चारों वहीं खड़े रहे। इसी समय वहाँ एक गधा आकर खड़ा हो गया। दूसरे ब्राह्मण ने पुस्तक खोलकर पढ़ी, तो उसे लिखा हुआ मिला कि उत्सव के समय, संकट में, अकाल की स्थिति में, शत्रु के प्रहार के समय, थाना-कचहरी में और श्मशान में साथ रहने वाला अपना बन्धु होता है। इस आधार पर वे श्मशान में खड़े गधे को ही अपना बन्धु मानकर उसे गले लगाने और प्यार करने लगे।

थोड़ी देर में कहीं से भागता हुआ एक ऊँट वहाँ आ निकला, तो तीसरे पण्डित ने अपनी पुस्तक खोलकर पढ़ी, जहाँ लिखा था कि धर्म की गति तीव्र होती है, तो इन मूर्खों ने तीव्र गति वाले ऊँट को ही साक्षात धर्म समझ लिया और उसे प्रणाम करने लगे।

अब चौथे ब्राह्मण ने अपनी पुस्तक में पढ़ा कि इष्टमित्रों को धर्म के साथ जोड़ना चाहिए। उन मूर्खों ने तुरन्त एक मोटे रस्से से गधे को ऊँट के गले में बाँध दिया।

किसी राहगीर ने गधे के मालिक धोबी को उन मूर्खों की इस मूर्खता के बारे में बताया, तो वह डण्डा लेकर वहाँ आ पहुँचा और उन मूर्खों को पीटकर भगा दिया।

थोड़ी दूर चलने पर उन मूर्खों को अपने मार्ग में एक नदी दिखाई दी, उसमें पलाश का एक पत्ता बहता जा रहा था। एक ब्राह्मण ने पुस्तक खोलकर पढ़ा कि बहते जा रहे पत्ते पर बैठने से उद्धार होगा।

बस, उसने नदी में छलांग लगा दी, तो वह नदी में डूबने लगा। अब एक ने पुस्तक खोलकर पढ़ी, तो वहाँ लिखा था 'सारा जाता देखिए, तो आधा दीजे छोड़,' अर्थात सब कुछ गँवाने की अपेक्षा आधे को बचाना ही समझदारी है।

बस, उसने अपनी तलवार से तुरन्त नदी के प्रवाह में बहते मित्र का गला काट डाला।

शेष तीनों चलते-चलते किसी गाँव में पहुँचे, तो अलग-अलग तीन यजमानों ने उन्हें अपने घर भोजन के लिए आमन्त्रित किया। एक ग्रामीण ने ब्राह्मण को सिवैयाँ परोसीं, तो उन्हें देखकर ब्राह्मण ने पुस्तक खोलकर पढ़ा

कि दीर्घसूत्री नष्ट हो जाता है। दीर्घसूत्री का अर्थ आलसी होता है, किन्तु उसने अर्थ निकाला लम्बा सूतक, अतः वह भोजन को छोड़कर चला आया।

दूसरे ग्रामीण ने ब्राह्मण को मिष्ठान्न परोसा, तो उसने पुस्तक में लिखा हुआ पढ़ा कि अति विस्तृत पदार्थ का सेवन स्वास्थ्य के लिए हानिकारक होता है। अतः वह भी बिना खाए उठकर आ गया।

तीसरे यजमान ने ब्राह्मण को जलेबी-पूड़ी परोसी, तो ब्राह्मण ने पुस्तक खोलकर पढ़ा, तो वहाँ लिखा था 'छिद्रों वाला पदार्थ अनर्थ का मूल होता है।' अतः वह भी भोजन को छोड़कर चला आया।

इस प्रकार वे तीनों ब्राह्मण ना केवल भूखे रहने को विवश हुए, अपितु लोगों के उपहास के पात्र भी बने।

यह कथा सुनाकर स्वर्णसिद्धि बोला, इसलिए कहा गया है कि शास्त्रों में निपुणता प्राप्त करने वाले, लेकिन लोकव्यवहार में मूढ़ व्यक्ति भी मूर्ख विद्वानों के समान उपेक्षा और उपहास के पात्र बनते हैं।

चक्रधर ने कहा, मेरे विषय में ऐसा कोई कारण नहीं है। मेरे विचार में दैव के प्रतिकूल होने पर बड़े-बड़े बुद्धिमानों को भी दुःख उठाना पड़ता है और इसके बिलकुल उलट दैव के अनुकूल होने पर साधारण बुद्धि वाले व्यक्ति भी संसार के दुर्लभ सुख भोगते हैं। कहा भी गया है कि जिसकी रक्षा कोई नहीं करता, दैव के अनुकूल होने पर वह भी सुरक्षित हो जाता है, जबकि दैव के प्रतिकूल होने पर सुरक्षित व्यक्ति भी सुरक्षित नहीं रह पाता। अनाथ एवं असहाय व्यक्ति भी किसी निर्जन वन में पहुँच जाने पर जीवित बच जाता है, जबकि घर में पूरी देखभाल किए जाने पर भी दैव का मारा व्यक्ति बच नहीं पाता।

देखो, साधारण बुद्धि वाला मच्छ मज़े से जल में क्रीड़ा कर रहा था, जबकि उससे सौ गुना अधिक बुद्धिमान मच्छ धीवर का शिकार बन गए थे। यह सब भाग्य की अनुकूलता और प्रतिकूलता का ही खेल है। स्वर्णसिद्धि की उत्सुकता पर उसे मच्छों की कहानी सुनाते हुए चक्रधर बोला।

कथा-6

किसी सरोवर में रहने वाले शतबुद्धि और सहबुद्धि नामक दो मच्छों की एकबुद्धि नाम वाले मेंढक से मित्रता हो गई, तो दोनों मच्छ किनारे आकर

कुछ देर तक मेंढक के साथ गपशप करते और फिर पानी में चले जाते।

एक दिन गपशप करते मच्छों ने सायंकाल सिर पर अनेक मच्छ लादे तथा जाल लेकर आए मछुआरों को यह कहते सुना कि यह तालाब तो मछलियों से भरा पड़ा है। कल प्रातःकाल हम यहीं पर अपना जाल डालेंगे।

मछुआरों के चले जाने पर सभी मच्छ चिन्तित होकर अपने बचाव के लिए आगे की रणनीति पर विचार करने लगे। मेंढक ने अपने मित्रों शतबुद्धि और सहबुद्धि से मछुआरों के वचनों के बारे में उनके विचार पूछे, तो सहबुद्धि मुस्कराकर बोला, मित्र! किसी के इस प्रकार कहे वचनों को गम्भीरता से नहीं लेना चाहिए। कहा भी गया है कि संसार इसीलिए टिका हुआ है, क्योंकि साँपों, दुष्टों और दूसरों के अनिष्ट करने को तैयार रहने वाले लोगों के मनोरथ कभी पूरे नहीं होते।

पहले तो यह आवश्यक नहीं कि मछुआरे कल प्रातःकाल यहाँ आ ही जाएँगे और यदि वे आ भी गए, तो भी चिन्ता की कोई बात नहीं है। मैं पानी में छिपने की अनेक युक्तियाँ जानता हूँ, अतः अपने साथ तुम्हें भी बचा लूँगा। शतबुद्धि मच्छ भी अपने साथी सहबुद्धि की गर्व से हाँकी डींग का समर्थन करते हुए कहने लगा, बुद्धिमान अपनी बुद्धि के प्रयोग से किसी भी संकट से अपना उद्धार करने में सदा समर्थ होते हैं। निहत्थे चाणक्य ने अपने बुद्धि-बल से राजा नन्द को पराजित करके बुद्धि की महत्ता को सिद्ध कर दिया था।

बुद्धिमान तो अनेक क्लिष्ट कार्यों को भी अपने बुद्धि-बल से सहज ही पूर्ण कर लेते हैं। अतः मेरे विचार में तो किसी के कुछ कहने को गम्भीरता से लेते हुए भी अपनी जन्मभूमि को छोड़ना उचित नहीं है, क्योंकि अपनी जन्मभूमि में जैसा सुख और शान्ति मिलती है, वैसी अनगिनत पुण्यों से प्राप्त होने वाले स्वर्ग में भी नहीं मिल सकती। अतः तुम निश्चिन्त हो जाओ और विश्राम करो। यदि मछुआरों ने अपना जाल बिछाया भी, तो मैं तुम्हें तुम्हारी रक्षा करने का वचन देता हूँ। तुम्हें मुझ पर विश्वास करना चाहिए।

मेंढक बोला, मित्रों! मैं तो इस तालाब को छोड़ने का मन बना चुका हूँ। यदि तुम्हें मेरे साथ किसी दूसरे तालाब में चलना हो, तो चलो, नहीं तो राम-राम।

अभागे मच्छों के असहमत होने पर मेंढक तो अपनी पत्नी के साथ दूसरे स्थान पर चला गया।

अगले दिन प्रातःकाल मछुआरों ने उसी तालाब में अपना जाल डालकर अनेक दूसरे मच्छों के साथ शतबुद्धि और सहबुद्धि को भी पकड़ लिया। उन दोनों की बचाव की कोई विद्या किसी काम नहीं आई। सायंकाल अपने मित्र मच्छों शतबुद्धि और सहबुद्धि को लेकर जाते हुए मछुआरों को देखकर मेंढक अपनी पत्नी से बोला, देखो प्रिये! मछुआरे ने शतबुद्धि को अपने सिर पर लादा हुआ है और सहबुद्धि को बाँस पर लटका रखा है, जबकि मैं उनसे बहुत थोड़ी बुद्धि वाला होने पर भी आनन्दपूर्वक तुम्हारे साथ यहाँ घूम-फिर रहा हूँ।

यह कथा सुनाकर चक्रधर बोला, बुद्धि होने पर भी मनुष्य का सदैव वश नहीं चलता।

स्वर्णसिद्धि बोला, तुम्हारी यह सोच ठीक हो सकती है, किन्तु हितचिन्तक मित्रों की बात को अनसुना करना भी उचित नहीं होता। मैंने तुम्हें सन्तोष करने के लिए समझाया था, किन्तु लोभ ने तुम्हें अन्धा कर दिया था। कहा भी गया है कि एक गीदड़ गधे से कह रहा था, मामा! मैंने तुम्हें गीत गाने से कितना रोका, किन्तु तुमने मेरी बात नहीं मानी। अब गले में पड़ी इस ओखली को ढोते हुए तो तुम्हें अपने किए पर पछतावा हो रहा होगा।

चक्रधर ने इस कथा को सुनना चाहा, तो स्वर्णसिद्धि ने सुनाया।

कथा–7

एक धोबी अपने उद्धत नामक गधे को खुला छोड़ दिया करता था। वह गधा रात-भर घूम-फिरकर सवेरे अपने आप धोबी के घर पहुँच जाता था। रात में घूमते-घूमते उस गधे की एक गीदड़ से दोस्ती हो गई। दोनों रात में ककड़ी-खीरे आदि के खेतों में घुस जाते, जी-भरकर खाते और सवेरा होने से पहले ही अपने ठिकाने पर लौट आते।

चाँदनी रात में एक बार खा-पीकर मस्त गधे ने जब कुछ गाने की इच्छा प्रकट की, तो गीदड़ ने उसे समझाते हुए कहा, मामा! हम यहाँ चोरी करने आए हैं, क्या चोरों को शोर मचाना चाहिए? शास्त्रों का वचन है कि जिस प्रकार जीने की इच्छा करने वाले रोगी के लिए जीभ के स्वाद को छोड़ना आवश्यक है, उसी प्रकार खाँसी के रोगी और नींद के प्रेमी के लिए भी चोरी का धन्धा ठीक नहीं है। इन दोनों को यह काम कभी नहीं करना चाहिए।

फिर तुम्हारा स्वर भी तो कुछ मधुर नहीं है, फटे बाँस-जैसी तुम्हारी आवाज़ है। खेत के रखवाले तुम्हारी आवाज़ को सुनते ही लट्ठ लेकर दौड़े आएँगे। अतः मेरी मानो, भूलकर भी ऐसी ग़लती मत करना।

गधा बोला, लगता है कि तुझे संगीत की कोई जानकारी नहीं है, वरना तू मुझे गाने से कभी ना रोकता। अरे मूर्ख! शरद ऋतु की चाँदनी रात में अपने प्रियजनों के सामने गाना गाने और सुनने का आनन्द किन्हीं भाग्यशालियों को ही मिलता है। मैं तो गीत गाने का निश्चय कर चुका हूँ।

गीदड़ बोला, मामा! तुम्हें गाना-वाना नहीं आता और तुम्हारे गाने में कोई रस भी नहीं है, तुम तो केवल रेंकते हो।

इस पर नाराज़ होता हुआ गधा बोला, मैं संगीत-विद्या में निष्णात हूँ। तुम संगीत के महत्त्व को क्या जानो?

इस संसार में गीत से अधिक रोचक और कुछ भी नहीं है। तपस्या करके अपनी इन्द्रियों को सुखाने वाले रावण ने गीत गाकर ही शंकर भगवान को प्रसन्न करके उन्हें अपने वश में कर लिया था।

गीदड़ ने कहा, मामा! अगर तुमने पिटने की ही ठान रखी है, तो दो मिनट रुक जाओ, मुझे छिप जाने दो और फिर मज़े से गाना।

गीदड़ तुरन्त झाड़ियों में छिप गया और गधा चीख़ने-चिल्लाने लगा। खेत के रखवालों ने पहले तो डण्डों से गधे की अच्छी-ख़ासी मरम्मत की और फिर उसके गले में एक ओखली लटका दी। दर्द से कराहते हुए गधा थोड़ी देर में उठकर खड़ा हो गया।

वास्तव में, कुत्ते, घोड़े और विशेषतः गधे पर मार-पीट का असर कुछ देर के लिए ही रहता है, इसीलिए इन जानवरों को ढीठ कहा गया है।

गले में ओखली पड़ी होने से चलने में असमर्थ गधे को देखकर गीदड़ बोला, मामा! वाकई तुम्हारा गाना बड़ा सुरीला था, तभी तो तुम्हें पुरस्कार में इतनी बड़ी मणि मिली है।

यह कथा सुनाकर स्वर्णसिद्धि बोला, मित्र! इसी प्रकार तुमने भी मेरे कहे को अनसुना कर दिया था।

चक्रधर बोला, शास्त्रकारों ने ठीक ही कहा है कि बुद्धिहीन व्यक्ति अपने मित्रों के कथन से कोई भी लाभ नहीं उठा पाता, इसीलिए मन्थर जुलाहे के समान उसका भी विनाश हो जाता है।

स्वर्णसिद्धि की जिज्ञासा को शान्त करने के लिए चक्रधर उसे मन्थर जुलाहे की कथा सुनाने लगा।

कथा–8

मन्थर नामक जुलाहे के कपड़ा बुनने के सारे औज़ार टूट-फूट गए, तो वह नए औज़ारों के लिए लकड़ी काटने पास के जंगल में जा पहुँचा।

सुन्दर और मज़बूत लकड़ी की खोज में वह समुद्र के किनारे बहुत दूर तक चला गया। अन्त में उसे शीशम का एक वृक्ष दिखाई दिया, तो वह प्रसन्न होकर उसे काटने के लिए कुल्हाड़ी चलाने लगा। उस वृक्ष पर किसी देवता ने अपना आवास बना रखा था। समुद्र के किनारे होने के कारण वह स्थान अत्यन्त सुखद था और उस देवता को प्रिय भी था। देवता ने जुलाहे से उस वृक्ष को ना काटने को कहा, तो जुलाहे ने कहा, मैं सारा दिन भटकने के बाद इस वृक्ष को ढूँढ पाया हूँ और अपने सारे औज़ार टूट जाने के कारण अपनी रोज़ी-रोटी भी नहीं कमा सकता। यदि मैंने इस वृक्ष को नहीं काटा, तो मैं और मेरा परिवार भूखा मर जाएगा।

यह सुनकर देवता बोला, ठीक है, इस वृक्ष को ना काटने के बदले मैं तुम्हें मुँह माँगा वर देने को तैयार हूँ। तुम्हें जो चाहिए, माँग लो। मूर्ख जुलाहा बोला, इसके लिए मुझे अपनी पत्नी से सलाह करनी होगी, उसके लिए मुझे कुछ समय चाहिए। देवता ने समय देना स्वीकार कर लिया, तो जुलाहा अपने घर लौट गया।

गाँव में घुसते ही जुलाहे को नाई मिल गया। जुलाहे ने देवता के सिद्ध होने की बात नाई को बताकर उससे पूछा कि उसे देवता से क्या माँगना चाहिए?

नाई बोला, तुम देवता से राज्य माँग लो, तुम राजा बनकर राज्य करोगे, तो मैं तुम्हारा मंत्री बन जाऊँगा। राजा से बढ़कर इस पृथ्वी पर दूसरा कौन होता है?

राजा को नित्य-प्रति दान करने के कारण इस लोक में यश मिलता है, तो परलोक में सद्‌गति प्राप्त होती है। उसे देवों के साथ सुख-भोग का अवसर भी प्राप्त होता है। इस प्रकार राज्य से अच्छा अन्य कुछ भी नहीं।

जुलाहे ने कहा, तुम्हारी सलाह उचित है, फिर भी, मैं अपनी पत्नी से पूछना आवश्यक समझता हूँ।

नाई बोला, मित्र! पत्नी से पूछने की ग़लती मत करना। शास्त्रों में इसकी मनाही है, क्योंकि स्त्रियों की बुद्धि अत्यन्त अल्प होती है, वे ठीक से सोच नहीं सकतीं।

शास्त्रों के अनुसार स्त्रियों को मनचाहा भोजन, वस्त्र एवं आभूषण आदि देने में कोई बुराई नहीं। ऋतुकाल में उनके साथ मैथुन करके उन्हें प्रसन्न रखने में भी कोई बुराई नहीं, किन्तु बुद्धिमान व्यक्ति को उनके साथ सलाह-मशविरा कभी नहीं करना चाहिए।

गुरुवर शुक्राचार्य के अनुसार अशिक्षित स्त्रियों, दुर्जनों और अनाड़ी शासकों के साथ विचार-विमर्श करने वाला और उनके साथ रहने वाला गृहस्थ नष्ट हो जाता है।

जुलाहा बोला, तुम्हारा वचन सत्य है, लेकिन मैं अपनी पतिव्रता स्त्री से पूछे बिना कुछ भी नहीं कर सकता।

जुलाहे ने घर पहुँचकर अपनी पत्नी को देवता के सिद्ध होने तथा वर देने की बात बताकर, नाई द्वारा दी गई राज्य माँगने की सलाह से भी परिचित करा दिया। इस पर जुलाहे की पत्नी बोली, पतिदेव! तुम उस नाई की मूर्खतापूर्ण बातों में मत आ जाना। शास्त्रों का कथन है कि बुद्धिमान व्यक्ति को चारणों, भाटों, नीच पुरुषों, नाइयों, बालकों और भिक्षुकों के साथ कभी सलाह-मशविरा नहीं करना चाहिए। राज्य करना कौन-सा बच्चों का खेल है? सन्धि, विग्रह आदि के कारण राज्य से अधिक कष्टदायक कुछ भी नहीं है।

राज्य पाते ही व्यक्ति की बुद्धि भ्रष्ट हो जाती है और वह अनेक प्रकार के व्यसनों में भी फँस जाता है। राजा के अभिषेक के समय बड़े-बड़े कलशों से जो जल डाला जाता है, वह विपत्तियों का अम्बार होता है।

राज्य के कारण ही श्रीराम को चौदह वर्षों तक वन में भटकना पड़ा। राज्य के कारण ही कौरवों और पाण्डवों के बीच महाभारत का युद्ध हुआ। राज्य के कारण ही यदुवंशियों का सर्वनाश हुआ, राज्य के कारण ही गुरु के शाप से सुदास को राक्षस योनि में जाना पड़ा और राज्य के कारण ही कार्तवीर्य और रावण का वध हुआ। इन सब बातों पर विचार करने के बाद भी बुद्धिमान व्यक्ति को राज्य की आकांक्षा करने का अर्थ सब प्रकार की विपत्तियों का आह्वान करना ही समझना चाहिए।

पतिदेव! जिस राज्य के लिए पिता अपने पुत्र का शत्रु बन जाता है, भाई अपने भाई की हत्या कर देता है, ऐसे राज्य को तो दूर से ही नमस्कार करने में समझदारी है?

जुलाहा बोला, प्रिये! तुम ठीक कहती हो, राज्य की इच्छा करना तो व्यर्थ है, फिर क्या माँगना चाहिए?

पत्नी ने उत्तर दिया, तुम एक दिन में बीस गज़ कपड़ा बुन लेते हो और उससे हमारे घर का ख़र्च आसानी से चल जाता है। यदि तुम्हारे एक सिर और दो भुजाएँ और लग जाएँ, तो तुम प्रतिदिन दुगुना कपड़ा बुन सकोगे। तब आधी आमदनी से घर का ख़र्च चल जाया करेगा और आधी आमदनी जमा होती रहेगी, फिर कुछ ही दिनों में हम अपने समाज में धनी और प्रतिष्ठित कहलाने लगेंगे। इसलिए तुम तो उस देवता से एक अतिरिक्त सिर और दो अतिरिक्त भुजाएँ ही माँग लो।

जुलाहे को भी अपनी पत्नी का प्रस्ताव उचित लगा और उसने देवता के पास जाकर यही माँगा। देवता के 'तथास्तु' कहते ही उसके सिर के पीछे एक अतिरिक्त सिर और दो अतिरिक्त भुजाएँ लग गईं। जब इस रूप में वह जुलाहा गाँव में प्रविष्ट हुआ, तो लोगों ने उसे राक्षस समझ लिया और पीट-पीटकर मार डाला। इसीलिए कहा गया है कि जिस व्यक्ति के पास अपनी बुद्धि नहीं होती और जो मित्रों की सलाह भी नहीं मानता, ऐसा व्यक्ति मन्थर जुलाहे के समान अकारण ही अपने प्राणों को गँवा बैठता है।

यह कथा सुनाकर चक्रधर बोला, इसमें कोई सन्देह नहीं कि आशा के चक्कर में पड़े व्यक्ति ना केवल अपना अहित करते हैं, अपितु दूसरों के उपहास का पात्र भी बनते हैं। किसी ने ठीक ही कहा है कि असम्भव एवं अनागत की चिन्ता करने वाला व्यक्ति सोम शर्मा के पिता के समान स्वयं अपना अहित करके हाथ ही मलता रह जाता है।

स्वर्णसिद्धि ने सोम शर्मा के पिता की कथा सुनने की जिज्ञासा प्रकट की, तो चक्रधर उसे यह कथा सुनाने लगा

कथा–9

एक कंजूस ब्राह्मण ने भिक्षा में प्राप्त और अपने खाने से बचाए सत्तु को एक मटके में भरकर रख दिया था। वह उस मटके को सदा अपनी आँखों

के सामने रखता था और उसी के बारे में सोचता रहता था।

एक रात वह स्वप्न लोक में सोचने लगा, देश में अकाल पड़ गया है और लोग दाने-दाने को तरसने लगे हैं। मैंने बड़े ऊँचे दामों में अपने सत्तू को बेचकर ख़ूब धन कमा लिया है। उस धन से मैंने घोड़ों का व्यापार किया है और अब मैं लखपति सेठ बन गया हूँ। मेरे पास एक बड़ा-सा महल है, जिसमें मेरी पत्नी अपने बच्चों के साथ आनन्दपूर्वक रहती है।

थोड़ी देर में उसका स्वप्न कुछ आगे बढ़ा, तो उसने देखा कि उसकी पत्नी बच्चों के हठ के कारण सारा दिन उन्हें सजाने-सँवारने में ही लगी रहती है। इसलिए उसकी सेवा करना तो दूर रहा, उसके बुलाने पर भी पास नहीं आती। पत्नी द्वारा इस उपेक्षा का कारण उसका छोटा बेटा सोम शर्मा है। यदि इस बार उसने अपनी माँ को तंग किया, तो वह उसे ऐसी लात मारेगा कि उसे अपनी नानी याद आ जाएगी। यह सोचकर उसने अपनी टाँग हिलाई, तो वह सत्तू के मटके को जा लगी, जिससे वह मटका उलटकर उसके शरीर पर आ गिरा और सत्तू से उसका सारा शरीर नहा गया। तभी तो कहा गया है कि अनागत और असम्भव बातों पर चिन्ता करने वाला मूर्ख सोम शर्मा के पिता कंजूस ब्राह्मण के समान अपना सर्वस्व गँवाकर हाथ मलता रह जाता है।

स्वर्णसिद्धि ने कहा, इसमें तुम्हारा कोई दोष नहीं है। लोभ के कारण प्रायः सभी लोग कष्ट में पड़ते रहते हैं। कहा भी गया है कि परिणाम पर सोच-विचार किए बिना, जो व्यक्ति हड़बड़ी में काम करता है, वह राजा चन्द्र के समान ही तिरस्कृत होता है।

चक्रधर की जिज्ञासा पर स्वर्णसिद्धि उसे राजा चन्द्र की कथा सुनाने लगा।

कथा–10

किसी नगर के राजा चन्द्र के बड़े बेटे वानरों के साथ खेलते थे और अपने साथी वानरों को अपने-जैसा ही पौष्टिक भोजन खिलाया करते थे, जिसे खाकर वे वानर ख़ूब हृष्ट-पुष्ट हो गए थे। राजमहल में छोटे बच्चे मेमनों के साथ खेलते थे। इस प्रकार वानरों के झुण्ड के साथ ही मेमनों का भी एक झुण्ड उस राजमहल में पलता था। मेमने जिह्वा की लोलुपता के कारण

प्रायः रसोईघर में घुस जाते और पकी भोजन-सामग्री खा जाते। रसोइये उन्हें भगाने के लिए हाथ में आए बर्तन, झाड़ू तथा डण्डा आदि कुछ भी उन पर फेंक दिया करते थे।

वानरों का नेता केवल आयु में ही वृद्ध नहीं था, अपितु ज्ञान और नीति में भी निपुण था। उसने अपनी दूरदृष्टि से यह अनुमान लगा लिया कि मेमनों के धूर्ततापूर्ण व्यवहार के कारण उसके वानरकुल का विनाश हो सकता है। इसलिए उस वृद्ध वानर ने सोचा कि चटोरे मेमने तो रसोई में जाना छोड़ेंगे नहीं, लेकिन रसोइया किसी दिन उन पर जलती लकड़ी भी फेंक सकता है। तब मेमने भागकर अश्वशाला में घुस जाएँगे, जहाँ एकत्र करके रखी गई सूखी घास में लगी आग से घोड़े घायल हो जाएँगे। तब राजा के घोड़ों के इलाज के लिए वैद्य बन्दरों की चर्बी की आवश्यकता बताएगा, जिसके लिए राजा हम वानरों के वध का आदेश दे देगा। अतः इस स्थिति के आने से पहले ही मुझे अपने परिजनों को बचा लेना चाहिए।

यह सोचकर उसने तुरन्त ही सभी वानरों को बुलाकर कहा, मित्रों! मेमनों द्वारा नित्य-प्रति होने वाला उत्पात और रसोइयों द्वारा उन पर किया जा रहा प्रहार अवश्य ही एक-ना-एक दिन हम वानरों के विनाश का कारण बन जाएगा।

किसी ने ठीक ही कहा है कि जिस घर के दो समुदायों में निरन्तर युद्ध-संघर्ष अथवा वैर-विरोध चलता रहता है, उस घर में रहना निरापद नहीं होता। वहाँ रहने वालों को देर-सवेर संकट का शिकार होना ही पड़ता है।

शास्त्रों के अनुसार कलह के कारण घर, निन्दा अथवा चुग़ली के कारण मित्रता, कुशासन के कारण राज्य तथा कुकर्मों के कारण मनुष्य के यश नष्ट हो जाते हैं।

ऐसी स्थिति के आने से पहले ही हमें इस घर को छोड़ देना चाहिए, क्योंकि आग लगने पर उसे बुझाने के लिए कुआँ खोदने में कोई समझदारी नहीं होती।

अपने नेता के विचारों से असहमति प्रकट करते हुए एक वानर बोला, लगता है कि तुम सठिया गए हो। बुढ़ापे में तुम्हारी सोच भी बूढ़ी हो गई है। कहा भी गया है कि दाँतों से रहित और निरन्तर लार टपकाते रहने वाले बूढ़ों की बुद्धि भी बालकों की बुद्धि के समान कुण्ठित हो जाती है। बालकों की बुद्धि तो विकसित ही नहीं हुई होती, लेकिन बूढ़ों की बुद्धि भ्रष्ट

हो जाती है। हम तो राजमहल के स्वादिष्ट भोजन और सुखद आवास को केवल कल्पना के भय से छोड़कर कहीं नहीं जाएँगे।

नेता ने वानरों को समझाते हुए कहा, आज तुम्हें यह सुख बड़ा प्यारा लग रहा है, किन्तु इसका भयंकर परिणाम तुम नहीं देख रहे हो। अभी सँभल जाओ, वरना बाद में हाथ मलते रह जाओगे। तब कुछ नहीं हो सकेगा। मैं तुम सबका विनाश नहीं देखना चाहता।

दुःख से त्रस्त मित्र, शत्रु से पीड़ित अपने स्थान, देश के नाश तथा अपने कुल के क्षय को ना देखने वाले व्यक्ति ही सौभाग्यशाली कहलाते हैं।

यह कहकर वानरों का नेता अकेला ही वहाँ से चल दिया। कुछ दिनों बाद मेमनों के उत्पात से परेशान रसोइयों ने उन पर जलती लकड़ियाँ फेंक दीं, तो झुलसते हुए मेमने रसोई से लगी अश्वशाला में घुस गए और वहाँ रखी घास में आग लगने से पूरी अश्वशाला ही जल उठी। अश्वशाला में बँधे घोड़े बुरी तरह जल गए, कुछ तो अपनी आँखें ही गँवा बैठे। सभी घोड़ों की चमड़ी बुरी तरह जल चुकी थी।

राजा ने पशु-चिकित्सक से घोड़ों के इलाज और औषधि के बारे में पूछा, तो उसने वानरों की चर्बी की आवश्यकता बताई, जिसकी पूर्ति के लिए वानरों का सामूहिक विनाश कर दिया गया। वैद्य बोला, जिस प्रकार सूर्योदय से अन्धकार का विनाश हो जाता है, उसी प्रकार वानरों की चर्बी से घोड़ों की जलन शान्त हो जाती है।

वानरों के नेता को जब सभी वानरों के विनाश का पता चला, तो वह पागलों की भाँति जंगल में इधर-उधर घूमने लगा। उसे अपने परिवार का सामूहिक विनाश करने वाले राजा से बदला लिए बिना चैन नहीं पड़ रहा था।

सत्य तो यह है कि दूसरों के द्वारा अपने कुल के अपमान अथवा विनाश को भय, लोभ अथवा कायरता के कारण अनदेखा करने वाला व्यक्ति अधम कहलाता है।

जंगल में भटकते-भटकते उस वृद्ध वानर की वहाँ एक सरोवर में रहने वाले किसी राक्षस से भेंट हो गई। उस राक्षस ने अपने गले में मूल्यवान मोतियों की एक माला पहन रखी थी। वह राक्षस जल में घुसे जीवों को तो खा सकता था, परन्तु वह पृथ्वी पर रहने वाले किसी भी प्राणी को छू भी नहीं सकता था। उस राक्षस ने कमल के डण्ठल से जल पीते हुए उस वृद्ध

वानर को देखा, तो उससे मित्रता करने की इच्छा से उसके पास आकर बोला, मैं बहुत दिनों से भूखा हूँ, क्योंकि यहाँ इस जल में कोई प्रविष्ट ही नहीं हुआ। मुझे केवल जल में घुसे व्यक्ति को ही खाने का वर मिला हुआ है। राक्षस ने यह भी बताया कि वह जल में प्रविष्ट हुए सैकड़ों व्यक्तियों को एक साथ खा सकता है।

वृद्ध वानर को प्रलोभन देते हुए राक्षस ने कहा, यदि तुम मेरे लिए खाने की कुछ व्यवस्था कर सको, तो मैं तुम्हें अमूल्य हीरों की यह माला पुरस्कार में दे दूँगा।

वानरों के नेता ने राजा से बदला लेने का इसे अच्छा अवसर समझा और राक्षस से बोला, तुम्हें मुझ पर विश्वास करके पहले यह माला मुझे देनी होगी। इसी से मैं लोगों को तुम्हारे भोजन के लिए सरोवर में प्रवेश करा सकूँगा। यह सुनकर राक्षस ने वह माला उस वृद्ध वानर को सौंप दी।

उस माला को अपने गले में पहनकर वृद्ध वानर राजा चन्द्र के पास गया, तो राजा ने प्रेमपूर्वक उसका स्वागत किया और इतने दिनों तक दिखाई ना देने का कारण पूछा। इसके साथ ही उसने वानरों के नेता के गले में पड़ी क़ीमती माला के सम्बन्ध में भी पूछा।

वानर बोला, महाराज! मुझे कुबेर का सरोवर मिल गया है, जिसमें स्नान करने वाले माला पहनकर ही बाहर निकलते हैं।

राजा ने वानर से कहा कि तुम ऐसी झूठी बात क्यों कर रहे हो?

इस पर वानर क़सम खाकर बोला, यदि मेरा वचन मिथ्या सिद्ध हो, तो आप मुझे फाँसी पर लटका देना।

यह सुनकर तो राजा के मुँह में पानी आ गया।

उसने पूछा, क्या तुम मेरे परिजनों को वह सरोवर दिखा सकते हो?

वानर बोला, महाराज! मैंने आपका नमक खाया है, आपको वह सरोवर दिखाना तो मेरा कर्तव्य है। इस पर राजा चन्द्र वानर का स्वागत करने लगा। देखा जाए, तो तृष्णा की महिमा ही ऐसी है कि उसके फेर में पड़े धनी व्यक्ति भी अनुचित कार्य करने और भटकने के लिए तैयार हो जाते हैं।

इसी तृष्णा के कारण सौ वाला हज़ार की, हज़ार वाला लाख की, लाख वाला करोड़ की, करोड़ वाला राज्य की और राज्य का स्वामी तीनों लोकों के स्वामित्व की कामना में दुःख भोगता रहता है।

बुढ़ापे में केश सफ़ेद हो जाते हैं, दाँत गिर जाते हैं, आँखों में देखने की और कानों में सुनने की शक्ति नहीं रहती, लेकिन तृष्णा फिर भी युवा ही बनी रहती है और लोगों को मनचाहा नाच नचाती रहती है।

राजा भी अपने परिजनों को साथ लेकर वानर के पीछे-पीछे चल दिया। सरोवर पर पहुँचकर वानर ने राजा से कहा, आप किनारे रुकें और अपने परिजनों के स्नान के बाद बाहर आने पर उन सब की मालाएँ सँभालने के बाद ही स्वयं जल में प्रवेश करें।

राजा को वानर का सुझाव ठीक लगा और उसने अपने परिवार के लोगों को सरोवर में जाने को कह दिया। इसी बीच, वानर कूदकर वृक्ष पर चढ़ गया और राजा से बोला, राजन! तुमने मेरे कुल का नाश किया था, अब मैंने तुम्हारे कुल का नाश कर दिया है। तुम्हारे परिवार के सारे सदस्य इस सरोवर में रहने वाले राक्षस के पेट में समा चुके हैं। मैंने सोचा कि जिस प्रकार मैं अपने परिवार के विनाश से तड़प रहा हूँ, वैसे ही तुम भी तड़पो, इसीलिए तुम्हें सरोवर में नहीं जाने दिया था। कहा भी गया है कि उपकारी के संग उपकार, हिंसक के साथ हिंसा और दुष्ट के साथ दुष्टता करना ही न्याय और धर्म है, इसमें कुछ भी अनुचित नहीं।

वानर के वचन सुनकर दुःखी और निराश राजा चुपचाप घर को लौट गया। इधर, राक्षस सरोवर से बाहर आकर वानर की प्रशंसा में बोला, हे वानर! तुम सचमुच बुद्धिमान हो। तुमने बड़ी आसानी से मुझसे मित्रता करके अपने अपकारी से बदला ले लिया, उसके कुल का सामूहिक विनाश करके अपनी छाती ठण्डी कर ली, साथ ही मेरी दी हुई माला भी सुरक्षित बचा ली। अब इस माला पर तुम्हारा अधिकार है।

यह कथा सुनाकर स्वर्णसिद्धि बोला, इसीलिए मैं कहता हूँ कि सोच-विचार किए बिना जल्दबाज़ी में काम करने वाला व्यक्ति राजा चन्द्र के समान अपने समूचे परिवार का विनाश कर देता है।

स्वर्णसिद्धि चक्रधर से बोला, अब तुम मुझे जाने की अनुमति दो। बहुत बातें हो चुकीं, मुझे घर लौटना है।

चक्रधर बोला, क्या अपने मित्र को इस प्रकार संकट में अकेला छोड़कर तुम्हें अपने घर चले जाना बुरा नहीं लगता? यदि मित्र ही मित्र को संकट में छोड़ दे, तो उद्धार का क्या उपाय है?

मित्र को विपत्ति में छोड़ जाने वाला व्यक्ति कृतघ्न कहलाता है और एक दिन उसे स्वयं इस विपत्ति को झेलना पड़ता है।

स्वर्णसिद्धि बोला, यदि मित्र के लिए सम्भव हो, तो उसे संकट में पड़े मित्र की सहायता अवश्य करनी चाहिए, किन्तु जब मैं तुम्हारा किसी प्रकार उद्धार नहीं कर सकता, तो तुम्हारी पीड़ा को देखते रहना भी मेरे लिए उचित नहीं है। कहीं तुम्हारे साथ मुझ पर भी विपत्ति ना आ जाए, यह भी सोचने की बात है।

अपनी सहायता करने वाले वानर के चेहरे के भाव को देखकर राक्षस बोला, मित्र! मुझे लगता है कि मेरी सहायता के चक्कर में पड़कर तुम भी विकाल नामक दैत्य का शिकार बन गए हो।

चक्रधर ने पूछा, यह कैसी कथा है?

इस पर स्वर्णसिद्धि उसे विकाल दैत्य की कथा सुनाने लगा।

कथा–11

किसी नगर के राजा भद्रसेन की कन्या बहुत सुन्दर थी। विकाल नामक एक राक्षस उस पर मुग्ध होकर उसके हरण की चेष्टा में रात को आता था, किन्तु सुरक्षा की दृढ़ता के कारण सफल नहीं हो पाता था, फिर भी, वह बलपूर्वक उस कन्या से काम क्रीड़ा करता था। कन्या उस राक्षस को सहन ना कर पाने के कारण भयभीत होकर सहमी-सहमी रहती थी।

एक रात उस राक्षस ने राजकुमारी को अपनी सखी से यह कहते सुना कि क्या आधी रात में मेरा हरण करने के लिए आने वाले इस राक्षस को नष्ट करने का कोई उपाय नहीं है?

राक्षस ने सोचा कि मेरी तरह कोई अन्य राक्षस भी राजकुमारी को पाने के लिए प्रयत्न कर रहा लगता है। इस सत्य को जानने के लिए उसने एक घोड़े का रूप धारण किया और घोड़ों के बीच शामिल हो गया। संयोग की बात कि उसी रात घोड़ों का एक व्यापारी वहाँ आया और उसने उसी (राक्षस) घोड़े को ख़रीद लिया।

व्यापारी ने घोड़े को लगाम के नियन्त्रण में ना रहते देखा, तो वह चिन्तित हो उठा। बेतहाशा भागते घोड़े पर सवार व्यापारी ने मार्ग में एक वृक्ष देखा, तो वह घोड़े को छोड़कर वृक्ष की शाखा से लटक गया।

व्यापारी जिस वृक्ष की शाखा से लटककर अपना बचाव करने में सफल हुआ था, उसी वृक्ष पर उस राक्षस का मित्र एक वानर रहा करता था। उसने राक्षस को सम्बोधित करते हुए कहा कि यह मनुष्य तो तेरा भोजन है, तू इसे छोड़कर कहाँ भागा जा रहा है। वानर द्वारा अपने को राक्षस का आहार बताते देखकर उस व्यापारी ने वानर की पूँछ को इस प्रकार पकड़कर खींचा कि वानर की बोलती बन्द हो गई और उसका चेहरा पीला पड़ गया। अपने मित्र वानर के चेहरे पर उभरी पीड़ा को देखकर राक्षस बोला, तुम्हारे चेहरे के हाव-भाव को देखकर तो लगता है कि तुम्हें भी विकाल राक्षस ने दबोच रखा है। तभी तो मैं भागा जा रहा था, क्योंकि प्राणों की रक्षा का यही एक उपाय था।

यह कहता हुआ वह राक्षस वहाँ से भाग निकला।

यह कथा सुनाकर स्वर्णसिद्धि बोला, इसीलिए कहता हूँ कि अब तुम मुझे घर जाने दो। लोभ के फल को भुगतना ही तुम्हारी नियति है, मुझे क्यों फँसा रहे हो?

चक्रधर बोला, मित्र! यह दुःख मेरे लोभ का फल नहीं है, यह तो अवश्य ही पूर्वजन्म के मेरे किसी कुकर्म का फल है। कहा भी गया है कि त्रिकूट पर्वत-जैसे सुरक्षित दुर्ग, समुद्र-जैसी खाई और राक्षसों-जैसे योद्धा रखने वाला, कुबेर से धन प्राप्त करने वाला तथा शुक्रनीति का कुशल वेत्ता रावण भी भाग्य के दोष से ही विनाश को प्राप्त हुआ था।

अन्धा व लंगड़ा पुरुष तथा तीन स्तनों वाली राजकन्या दुराचारी होने पर भी भाग्य के अनुकूल होते ही दोष से निवृत्त हो गए थे।

स्वर्णसिद्धि को यह कथा सुनाते हुए चक्रधर बोला।

कथा-12

मधुपुर नामक नगर का राजा मधुसेन अत्यन्त भोगप्रिय था। उसके घर तीन स्तनों वाली एक लड़की ने जन्म लिया, तो उसे अपने लिए अशुभ मानकर राजा ने अपने विश्वस्त सेवकों से कहा कि वे उसे कहीं दूर जंगल में छोड़ आएँ।

सेवक बोला, महाराज! निस्सन्देह यह कन्या त्याग देने के योग्य है, फिर भी हमारा निवेदन है कि इस बारे में ब्राह्मणों से पूछ लेना उचित

रहेगा, क्योंकि सदा पूछते रहने वाले तथा मनन करने वाले व्यक्ति की बुद्धि सूर्य की किरणों से विकसित होने वाले कमल के समान सदा विकसित होती रहती है।

बुद्धिमान व्यक्ति तो प्रश्न से प्राप्त उत्तर से ही उपस्थित संकट से अपना उद्धार करने में सफल हो जाते हैं। राक्षस के चंगुल में फँसा ब्राह्मण भी इसी प्रकार मुक्त हो गया था।

राजा की उत्सुकता पर सेवक उसे यह कथा सुनाने लगा।

कथा–13

जंगल में रहने वाला चण्डकर्मा राक्षस उधर से गुज़र रहे ब्राह्मण के कन्धे पर सवार होकर बोला चल, मुझे सरोवर पर ले चल।

ब्राह्मण बड़ी कठिनाई से उस राक्षस को उठाकर चलने लगा। इसी बीच, राक्षस के चरणों की कोमलता को देखकर ब्राह्मण ने पूछ लिया, भद्र! तुम्हारे चरण इतने कोमल कैसे हैं?

इस पर राक्षस ने बताया, मैं कभी गीले पैरों से धरती पर नहीं चलता।

सरोवर पर पहुँचकर राक्षस ने अपने स्नान करने तक ब्राह्मण को किनारे बैठकर अपने लौटने की प्रतीक्षा करने को कहा। ब्राह्मण चुपचाप बैठ गया, लेकिन जब वह राक्षस सरोवर में प्रविष्ट हो गया, तो ब्राह्मण ने सोचा कि यह दुष्ट मुझे अपना आहार बनाकर ही मानेगा, परन्तु यह गीले पाँवों को तो धरती पर रखेगा नहीं, अतः मुझे अभी भाग निकलना चाहिए। यह सोचकर वह भाग निकला। इस प्रकार उसे राक्षस से मुक्ति मिल गई। इसलिए मैं कहता हूँ कि किसी से कुछ पूछ लेने में कोई बुराई नहीं होती, अतः बुद्धिमान व्यक्ति को किसी से कुछ पूछने में संकोच नहीं करना चाहिए। पूछने से ही तो वह ब्राह्मण उस राक्षस के चंगुल से मुक्त हो सका था।

सेवकों के कहने पर राजा ने ब्राह्मणों को बुलाकर उन्हें अपनी तीन स्तनों वाली कन्या से मुक्ति का उपाय बताने को कहा, तो ब्राह्मणों ने कहा, महाराज! सुनिए

निस्सन्देह, हीन अथवा अधिक अंगों वाली कन्या अपने पितृकुल और पतिकुल के विनाश का कारण होती है।

पिता को तो अपनी तीन स्तनों वाली कन्या को देखना भी नहीं चाहिए। उसका तो दर्शन भी अनिष्टकारक होता है। इसमें कोई सन्देह नहीं है। अतः आपका इसे कहीं छोड़ आने का निर्णय तो उचित ही है, लेकिन फिर भी पुत्री के प्रति पिता का कुछ कर्तव्य बनता है। हमारे विचार में आप नगर में घोषणा से यह प्रचारित करें कि यदि कोई इस तीन स्तनों वाली लड़की से विवाह करेगा, तो उसे दहेज के रूप में एक लाख स्वर्ण मुद्राएँ दी जाएँगी, किन्तु उसे इस लड़की के साथ इस देश से निकल जाना होगा। यह सब कहने के पश्चात ब्राह्मण बोले, राजन! इससे आपको कन्या-त्याग का दोष भी नहीं लगेगा और संकट भी टल जाएगा।

राजा ने ब्राह्मणों के परामर्श को गौरव देते हुए नगर-भर में प्रचारित कर दिया।

उस नगर में दो मित्र एक अन्धा और एक कुबड़ा साथ-साथ रहते थे। अन्धा कुबड़े की सहायता से ही चलता-फिरता था। ग़रीबी में दिन बिता रहे उन दोनों ने सोचा कि यदि राजा अपनी लड़की देने को सहमत हो जाए, तो एक लाख स्वर्ण मुद्राओं से कहीं भी जाकर सुखपूर्वक जीवन बिताया जा सकता है। कहा भी है कि पेट भरने की सुविधा उपलब्ध होने पर ही किसी व्यक्ति के लिए लज्जा, स्नेह, मधुर भाषण, बुद्धि-विलास, यौवन की चमक-दमक, स्त्री का संग-साथ, बन्धुओं से स्नेह-सम्बन्ध, दुःख-नाश, विलास, धर्म-कर्म, शास्त्र-चर्चा, देव- गुरु-पूजन, भक्ति, जीवन को पवित्र बनाना तथा सदाचार का पालन आदि सभी कार्यों को करना सम्भव होता है। पेट की आग बुझाने की व्यवस्था ना होने तक कोई भी व्यक्ति कुछ भी शुभ-अशुभ करने में प्रवृत्त नहीं होता।

कुबड़े ने अन्धे से कहा, तुम इस अवसर को अपने हाथ से मत जाने दो।

अन्धे को भी कुबड़े का यह सुझाव अच्छा लगा और उसने राजद्वार पर जाकर गुहार लगाई, तो राजा ने सोचा, मैंने अपनी कन्या के सम्बन्ध में जब कोई शर्त नहीं लगाई, तो सबसे पहले जो भी व्यक्ति भले ही वह अन्धा, बहरा, कोढ़ी अथवा शूद्र हो, जब इच्छुक बनकर आएगा, मैं उसे ही धनराशि और देश निकाले के साथ अपनी कन्या दे दूँगा।

राजा के आदेश से नगर की सीमा पर स्थित नदी के किनारे त्रिस्तनी राजकुमारी का उस अन्धे के साथ विवाह करा दिया गया। अन्धा अपनी पत्नी के साथ दूसरे देश को चला, तो कुबड़ा भी उनके साथ हो लिया।

तीनों किसी नए देश में जाकर बसे, तो अन्धा सारा दिन पलंग पर लेटा रहता था। घर का सारा काम कुबड़ा ही किया करता था। धीरे-धीरे कुबड़े का उस त्रिस्तनी से प्रेम-सम्बन्ध हो गया। अब वे दोनों अन्धे को अपने मार्ग का काँटा समझकर उसे दूर हटाने का उपाय सोचने लगे। कहा भी गया है कि अग्नि शीतल, चन्द्रमा दाहक और समुद्र का जल मधुर एवं पीने के योग्य हो सकता है, किन्तु स्त्रियों का सती बने रहना सर्वथा असम्भव है।

त्रिस्तनी के कहने पर विष की खोज में भटकता कुबड़ा एक मरे हुए साँप को ले आया, तो त्रिस्तनी ने यह सोचकर साँप को तल-भूनकर अन्धे को खिलाने का निश्चय कर लिया कि विषैले साँप को खाने से अन्धा मर जाएगा और किसी को सन्देह भी नहीं होगा।

त्रिस्तनी अपने अन्धे पति से बोली, आज आपके लिए मैंने आपकी मनपसन्द मछली मँगाकर पकाई है। आप इसे कलछी से हिलाते-चलाते रहें। विधाता का खेल विचित्र है। साँप के तलने से निकले विषैले धुएँ से अन्धे की आँखें ठीक हो गईं और उसे कुछ-कुछ दिखाई देने लगा। अन्धे को अपनी पत्नी के साथ कुबड़े के अनुचित सम्बन्ध की भनक लग चुकी थी। फिर भी, असलियत जानने के लिए अन्धे ने कुछ देर तक अन्धा बने रहने का अभिनय किया। उसने देखा कि थोड़ी देर में बाहर आया कुबड़ा उसकी पत्नी का आलिंगन-चुम्बन करने लगा है। क्रोधावेश में अन्धे ने कुबड़े की टाँग पकड़कर उसे शून्य में घुमाते हुए इतनी ज़ोर से त्रिस्तनी की छाती पर पटका कि कुबड़े का कूबड़ ठीक हो गया और त्रिस्तनी का तीसरा स्तन दब गया और वह सामान्य स्त्री बन गई।

इस प्रकार भाग्य के अचानक ही अनुकूल होने से वे तीनों अन्धा, कुबड़ा और त्रिस्तनी राजकुमारी सामान्य हो गए। अन्धा देखने लगा, कुबड़े का कूबड़ दूर हो गया और त्रिस्तनी द्विस्तनी हो गई।

यह कथा सुनाकर स्वर्णसिद्धि बोला, विधाता की अनुकूलता होने पर अमंगल से भी मंगल हो जाता है, फिर भी, बुद्धिमानी इसी में है कि व्यक्ति सज्जनों के कथन को मान ले।

सज्जनों के उपदेश की उपेक्षा का परिणाम तुम्हारे सामने है। देखो, यदि एक पेट, किन्तु दो सिरों वाले तथा एक-दूसरे को फल खिलाने वाले परस्पर सहयोग नहीं करते, सहमति से नहीं रहते, तो भारण्ड पक्षी की भाँति नष्ट हो जाते।

चक्रधर को भारण्ड पक्षी की कथा सुनाते हुए स्वर्णसिद्धि बोला।

कथा–14

किसी सरोवर पर रहने वाले भारण्ड पक्षी का पेट तो एक था, किन्तु उसके सिर दो थे। एक बार उसे किसी वृक्ष से गिरा अमृत के समान एक स्वादिष्ट फल मिला, तो पहला मुख उसे खाते हुए बोला, मैंने आज तक कितने ही मधुर फल खाए हैं, किन्तु इस-जैसा स्वादिष्ट फल मुझे पहली बार खाने को मिला है। दूसरे मुख ने यह सुना, तो कहा कि मुझे भी तो चखाओ, ताकि मैं भी इसका स्वाद ले सकूँ। पहले मुख ने यह कहकर देने से इंकार कर दिया कि हम दोनों का पेट तो एक ही है और तृप्ति भी एक-जैसी है, अतः मेरे द्वारा खाया हुआ, तुम्हारे द्वारा खाया हुआ भी तो हो गया।

इस इंकार से दूसरा मुख खिन्न हो उठा और पहले मुख को दण्ड देने का अवसर ढूँढने लगा। एक दिन उसे एक विषफल मिल गया, जिसे खाने को उद्यत दूसरे मुख से पहला मुख बोला, मूर्ख! इससे तो हम दोनों का एक साथ अन्त हो जाएगा, प्रतिशोध लेने का यह उपाय ठीक नहीं है, लेकिन बदले की आग में जलते दूसरे मुख ने कुछ नहीं सुना। फल खाने का परिणाम तो निश्चित था।

यदि एक पेट और दो सिरों वाले व्यक्ति अपने खान-पान में एक-दूसरे से सहयोग नहीं करते अथवा आपस में मिल-जुलकर नहीं रहते, तो भारण्ड पक्षी के समान अपने विनाश को निमन्त्रित करने वाले ही सिद्ध होते हैं।

चक्रधर बोला, अब तुम घर जा सकते हो, परन्तु मेरा कहा मानो, तो अकेले मत जाओ, क्योंकि शास्त्र का वचन है कि किसी स्वादिष्ट फल को अकेले नहीं खाना चाहिए, सोते हुए लोगों में से किसी एक को नहीं जगाना चाहिए, मार्ग में कभी अकेले नहीं चलना चाहिए तथा किसी कार्य को निपटाने के लिए अकेले सोच-विचार नहीं करना चाहिए।

भले ही मार्ग में साथ चलने वाला व्यक्ति कायर एवं निकम्मा क्यों ना हो, फिर भी, अकेले चलने की अपेक्षा उसे साथ ले लेना अच्छा होता है। केकड़े को साथ ले जाने से ही ब्राह्मण साँप के उपद्रव से बच गया था।

स्वर्णसिद्धि की उत्सुकता पर चक्रधर उसे यह कथा सुनाने लगा।

कथा–15

एक बार ब्रह्मदत्त को कहीं बाहर जाना पड़ा, तो उसकी माँ ने उसे अकेला जानकर किसी को अपने साथ ले लेने को कहा। ब्रह्मदत्त माँ से बोला, माँ! चिन्ता की कोई बात नहीं है। एक, तो रास्ता सीधा है, दूसरे, अब मैं साथी कहाँ से खोज कर लाऊँ?

यह सुनकर ब्राह्मणी पास की बावड़ी से एक केकड़े को पकड़कर ले आई और बेटे से बोली, बेटा! इस केकड़े को ही अपने साथ ले जा। माँ के वचन को सम्मान देते हुए ब्रह्मदत्त ने केकड़े को कपूर की एक पुड़िया में बाँधा और चल दिया।

मार्ग में धूप से बचने के लिए ब्रह्मदत्त एक वृक्ष की छाया में सो गया। उसी वृक्ष के कोटर में एक काला साँप रहता था। वह बाहर निकला, तो कपूर की सुगन्ध से आकर्षित होकर वह ब्रह्मदत्त को छोड़कर केकड़े की ओर आ गया। जैसे ही वह साँप कपूर को खाने लगा, वैसे ही केकड़े ने साँप के फन को अपने दाँतों में दबाकर उसे मार डाला। नींद से जागने पर ब्रह्मदत्त ने साँप को मरा देखा, तो माँ के परामर्श के लिए उसके प्रति आभार जताने लगा।

जिस प्रकार सूर्य की सहायता से बढ़ने वाला चन्द्रमा क्षीण होने पर भी अमृत की वर्षा करता है और समुद्र की लहरों को ऊपर उठाता रहता है, उसी प्रकार मार्ग में साथ चल रहा व्यक्ति कोई सम्बन्ध ना रखने पर भी उपस्थित संकट से उभारने में सहायक सिद्ध होता है।

इन सातों, मंत्र, तीर्थ, ब्राह्मण, देवता, ज्योतिषी, वैद्य और गुरु में श्रद्धा और विश्वास रखने वाले को ही अभीष्ट फल की प्राप्ति होती है। श्रद्धा ना होने पर कुछ भी प्राप्त नहीं होता। भावना के अनुरूप ही फल की प्राप्ति हुआ करती है।

यह कहते हुए ब्रह्मदत्त अपने निश्चित लक्ष्य की ओर चल दिया।

यह कथा सुनाकर चक्रधर बोला, इसलिए मैं कहता हूँ कि कहीं भी अकेले जाने की अपेक्षा किसी कायर को ही साथ लेना अच्छा रहता है। केकड़े के साथ होने से ही ब्रह्मदत्त साँप का शिकार होने से बच गया था।

अच्छी बात है, कहता हुआ स्वर्णसिद्धि अपने घर को चल दिया।